# Glut im Schattenland

ANNE KREISEL

# Glut im Schattenland

## Leben nach dem Krieg

Roman

**Bibliografische Information der Deutschen Nationalbibliothek:**
Die Deutsche Nationalbibliothek verzeichnet diese Publikation in der
Deutschen Nationalbibliografie; detaillierte bibliografische Daten sind im
Internet über dnb.d-nb.de abrufbar.

TWENTYSIX – der Self-Publishing-Verlag
Eine Kooperation zwischen der Verlagsgruppe Random House und BoD –
Books on Demand, Norderstedt
© 2019 Anne Kreisel
Coverdesign, Satz, Herstellung und Verlag:
BoD – Books on Demand, Norderstedt
Covergrafik: Gehrke/ Shutterstock.com
ISBN: 978-3-7407-5469-3

# Inhalt

# I. Ankunft in Nürnberg

Nachdem Prof. Stanley nun schon das dritte Mal innerhalb der letzten halben Stunde auf seine Taschenuhr gesehen hatte, erhob er sich vom Besprechungstisch und teilte den anderen mit: »Ich muss los. Der Flieger von meiner Nichte wird bald landen.« – »Ich würde Sie gerne begleiten; dann kann ich unsere neue Mitarbeiterin gleich kennenlernen«, schlug Mr O'Connor ihm vor und stand ebenfalls auf.

Sie kamen gerade am Militärflughafen an, als das Flugzeug auf der Landebahn ausrollte. Es war ein mittelgroßes Lastenflugzeug, das nur mit ausdrücklicher Genehmigung Passagiere mitnahm. Elisabeth Dawson strahlte, als sie ihren Onkel erblickte, und wirkte auch noch optimistisch, obwohl Mr O'Connor sie äußerst kritisch musterte und eher reserviert wirkte, als er ihr als Arbeitsgruppenleiter vorgestellt wurde.

Während sie ihre beiden Koffer und die Reisetasche sowie den großen Seesack im Kofferraum des Wagens verstauten, bemerkte O'Connor nüchtern: »Ich hoffe, Sie erwarten nicht zu viel von Ihrem Deutschlandaufenthalt.« Sie verstand seine Bemerkung nicht ganz und fragte deshalb nach: »Was meinen Sie damit?« – »Ich denke, dass eine große Garderobe für diesen dreckigen Job etwas unpassend ist.« Verärgert über die Art seiner ersten Einschätzung, erklärte sie: »Ich habe auch geländefeste Kleidung dabei. Aber da ich wohl das nächste Jahr nicht nach Hause komme und meine Mutter mir sagte, dass es hier nichts zu kaufen gibt, ist schon so einiges zusammengekommen.«

Auf der Fahrt zu ihrer Unterkunft sah Elisabeth interessiert aus dem Wagenfenster, während ihr Onkel berichtete, dass sie sich hier alle inzwischen recht gut eingelebt hätten und schon Spezialisten im Improvisieren geworden seien. Als sie durch Straßenzüge fuhren, deren Häuser stark zerbombt waren, fragte Elisabeth: »Wie geht es den Kindern? Kommen sie mit der neuen Situation klar?« – »Na ja, Tom hat einige Schwierigkeiten. In seiner Klasse sind zwei Jungen aus Amerika und die findet er vollkommen arrogant. Mit dieser stark zerstörten Stadt hier können sie aber inzwischen ganz gut umgehen, weil sie genau wissen, dass ihr eigentliches Zuhause in Oxford ist.«

Leicht amüsiert wollte Elisabeth wissen: »Und wie sieht es mit unseren amerikanischen Mitbewohnern aus? Findet Tom die auch arrogant?« O'Connor, der auf dem Beifahrersitz saß, wusste diese Spitze zu deuten und antwortete: »Ich bin Ire mit amerikanischem Pass.« – »Oh, wie sind Sie denn dazu gekommen?«, fragte Elisabeth erstaunt. »Durch Heirat«, war seine knappe Antwort. »Ist Ihre Frau auch mitgekommen?«, zeigte sich Elisabeth interessiert. Sein Gesicht, das er ihr zugewandt hatte, wirkte verschlossen, als er antwortete: »Nein, für so etwas hätte ich sie niemals begeistern können und jetzt spielt es auch keine Rolle mehr. Unser Scheidungsverfahren läuft.«

Elisabeth war bestürzt über seine Antwort und murmelte etwas unbeholfen: »Das tut mir leid.« Jetzt wirkte sein Blick fast herausfordernd, als er sie fragte: »Und was ist Ihr Grund, dieses Jahr in Deutschland unterzutauchen?« – »Mein Onkel hatte mich gefragt, ob ich ihn bei seiner Arbeit unterstützen wolle, und da habe ich zugesagt«, antwortete sie betont ahnungslos. Er schwieg einen Moment, bevor er feststellte: »Ich kann mir einfach nicht vorstellen, dass eine so junge hübsche Frau wie Sie freiwillig diesen Job hier machen will.« Nun reagierte sie angriffslustig: »Warum nicht? Außerdem frage ich mich, was das Aussehen mit der Arbeit zu tun haben sollte, wenn man nicht gerade Schauspielerin werden will.«

Sie waren inzwischen vor dem Gartengrundstück angekommen, auf dem das mehrgeschossige Haus stand, in dem sie untergebracht waren. Nachdem Prof. Stanley den Wagen angehalten hatte, stieg er aus, um das große schmiedeeiserne Gartentor zu öffnen. Sofort wurde er von einem kläffenden Schäferhund begrüßt, der aber ansonsten friedlich zu sein schien; zumindest schloss Elisabeth dies aus dem Verhalten ihres Onkels. Dann fuhren sie weiter zum Haus, während der Hund neben dem Fahrzeug herlief.

Beeindruckt von dem kräftigen Tier, stieg Elisabeth etwas zögernd aus dem Auto aus. Der Hund mit dem Namen Haras beschnupperte sie sofort sehr intensiv, ließ sie dann aber mit den anderen ins Haus gehen, nachdem sie ihr Gepäck aus dem Fahrzeug ausgeladen hatten. Den ersten Stock des Hauses hatte Prof. Stanley mit seiner Ehefrau und seinen beiden Kindern bezogen. Hier sollte nun auch seine Nichte in einem kleinen Zimmer untergebracht werden. Die Familie Stanley war erleichtert, dass Elisabeth heil angekommen war, und zeigte ihr nach der Begrüßung die möblierte Wohnung, die sehr geräumig und geschmackvoll eingerichtet war. Im ausgebauten Dachgeschoss waren die amerikanischen Mitarbeiter untergebracht. Man hatte sich jedoch darauf geeinigt, dass die Mahlzeiten gemeinsam im ersten Stock eingenommen wurden, zumal sich Mrs Stanley bereit erklärt hatte, für die Verpflegung aller Mitarbeiter zu sorgen.

Während des Abendessens lernte Elisabeth die übrigen Mitarbeiter, Mike Baker aus New York und Miss Trailer, die Sekretärin von Mr O'Connor, kennen. Miss Trailer musterte Elisabeth kritisch und hielt sich auch während der anschließenden Gespräche sehr zurück, während Mr Bakers recht lebhafte Art gleich eine angenehme Vertrautheit vermittelte. Er war Psychologe und jüdischer Abstammung. Als ihn Elisabeth fragte, ob er nicht Probleme mit diesem Job habe, räumte er ein: »Die Arbeit macht mich schon ziemlich fertig, aber das spornt mich nur an, besonders gut zu sein.«

Am nächsten Morgen verließen sie wie üblich um acht Uhr gemeinsam das Haus. Sie fuhren zu dem Kasernengelände, in dem die amerikanischen Besatzungskräfte untergebracht waren. Ihre sechs Büroräume lagen in einem abgelegenen Seitenflügel in der unteren Etage und wirkten ausgesprochen ungemütlich. Es gab hier tatsächlich nur das Notwendigste; für jeden Mitarbeiter einen Schreibtisch mit Stuhl, ein paar Aktenschränke, ein schwarzes Telefon und zwei alte Schreibmaschinen.

Die ersten beiden Stunden nahm man sich die Zeit, Elisabeth die geplante Arbeitsweise zu erklären und ihr auch die Funde und Fotos vorzulegen, die inzwischen gemacht worden waren. Während Prof. Stanley und Mr O'Connor sehr sachlich berichteten, war es Mr Baker anzumerken, dass dies für ihn weit mehr war als nur ein Job. Elisabeth hatte ihnen sehr aufmerksam zugehört und die eine oder andere Frage gestellt, wenn sie noch mehr Informationen zu bestimmten Themen haben wollte. Im Übrigen zeigte sie sich wenig emotional berührt. Erst als sie zwischendurch die Toilette aufsuchen und hierfür einen langen Kasernengang passieren musste, der jeden ihrer Schritte mit einem kalten Klang nachhallen ließ, machte sich in ihr ein wachsendes Unbehagen bemerkbar. Die ganze Situation hier kam ihr so gespenstisch und unwirklich vor.

Am Nachmittag fuhren sie zu dem Lager in Hersbruck, welches von amerikanischen Besatzungskräften bewacht wurde. Dieser verlassene Ort war eines der Beweismittel für die Grausamkeiten der letzten Jahre, die sie nun, ein Jahr nach Kriegsende, festhalten und dokumentieren sollten. Sie gingen gerade durch den seit Tagen anhaltenden Regen zu einer langgestreckten Baracke, als Baker mit einer gewissen Verbitterung in seiner Stimme bemerkte: »Sogar der Himmel weint angesichts dieser Verbrechen.«

Während Prof. Stanley und O'Connor fotografierten, untersuchte Elisabeth die Barackenunterkunft auf Hinweise, die ihre ehemaligen Bewohner, eingeritzt in Holz oder Stein, hinterlassen hatten. In einer Ecke bemerkte sie eine Unebenheit im Fußboden. Mit Zustimmung der anderen stemmte sie mit der spitzen Seite einer kurzen Eisenstange einen Ziegelstein hoch, unter dem sich Briefe, eine goldene Kette mit Medaillon, eine Uhr und ein Ehering sowie Aufzeichnungen verbargen.

Beim Sichten des Fundes sagte O'Connor anerkennend: »Ich wusste ja gar nicht, dass Sie so gut zupacken können.« Dieses Lob verfehlte jedoch seine Wirkung. Gereizt fragte Elisabeth: »Warum wohl nicht? Weil ich recht hübsch aussehe?« Mike Baker mischte sich ein, indem er belustigend erklärte: »John hat eben etwas antiquierte Vorstellungen vom weiblichen Geschlecht. Er denkt noch immer, dass die hübschen Frauen heiraten und nur die hässlichen arbeiten müssen.«

Bevor sie wieder zurück zur Kaserne fuhren, wollte Elisabeth noch auf einen der Wachtürme steigen. Während ihr Onkel und Baker sie begleiteten, setzte sich O'Connor schon ins Fahrzeug. Als sie wieder zu ihm zurückkamen, fragte sie ihn provozierend: »Na, haben Sie Höhenangst?« – »Nein, aber ein kaputtes Bein«, war seine knappe Antwort. Sie schwieg betroffen und erinnerte sich daran, dass er vorhin in der Baracke, als sie den Stein ausgehoben und dann die gefundenen Gegenstände untersucht hatten, beim Niederknien etwas ungewöhnlich sein linkes Bein angewinkelt hielt.

Miss Trailer hatte sie in der Kaserne schon ungeduldig erwartet, weil es später als anfangs beabsichtigt geworden war und sie schon der Hunger plagte. Gemeinsam fuhren sie zurück zu ihrer Unterkunft, wo Mrs Stanley schon das gemeinsame Abendessen zubereitet hatte. Ihre Tochter Vivienne versuchte ihre aufkommenden Hungergefühle derweil mit Klavierspielen zu unterdrücken, brach es aber sofort ab, als sie hörte, wie Haras die Ankunft des Wagens ankündigte.

11

In den nächsten drei Wochen fuhren sie jeden Tag ins Lager. Sie nannten diesen Projektabschnitt Bestandsaufnahme; alles wurde fotografiert, skizziert und die Eindrücke in Berichten festgehalten, welche von Miss Trailer später auf der Schreibmaschine abgetippt wurden. In der Arbeitsgruppe wurde recht wenig über die eigenen Gefühle gesprochen. Erst wenn die amerikanischen Kollegen abends nach oben in ihre eigene Wohnung gegangen waren, unterhielt sich Prof. Stanley mit seiner Ehefrau und seiner Nichte über ihre Empfindungen zu den unfassbaren Funden.

Obwohl Prof. Stanley der dienstälteste Wissenschaftler dieser Arbeitsgruppe war, wurde O'Connor zum Gruppenleiter bestimmt, weil ein Großteil der Projektkosten von den Amerikanern finanziert wurde und man deshalb Wert darauf legte, dass sich dies auch in der Leitungsstruktur widerspiegelte. Über den beruflichen Werdegang von John O'Connor wusste Prof. Stanley nur so viel, dass dieser vor zwei Jahren ein Fachbuch herausgegeben hatte, welches sich mit der Betreuung von Verbrechensopfern befasste. O'Connor hatte darin über seine Forschungsergebnisse berichtet und hierdurch in der Fachwelt allgemein Anerkennung gefunden. Prof. Stanley vermutete, dass diese Arbeit wohl auch ausschlaggebend dafür war, dass O'Connor trotz seines noch recht jungen Alters von gerade 33 Jahren diese Projektaufgabe übertragen wurde. Er selbst schien mit dieser Regelung keine Probleme zu haben, weil er den Eindruck hatte, dass O'Connor sehr souverän das Team leitete und auch immer wieder zum Ausdruck brachte, dass er Wert darauf legen würde, dass jeder sein Wissen einbringt.

Es war nun schon Anfang Oktober und das Wetter wurde deutlich ungemütlicher. Weil das Lager durch den anhaltenden Regen nur noch schlecht begehbar war, machte O'Connor den Vorschlag, in einem Waisenhaus einen überlebenden 15 Jahre

alten Jungen aufzusuchen. Während der gemeinsamen Abend-
mahlzeiten hatte er immer wieder beobachtet, wie liebevoll
und unkompliziert Elisabeth mit den Kindern ihres Onkels
umgegangen war, und fragte sie deshalb, ob sie die Befragung
des Jungen übernehmen wolle.

Gemeinsam fuhr er mit ihr in das Nürnberger Waisenhaus,
in dem der Junge untergebracht war. Sie hatten auf der Hin-
fahrt noch besprochen, wie weit Elisabeth bei ihrer Befragung
gehen solle, damit der Junge hierdurch nicht zu stark belastet
werden würde. Nachdem sie ihr Eintreffen im Eingangsbereich des Hauses gemeldet hatten, wurden sie zuerst zu der
Heimleiterin geführt. O'Connor hatte schon mehrfach mit
ihr telefoniert, so dass sie über ihr Vorhaben Bescheid wusste
und auch den Jungen von ihrem Kommen in Kenntnis setzen konnte. Man einigte sich darauf, dass Elisabeth in einem
kleinen Besucherzimmer allein mit dem Jungen, der Ludwig
hieß, reden solle.

Elisabeth war nervös, als sie kurz darauf in dem schmalen,
tristen Zimmer auf ihn wartete. Um sich zu sammeln, trat sie
an das Fenster und sah auf den Hof, wo einige Kinder Fangen
spielten. An der Mauer erblickte sie ein kleines Mädchen, das
vielleicht fünf Jahre alt war. Es saß dort zusammengekauert
und sein Blick schien ins Leere zu gehen; nur der Oberkörper
wippte unaufhörlich und stieß dabei immer wieder mit dem
Rücken an die Steine der Mauer.

Die Zimmertür wurde geöffnet und Elisabeth drehte sich
um. Ein schlanker Junge mit blassem Gesicht und dunklen
Schatten unter den Augen wurde von der Heimleiterin in den
Raum geschoben. Elisabeth spürte, wie ihr plötzlich nicht
mehr wohl bei ihrem Vorhaben war. Um sich von ihrer inneren Zerrissenheit nichts anmerken zu lassen, ging sie auf den
Jungen zu und reichte ihm die Hand. Sein Händedruck war
kaum spürbar und es war wohl eher sein Gefühl für Höflich-

keit, was ihn dazu gebracht hatte, die ihm entgegengestreckte Hand anzunehmen.

Nachdem die Heimleiterin wieder gegangen war, forderte Elisabeth ihn auf, sich mit ihr an den Tisch zu setzen, der unter dem Fenster stand. Wortlos setzte er sich und blickte auf seine Hände, die verkrampft auf seinen Oberschenkeln lagen und offenbar Mühe hatten, eine ruhige Position einzunehmen. Obwohl sich Elisabeth ein Konzept für dieses Gespräch überlegt hatte, war auch sie für einen kurzen Moment sprachlos. Ihr kam ihre Befragung ein wenig unmenschlich vor angesichts dessen, was dieser Junge erlebt haben musste. Um den Faden wiederzufinden, stellte sie sich kurz vor und erklärte ihm den Grund ihres Besuches. Anschließend vergewisserte sie sich, ob er ihr auch wirklich berichten wolle, was mit ihm und seiner Familie geschehen war.

Ludwig hatte ihr mit ernstem Gesicht zugehört und brauchte etwas Zeit, um ihre Frage beantworten zu können. Dann sagte er fast tonlos: »Ich weiß nicht, ob ich Ihnen helfen kann«, worauf Elisabeth behutsam von ihm wissen wollte: »Möchtest du mir denn helfen?« Nach einem kurzen Schweigen nickte er und blickte wieder auf seine schmalen Finger, die sich in unruhigen Bewegungen aneinanderklammerten.

Sie vereinbarten, dass Elisabeth von nun an jede Woche für eine Stunde zu ihm kommen werde und er ihr dann erzählen könne, was ihm wichtig erschien. Sie wollte es bewusst ihm überlassen, was er an Erinnerungen preisgeben wollte, und hielt sich deshalb auch mit Nachfragen sehr zurück. Nach dieser ersten Stunde hatte sie den Eindruck, dass er Vertrauen zu ihr gefasst hatte und wohl auch für sich einen Sinn in dieser Unterhaltung erkennen konnte.

Nachdem sich Elisabeth von dem Jungen verabschiedet hatte, trat sie in den Flur, wo O'Connor auf sie wartete. Gemeinsam mit der Heimleiterin saß er auf einer der kargen Holzbänke und unterhielt sich mit dieser. Elisabeth ging auf sie zu und fragte die Heimleiterin nach dem kleinen Mädchen im Hof, das dort noch immer an der Mauer kauerte, obwohl die niedrigen Außentemperaturen es frieren lassen mussten. Sie erfuhr, dass dieses Mädchen mit dem Namen Sofie auch aus dem Lager stammte und damals mit ansehen musste, wie ihr kleiner, zwei Jahre alter Bruder beim Transport von den Menschenmassen erdrückt worden war. Die Eltern von Sofie hätten das Lager nicht überlebt.

Elisabeth spürte, wie sie eine Gänsehaut bekam. Bestürzt erkundigte sie sich: »Was passiert nun mit dem Kind? Hat sie noch andere Verwandte?« Ihre Fragen wurden von der Heimleiterin mit einer fast unwirklichen Routine beantwortet: »Verwandte haben alle diese Kinder nicht mehr. Unsere Heime sind voll, auch von richtigen Waisen; ich meine von deutschen Kindern. Essen und ein Bett sind jetzt das Wichtigste, was die brauchen.« – »Na, dann ist es ja gut«, hörte sich Elisabeth etwas hilflos sagen, obwohl sie selbst nicht daran glaubte, und ergänzte noch: »Vielleicht kann ja Sofie auch noch etwas wärmer angezogen werden, wenn sie schon die meiste Zeit da draußen im Hof verbringt.«

Im Fahrzeug fragte O'Connor in ihre Sprachlosigkeit hinein: »Ist es wirklich das, was Sie sich hier in Deutschland antun wollen?« – »Was soll ich denn hier sonst Sinnvolles machen?« – »Elisabeth, was treibt Sie in dieses verbrannte Land?« Sie holte tief Luft und bat ihn dann, in der nächsten Straße anzuhalten. Dann sagte sie: »Sie haben Recht, es muss einen schon etwas dazu treiben, diesen Job zu tun. Es ist tatsächlich mehr als Kriminalistik. Das ist kollektiver Wahnsinn auf höchstem Niveau und der ist noch längst nicht vorbei, weil er in einigen Köpfen weiterleben wird, schon als Rechtfertigung für das eigene Handeln.«

Er schwieg und sah sie einfach nur an, als Aufforderung zum

Weitersprechen. Ihre Stimme wurde leiser und sie sah durch die Windschutzscheibe ins Leere, als sie fortfuhr: »Mein Onkel hat mich im richtigen Moment gefragt. Mein ehemaliger Verlobter war als Krüppel aus Frankreich zurückgekehrt; wir hatten uns aber schon eine Zeit lang vorher getrennt. Nicht wegen seiner Behinderung, die es zu diesem Zeitpunkt noch gar nicht gab, sondern weil ihm der Krieg wichtiger wurde als das gemeinsame Leben. Die Behinderung hat unsere Trennung nur noch hinausgezögert und meine Schuldgefühle ihm gegenüber verstärkt.« Diesmal war er es, den dieses Gespräch betroffen gemacht hatte. Nach einem Moment des Schweigens schlug er vor, zum nahe gelegenen Waldstück zu fahren, um dort spazieren zu gehen und miteinander zu reden. Sie zögerte erst einen Moment, weil sie befürchtete, dass sich ihr Onkel Sorgen machen könnte, wenn sie zu lange fortbleiben würden, aber stimmte schließlich zu, nachdem sie ihn zuvor von einer Gaststätte aus angerufen hatten.

Sie nahmen sich für dieses Gespräch über eine Stunde Zeit, um sich gegenseitig ihre Beweggründe für diesen Einsatz zu erklären, und bemerkten, dass ihnen hierbei manche Zusammenhänge erst selbst richtig bewusst wurden. John O'Connor erzählte ihr, dass er als Kind hinten im Fahrzeug seiner Eltern gesessen hatte, als es von einer Handgranate der Religionsfanatiker getroffen wurde. Seine Mutter starb bei diesem Anschlag und sein Vater, der am Steuer saß, verlor beide Beine. Er selbst hatte schwere Verletzungen davongetragen, aufgrund dessen sein linkes Knie nur noch eingeschränkt beweglich war. Sein Vater, der den Verlust seiner Ehefrau und seine eigene Behinderung nie wirklich verarbeitet hatte, erkrankte fünf Jahre danach unheilbar an Krebs. Nach dessen Tod hatte er dann alles in Irland hinter sich gelassen und war nach Amerika gegangen.

Durch die Heirat der Schwester eines befreundeten Kollegen schien es auch für ihn so auszusehen, als könnte Amerika seine neue Heimat werden. Nach drei Jahren Ehe wurde ihm allerdings bewusst, dass seine Ehefrau niemals bereit sein würde, eine Beziehung so zu führen, wie er es sich vorstellen könnte. Am Anfang gab es noch einen gemeinsamen Kinderwunsch, dann aber stellte sich heraus, dass nach zwei Fehlgeburten seine Ehefrau ganz andere Pläne hatte. Sie wollte wieder unabhängig sein und ihr Leben selbst gestalten. Trotz dieser Erkenntnis habe er nach Lösungen gesucht, doch noch ein akzeptables gemeinsames Leben hinzubekommen. Das sei aber letztendlich daran gescheitert, dass seine Ehefrau eine neue Beziehung begonnen habe. Die Ehescheidung sei nun nur noch eine Formalität, um die sich derzeit die Anwälte bemühen würden.

O'Connor fühlte sich seitdem staatenlos. In Irland hatte er seine Eltern verloren und in Amerika war es ihm nicht gelungen, eine Familie zu gründen. Das Angebot zu diesem Job passte deshalb nicht nur zu seinen beruflichen Interessen als Kriminologe, sondern auch in seine derzeitige Lebenssituation.

Elisabeth erzählte ihm daraufhin, dass sie ihren ehemaligen Verlobten Phil immer nach dem Abschluss ihres Studiums heiraten wollte, dann aber der Krieg diese Pläne zerstört habe. Phil habe sich nach dem Einmarsch der Deutschen in Frankreich einer Organisation angeschlossen, die den Widerstand in Frankreich unterstützte. Sein Einsatz hierfür sei immer riskanter und engagierter geworden und ihre Beziehung habe schließlich keinen Raum mehr gehabt, zumal ihr Phils geheime Einsätze auch keine Chance gegeben hätten, überhaupt noch Zugang zu ihm und seiner Tätigkeit zu finden. In den letzten zwei Jahren habe es immer wieder Grundsatzdebatten darüber gegeben, inwieweit man bereit sein muss, zur Rettung anderer sein eigenes Leben aufs Spiel zu setzen, und welche Mittel hierfür akzeptabel seien. In diesen Gesprächen wurde deutlich, dass Phil in seiner Arbeit immer radikaler wurde. Vor einem Jahr hatte sie ihm die Entscheidung zwischen der Beziehung zu ihr und seiner Widerstandsarbeit abverlangt, wo er sich dann gegen die Beziehung entschieden hatte. Zwei Monate später sei er dann schwer verletzt nach England zurückgebracht worden und habe dort ein halbes Jahr im Krankenhaus gelegen. Auf Bitten seiner Mutter habe sie sich um ihn gekümmert, obwohl sie genau wusste, dass ihre Liebe längst vorbei war. Auch wenn sie ihm während dieser Zeit nie die Hoffnung auf eine gemeinsame Zukunft gemacht habe, klammerte er sich in seiner Hilflosigkeit an sie und verschlimmerte hierdurch ihre Schuldgefühle. Erst die tagelangen Gespräche mit ihrem Vater, der als Pfarrer tätig sei, brachten sie schließlich dazu, wieder ein eigenes Leben zu leben.

O'Connor, der ihr aufmerksam zugehört hatte, fragte nach: »Hat Phil Ihre Entscheidung akzeptiert?« – »Dass wir kein Paar mehr sind, musste er schon deshalb akzeptieren, weil er es damals war, der unsere Beziehung beendet hatte, und dann ist nach der Trennung auch noch etwas mit einer Widerstandskämpferin gelaufen, bevor er verletzt wurde. Weniger akzeptieren kann er aber, dass ich nun meinen eigenen Weg gehen will. Ihm wäre es am liebsten gewesen, wenn wir diesen Job gemeinsam gemacht hätten. Er glaubte, so die Nazis für ihre Verbrechen zur Rechenschaft ziehen zu können.« – »Und was wollen Sie nun erreichen?«, hakte er nach. »Ich möchte, dass die Opfer ihre Würde zurückbekommen. Nicht mehr nur in Form von anonymen Opferzahlen, die im Zusammenhang von Folter, Vertreibungen und Massenvernichtungen genannt werden, sondern dass auch ihre Einzelschicksale bekannt werden.«

In der Kaserne hatten die anderen das längere Warten auf die Rückkehr von O'Connor und Elisabeth recht unterschiedlich genutzt. Prof. Stanley gelang es, von dem Betreiber des Kasernenkasinos einen alten Billardtisch zu erstehen, und Mike Baker konnte abklären, wann seine Ehefrau mit seiner kleinen Tochter Sally in Deutschland eintreffen würde. Insgesamt war die Stimmung so optimistisch und gelöst, dass Elisabeth einen Moment brauchte, um sich nach dem sehr ernsten Gespräch mit O'Connor wieder auf diese schönen Dinge des Lebens einstellen zu können.

## II. Der Familiennachzug

Beim gemeinsamen Abendessen wurde besprochen, wo Mrs Baker mit dem kleinen Mädchen untergebracht werden könne. O'Connor, der als Einziger im Dachgeschoss zwei Zimmer mit Verbindungstür bewohnte, machte den Vorschlag, in das bisherige Einzelzimmer von Mike Baker umzuziehen, damit dieser mit seiner Familie seine jetzigen Räume beziehen könne. Probleme gab es nur mit der Unterbringung der Arbeitsmaterialien, die er teilweise in seinen Zimmern aufbewahrte. Prof. Stanley bot ihm deshalb an, sein Arbeitszimmer im ersten Stock gemeinsam mit ihm zu nutzen. O'Connor nahm dieses Angebot sofort an, zumal er schon einige Abende zusammen mit Prof. Stanley in dessen Arbeitszimmer verbracht hatte, an denen sie entweder zusammen Schach gespielt oder sich bei einem Glas schottischen Whisky angeregt unterhalten hatten. Überhaupt verstanden sich die drei männlichen Wissenschaftler ausgesprochen gut und überlegten nun gemeinsam, wo die erworbene Billardplatte untergebracht werden könne.

Gut gelaunt schlug Baker die Ecke neben dem Kamin im Salon vor, worauf Mrs Stanley sofort protestierte, weil sie um die Nachtruhe ihrer Kinder fürchtete. So einigte man sich schließlich auf das Arbeitszimmer, wobei die Männer schmunzelnd verkündeten, dass sie dort ihren Herrensalon einrichten wollten. Elisabeth, die das Arbeitsklima insgesamt als angenehm empfand, fühlte sich in solchen Momenten von dem Männerbündnis ausgeschlossen. Etwas beleidigt schlug sie deshalb vor: »Vielleicht sollten wir doch einen anderen Platz für den Billardtisch finden, weil ich auch gerne einmal mitspielen würde.« O'Connor blickte sie amüsiert an, bevor er stichelte: »Oh, ich vergaß, dass Sie mir gerade beibringen wollen, was Frauen noch so alles können neben den eher klassischen Dingen.« Baker, der wegen der bevorstehenden Ankunft seiner Familie in auffällig euphorischer Stimmung war, machte gönnerhaft den Vorschlag: »Wir können ja auch unseren Männerbund an einem Abend in der Woche für das weibliche Geschlecht öffnen.«

Mrs Baker und ihre kleine Tochter kamen am Ende der Woche in Nürnberg an. Sie waren müde von der langen Reise und deshalb froh, dass sie sich gleich in ihre beiden Räume zurückziehen konnten. Miss Trailer reagierte sehr ambivalent auf die Neuankömmlinge. So gab sie beim gemeinsamen Abendessen zu bedenken, dass sie Schwierigkeiten mit ihrem amerikanischen Vorgesetzten Mr Harris bekommen könnten, wenn bekannt werden würde, dass nun auch die Familienangehörigen angereist seien, was Prof. Stanley überhaupt nicht verstand, weil dies für ihn doch gerade die Bedingung für die Annahme dieses Jobs gewesen war. Als weitere Bedenken äußerte Miss Trailer, dass Haras der Kleinen etwas antun könnte. O'Connor schien seine Mitarbeiterin sehr gut zu kennen und sagte deshalb mit einer überzeugenden Gelassenheit: »Miss Trailer, wenn wir alle auf die Kleine gut aufpassen, wird Haras ihr schon nichts tun.«

Die kleine einjährige Sally lebte sich sehr gut ein und wurde von fast allen ziemlich verwöhnt. Sogar Tom und Vivienne fanden Gefallen an dem kleinen Mädchen und beschäftigten sich häufig mit ihr. Wenig Begeisterung herrschte dagegen bei der Familie Schumacher, den Vermietern der beiden Wohnungen, die im Untergeschoss des Hauses lebten. Frau Schumacher hatte bislang im Dachgeschoss die Zimmer gereinigt und sich so noch etwas Geld dazuverdient. Dies wollte nun aber Mrs Baker übernehmen, was den anderen auch nur recht war, zumal schon mehrfach der Verdacht bestand, dass Frau Schumacher in deren Sachen herumgestöbert hätte. Diese versuchte ihrem Unmut dadurch Ausdruck zu verschaffen, dass sie plötzlich jedes längere Schreien der kleinen Sally als Lärmbelästigung beanstandete und auch das Klavierspiel von Vivienne und Elisabeth plötzlich als störend empfand. In der Hoffnung, dass sich diese Verstimmung mit der Zeit wieder legen würde, versuchte man weitere Konflikte zu vermeiden und verhielt sich ausgesprochen ruhig, zumal an den Wochentagen die Hälfte der Mieter ihrer Projektbearbeitung in der Kaserne nachging und auch erst gegen Abend wieder vor Ort war.

Während die übrigen Mitarbeiter der Arbeitsgruppe ihre Daten aus der Bestandsaufnahme der letzten Wochen ordneten und falls möglich auch schon auswerteten, konzentrierte sich Elisabeth auf Opferbefragungen und erhielt hierfür auch viel Unterstützung von ihren Kollegen Baker und O'Connor. Ihre wöchentlichen Besuche im Kinderheim nutzte Elisabeth aber auch, um Ludwig immer eine Extraportion Essen zukommen zu lassen. O'Connor nannte dies amüsiert »Bestechungsproviant«, hatte aber ansonsten hiergegen keine Einwände. Er war derzeit damit beschäftigt, zu erfassen, wie viele Kinder in den umliegenden Heimen aus den Konzentrationslagern stammten. Nachdem ihm Elisabeth erzählt hatte, dass ihre Eltern in den letzten Jahren einige der nach England verbrachten jüdischen Kinder erfolgreich in zuverlässige Familien vermitteln konnten und sehr viele dieser Familien auch bereit waren, diese Kinder bei sich zu behalten, seit bekannt wurde, dass es für viele von ihnen kein Zurück mehr gab, erkundigte er sich bei den Behörden, ob noch weitere Waisen außer Landes gebracht werden könnten.

In der Arbeitsgruppe hatte man an mehreren Abenden darüber diskutiert, welche Zukunft diese Kinder in einem Land haben würden, in dem sie erst als angesehene Bürger mit ihren Familien leben durften und dann plötzlich als Abschaum der Gesellschaft behandelt wurden, der ausgerottet werden sollte. Konnten diese Kinder und auch all die anderen ehemaligen

KZ-Häftlinge mit ihren Erlebnissen überhaupt noch Vertrauen zu den Menschen fassen, die sie gestern noch vergasen wollten?

Ludwig schien sich über die Besuche von Elisabeth inzwischen zu freuen, und zwar nicht nur weil er von ihr Essen bekam, sondern weil es jemanden gab, der die Verbrechen an seiner Familie ernst nahm, anstatt so zu tun, als habe er einen Schicksalsschlag erlitten oder als sei er nur ein Fall von vielen anderen. Er erzählte sehr viel von der Zeit, als seine Welt noch in Ordnung schien, und Elisabeth konnte aus seinen Worten erahnen, wie wichtig ihm seine Familie war. Für das, was dann mit ihm geschah, fand er oft gar keine Worte. Er wirkte angespannt, wenn er von seinen Erlebnissen im Lager erzählte, aber für die Gefühle von Trauer und Wut schien er im Moment gar keine Kraft mehr zu haben. Nach diesen Treffen war Elisabeth immer sehr schweigsam und in sich gekehrt, so dass O'Connor den Vorschlag machte, dass sie mit Baker über ihre eigenen Empfindungen hierzu einmal sprechen solle. Sie tat es auch ein einziges Mal, merkte dann aber schnell, dass ihr eine völlige Versachlichung dieses Themas nicht weiterhalf, weil ihr ihre eigene Betroffenheit weitaus normaler vorkam. Elisabeth war nun schon sechs Wochen in diesem Land und konnte, sosehr sie sich auch darum bemühte, zu verstehen, was hier alles geschehen war, immer weniger begreifen, wie all diese Grausamkeiten in diesem Ausmaß überhaupt möglich waren. Ihr Vater hatte sie den christlichen Glauben gelehrt, der feste Regeln des Zusammenlebens vorgab. Warum hatten diese Regeln nicht gereicht, um dies alles zu verhindern?

Es war schon Ende Oktober, als O'Connor einen Anruf von seinem Anwalt bekam. Das Gespräch dauerte nur ein paar Minuten. Danach kam er zu den anderen in den Besprechungsraum und sagte erleichtert: »Die Scheidung ist durch.« Baker erkundigte sich gleich: »Und? Musst du ihr jetzt noch Unterhalt zahlen?« – »Nein, darum hat sie sich aber selbst gebracht.

Sie hätte eben nicht so früh etwas Neues beginnen dürfen.«
Miss Trailer reagierte auf diese Nachricht übertrieben erfreut
und sagte auf ihre manchmal auffällig gluckenhafte Art: »Na,
dann können Sie ja wieder ruhig schlafen. Diese Frau hat auch
kein anderes Urteil verdient.«

Als sie an diesem Nachmittag zurück zur Unterkunft kamen,
begrüßte sie Haras nicht wie gewohnt. Sie hörten zwar sein
Kläffen, aber er war im Haus und sein Bellen ging fast unter in
dem lautstarken Geschrei eines Mannes und dem Weinen einer
Frau. Sie alle wussten, dass Herr Schumacher häufig aggressiv
war. Manchmal schlug er mit seiner Krücke nach Haras und
schrie auch schon bei geringen Anlässen seine Ehefrau und
seinen 14 Jahre alten Sohn Franz an. Frau Schumacher entschuldigte dies manchmal damit, dass er früher ganz anders
gewesen sei und ihn der Krieg so gemacht habe.

Beunruhigt über die Situation, stiegen sie aus dem Fahrzeug
aus und wollten gerade zum Haus gehen, als sich das Schreien
von Herrn Schumacher noch verstärkte und krachende Geräusche zu hören waren. Frau Schumacher schrie panisch,
worauf Prof. Stanley energisch im Treppenhaus an die Wohnungstür der Schumachers klopfte. Es wurde ihm erst nach
dreimaligem Klopfen geöffnet. Herr Schumacher stand mit
rotfleckigem Gesicht auf seine Krücken gestützt im Türrahmen und fragte barsch: »Was gibt's?«, worauf sich Prof. Stanley
in einem ruhigen Ton erkundigte: »Kann ich etwas für Sie tun?
Für mich hörte es sich eben so an, als gäbe es Probleme.«

Herr Schumacher stierte ihn einen Moment ungläubig an,
bevor er höhnte: »Ein Problem? Ich habe eine blöde Frau. Ist
das ein Problem?« Prof. Stanley bemerkte sofort, dass Herr
Schumacher nicht mehr ganz nüchtern war, und schlug deshalb
vor: »Egal, wie Ihre Ehefrau ist, vielleicht kann man ja morgen
in Ruhe über alles reden und findet dann auch eine Lösung
für Ihren Streit.« Herr Schumacher beurteilte die Situation aber

ganz anders: »Das Einzige, was hier was bringt, ist eine Tracht Prügel, und die hat sie gerade gehabt.« Die anderen hielten sich im Treppenhaus etwas im Hintergrund, weil sie die Situation nicht noch weiter verschärfen wollten. Nach einem kurzen Moment des Schweigens sagte Prof. Stanley: »Mit Schlägen löst man nicht wirklich Probleme. Reden Sie einfach morgen noch einmal mit Ihrer Frau.« Der Alkohol schien Herrn Schumacher noch wackeliger auf den Beinen zu halten, als es sonst schon seine Behinderung tat. Er schwankte leicht und stieß gegen den Türrahmen. Um nicht zu fallen, klammerte er sich an dem Holz fest. Dann sagte er mit schwerer Zunge: »Komm geh, hau ab! Ich brauche deine blöden Ratschläge nicht.«

Prof. Stanley drehte sich zu den anderen um und deutete mit einer Kopfbewegung an, dass sie alle nach oben gehen sollten. Als sie im ersten Stock ankamen, merkten sie an den Gesichtern der Frauen und Kinder, dass die Brutalität von Herrn Schumacher ihnen Angst gemacht hatte. An diesem Abend diskutierte man noch lange darüber, ob und was man gegen die Gewalttätigkeiten dieses Mannes tun könnte, kam dann aber nur zu dem Schluss, der Stelle für Wohnraumvermittlung mitteilen zu wollen, dass durch seine aggressive Art dessen Mieter verängstigt und auch beleidigt werden würden. Da die Familie Schumacher wegen der allgemein herrschenden Wohnungsknappheit die beiden oberen Etagen ihres Wohnhauses vermieten mussten, erhoffte man sich hierdurch, dass Herr Schumacher so einsehen würde, dass seine Art nicht einfach stillschweigend von ihnen erduldet wird.

Am nächsten Tag, es war der erste Donnerstag im November, hörten Mike Baker und O'Connor auf dem Dachboden plötzlich ein lautes Poltern. Sie wollten diesem Geräusch nachgehen und stellten hierbei fest, dass die Bodentür nur angelehnt war. Im Inneren des Dachbodens hörten sie, wie zwei Personen sich etwas zuflüsterten. Vorsichtig schoben sie die Tür auf und sahen, wie Franz und ein anderer Junge in seinem Alter sich an der Wäsche zu schaffen machten, die dort zum Trocknen auf der Leine hing. Da O'Connor wusste, dass dieser Trockenplatz der ersten Etage des Hauses zugewiesen war, fragte er: »Was macht ihr denn da?« Franz und der andere Junge zuckten erschrocken zusammen und drehten sich zu ihm um. Schnell versuchte Franz etwas hinter seinem Rücken zu verstecken und stotterte: »Wir wollten nur mal nach den Tauben sehen.« – »Nach was für Tauben?« Franz stotterte weiter: »Die hier immer brüten.« O'Connor trat auf ihn zu und sagte: »Franz, wir haben jetzt November, da brüten keine Tauben. Komm, zeig mir mal, was du hinter deinem Rücken versteckst.« Mit hochrotem Kopf übergab ihm Franz einen BH mit Spitzenbesatz und zwei dazu passende Unterhosen.

O'Connor musste sich sein Schmunzeln verkneifen, als er feststellte: »Das sieht mir aber gar nicht nach Taubeneiern aus, was du da in der Hand hältst.« Er nahm Franz die Wäschestücke ab, dem die Tränen in die Augen schossen. Verzweifelt bettelte dieser: »Bitte sagen Sie nichts meinen Eltern, sonst kriege ich wieder den Riemen.« – »Okay, ich sage ihnen nichts. Aber du versprichst mir, dass du so etwas nicht wieder machst und auch ganz doll aufpasst, dass meinen Leuten hier nichts passiert. Okay?« Franz versprach es ihm und huschte mit dem anderen Jungen an ihm vorbei.

O'Connor steckte die Unterwäsche in seine Jackentasche und ging dann in den ersten Stock. Dort fragte er nach Elisabeth, die gerade im Bad war. Diese war erstaunt, dass er sie allein sprechen wollte, und bat ihn in ihr Zimmer. Dort reichte er ihr die Wäschestücke, die sie nicht sofort in seiner Hand als ihre eigenen erkannte. Nachdem ihr aber bewusst wurde, was er ihr gerade überreicht hatte, wollte sie empört von ihm wissen: »Was machen Sie denn mit meiner Unterwäsche?« – »Franz und sein Freund hatten sie sich von der Leine geholt. Sie sollten diese kleinen Kostbarkeiten vielleicht zukünftig lieber in der Wohnung trocknen. In diesem Land hat man derartige Dinge sicher schon lange nicht mehr gesehen.«

Elisabeth legte die Wäscheteile auf ihre Kommode und bat ihn, in dem einzigen Sessel, der sich in ihrem Zimmer befand, Platz zu nehmen. Sie selbst setzte sich auf die Kante ihres Bettes, bevor sie ihm anvertraute: »Ich bekomme immer häufiger Probleme mit unserer Situation. Gestern waren wir noch die Feinde dieser Menschen und heute leben wir unter ihnen, und zwar nicht schlecht. Wir haben die besseren Wohnungen, das bessere Essen, während diese Menschen im Alltag um alles kämpfen müssen.« O'Connor sah sie besorgt an, als er feststellte: »Ich habe langsam Angst um Sie. Dieser Job allein ist schon schlimm genug, aber es gibt hierzu keinen wirklichen Ausgleich. Es war wahrscheinlich auch zu früh, nach der Sache mit Phil in so ein Projekt einzusteigen.« – »Meinen Sie, ich würde das alles nicht gut hinbekommen und sollte lieber aussteigen?« – »Ich fände es sehr schade, wenn Sie aussteigen würden, aber ich könnte es auch verstehen, wenn Sie es täten.«

Elisabeth schwieg einen Moment, bevor sie ihn fragte: »Stecken Sie das alles so einfach weg? Träumen Sie nie davon, was Sie hier tagsüber sehen?« – »Am Anfang habe ich mir noch sehr viel mehr Gedanken gemacht. Ich wollte alles begreifen, was ich hier aufgespürt habe. Heute will ich nur noch mit meinen Mitarbeitern dieses Jahr heil überstehen. Dieses Ziel ist mir schon deutlich wichtiger geworden als ein gutes Projektergebnis.«

Seine Antwort erstaunte sie: »Glauben Sie, dass wir noch mehr Schwierigkeiten bekommen werden, als wir so schon haben?« – »Ich weiß es nicht. Ein Offizier hat mir kürzlich davon berichtet, was für Chancen seine Leute bei der weiblichen Bevölkerung haben, ja, dass sogar die Dunkelhäutigen keine Probleme hätten, eine deutsche Frau ins Bett zu bekommen.

Ich kann mir einfach nicht vorstellen, dass ein Volk, was einmal Weltmacht sein wollte, nun bereit ist, sich seinen Besatzern selbstverständlich zu unterwerfen.«

An dem kommenden Wochenende waren die Stanleys mit ihren Kindern für zwei Tage mit dem Zug nach Erlangen gefahren, weil dort die Zerstörungen der Stadt durch die Bombardierungen im letzten Kriegsjahr nur relativ gering ausgefallen waren. Sie wollten Tom und Vivienne einmal zeigen, wie schön diese historischen Städte vor dem Krieg einmal ausgesehen haben, was man in Nürnberg in manchen Vierteln nur noch erahnen konnte. Anfangs wollten sie auch ihre Nichte mitnehmen, sahen dann aber ein, dass man ihr einen größeren Gefallen damit tat, sie einfach einmal diese Tage allein zu lassen. Insgesamt zeigte sich im Laufe der Zeit, dass das enge Zusammenleben auch sehr viel Stress erzeugte und kaum noch Privatheit zuließ.

Elisabeth hatte sich schon auf ein gemütliches Wochenende mit einem guten Buch eingestellt, als O'Connor am Samstagmittag mit der weinenden Sally auf dem Arm an ihrer Wohnungstür klingelte. Entschuldigend sagte er: »Sorry, dass ich störe, aber Mike ist mit seiner Frau für zwei Stunden in die Stadt gegangen und ich kriege die Kleine nicht zum Schlafen. Könnten Sie es einmal versuchen?« Elisabeth nahm Sally auf den Arm und zu dritt gingen sie nach oben. Dort gab sie der Kleinen das Fläschchen und legte sich mit ihr auf die Matratze in der Ecke des Schlafzimmers, wo das Mädchen einen Spiel- und Schlafplatz erhalten hatte. Es dauerte eine halbe Stunde, bis das bereits übermüdete Kind endlich eingeschlafen war.

O'Connor hatte sich im zweiten Zimmer der Bakers aufgehalten und wirkte richtig erleichtert, als sie ihm berichtete, dass Sally nun schlafen würde. Fast resigniert stellte er fest: »Die Kleine ist ja sonst sehr lieb, aber wenn die ihren Dickkopf bekommt, bin ich manchmal ganz schön ratlos.« Elisabeth musste schmunzeln und wollte gerade wieder nach unten gehen, als er sie fragte: »Haben Sie Lust, mit mir heute Abend ins Casino der Kaserne zu gehen? Es soll dort ein Film vorgeführt werden.« Sie zögerte einen Moment, sagte dann aber doch zu.

Um halb acht fuhren sie gemeinsam zur Kaserne. Das Casino war schon gut besucht und die Gäste in bester Feierlaune. Wie sie sofort feststellen konnten, gab es keinen Mangel an Frauen, sehr zur Freude der Soldaten. Elisabeth fühlte sich unwohl, weil sie gleich von vielen Männern interessiert gemustert wurde und nicht in die Kategorie »Soldatenliebchen« eingestuft werden wollte. O'Connor stellte seine Begleiterin Offizier Cooper vor, von dem sie zwar schon gehört, aber noch nicht die Gelegenheit gehabt hatte, ihn persönlich kennen zu lernen. Offizier Cooper war Ende 40 und wirkte wie ein Mann, für den seine Militärlaufbahn sein Lebensinhalt zu sein schien. Auch bereitete ihm das Kasernenleben keine größeren Probleme, weil ihm Kameradschaft wichtiger war als bürgerliche Privatheit.

Offizier Cooper zeigte sich erfreut, die Bekanntschaft von Elisabeth machen zu können, indem er zu O'Connor sagte: »Na, das ist ja schön, Sie einmal in unserer Mitte anzutreffen und dann auch noch in so einer hübschen Begleitung.« Mit einem breiten Lächeln wandte er sich an Elisabeth: »Mr O'Connor hatte ja schon einige Einladungen von mir erhalten, aber ihm geht das hier wohl zu munter zu.« Ohne eine Antwort abzuwarten, fuhr er mit Blick auf die weiblichen Gäste fort: »Ja, die deutschen Frauen sind wirklich willig. Die machen fast alles für ein paar Süßigkeiten oder ein paar Damenstrümpfe. Na ja, es gibt hier ja auch nur noch recht wenige Männer im besten Mannesalter und davon sind einige für sowas auch zu kaputt.«

Elisabeth verspürte ein deutliches Unbehagen und sah etwas unbeholfen zu O'Connor, der mit einer leichten Ironie in der Stimme entgegnete: »Es ist eigentlich so wie immer nach einem Krieg. Die Sieger teilen sich das Land auf und nehmen sich die

Frauen der Besiegten.« Cooper amüsierte dies, er wollte aber dennoch richtigstellen, dass sich diese Frauen hier freiwillig anbieten würden.

O'Connor, der selbst das Gefühl hatte, dass derartige Gespräche nicht unbedingt seinem Niveau entsprachen, führte seine Begleiterin schon in den abgedunkelten Filmvorführraum, in dem die letzten Vorbereitungen getroffen wurden. Beide waren froh, als es endlich begann. Der Inhalt des Films traf genau den Geschmack der Soldaten und ihrer Begleiterinnen. Mutige Cowboys kämpften gegen die Indianer und gewannen für ihren Mut die Herzen der Saloondamen. Viele Kampfszenen wurden von den Zuschauern begeistert bejubelt und es gab reichlich Alkohol, der teilweise gleich aus Flaschen getrunken wurde.

Als der Film zu Ende war, bemerkte O'Connor sofort, dass es nicht im Sinne seiner Begleiterin war, noch weiter im Casino zu bleiben. Auf der Rückfahrt gab er zu: »Ich habe selbst nicht gewusst, wie so etwas abläuft. Ich hatte nur die Ankündigung der Filmvorführung gestern am Aushang gesehen und gedacht, dass wir einmal rauskommen sollten, damit wir in unserer Behausung keinen Lagerkoller bekommen.« – »Es war ja auch eine gute Idee, aber eben nur die falschen Zuschauer und der falsche Film.« Er zögerte einen Moment, bevor er vorschlug: »Hätten Sie denn nicht Lust, nächstes Wochenende auch nach Erlangen zu fahren?« – »Mit der ganzen Gruppe?«, wollte sie erstaunt wissen. »Nein, nur wir beide.«

Elisabeth schwieg einen Moment und sagte dann zweifelnd: »Ich glaube, dass die gute Stimmung dann in der Gruppe kippen wird.« – »Meinen Sie die Stimmung von Miss Trailer oder welche sonst?« – »Sie ist immerhin Ihre fürsorgliche Sekretärin.« Er seufzte: »Ja, manchmal leider etwas zu fürsorglich. Aber vielleicht wäre dies eine gute Gelegenheit, ihr zu zeigen, dass sie nicht die zweite Mrs O'Connor werden wird.« Elisabeth wollte sich noch nicht entscheiden und bat ihn deshalb: »Ich brauche einfach einmal ein bisschen Zeit für mich und sage Ihnen dann am Montag, ob ich nach Erlangen mitfahren möchte.« Obwohl er enttäuscht von ihrer Reaktion war, respektierte er ihren Wunsch nach Bedenkzeit.

Am Montag suchte Miss Trailer unter dem Vorwand, den letzten Bericht über den Besuch im Kinderheim noch einmal abstimmen zu wollen, das Gespräch mit Elisabeth. Sie war zu ihr ins Büro gekommen und kam nach dem dienstlichen Teil auf ihre Migräne vom Wochenende zu sprechen: »Es tut mir leid, wenn Ihnen der Western am Samstagabend nicht so gut gefallen hat, aber ich hatte wieder meine Migräne und konnte deshalb Mr O'Connor leider nicht begleiten, so dass er Sie fragen musste.« Elisabeth reagierte gereizt: »Ihre Migräne war sicherlich auch der Grund, warum Mr O'Connor mich bat, Sally ins Bett zu bringen?« Die Augen von Miss Trailer blickten angriffslustig, als sie erwiderte: »Kinder sind mir nicht völlig unbekannt, falls Sie dies meinen sollten. Schließlich hätte ich selbst einmal fast eines bekommen.«

Elisabeth war erstaunt: »Hatten Sie eine Fehlgeburt?« – »Nein, ich musste es wegmachen lassen«, antwortete Miss Trailer schroff. Elisabeth war zu höflich, um noch weiter nachzufragen, und sagte deshalb nur: »Das tut mir leid. Hoffentlich klappt es dann beim nächsten Mal.« Irritiert starrte Miss Trailer sie an und versuchte dann klarzustellen: »Es ist nicht so, wie Sie denken. Mein damaliger Freund hatte mich verlassen und allein wollte ich das Kind dann nicht.«

Abgeneigt, noch weiter über diese Angelegenheit zu sprechen, sagte Elisabeth: »Hier in Deutschland müssen derzeit auch viele Kinder ohne ihre Väter aufwachsen. Vielleicht hätten Sie es einfach mal versuchen sollen, anstatt ein Kind nur als nettes Beiwerk einer Beziehung zu betrachten.« Miss Trailer fühlte sich durch ihre Worte angegriffen und fragte aggressiv:

»Und wenn ich es nicht geschafft hätte? Wäre es verantwortungsvoller gewesen, einem Kind ein derartiges Leben zuzumuten?« – »Dann hätten Sie immer noch Eltern für das Kind suchen können«, antwortete Elisabeth und verließ den Raum.

Sie spürte, dass O'Connor auf eine Reaktion von ihr wartete. Er hatte sie extra mit zum Kinderheim begleitet, um ihr die Gelegenheit zu geben, mit ihm unter vier Augen sprechen zu können. Als sie sich auch auf der Rückfahrt nicht zur Fahrt nach Erlangen äußerte, hielt er kurz vor der Kaserne den Wagen in einer Seitenstraße an und fragte sie: »Bin ich Ihrer Meinung nach am Wochenende etwas zu weit gegangen?« – »Nein, aber ich bin noch nicht so weit, und ich will auch nicht zur Zielscheibe Ihrer Sekretärin werden, nur weil sie offensichtlich einige unerfüllte Wünsche hat.«

Sie erzählte vom Gespräch mit Miss Trailer und fügte anschließend hinzu: »Ich habe Probleme damit, dass hier Privates mit Beruflichem so stark vermischt wird.« – »Haben Sie auch ein Problem damit, dass ich Ihr Vorgesetzter bin?« Nach einem kurzen Moment des Nachdenkens schüttelte sie den Kopf und sagte: »Ehrlich gesagt, habe ich Sie noch nie als Vorgesetzten empfunden. Für mich sind wir alle ein Team.« Ihre Worte schienen ihm zu gefallen: »Das hört sich gut an. Genau so wollte ich es auch haben.«

Die Woche über zeigte sich Miss Trailer Elisabeth gegenüber sehr reserviert, was auch damit zusammenhing, dass O'Connor mit ihr fast nur noch dienstliche Dinge besprach. An den Abenden war er häufig unten bei den Stanleys und hatte so auch die Gelegenheit, außerhalb der Arbeit Zeit mit Elisabeth zu verbringen. Als sie am Freitagabend gemeinsam mit Prof. Stanley Billard spielten, fragte sie ihn, als ihr Onkel gerade kurz den Raum verlassen hatte: »Hätten Sie Lust, nächstes Wochenende mit mir nach Erlangen zu fahren?« – Er sah sie erstaunt an und wollte dann von ihr wissen: »Passt jetzt alles zusammen?« Sie nickte. »Dann sollten wir es auch einfach tun«, schlug er vor.

# III. Der Ausflug nach Erlangen

Elisabeth erzählte am Samstag ihrer Familie von der geplanten Fahrt nach Erlangen, worauf Prof. Stanley nur bemerkte: »Das habe ich mir fast schon gedacht, dass hier was läuft. Warum sollte er sich wohl sonst jeden Abend bei uns herumdrücken?« Weniger Zustimmung fand dagegen ihr Vorhaben bei Miss Trailer. Nachdem O'Connor ihr und den Bakers mitgeteilt hatte, dass er am nächsten Wochenende nach Erlangen fahren wolle, sagte diese gleich schwärmerisch: »Die Stadt soll ja wirklich sehr schön sein. Ich würde auch gerne einmal dorthin.« Um ihr auch wirklich gleich die letzte Illusion zu rauben, erwiderte O'Connor: »Wenn Miss Dawson und ich wieder zurück sind, können wir Ihnen vielleicht die richtig guten Plätze in der Stadt nennen, falls Sie auch einmal dort ein Wochenende verbringen möchten.«

Mike Baker musste schmunzeln, während Miss Trailer entsetzt dreinblickte. Wieder etwas gefasst, bemerkte sie: »Ich finde, es gehört sich einfach nicht, wenn ein Vorgesetzter mit seiner Mitarbeiterin ein Wochenende verbringt.« O'Connor reagierte auf diesen moralischen Fingerzeig gelassen: »Richtig. Ich finde auch, dass es unmoralisch sein würde, wenn ich mit meiner Sekretärin ein Wochenende zusammen verbringen würde.« – »Und? Was ist bei der Engländerin so anders?«, wollte sie mit mühsam beherrschter Stimme wissen. »Dass Miss Dawson in mir nicht ihren Vorgesetzten sieht«, sagte er gut gelaunt und ging in sein Zimmer.

Sie waren schon am Freitagvormittag mit dem Zug losgefahren, um drei Tage ungestört miteinander verbringen zu können. Auf der Fahrt sagte O'Connor: »Ich hatte erst überlegt, ob ich schon etwas für uns im Hotel reservieren lassen sollte, habe es dann aber doch nicht getan, weil ich nicht wusste, was Ihnen gefallen könnte.« – »Ich fände es gut, wenn wir uns einfach vor Ort ein Hotel aussuchen. Vielleicht in der Nähe der Innenstadt.« Er war hiermit einverstanden und erzählte ihr dann die übrige Zeit der Fahrt von seiner Jugend in Irland und davon, dass er gerne einmal wieder in seine Geburtsstadt fahren würde, wo noch sein Großvater und eine Tante von ihm lebten.

In Erlangen fanden sie recht schnell ein Hotel in einer ruhigen Seitenstraße. Bevor sie es betraten, wollte O'Connor von ihr wissen: »Und, was soll ich nun für uns anmieten?« – »Die preiswerteste Lösung. Dann haben wir wenigstens noch Geld, um essen zu gehen.« Er war sich nicht ganz sicher, ob er sie richtig verstanden hatte, und fragte deshalb: »Heißt das, ein Doppelzimmer?« Elisabeth schwieg mit einem leichten Lächeln.

Im Hotel fragte O'Connor, der recht gut Deutsch sprach, in Englisch den Portier am Empfangstresen, ob er und seine Lady ein Doppelzimmer bekommen könnten, weil er befürchtete, dass sie in diesem Hause als unverheiratetes Paar niemals ein Doppelzimmer bekommen würden. Seine Rechnung ging auf. Wegen seiner vorgespielten Sprachprobleme fragte keiner mehr nach, ob es sich bei seiner Lady auch um seine Ehefrau handeln würde.

Ihr Zimmer lag im ersten Stock des Hauses mit Blick auf ein Gartengrundstück. Es war nicht sehr groß, aber gemütlich eingerichtet und hatte ein kleines Bad. Elisabeth, die sehr darunter litt, dass sie in Nürnberg in ihrer Unterkunft nur sehr knapp Heizvorräte hatten, weshalb der Badeofen in der ersten Etage lediglich einmal pro Woche angeheizt werden konnte und dann, wegen der Vielzahl der Mitbewohner, auch nur jeder einmal im Monat baden durfte, fragte gleich begeistert: »Ist es okay, wenn ich erst einmal ausgiebig bade?« O'Connor sah sie etwas ungläubig an und erwiderte nur: »Ja, das ist schon in Ordnung.«

Während sie entspannt in der warmen Wanne lag, saß er in

einem der beiden Sessel und ging seinen Gedanken nach. Der Beginn dieser Reise war nun doch etwas anders, als er es sich vorgestellt hatte, und er war gespannt, was nun noch auf ihn zukommen würde. In den letzten Wochen hatte er Elisabeth in vielen unterschiedlichen Situationen kennengelernt, aber eben nicht in dieser ganz besonderen Rolle.

Nach einer Dreiviertelstunde erschien seine Reisebegleiterin frisch gebadet und fertig angekleidet im Zimmer und machte den Vorschlag, ob sie sich jetzt die Stadt ansehen wollten. Ganz entsprechend seiner Strategie, sie einfach gewähren zu lassen, stimmte er zu. Bevor sie aufbrachen, gab er lediglich zu bedenken: »Meinen Sie nicht, wir sollten uns beim Vornamen nennen, wenn wir schon ein Hotelzimmer miteinander teilen?« – »Das wäre vielleicht gar keine schlechte Idee«, sagte sie wieder mit diesem merkwürdigen Lächeln.

In der Innenstadt war Elisabeth vor allem von den Kirchen angetan, die sie sich gerne ansehen wollte und sie war jedes Mal begeistert, wenn sich die schweren Holztüren öffnen ließen und man sie auch betreten konnte. Nachdem sie sich vier Kirchen angesehen hatten, fragte sie ihn: »Wärst du bereit, mit mir am Sonntag in einen Gottesdienst zu gehen?« Für ihn war nicht ersichtlich, was sie eigentlich mit diesem offensichtlichen Hang zu Gotteshäusern bezweckte, und er fragte sie deshalb: »Warum ist es dir so wichtig, zum Gottesdienst zu gehen? Hast du ein schlechtes Gewissen, weil wir uns unchristlich benehmen könnten?« Sie sah ihn verständnislos an und wollte dann von ihm wissen: »Wieso unchristlich?« – »Na ja. Mit einer Frau außerhalb der Ehe in einem Doppelbett zu nächtigen, ist mit Sicherheit nicht im Sinne der Kirche.« Sie hatte wieder dieses merkwürdige Lächeln, als sie erwiderte: »Es kommt doch nur darauf an, was man daraus macht.«

O'Connor war sich plötzlich nicht mehr so sicher, ob seine Reisebegleiterin für ihn noch berechenbar war. Er wollte keine komplizierte Beziehung mehr nach seiner gescheiterten Ehe, und dies hier schien ihm sehr kompliziert zu werden. Um das ganze Wochenende nicht in einem völligen Missverständnis enden zu lassen, lud er Elisabeth kurz entschlossen in ein kleines Lokal ein. Während sie auf Kaffee und Kuchen warteten, schlug er vor: »Wollen wir nicht einmal besprechen, was wir hier in Erlangen alles machen wollen?« Sie lehnte sich auf ihrem Stuhl zurück und sah ihn fast ein wenig herausfordernd an, als sie zurückfragte: »Was möchtest du denn machen?« Er überlegte kurz und äußerte dann recht selbstbewusst seine Wünsche: »Ich würde mit dir nachher gerne schön essen gehen, schließlich haben wir ja beim Hotelzimmer gespart, und danach noch in ein Nachtlokal. Wie du siehst, alles Dinge, die wir uns in Nürnberg nicht erlauben.«

Sie antwortete nicht sofort, weil gerade ihre Bestellung serviert wurde. Dann sagte sie: »Das hört sich gut an«, und fügte nach einer kurzen Pause hinzu: »Würdest du am Sonntag mit mir noch in die Kirche gehen?« Sein Gesicht wirkte sehr ernst, als er ihr erzählte, dass er in den letzten Jahren nur Kirchen betreten habe, um ihm nahestehende Menschen zu Grabe zu tragen. Für ihn würden Gotteshäuser schon fast behördliche Funktionen erfüllen, für solche Dinge wie Taufe, Hochzeit und Beerdigung. Als ihn Elisabeth fragte, ob er denn damals nicht kirchlich geheiratet habe, antwortete er knapp: »Nein. Wir hatten nicht denselben Glauben und ich als Ire im Exil bin wohl inzwischen in Glaubensfragen etwas konfliktscheu geworden.«

Ihre Unterarme ruhten vor ihrem Gedeck auf dem Tisch, während sie etwas ratlos sein Gesicht betrachtete. »John, warum hast du deinen Glauben verloren? Machst du Gott dafür verantwortlich, was mit dir und deiner Familie geschehen ist?« Er dachte einen Moment nach und schüttelte dann den Kopf. »Nein, ich glaube nicht, dass Gott etwas gegen mich hat oder mich für etwas strafen wollte. Er war nur einfach nicht da, als ich ihn brauchte, und jetzt bin ich ziemlich selbständig geworden.« Als sie ihn nur schweigend betrachtete, fragte er: »Und warum möchtest du am Sonntag in die Kirche gehen?« – »Ich habe mir vorhin beim Gang durch diese schönen Gotteshäuser versucht vorzustellen, wie die Menschen hier nach diesem Krieg mit sich und ihrem Glauben ins Reine kommen können.« – »Heißt das, dass du hier in Erlangen deine Studien fortsetzen willst? Ich dachte, wir wollten hier einmal ganz privat sein.« Seiner Stimme war anzumerken, dass er gereizt war, worauf sie versuchte einzulenken: »Du hast Recht. Wir sind ganz privat hier. Würdest du einfach eine Pfarrerstochter am Sonntag in den Gottesdienst begleiten, die schon wochenlang keine Predigt mehr gehört hat?« Sein Blick wirkte etwas gequält, als er sein Okay zu ihrem Vorhaben gab.

Es war schon 17 Uhr, als sie das Café verließen, und es dämmerte bereits draußen. Auf dem Weg zum Hotel kamen sie an einer Schneiderei vorbei, die in ihrem schwach beleuchteten Schaufenster einige Damenkleider ausgestellt hatte. O'Connor war stehengeblieben und fragte sie: »Schau mal. Gefällt dir das Kleid dort?« Elisabeth betrachtete das elegante Kleid eher uninteressiert und sagte dann: »Ja, es ist sehr schön.« – »Komm, lass uns hineingehen. Wenn es dir passt, würde ich es dir gerne kaufen«, schlug er vor. Sie wehrte sofort ab: »Nein, das möchte ich nicht. Das Kleid ist zu teuer.« Er beugte sich zu ihr hinunter und flüsterte ihr ins Ohr: »Einen Teil des Preises vom Kleid haben wir schon durch unser Doppelzimmer eingespart. Probiere es doch einfach mal an.«

Sie tat es und musste feststellen, dass ihr das Kleid ausgesprochen gut stand, aber trotzdem sträubte sie sich innerlich, ein derartiges Geschenk von ihm anzunehmen. Etwas hilflos sah sie von der Schneiderin zu O'Connor, der so glücklich bei deren Worten wirkte, dass seine Gattin wirklich sehr elegant in dem Kleid aussehen würde. Sie widersprach daher nicht, als O'Connor entschied, das Kleid zu nehmen. Auf der Straße erklärte er Elisabeth, die schon im Vorfeld der Reise immer darauf bestanden hatte, ihren Anteil der Kosten für das Wochenende selber zu zahlen: »Ich mag es nun einmal, wenn du besonders hübsch aussiehst. Hier ist kein Hintergedanke dabei.«

Im Hotel entschied sich Elisabeth, das neue Kleid zum Ausgehen anzuziehen, schon um ihm damit eine Freude zu bereiten. Sorgfältig frisierte sie im Bad ihre Haare und erneuerte ihr Make-up. Als sie wieder zurückkam, zog er sie zu sich in den Arm und sagte anerkennend: »Du siehst wundervoll aus. Ganz so, wie ich es an dir mag.«

Gut gelaunt verließen sie das Hotel, um in der Stadt essen zu gehen. Im Hotel hatten sie sich noch erkundigt, welche Lokale dafür in Betracht kämen. Es wurde ihnen eines genannt, das zehn Minuten vom Hotel entfernt lag und bayrische Spezialitäten anbot. Schon nach dem Betreten des Lokals, das nur sehr spärlich besucht war, stellten sie fest, dass weder dieses Lokal noch die Gerichte auf den Tellern der wenigen Gäste ihren Vorstellungen entsprachen, so dass sie es sofort wieder verließen. Zwei Straßen weiter fanden sie ein kleineres Restaurant, das zwar auch nicht viele Gäste hatte, aber einladend wirkte, und bestellten dort Spätzle.

O'Connor wirkte inzwischen so vergnügt und entspannt, dass er mit seinem trockenen Humor fast alles um sich herum kommentierte; sei es der Dialekt der Bedienung oder das Essen auf seinem Teller. Elisabeth, die diese Art schon immer an ihm mochte, weil er nie zu weit ging, ließ sich von seiner guten Laune anstecken, worauf er sie nach dem Essen fragte: »Hast du eben eigentlich etwas bemerkt?« Als sie erstaunt entgegnete: »Nein, was soll ich denn bemerkt haben? War etwas mit dem Essen?«, lachte er und sagte: »Wir haben eben die ganze Stunde nicht über unseren Job und die dunklen Punkte in unserer Vergangenheit gesprochen. Das ist doch wundervoll, oder?«

Er legte wie selbstverständlich seinen Arm um ihre Schultern, als sie zu dem Tanzlokal gingen, was ihnen zuvor von der Bedienung genannt wurde, während es ihr noch schwerfiel, ihm so nahe zu sein. Sie hatten sich für dieses Lokal entschieden, weil dort eine Musikgruppe spielen sollte. Am Ziel angekommen, hatten sie einige Mühe, noch einen freien Tisch zu bekommen, weil das Lokal schon sehr gut besucht war, von Amerikanern mit ihren Begleiterinnen. Ganz hinten, seitlich von der Band, fanden sie schließlich zwei freie Plätze an einem der kleinen Tische, auf denen nur ein paar Gläser und ein Aschenbecher Platz fanden. Es war dort zu laut, um sich noch unterhalten zu können, so dass sie zuerst nur der Sängerin zuhörten, die begleitet von der Band mit vor Sehnsucht schmachtendem Blick einige deutsche Lieder sang, deren Text sie aber nur teilweise verstanden.

Danach gab es Musik nach dem Geschmack der zahlreichen amerikanischen Gäste. Diese Klänge waren O'Connor auch nur zu gut bekannt. Nach einer halben Stunde beugte er sich zu ihr herüber und fragte sie: »Wollen wir tanzen? Ein paar langsamere Songs kann ich auch mit meinem Bein.« Sie nickte und ließ sich von ihm auf die Tanzfläche führen. Als er sie dort zu sich heranzog, blickte sie nicht in sein Gesicht, sondern auf seine rechte Schulter und spürte nach kurzer Zeit, wie ihre Hände zu schwitzen begannen. O'Connor schien dies nicht zu bemerken oder aber tat zumindest so. Während er bei den ersten beiden Songs noch etwas Abstand zu ihr gehalten hatte, wurde dieser nun immer geringer, so dass seine Wange ihre Schläfe berührte. Er drehte seinen Kopf noch etwas zur Seite, bis seine Lippen ihre Haut spüren konnten. Elisabeth wehrte zwar seine Berührungen nicht ab, verhielt sich aber ansonsten eher passiv. In ihrem Gehirn herrschte Panik. Noch vor Stunden in der Badewanne hatte sie geglaubt, hier alles im Griff zu haben, und nun hatte sie den Eindruck, dass er die Regie übernehmen würde.

Die Band hatte inzwischen aufgehört zu spielen, um sich eine Pause zu gönnen. Noch bevor sie zu ihren Plätzen zurückgehen konnten, fragte O'Connor: »Wollen wir gehen?« Sie tat ahnungslos, indem sie sich erkundigte: »Gefällt es dir hier nicht?« Er sah sie für einen kurzen Moment irritiert an, bevor er ihr antwortete: »Doch, es ist ganz nett hier, aber ich wäre mit dir gerne woanders.«

Schweigend gingen sie zur Garderobe, um die Mäntel und ihre Handtasche zu holen. Während sie darauf warteten, dass ihnen von der Garderobenfrau ihre Sachen ausgehändigt wurden, sagte Elisabeth: »Ich bin gleich wieder da«, und verschwand hinter der Tür der Damentoilette. Dort wurde sie von einer alten Frau mit schlechten Zähnen begrüßt, die noch einmal mit ihrem Tuch über den Brillenrand der Toilette fuhr, bevor sie Elisabeth dann die Kabine überließ. Eingeschlossen in dem Quadrat dieser Toilettenzelle, versuchte sie sich zu beruhigen. Sie wusste, dass sie ihn wollte, aber sie hatte trotzdem so unerklärliche Angst.

Nach einer Weile hörte sie die alte Frau draußen fragen: »Ist Ihnen nicht gut, meine Dame?« Elisabeth antwortete hastig: »Alles okay«, und öffnete die Tür. Als sie der alten Frau gegenüberstand, die sie kritisch musterte, fiel ihr ein, dass sie ihr Geld in der Handtasche hatte, und bat deshalb, erst einmal ihr Geld holen zu dürfen. O'Connor stand mit ihrem Mantel und ihrer Handtasche bereits im Eingangsbereich des Lokals und musterte sie ebenfalls kritisch. Sie lächelte tapfer, als sie zu ihm herantrat und erklärte: »Ich hatte leider mein Geld nicht dabei. Ich muss noch einmal zurück und der Toilettenfrau etwas geben.« Ohne eine Reaktion von ihm abzuwarten, nahm sie ihre Handtasche und ging zurück zu der alten Frau.

Diese hatte offenbar nicht mehr damit gerechnet, dass sie doch noch den Lohn für ihre Dienste bekam, und lächelte erfreut, als sie Elisabeth erblickte. Während sie das Geld aus ihrem Portemonnaie holte, gab ihr die alte Frau den Rat: »Gehen Sie nie mit einem Mann aufs Zimmer, wenn Sie sich nicht ganz sicher sind.« Erschrocken darüber, dass diese alte Frau anscheinend die ganze Situation einzuordnen wusste, beeilte sie sich zu sagen: »Es ist schon alles okay«, und reichte der Frau das Geld. Diese bedankte sich dafür und fragte dann noch: »Brauchen Sie noch etwas, damit es nachher keine Reue gibt?« Als Elisabeth sie fragend anblickte, nahm sie aus einem Kästchen von ihrem Tisch drei Kondome und reichte sie ihr. Mit gerötetem Gesicht nahm Elisabeth sie ihr ab und ließ sie schnell in ihrer Handtasche verschwinden. Dann fragte sie nach dem Preis und zahlte hastig, weil inzwischen weitere Gäste von der alten Frau bedient werden wollten.

Elisabeth ging wieder zurück zu ihrem Begleiter, der auch gleich etwas beunruhigt von ihr wissen wollte: »Ist alles in Ordnung mit dir?« Sie fühlte sich inzwischen ziemlich abgeklärt von dem, was ihr gerade widerfahren war, und antwortete deshalb recht gelassen: »Ja. Alles okay«, während sie sich von ihm in ihren Mantel helfen ließ.

Auf dem Weg zum Hotel legte er wieder seinen Arm um ihre Schultern, nur diesmal gingen sie schweigend nebeneinander her. Als sie an der Kirche vorbeikamen, deren Gottesdienst sie am Sonntag besuchen wollten, blieb er vor ihr stehen und nahm ihr Gesicht in seine Hände, bevor er sich zu ihr herunterbeugte, um sie zu küssen. Seine Haut schien trotz der Kälte zu brennen. Nach einem kurzen Moment brach er den Kuss dann selbst ab und bat sie: »Komm, lass uns lieber gehen.«

Im Hotel ließ sich O'Connor den Schlüssel ihres Zimmers geben und ging mit ihr nach oben. Er hatte gerade die Tür von innen geschlossen und ihr den Mantel abgenommen, als er sich ihr zuwandte und begann, sie noch heftiger zu küssen als zuvor vor der Kirche. Seine Berührungen waren sehr zielgerichtet, als er sie aufs Bett drängte und den Saum ihres Kleides hochschob. Er nahm sich nicht die Zeit, sie auszukleiden, sondern entledigte sich nur der Kleidungsstücke, die ihm hinderlich erschienen.

Danach schien er seine Ungeduld zu bereuen. »Es tut mir leid, dass ich eben über dich so hergefallen bin«, sagte er fast erschrocken über sich selbst. »So habe ich mich noch nie aufgeführt.« Ernüchtert von seinem Verhalten, war Elisabeth vom Bett aufgestanden und wollte ins Bad gehen. Während sie sich ihr Kleid zurechtrückte und nach ihrem Höschen griff, was neben ihm im Bett lag, bemerkte sie knapp: »Wenigstens hast du noch ein Kondom benutzt.«

Ohne eine Reaktion von ihm abzuwarten, nahm sie ihr Nachthemd aus der Reisetasche und verließ den Raum. Im Badezimmer wusch sie sich und zog sich für die Nacht um. Einen Moment zögerte sie, wieder zu ihm zurückzugehen, da sie ihm so eine plumpe Art nun überhaupt nicht zugetraut hatte, aber sie wollte keine Diskussionen mehr, sondern sich einfach nur in ihr Bett legen und sich schlafend stellen. Inzwischen schloss sie auch nicht mehr aus, morgen zurückzufahren, um ihre Heimkehr nach England vorzubereiten.

O'Connor lag noch immer im Dunkeln auf dem Bett. Sie legte sich neben ihn und zog ihre Decke bis zum Kinn. Nach einer Weile sagte er: »Es ist nicht so, dass ich hier nur eine gute Gelegenheit haben wollte, um mit dir ins Bett zu gehen.« Als sie weiter schwieg, drehte er sich zu ihr herum und streichelte ihre Haare. Dann fuhr er fort: »Ich will mit dir keine Affäre, ich will etwas Ernstes.« – »Und was ist für dich etwas Ernstes?« – »Zu sehen, ob wir zusammenpassen.«

Sie war zu zerrissen und wollte mit ihren Gefühlen allein sein, weshalb sie vorschlug: »Komm, lass uns schlafen.« Obwohl er merkte, dass dies nur ein Vorwand war, sagte er: »Okay, ich gehe nur kurz ins Bad.« Als er zurückkam, hatte sie sich in ihre Decke gerollt und die Augen geschlossen. Schweigend legte er sich in seine Doppelbetthälfte und starrte in die Dunkelheit. An ihrem Atem hörte er, dass sie nicht schlief, worauf er sie fragte: »Wollen wir nicht noch einmal miteinander reden, bevor wir die ganze Nacht herumgrübeln?« Elisabeth, die sich von seiner Art bedrängt fühlte, sagte schließlich: »Ich möchte morgen zurück und aus dem Projekt aussteigen.«

Sie ahnte, wie sehr ihn ihre Worte verletzten, aber sie brauchte diesen Befreiungsschlag. Er schwieg, aber seinem Atem war anzumerken, dass ihm selbst das schwerfiel. Es dauerte Minuten, bis er nachfragte: »War es das eben oder gibt es noch etwas anderes, was ich übersehen habe?« Ihr liefen die Tränen über das Gesicht, als sie sagte: »Du hast nichts übersehen, sondern ich habe mich überschätzt. Ich hätte auf deine Bedenken hören sollen, als du mir damals meine Unterwäsche gebracht hast und wir dann noch in meinem Zimmer geredet haben. John, ich bin nicht die elegante, unbeschwerte junge Frau, in die ich mich heute für dich verwandelt habe, sondern unendlich verletzbar.«

O'Connor hörte an ihrer Stimme, dass sie weinte. Er zögerte erst einen Moment, bevor er ihre Hand suchte. Als er merkte, dass sie ihre Hand ihm nicht entzog, sagte er: »Lizzy, wenn du wirklich glaubst, unsere Beziehung nicht zu wollen, werde ich dich nicht aufhalten. Es war falsch, so zu tun, als könnten wir in eine heile Welt abtauchen; es war auch falsch, dich so zu lieben, wie es mir gerade in den Sinn kam.« Elisabeth hatte sich inzwischen wieder etwas beruhigt und bat ihn: »Bitte gib mir die nächsten Stunden Zeit zum Nachdenken. Ich will dich, sonst hätte ich es vorhin nicht zugelassen, aber ich weiß nicht, ob ich mit dir glücklich werden kann, weil fast alles, was ich mache, so wehtut.« Er beugte sich zu ihr herüber und küsste leicht ihre Lippen, dann sagte er: »Okay, nimm dir die Zeit, die du brauchst. Und falls ich dir helfen kann und ich schlafen sollte, wecke mich einfach.«

Die Kirchenuhr schlug bereits drei, als Elisabeth endlich auch einschlafen konnte. Sie hatte nun fast vier Stunden lang neben ihm gelegen und nachgedacht, während von ihm gleichmäßige Schnarchgeräusche zu vernehmen waren. Es gab da die alten Bilder von Phil, als ihre Liebe noch eine Zukunft hatte und ihr bewusst wurde, dass sie ohne den Krieg und die Verrohung ihres ehemaligen Verlobten vielleicht schon selbst Kinder hätte. Dann gab es aber auch die neuen Bilder von John und dem Zusammenleben in Nürnberg mit all den anderen und einer sehr vagen Vorstellung, was danach kommen könnte. Dass sie sich letztendlich für eine Beziehung und das Verbleiben in Deutschland entschied, lag nicht etwa an der aufkeimenden Leidenschaft der letzten Tage, die sie bei ihm verspürte, sondern an dem tiefen Vertrauen, was sie zu ihm in all den Wochen gewonnen hatte, die sie nun schon zusammen an dem Projekt gearbeitet hatten. Sie war aber auch ehrlich genug, um sich einzugestehen, dass sie sein Umwerben in der letzten Zeit als keineswegs störend empfunden hatte. Es war wohl eher die Geschwindigkeit, mit der sich dann tatsächlich alles entwickelte, was sie nun aus der Bahn zu werfen drohte, weil sie sich noch nicht stabil genug für eine neue Beziehung fühlte.

Am nächsten Morgen wurden sie vom Zimmerservice geweckt, der das Frühstück servieren wollte. O'Connor, der sofort vom Klopfen an der Tür hellwach war, stand auf und nahm den Servierwagen in Empfang, auf dem sich das Frühstück befand, was sie sich gestern Abend noch aufs Zimmer bestellt hatten. Während Elisabeth noch schläfrig aus ihren Kissen blinzelte, war O'Connor schon ins Bad gegangen, um sich zu waschen. Als er zurückkam, fragte er sie: »Hast du Lust, nach dieser verunglückten Liebesnacht mit mir im Bett zu frühstücken?« Sie war einverstanden und nahm ihm ihr Tablett ab.

Nachdem er selbst wieder ins Bett gestiegen war und nun auch sein Tablett vom Servierwagen hob, wollte sie kleinlaut von ihm wissen: »Du bist enttäuscht, was hier bislang abgelaufen ist, stimmt's?« Er klopfte mehrfach mit seinem Messer auf die Eierschale, bis sie deutliche Risse zeigte, bevor er antwortete: »Ja, ich bin enttäuscht, weil ich mir von diesem Wochenende ein Stück heile Welt erhofft habe. Manchmal braucht man einfach diese schönen Auszeiten, um unseren harten Job ohne Schaden zu überstehen. Ich bin aber nicht enttäuscht von dir.« – »Und warum bist du nicht enttäuscht von mir? Wenn ich es richtig sehe, wolltest du doch eine Frau und keinen Betreuungsfall«, stellte sie fest.

Er betrachtete sie einen kurzen Moment von der Seite, bevor er mit seinem jungenhaften Grinsen fragte: »Betreuungsfall? Habe ich hier etwas verpasst?« Sie fühlte sich von ihm nicht gerade ernst genommen und begann deshalb mit dem Frühstück, auch wenn sie genau spürte, wie er sie von der Seite belauerte. Dann erzählte er ihr in einem seichten Plauderton: »Zuerst fand ich dich ja eine ziemliche Fehlbesetzung in unserem Team, zu modisch, zu attraktiv und zu nett. Ich mag es nun einmal nicht, wenn ich mir bei Mitarbeiterinnen die Frage stellen muss, ob ich sie begehrenswert finden soll; das würde mich nur zu sehr von der Arbeit ablenken. Und da du nun einmal da warst, musste ich mir ja auch die Ausgangsfrage beantworten, wobei deine Unterwäsche natürlich für mich noch eine Entscheidungshilfe war. So einfach ist das. Aber von einem Betreuungsfall habe ich wirklich nichts mitbekommen.«

Elisabeth fragte sich, warum sie eigentlich in der letzten Nacht stundenlang um eine Antwort gerungen hatte, wenn er nun dieses Männergehabe zur Schau stellte. Sie stellte ihr Tablett auf den Fußboden ab und ging ins Bad, ohne fertig gefrühstückt zu haben. Dort nahm sie sich sehr viel Zeit für ihre Morgentoilette und kam dann mit dem festen Entschluss zu ihm zurück, es nun wirklich darauf ankommen zu lassen, ob sie nun als Paar zusammenfinden würden oder aber nicht.

Während sie vor dem Bett stand, stellte sie fest, dass er sein Frühstück bereits beendet hatte und gerade dabei war, die Tageszeitung, die der Zimmerservice mitgeliefert hatte, zu lesen. Elisabeth stellte ihr Tablett zurück auf den Servierwagen und legte sich wieder ins Bett. Da sie schwieg, faltete er die Zeitung zusammen und legte sie vor das Bett. Dann drehte er sich zu ihr herum und fragte gut gelaunt: »Was wollen wir denn heute machen?« – »Ich würde mir gerne einmal deine Narben ansehen«, schlug sie vor. Sein vorher so selbstsicherer Gesichtsausdruck wirkte nun plötzlich etwas irritiert. »Was für Narben meinst du?« – »Die vom Anschlag«, sagte sie und wich seinem Blick nicht aus.

Er betrachtete weiterhin aufmerksam ihr Gesicht, als er die Knöpfe seines Schlafanzugoberteils öffnete und es sich abstreifte. Ihr Blick wanderte suchend über seinen nackten Oberkörper und verharrte dann wieder in seinem Gesicht, bevor sie bemerkte: »Da ist aber gar nicht so viel zu sehen.« – »Nein, die größten Narben stecken in meiner Hose. Willst du sie auch sehen?«, fragte er provozierend. Ihre Stimme klang diesmal weicher, als sie fragte: »Würdest du sie mir zeigen wollen?«

Er zog sie zu sich in den Arm und begann, sie zu küssen. Diesmal war nicht er es, der deutlich aktiver war, sondern er ließ sie gewähren. Nachdem sie sich geliebt hatten, betrachtete sie lange seine deutlichen Narben am Bein. Immer wieder strich sie vorsichtig mit ihren Fingern darüber, während er ihre Haare kraulte, bis er schließlich mahnte: »Wir müssen aufstehen, damit die unser Zimmer herrichten können.«

Der eiskalte Wind an diesem Samstag lud nicht gerade dazu ein, sich die Sehenswürdigkeiten dieser Stadt anzusehen, die ihnen Prof. Stanley noch vor ihrer Abreise empfohlen hatte. Noch etwas unschlüssig betrachteten sie das Treiben auf dem Wochenmarkt, als Elisabeth plötzlich den Wunsch äußerte, dort frische Milch zu kaufen. O'Connor blickte sie erstaunt an und fragte: »Wieso gerade Milch?«, worauf sie ihm erklärte, dass sie wegen der Kinder zurzeit nur sehr wenig Milch trinken würde, damit diese genug hätten. Er reagierte betroffen: »Aber dann müssen wir einmal mit der Kantinenleitung in der Kaserne reden, damit die uns mehr Milch abgeben.« – »Meine Tante hat das ja schon versucht, aber amerikanische Soldaten trinken wohl eher etwas anderes und deshalb wird wohl nicht so viel Milch eingekauft.«

O'Connor hatte sich bislang um die Versorgungslage seiner Mitarbeiter recht wenig Gedanken gemacht. Anfangs wurde ihnen von Offizier Cooper noch angeboten, sich von der Kantine der Kaserne mit verpflegen zu lassen, wovon sie dann aber nur zu gerne Abstand genommen hatten, als bekannt wurde, wie gut Mrs Stanley und auch Elisabeth kochen konnten. Weil von Mrs Stanley, die sich bislang immer um alle Essensvorräte gekümmert hatte, keine Beschwerde geäußert wurde, nahm er auch an, dass alles vorhanden sei, was sie zum Kochen brauchte. Etwas beunruhigt fragte er nun nach, was denn sonst noch an Lebensmitteln fehlen würde, worauf ihm Elisabeth mitteilte, dass die Mengen einfach viel zu knapp seien und solche Extras wie ein Kuchen zum Sonntag oder ein Pudding gar nicht möglich wären.

Sein Gesichtsausdruck zeigte, dass er das alles nicht nachvollziehen konnte, worauf er dann wissen wollte: »Aber warum habt ihr denn nie etwas gesagt?« – »John, schau dich doch hier um, wie schlecht die allgemeine Versorgungslage ist. Wir haben schon verdammt viele Privilegien in diesem Land, indem wir uns aus den Lebensmittelvorräten der amerikanischen Besatzungskräfte mitversorgen können.« Trotz ihres Appells zur

Genügsamkeit wollte er noch einmal mit dem Küchenchef der Kaserne sprechen.

Nachdem sie auf dem Markt Milch und Backwaren eingekauft hatten, gingen sie noch bei einem Kino vorbei, um nachzusehen, was für ein Film dort am Abend laufen würde. Angekündigt wurde eine Beziehungskomödie, worauf O'Connor bitter bemerkte: »Die haben hier Nerven. Das Volk ist kurz vorm Verhungern und Erfrieren und soll sich nun prächtig amüsieren. Wollen wir uns das wirklich antun?« Elisabeth hatte sich bei ihm eingehakt und flüsterte ihm ins Ohr: »Wollen wir nicht noch etwas zum Mittag essen und dann den Rest des Tages im Bett verbringen?« Er tat so, als müsste er genau abwägen, bevor er schließlich feststellte: »Ich hatte bisher zwei Erlebnisse mit dir im Bett, die mich jedes Mal völlig aus der Fassung gebracht haben. Vielleicht sollten wir das Bett jetzt einfach meiden.« – »Und wie sieht es mit dem Mittagessen aus? Da habe ich mich bislang doch immer vorbildlich benommen«, versuchte sie ihn zu überzeugen. »Wie sagte doch mehrmals dein Onkel? ›Lizzy ist immer für Überraschungen gut.‹ Ich bin einmal gespannt, was ich nun beim Essen mit dir erlebe«, gab er mit gespielter Skepsis zu bedenken.

Sie entschieden sich für ein Restaurant direkt am Marktplatz und nahmen dort an einem Fenstertisch Platz. Während des Mittagessens fragte O'Connor sie plötzlich mit sehr ernstem Gesichtsausdruck: »Was wird sein, wenn wir wieder in Nürnberg sind und was nach Projektende?« Sie blickte ihn ratlos an, als sie von ihm wissen wollte: »Was meinst du, was sein wird?« Er legte sein Besteck zur Seite, bevor er sagte: »Lizzy, es liegt allein bei dir. Wenn du uns eine Chance gibst, dann werden wir es auch schaffen.« – »Ich gebe uns eine Chance, sonst wäre ich doch gar nicht mehr hier.«

Den Rest des Tages verbrachten sie im Hotel. Sie wollten sich nicht mehr die Zeit vertreiben mit Dingen, die sie doch nicht wirklich interessierten. An der Rezeption hatten sie gleich geklärt, dass sie am nächsten Morgen um sieben Uhr geweckt werden wollten und man ihnen eine Stunde später das Frühstück servieren möge. Auch konnten sie abklären, dass ihre Koffer bis nach ihrem Kirchgang hier abgestellt werden konnten.

Als sie dann allein in ihrem Zimmer waren, bat O'Connor sie: »Können wir einmal in Ruhe darüber reden, wie alles mit uns werden kann?«, worauf Elisabeth den Wunsch äußerte: »Bitte lass mich noch zwei Stunden schlafen. Für mich war die letzte Nacht verdammt kurz.« Während sie sich in ihr Bett verkroch und auch gleich eingeschlafen war, ging er nach unten in den Aufenthaltsraum, um bei einem Kännchen Kaffee die Zeitschriften zu lesen, die dort auslagen.

Um 16 Uhr kam er wieder zu ihr zurück. Elisabeth war zwar immer noch müde, wollte dann aber doch nicht mehr schlafen, um nicht vollkommen aus ihrem Tagesrhythmus zu kommen. Er hatte sich auf seine Betthälfte gelegt und darauf gewartet, was sie nun sagen würde. Sie blickte ihn fragend von der Seite an und wollte dann wissen, ob sie beginnen solle, ihre Vorstellungen von einer gemeinsamen Zukunft zu sagen. Als er dies bejahte, fing sie an: »Ich möchte zwar zu unserer Beziehung stehen, aber hierdurch nicht das Zusammenleben mit den anderen belasten oder mich ständig in peinlichen Situationen wiederfinden, wie beim schnellen Sex auf dem Dachboden oder auf dem Rücksitz vom Auto.« O'Connor hatte wieder sein spezielles Lächeln, als er bemerkte: »Schade, das hätte ja richtig spannend werden können. Und weiter?« – »Ich möchte nach unserer Zeit hier nicht mit dir nach Amerika gehen, sondern zurück auf meine Insel, und ich wünsche mir, dass mein Vater uns dann traut.« – »Und weiter? Schließlich hast du ja letzte Nacht lange darüber nachgedacht und da sollten wir schon über alles reden«, forderte er sie auf.

Es fiel ihr nicht ganz leicht, all ihre Wünsche zu formulieren, weil sie ihm nicht zu viele Zugeständnisse abverlangen wollte. So beschränkte sie sich auf nur wenige Hauptpunkte: »Ich möchte mit dir Kinder haben und auch weiter mit dir zusammenarbeiten, aber wie wir das alles hinbekommen sollen, weiß ich noch nicht.« O'Connor schien an die ganze Sache heranzugehen, wie er es immer tat, indem er die Probleme genau umschrieb und dann systematisch nach Lösungen suchte. Da auch er keine Skandale wollte und auch keine angespannte Wohnsituation, vereinbarten sie, sich ihrem gesellschaftlichen Stand entsprechend als junges unverheiratetes Paar zu verhalten und nur ab und zu ein Wochenende fern ab von Nürnberg zu verbringen, um dort außerhalb jeder Beobachtung ein Doppelzimmer anzumieten. Wie O'Connor es einschätzte, war das schon alles ein sehr schwieriges Unterfangen.

Amerika hingegen war für ihn schon seit Wochen kein Thema mehr, zumal er mit Prof. Stanley seit längerem berufliche Zukunftspläne schmiedete, so dass es in diesem Bereich recht günstig für ihre gemeinsamen Pläne aussah. Wenig einverstanden war er dagegen mit dem Hochzeitstermin. Während O'Connor es gerne gesehen hätte, wenn sie im Mai nächsten Jahres geheiratet hätten, wollte Elisabeth aber erst nach ihrer Rückkehr in England im großen Kreise ihrer Familie heiraten. Auch sein nicht ganz ernst gemeinter Einwand, dass sie doch eigentlich schon seit Projektbeginn miteinander verheiratet wären und sie ihm so viel Enthaltsamkeit nicht abverlangen könne, wollte Elisabeth nicht als wirkliches Gegenargument gelten lassen. Erst als Elisabeth ihm aufzählte, wer alles aus ihrer Familie bei der Hochzeit anwesend sein sollte, sah er ein, dass man nicht die ganze Verwandtschaft nach Nürnberg kommen lasse könne.

Auch die Variante, dass sie Urlaub nehmen könnten, um dann in dieser Zeit in England zu heiraten, wurde von ihnen schließlich wieder verworfen, weil noch nicht abzusehen war, ob der Projektverlauf einen längeren Urlaub überhaupt zuließ. So erklärte sich O'Connor schließlich schweren Herzens mit dem späteren Hochzeitstermin einverstanden, zumal er ansonsten mit den getroffenen Absprachen schon recht zufrieden war.

Am nächsten Morgen wurden sie pünktlich um sieben Uhr geweckt. Es war noch dunkel draußen und regnete in Strömen, so dass es O'Connor schon fast auf der Zunge lag, zu fragen, ob sie nicht noch lieber zwei Stunden im Bett bleiben und dann in aller Ruhe zurück nach Nürnberg fahren wollten. Dann wurde ihm aber wieder bewusst, dass er mit einer Pfarrerstochter zusammen war, die derartige Rückzieher wohl kaum dulden würde.

Er zog also, wie tags zuvor mit ihr besprochen, das Programm mit durch und fragte erst auf dem Weg zur Kirche: »Wie oft werden wir denn jetzt zukünftig in die Kirche gehen?« Verständnislos blickte sie ihn an und fragte zurück: »Warum willst du das wissen? Glaubst du, ich bin eine Nonne?« Es fiel ihm schwer, bei diesem Gedanken noch ernst zu bleiben, und sagte deshalb aus voller Überzeugung: »Nein, das kann man nach diesem Wochenende wirklich nicht mehr glauben. Ich wollte nur einfach wissen, wie oft das jetzt ansteht, weil es mir in Nürnberg noch nicht aufgefallen war, dass du dort in die Kirche gegangen bist.« – »Das bin ich auch nicht. Hey, beruhige dich, so oft gehe ich auch nicht, aber auf jeden Fall viel öfter zu schönen Anlässen, wie an Feiertagen oder Familienfesten, und zum Glück weniger zu Beerdigungen.«

Sie waren inzwischen beim Gotteshaus angekommen und traten ein. In der Kirche stellten sie fest, dass gerade ein Drittel der Plätze besetzt war. Es saßen hauptsächlich ältere Menschen und nur sehr vereinzelt ein paar Mütter mit ihren Kindern in den kargen Bänken. Elisabeth war betroffen, welchen fahlen Gesichtsausdruck diese Leute hatten, die mit ernstem Blick regungslos den Worten des Pfarrers zuhörten. Dieser kam in seiner Predigt darauf zu sprechen, wie schwer diese Zeit für die Bevölkerung sei und wie viel Schmerz die Familien erleiden mussten, so als wäre ein Unglück über dieses Land hereingebrochen.

Nachdem sich Elisabeth zuerst die Kirchenbesucher aufmerksam betrachtet und einem Teil der Predigt zugehört hatte, nahm sie die Hand von O'Connor und umfasste sie mit ihren Händen zum eigenen Gebet. Für O'Connor war dieser Kirchgang gleichzeitig auch eine Reise in seine Vergangenheit. Er erinnerte sich, wie er damals als kleiner Junge mit seiner Großmutter, die eine sehr gläubige Katholikin war, öfter in die Kirche gegangen war. Auch wenn er damals noch nicht alles verstand, so wirkten die Dinge in der Kirche auf ihn so mächtig, dass er voller Ehrfurcht war.

Dieses Gefühl hatte sich schlagartig auf der Beerdigung seiner Schwester gewandelt, die mit sechs Jahren an einer Blutvergiftung gestorben war. Er hatte die Bilder vor Augen, wie seine Mutter während des Gottesdienstes bitterlich geweint hatte und sie am ausgehobenen Grabe von ihrem Ehemann festgehalten werden musste, als sie nicht zulassen wollte, dass ihr kleines Mädchen in dem Sarg in die Erde gelassen werden sollte. Er hatte damals auch die Vorwürfe seiner Großmutter als brutal empfunden, die seinen Eltern verbittert vorgehalten hatte, dass seine Mutter durch ihren Konfessionswechsel ihrem Ehemann zuliebe dieses Unglück erst heraufbeschworen habe. Von diesem Tag an ging er auf Distanz zur Kirche. Er konnte es nicht ertragen, wie Scharen von Gläubigen in jedem negativen Ereignis eine göttliche Prüfung oder aber Bestrafung vermuteten, die es zu ertragen galt, anstatt einmal nachzuforschen, was man selbst verändern könnte, um seine Situation zu verbessern. Diese Distanz spürte er anfangs auch in dieser Kirche, bis zu dem Moment, als Elisabeth seine Hand nahm und sie in ihr stilles Gebet mit einbezog. Er hatte plötzlich das Gefühl, als würde ihm jemand zeigen, wie man seinen Glauben freier und selbstbewusster leben konnte, etwas, was er in seiner Familie bislang immer vermisst hatte.

Auf der Rückfahrt im Zug saßen sie sich am Fenster gegenüber. Wegen der Mitreisenden in ihrem Abteil sprachen sie nicht viel miteinander, dafür waren ihre Gespräche der letzten Tage auch zu vertraut gewesen, so dass es ihnen schwerfiel, nun Themen zu finden, die zum Mithören geeignet waren. Um nicht aufzufallen, hatten sie sich in Deutschland alle sehr schnell abgewöhnt, englisch in der Öffentlichkeit miteinander zu sprechen. Zu Hause taten sie es auch erst, wenn die Kinder schon im Bett waren, um sie so stärker an die deutsche Sprache zu gewöhnen.

O'Connor sah gerade aus dem Fenster, während Elisabeth ihn dabei betrachtete. Sie tat es das erste Mal mit dem Gefühl, dass dieser stattliche Mann dort, mit den dichten braunen Haaren und den graublauen Augen, die manchmal kühl, aber auch sehr warm blicken konnten, ihre neue Liebe war.

Am Bahnhof wurden sie von Mike Baker mit dem Wagen abgeholt. Er fragte gleich nach der Begrüßung gespannt: »Na, wie ist es mit euch gelaufen?« – »Gut«, antwortete O'Connor knapp, aber sein glücklicher und entspannter Gesichtsausdruck sagte viel mehr.

In der Unterkunft war das Wochenende bis auf einen Zwischenfall mit dem Vermieter ruhig verlaufen. Herr Schumacher hatte wieder einmal zu viel getrunken und seine Frau bedroht, wobei diese wohl endlich einmal den Mut aufbrachte, mit Franz das Haus für ein paar Stunden zu verlassen. Mrs Stanley hatte inzwischen einige Gespräche mit ihr geführt, schon im Hinblick auf das Leben von Franz. Nachdem Frau Schumacher anfangs derartige Themen häufig mit dem Satz beendete: »Lieber einen schlechten Mann als gar keinen«, begann sie langsam, für sich und ihren Jungen mehr Verantwortung übernehmen zu wollen.

Beim gemeinsamen Abendessen erzählten die Heimkehrer, was sie sich alles in Erlangen angesehen hatten, wobei O'Connor Wert darauf legte, zu betonen, in wie vielen Kirchen sie gewesen seien. Seine Rechnung ging auf, indem seine Worte bei den Zuhörern ungläubige Gesichtsausdrücke auslösten. Keiner wagte hieran zu zweifeln, zumal Elisabeth voller Begeisterung über Details der Gotteshäuser berichtete, bis hin zur Morgenandacht am Sonntag. Spätestens hiernach waren sich die anderen gar nicht mehr so sicher, ob nicht jeder Hintergedanke an diese Wochenendfahrt unberechtigt sei. Lediglich der Umstand, dass sie sich nun beim Vornamen nannten, ließ noch einer Zweideutigkeit Raum, die von Miss Trailer sofort schmerzlich registriert wurde. Auch entging ihr nicht, dass O'Connor Elisabeth kurz in den Arm nahm, bevor er nach dem Abendessen mit den anderen nach oben ging.

Als Elisabeth mit ihrem Onkel und der Tante später noch allein im Wohnzimmer saß, fragte die Tante direkt: »Sag mal, läuft nun etwas zwischen euch?« – »Ja, aber nur außerhalb dieser Gruppe. Wir werden nur ab und an zusammen ein Wochenende miteinander verbringen.« Die Antwort seiner Nichte machte nun auch Prof. Stanley hellhörig. »Heißt das, ihr habt jetzt eine Wochenendaffäre und mehr nicht?«, wollte er von ihr wissen. »Nein. Wir lieben uns und möchten, wenn dies alles vorbei ist, in England heiraten; aber wir wollen hier auch keine Heimlichkeiten«, versuchte Elisabeth ihn zu beschwichtigen.

# IV. Die Ausreise der Kinder

Prof. Stanley und auch Elisabeth hatten in den letzten Wochen mehrfach mit ihren Eltern telefoniert und hierbei auch die Möglichkeit einer Ausreise von ehemaligen KZ-Kindern, die als Waisen in Kinderheimen lebten, besprochen. Die Dawsons wollten abklären, ob sie Familien finden könnten, die diese schwer traumatisierten Kinder bei sich aufnehmen würden. Nachdem O'Connor von den zuständigen Behörden erst zugesagt wurde, dass 30 dieser jüdischen Kinder das Land verlassen könnten, verringerte sich jetzt die Zahl auf gerade sieben.

In der Arbeitsgruppe sprach man lange darüber, nach welchen Kriterien die Kinder ausgewählt werden sollten, wobei von Anfang an klar war, dass die kleine Sofie aus dem Kinderheim, die Elisabeth so am Herzen lag, auf jeden Fall dabei sein sollte. Bei Ludwig dagegen war man sich nicht so sicher. Elisabeth und auch die anderen hätten es gerne gesehen, wenn auch er nach England kommen würde, aber der Junge wollte es nicht. Er fühlte sich nicht in der Lage, mit solchen Veränderungen fertig zu werden. Wenn es nach ihm ginge, würde er demnächst eine Ausbildung als Tischler beginnen und dann das Heim verlassen.

Als ihn Elisabeth fragte, was ihn denn noch in dem Land halten würde, wo seine ganze Familie vernichtet worden sei, antwortete er müde: »Mich hält hier nichts mehr, aber in England auch nichts. Es ist doch ganz egal, wo ich lebe.« Nach einer kurzen Pause fuhr er fort: »Ich mag auch dieses ganze Gerede nicht, was ich für ein Glück gehabt habe, dass ich noch lebe. Manchmal glaube ich, es wäre besser, wenn ich auch tot wäre.«

Mit Mrs Dawson wurde verabredet, dass sie Mitte Dezember die sieben Kinder abholen würde. Eine Woche bevor sie kommen wollte, rief sie abends bei ihrer Tochter an und teilte ihr mit, dass sich Phil den Tag zuvor durch einen Revolverschuss in den Kopf das Leben genommen habe. Elisabeth hatte einen Moment den Eindruck, als würde sie keine Luft mehr bekommen. Schockiert fragte sie: »Weiß man mehr, was geschehen ist?« – »Seine Mutter hat mir einen Brief für dich übergeben. Ich kann ihn dir mitbringen, wenn ich komme.« – »Nein, bitte lies ihn mir jetzt vor«, bat Elisabeth.

Der Brief war nicht lang. In ihm stand lediglich, dass er den Eindruck hätte, dass sich die Welt völlig verändert habe und er sie nicht mehr verstehen würde, wie er auch umgekehrt den Eindruck habe, dass ihn die anderen nicht verstehen könnten. Zum Schluss schrieb er, dass er Elisabeth einmal sehr geliebt habe, auf seine Art, aber dass ihr diese Liebe leider zu wenig gewesen sei, er ihr aber für die schöne gemeinsame Zeit danken würde.

Elisabeth bat ihre Mutter, später noch einmal anzurufen, weil ihre Tränen ihr die Stimme nahmen. Sie ging nach dem Telefonat nicht wieder zurück ins Esszimmer, wo alle beim Abendessen beisammensaßen, sondern in ihr Zimmer. Nach zehn Minuten kam Tom und fragte erstaunt: »Kommst du nicht mehr?« Mit verweintem Gesicht schüttelte sie nur den Kopf. Tom ging zurück und sagte nur: »Lizzy weint«, worauf sich Mrs Stanley gerade erheben wollte, um nach ihrer Nichte zu sehen, als O'Connor sie bat: »Lassen Sie mich bitte gehen.«

Er klopfte kurz an ihre Zimmertür und trat dann ein, ohne eine Antwort von ihr abzuwarten. Elisabeth lag mit dem Rücken auf ihrem Bett und starrte an die Zimmerdecke. Ohne ein Wort zu sagen, setzte er sich zu ihr an den Bettrand und nahm ihre Hand. Nach einer Weile sagte sie: »Phil hat sich erschossen. Ma hat mir noch seinen letzten Brief an mich vorgelesen.« Während sie das sagte, begann sie wieder zu weinen. O'Connor zog sie zu sich in den Arm und forderte sie auf: »Komm, lass einfach alles raus«, worauf sie ihm erzählte, dass sie schon mehrfach die Angst gehabt habe, er könne sich etwas antun. Im Laufe der Zeit sei er nicht nur anderen gegenüber immer härter geworden, sondern auch gegenüber sich selbst. Auch dieses Herausfordern von gefährlichen Situationen während seiner Einsätze und seine Verherrlichung vom Heldentod habe sie auffällig gefunden. Als sie sich wieder etwas beruhigt hatte, stellte sie fest: »Ich muss hier raus. Ich bekomme hier keine Luft mehr.« – »Dann lass uns sehen, dass wir eine Nacht im Hotel verbringen«, schlug er vor.

Während sie ein paar Sachen für die Nacht zusammenpackte, ging er zu den Stanleys und teilte ihnen im Arbeitszimmer mit, was geschehen war und dass er mit Elisabeth für eine Nacht ins Hotel gehen wolle. Sie waren zu ratlos und schockiert, um hiergegen Einwände zu haben. Nachdem er seine Sachen von oben geholt hatte, fuhren sie los, während Prof. Stanley bei seiner älteren Schwester anrief, um Einzelheiten über den tragischen Vorfall herauszubekommen. Ihn interessierte, was gerade jetzt der Anlass für diese Tat gewesen sein könnte. Seine Schwester berichtete ihm, dass Nancy dem Phil erzählt habe, dass ihre Tante Lizzy verliebt sei, worauf dieser Mr Dawson angesprochen habe.

Die Dawsons hatten in ihren wöchentlichen Telefonaten mit ihrer Tochter von deren neuer Liebe erfahren und sich sehr für sie gefreut. So hatten sie diese Neuigkeit auch ganz selbstverständlich gegenüber ihrem Sohn und dessen Familie beim gemeinsamen Sonntagsessen erwähnt, was deren fünfjährige Tochter Nancy wiederum zum Anlass nahm, dies im Ort weiterzuerzählen. So auch gegenüber Phil, als Mr Dawson seine kleine Enkelin einmal wieder mitnahm, um in dem Druckereibetrieb von Phils Eltern einen Druck für die Kirchengemeinde in Auftrag zu geben. Phil, der nach seiner Entlassung aus dem Krankenhaus stundenweise im Büro des elterlichen Druckereibetriebes arbeitete, sei gerade dabei gewesen, den Auftrag von ihrem Ehemann zu notieren, als ihm Nancy freudestrahlend diese Nachricht übermittelt habe.

Mrs Dawson konnte nicht ausschließen, dass dieses Gespräch der Anlass für diese Tat war, zumal die Mutter von Phil ihr gegenüber das sofort so darzustellen versucht hatte. Auch wenn Phils Eltern schon sehr lange um die Beziehungsprobleme ihres Sohnes wussten, war zumindest die Mutter der Ansicht, dass Elisabeth sich mit ihrem Sohn hätte aussöhnen und die Beziehung wiederaufnehmen sollen. Sie verwies dabei immer gerne auf ihre eigene Ehe, die trotz einiger Affären ihres Ehemannes immer noch halten würde.

O'Connor war inzwischen mit Elisabeth zu einem Hotel gefahren, von dem er aus der Kaserne wusste, dass man dort ohne viel Nachfragen Zimmer an Amerikaner in weiblicher Begleitung vermieten würde. Während sie noch unten im Flur an einem Eingangstresen die Anmietung des Zimmers aushandelten, wurden sie von einem Soldaten gegrüßt, der gerade mit seinem Mädchen die Treppe herunterkam. O'Connor, der ihn flüchtig aus der Kaserne kannte, grüßte nur knapp zurück und blickte dann zu Elisabeth, der die ganze Situation sichtbar peinlich war.

Da es in diesem Haus wenig Service gab, bekamen sie unten nur den Zimmerschlüssel ausgehändigt und den Hinweis, dass sie sich melden sollten, falls etwas fehlen würde. Ansonsten würden sich frische Laken und Handtücher auch oben in den Waschschränken befinden.

Das Zimmer war klein und mit einem Doppelbett, zwei Stühlen und einem Waschtisch ausgestattet. Nachdem O'Connor mit spitzen Fingern die Zudecke des Bettes angehoben hatte, um sich zu vergewissern, dass auch ein sauberes Laken aufgezogen worden war, fragte er Elisabeth: »Wollen wir bleiben?« Elisabeth nickte nur und setzte sich dann auf die Kante des Stuhles, der neben dem Bett in der Ecke stand, weil sie dieses Lotterbett wenig einladend empfand.

O'Connor setzte sich ihr gegenüber auf die Bettkante und versuchte mit ihr eine Antwort auf die Frage zu finden, ob sie wirklich für Phil alles getan habe, was man von ihr erwarten durfte. Nachdem sie schon zum zweiten Mal alle Stationen der Trennung durchgegangen waren, sagte O'Connor sehr bestimmt: »Lizzy, du kannst nicht das Zugpferd für das Leben anderer Menschen werden. Du kannst ihnen zwar helfen, indem du ihnen den richtigen Weg zeigst, aber gehen müssen sie ihn dann schon allein. Du machst dich auch nicht dadurch schuldig, nur weil du dich selbst davor geschützt hast, dich von ihm mit ins Unglück reißen zu lassen. Phil wusste auch schon in der Zeit, in der ihr zusammen ward, nicht mehr viel mit seinem Leben anzufangen. Er fand es toll, sich für andere zu opfern.« – »Und was soll nun dieser Brief? Warum versucht er mir wieder ein schlechtes Gewissen zu machen?« – »Es ist doch viel einfacher, anderen Menschen die Schuld für sein Scheitern zu geben, anstatt sie bei sich selbst zu suchen. Das sehen wir doch während unserer Arbeit jeden Tag. Hätte er sich sagen sollen: ›Ich kriege mein Leben nicht hin und brauche immer einen Kick, um überhaupt noch etwas zu spüren?‹ Gut, hätte er so gedacht, hätte er vielleicht den richtigen Weg für sich finden können, indem er sich gründlich ändert.«

Als sie noch immer schweigend vor sich hin starrte, sagte er eindringlich: »Liebling, hier versucht gerade jemand, dir zu Unrecht eine Schuld einzureden. Dieser Mann hat es damals nicht gut mit dir gemeint und zum Ende seines Lebens auch nicht. Ich denke, dass deine Entscheidung, nicht wieder zu ihm zurückzukehren, eine richtige war, oder glaubst du wirklich, du wärst jemals mit ihm glücklich geworden?« – »Nein, das habe ich schon seit langem nicht mehr geglaubt. Für mich war es nur immer eine Frage, wie viel eigenes Glück mir zusteht, wenn ich weiß, dass es jemand anderem schlecht geht.« »Solange du dem anderen nichts wegnimmst, so viel wie du brauchst, um glücklich zu sein. Außerdem sind glückliche Menschen, wie wir wissen, auch stabiler, um den anderen zu helfen.«

Elisabeth war von seinen Worten nicht ganz überzeugt und entgegnete deshalb: »Wenn ich hier gutes Essen aus der Kaserne bekomme, nehme ich den anderen etwas weg.« – »Das würdest du tun, wenn du prassen würdest.« – »Aber ich esse mich satt, während die anderen Menschen hier hungern. Ich teile nicht genau auf.« O'Connor schüttelte den Kopf, als er sagte: »Vielleicht passt das Beispiel auch nicht wirklich. Schließlich essen wir den Menschen hier nichts weg, sondern kriegen große Teile unserer Nahrung jede Woche aus Amerika. Nur in einem Punkt hast du Recht, dass wir es nicht mit den Menschen hier teilen. Ehrlich gesagt, finde ich auch, dass die Folgen eines Krieges schon sehr spürbar für ein Volk sein sollten, das den Krieg begonnen hat, auch wenn mir deren Kinder leidtun. Deshalb habe ich auch beim Essen, was ja wirklich nicht üppig ist, nicht so ein schlechtes Gewissen. Und was Phil angeht, glaubst du wirklich, er wäre glücklicher gewesen, wenn du bei ihm geblieben wärst? Ist Herr Schumacher etwa glücklicher, nur weil seine Familie bei ihm bleibt und er jeden Tag wieder an ihr ausleben kann, was er für ein Arschloch ist?«

Seine Worte hatten bei ihr die Wirkung nicht verfehlt. Es klang überzeugt, als sie schließlich sagte: »Nein, du hast Recht. Es wäre wahrscheinlich so gekommen, dass wir alle beide unglücklich geworden wären und unsere Kinder gleich mit.« Für ihn war dies ein Stichwort, um ein anderes Thema zu beginnen: »Übrigens Kinder. Ich habe es heute Abend geschafft, die Sally zu füttern. Vielleicht kriegen wir ja auch so einen kleinen süßen Fratz hin.« Elisabeth musste lächeln. Sie nahm seine Hand an, die er ihr entgegengestreckt hatte, und ließ sich von ihm hinüber zum Bett ziehen. Als er sie küssen wollte, sagte sie: »Bitte lass uns aber noch ein bisschen mit einer Sally warten.«

Seine Zärtlichkeiten taten ihr gut, auch wenn sie sich gewünscht hätte, dass der Anlass hierfür ein anderer gewesen wäre. Als sie später in seinem Arm lag, gestand er ihr: »Hey, das war aber höchste Zeit. So heftig habe ich mir ehrlich gesagt ein Leben voller Anstand nicht vorgestellt.« Bis auf ein kurzes In-den-Arm-Nehmen bei der morgendlichen Begrüßung und dem Gute-Nacht-Sagen gab es im Beisein der Mitbewohner keine körperlichen Kontakte zwischen ihnen. Wegen des anhaltenden schlechten Wetters war es derzeit auch kaum möglich gewesen, zu zweit an Außeneinsätzen teilzunehmen, so dass leidenschaftliche Küsse im Fahrzeug am Straßenrand einer ruhigen Seitenstraße bislang auch nur zweimal stattfinden konnten. Sie verabredeten deshalb, das kommende Wochenende nach Erlangen zu fahren, um wieder für sich sein zu können.

Am nächsten Morgen waren sie pünktlich zurück, um die anderen abzuholen. In der Kaserne angekommen, teilte Prof. Stanley mit, dass er seine Nichte und O'Connor noch allein sprechen wolle. Er hatte sich zwar gleich nach ihrer Ankunft erkundigt, ob wieder alles in Ordnung sei, hielt es dann aber doch für besser, ihnen in aller Ruhe noch von dem Telefonat mit seiner Schwester zu berichten. Sie zogen sich in sein Büro zurück, wo er ihnen erzählte, was er noch über die Begleitumstände des Selbstmordes erfahren habe. Während seine Nichte sehr betreten dreinblickte, versuchte er ihr zu erklären, warum er ihr das noch mitteilen wollte: »Ich hielt es für besser, dir das alles zu sagen, damit du Bescheid weißt, wie es zu dieser Tat gekommen ist, und du dich auch darauf einstellen kannst, falls von Phils Mutter noch Vorwürfe gegen dich erhoben werden sollten.« Elisabeth musste schlucken, bevor sie antwortete: »John und ich haben gestern noch lange über die Sache gesprochen. Es ist für mich jetzt nicht mehr so wichtig, warum es dazu kam, weil ich mir nichts vorwerfen muss. Vielleicht sollte es ja auch so kommen, dass durch das Gerede eines unschuldigen Kindes etwas in Gang gesetzt wurde, was vorher schon immer da war, nämlich sein Wunsch nach dem Tod.«

Prof. Stanley und O'Connor waren erleichtert, wie sie reagierte, und fanden auch ihre Idee gut, der Familie von Phil ein paar Zeilen zum Tod ihres Sohnes zu schicken. Sie wollte ihnen einfach nur mitteilen, dass es ihr leidtat, dass Phil nach seiner schweren Verletzung nicht mehr genug Lebensmut entwickeln konnte, und sie der Familie wünschen würde, ihre Trauer zu überwinden und wieder neue Hoffnung zu schöpfen. Um ihren Plan sofort umsetzen zu können, ließ sie sich von ihrem Onkel einen Briefbogen und einen Umschlag geben. Das fertige Schreiben brachte sie dann gleich zur Poststelle der Kaserne und sie hatte danach das Gefühl, einen wichtigen, aber auch schmerzhaften Abschnitt in ihrem Leben beendet zu haben.

Mit Ludwig traf sie sich noch ein letztes Mal vor dem Eintreffen ihrer Mutter. Sie hatte ihm ein Stück Topfkuchen mitgebracht, das von Toms Geburtstag übrig geblieben war. Zuerst sah sie ihm schweigend zu, wie er den Kuchen mit großem Appetit aß, und sagte dann: »Ludwig, ich weiß, dass du vor dem Krieg ein guter Schüler warst. Du hättest bestimmt einmal das Gymnasium besucht und wärst Arzt geworden, so wie dein Vater. Warum willst du nun deine ganze Begabung wegwerfen und Tischler werden, nur weil du hier im Heim keine guten Ausbildungsmöglichkeiten hast?« – »Ich möchte hier so schnell wie möglich raus. Wenn ich eine Lehre beginne, könnte ich bei meinem Lehrherrn wohnen.« Sie schwieg einen Moment, bevor sie ihn fragte: »Was meinst du, würden deine Eltern dir raten?« Er sah sie verblüfft an, bevor er hervorstieß: »Meine Eltern sind tot. Die können mir gar nichts mehr raten.« – »Und wenn sie nicht tot wären?« – »Dann würde ich auch nicht in einem so miesen Heim sitzen.«

Elisabeth holte tief Luft, bevor sie anerkennend feststellte:

»Du bist ein intelligenter Kerl. Das merkt man sofort. Aber ich meine es ernst, redest du manchmal mit deinen Eltern?« – »Nein. Ich glaube auch nicht mehr an Gott.« – »Warum nicht?« Er wirkte wütend, als er sagte: »Soll ich Gott noch dafür dankbar sein, dass er uns dies alles angetan hat?« Ihre Stimme klang seltsam ruhig, als sie ihm erwiderte: »Ludwig, nicht Gott hat euch das angetan, sondern die Nazis. Das ist ein großer Unterschied.« – »Und warum hat Gott es nicht verhindert, dass sie uns das antun konnten?« – »Würden die Menschen sich dann zum Besseren ändern, wenn Gott jede Verfehlung von ihnen verhindern würde? Ist es nicht genau die Angst vor Fehlern oder vor einer Schuld, die uns verantwortungsvoll handeln lässt?«

Seine Stimme klang trotzig, als er sagte: »Ich habe aber keine Lust, dafür zu bezahlen, dass andere aus ihren Fehlern lernen sollen.« – »Genau das musst du ja auch nicht mehr. Überlege doch einmal, wie dein Leben einmal aussehen sollte; was deine Eltern für dich vorbereitet hatten. Du solltest etwas aus deinen Fähigkeiten und deiner Intelligenz machen. Sprich einmal mit deinen Eltern, was du tun kannst.« Er wirkte ratlos und unheimlich zerbrechlich, als er sagte: »Ich weiß nicht, was ich machen soll.« Sie drückte seine Hand, als sie ihn aufforderte: »Bitte, Ludwig, nimm die Chance wahr und beginne in England ein neues Leben, in einer Familie, die dich fördert und dir hilft, diesen Wahnsinn, den du hier erlebt hast, hinter dir zu lassen.« Er schwieg lange, bevor er fragte: »Werden Sie mich in England besuchen?« – »Ja, ich werde dich dort besuchen kommen, sobald das Projekt in ein paar Monaten hier abgeschlossen ist, und du kannst dich immer an meine Eltern wenden, falls du Hilfe brauchst.« Seine Stimme klang sehr leise, als er schließlich sagte: »Ich werde fahren.«

Elisabeth war überglücklich, den anderen von Ludwigs Entscheidung berichten zu können, worauf O'Connor sofort mit der Heimleitung und der zuständigen Behörde verhandelte, damit noch alle Formalitäten bis zum Eintreffen von Mrs Dawson erledigt werden konnten. Die gute Stimmung bekam jedoch einen Dämpfer, als O'Connors Vorgesetzter, Mr Harris, aus Amerika anrief, um sich nach dem Projektstand zu erkundigen. Als ihm O'Connor schilderte, was bislang bearbeitet werden konnte und dass es ihnen gelungen sei, in einer Woche sieben jüdische Waisen in englischen Familien unterzubringen, schien Mr Harris nicht sehr zufrieden zu sein.

Er sagte deshalb: »John, es geht hier nicht um das Wohl von ein paar Waisen. Ihr Auftrag ist es, Beweismaterial über die Gräueltaten zu sammeln, damit der anstehende Prozess wasserdicht wird.« O'Connor wurde sofort hellhörig und fragte deshalb nach: »Heißt das, dass sich das Projektziel inzwischen geändert hat, oder hat man mir damals etwas vorenthalten?« Mr Harris versuchte zu beschwichtigen: »Es hat sich nichts verändert. Aber wir haben inzwischen eine Anfrage von den Ermittlungsbehörden vorliegen, die gerne Zugriff auf Ihre Untersuchungsergebnisse haben würden.« – »Verstehe ich Sie richtig, dass wir unsere Arbeit jetzt so umstellen sollen, damit wir den Ermittlungsbehörden zuarbeiten können?«, fragte O'Connor gereizt. »Richtig. Es kann nur eine gute Arbeit dabei herauskommen, wenn sich alle verfügbaren Stellen unterstützen.«

Bevor Mr Harris das Gespräch beendete, fragte er noch: »Übrigens habe ich gehört, dass da etwas zwischen Ihnen und der Engländerin laufen soll. Ist das etwas Ernstes oder nur eine gute Gelegenheit?« Über das ganze Gespräch verärgert, antwortete O'Connor kühl: »Das ist keine gute Gelegenheit, sondern ganz privat.« – »Ich hoffe nur, dass nicht der ganze Aufenthalt in Deutschland zu einer Privatsache verkommt, indem dort jeder auf Familie macht«, beendete Mr Harris ebenfalls verärgert das Gespräch.

O'Connor ging gleich danach zu den anderen und bat sie in

den Besprechungsraum. Nur Miss Trailer bat er, Büromaterial aus der Kasernenverwaltung zu holen, obwohl dies keineswegs so dringend war. Als Miss Trailer das Büro verlassen hatte, sagte er: »Ich glaube, dass Miss Trailer heimlich Informationen an Mr Harris weitergibt.« Mike Baker, der seine Kollegin von Anfang an nicht sehr sympathisch fand, fragte gleich: »Hat sich Harris verquatscht?« O'Connor erzählte ihnen den Inhalt des Gespräches und auch, dass Harris Informationen über seine Beziehung zu Elisabeth habe und es Andeutungen zu dem Privatleben der Mitarbeiter geben würde. »Die Trailer will sich bestimmt dafür rächen, weil du sie abgewiesen hast«, vermutete Mike Baker sofort. Um in aller Ruhe über die von Mr Harris geforderte Zusammenarbeit mit den Ermittlungsbehörden beraten zu können, wollten sie sich am Abend im Arbeitszimmer von Prof. Stanley treffen.

Nach dem Abendessen zog sich jeder schnell in seine Räume zurück, um sich dann eine halbe Stunde später, von Miss Trailer unbemerkt, im Arbeitszimmer von Prof. Stanley einzufinden. Sie diskutierten recht kontrovers bis kurz vor Mitternacht, wie sie ihren Auftrag nun definieren sollten. Bislang war jeder von ihnen davon ausgegangen, dass sie die Gräueltaten der Nazis aus Opfersicht beleuchten sollten. Mike Baker betonte aber auch, dass es ihm sehr wichtig wäre, dass die Täter auch angemessen zur Rechenschaft gezogen werden, wobei Elisabeth einwandte: »Ich möchte aber keine Zuarbeit für einen Schauprozess liefern und ich bin auch gegen die Todesstrafe. Für mich sind die Täter sowieso irre. Wer kann sich wohl sonst so einen Wahnsinn ausdenken.« O'Connor, der ebenfalls kein Befürworter der Todesstrafe war, sagte: »Ich vermute aber, dass es genau darauf hinauslaufen wird. Solche Täter lange in Haft zu halten, stellt auch ein großes Sicherheitsrisiko dar, zumal es immer noch viele Anhänger von denen geben wird, die frei herumlaufen.«

Prof. Stanley sah die Angelegenheit ganz pragmatisch: »Für mich ist diese Sache nur ein Projekt für ein Jahr, das ich wissenschaftlich begleiten will. Zum Glück ist es für keinen von uns der Lebensinhalt. Machen wir es einfach so, wie es uns wissenschaftlich sinnvoll erscheint, und wenn den hohen Leuten dies nicht passt, können sie uns ja feuern. Auf keinen Fall lasse ich mich für andere Institutionen vor deren Karren spannen. Ich bearbeite die Sache weiter aus Opfersicht und mehr nicht.« Sein Vorschlag fand allgemein Anklang und Mike Baker ging sogar noch so weit, dass er sagte: »Wenn die von den Ermittlungsbehörden kommen, sollten wir ihnen nur Material aushändigen, womit die wenig anfangen können. Das wäre auch eine Möglichkeit, uns von denen nicht instrumentalisieren zu lassen.«

O'Connor, der aufmerksam zugehört hatte, bekräftigte die vereinbarte Vorgehensweise: »Angesichts der Tatsache, dass Harris auf meine Nachfrage, ob sich das Projektziel verändert habe, dies ausdrücklich verneint hat, können wir auch davon ausgehen, dass wir so weitermachen können wie bislang. Dass Harris sich nebenbei noch einen Orden verdienen will, sollte unser Problem nicht sein. Zum Schutz unserer Opfer verbietet sich sogar unter Umständen eine enge Zusammenarbeit mit der Staatsanwaltschaft, und genau dieses Argument werde ich Harris gegenüber äußern.« Miss Trailer gegenüber wollte man sich korrekt, aber auch sehr reserviert verhalten und ihr keine Informationen zukommen lassen, die sie gegen sie verwenden konnte. Überhaupt beabsichtigte man, in Zukunft die brisanten Unterlagen hier im Büro von Prof. Stanley aufzubewahren, worauf Elisabeth vorschlug: »Vielleicht können wir uns ja auch zukünftig abends hier treffen, wenn wichtige Dinge zu besprechen sind.«

Am nächsten Tag fuhren Elisabeth und O'Connor mit dem Vormittagszug nach Erfurt. Es hatte die ganze Fahrt über geschneit, was für Elisabeth der Anlass war, sich über das bevorstehende Weihnachtsfest Gedanken zu machen. O'Connor hörte ihr amüsiert zu, was sie alles mit ihrer Tante für die Festtage auf die Beine stellen wollte, und schien sich auch schon auf die freien Tage zu freuen. Ihn störte lediglich daran, dass sie dann wohl kaum Gelegenheit für ungestörte Zweisamkeit haben würden, und er überlegte schon, ob er sich nicht eine recht harmlose, aber doch pflegebedürftige Erkrankung zulegen sollte, damit sich Elisabeth um ihn kümmern könne.

Es war gerade Mittagszeit, als sie sich auf die Suche nach einer Unterkunft machten. Ihnen gefiel ein Gasthof recht gut, der nur sechs Zimmer zu vermieten hatte. Die Wirtin war eine resolute rotbäckige Person, die gleich mit starkem Dialekt nachfragte: »Sind die Herrschaften miteinander verheiratet?« – »Nein, noch nicht«, antwortete O'Connor wahrheitsgemäß. Energisch sagte die Frau: »Dann können Sie nur die zwei kleinen Zimmer kriegen.« O'Connor, dessen Stimmung seit gestern wegen Miss Trailer deutlich gereizt war, beugte sich leicht vor und sagte: »Wussten Sie eigentlich, dass Ihr Führer mit seiner Eva auch lange Zeit in einem Bett geschlafen hat, ohne mit ihr verheiratet zu sein?« Als sie ihn verdutzt ansah, richtete er sich wieder auf und sagte mit bestimmtem Ton: »Außerdem bin ich Amerikaner und da gelten für mich Ihre scheinheiligen Sittengesetze sowieso nicht.«

Die Frau bekam einen hochroten Kopf, bevor sie voller Empörung mit schriller Stimme antwortete: »Was erlauben Sie sich eigentlich? Bei mir gibt es so etwas nicht. Suchen Sie sich doch ein anderes Haus für solche Schweinereien.« – »Genau das haben wir auch vor, und Schweinereien haben doch wohl hier eher andere gemacht«, erwiderte O'Connor, ergriff die Reisetaschen und verließ mit Elisabeth das Haus.

Draußen sagte er: »Wir sollten uns ein größeres Haus aussuchen und da mache ich wieder die Nummer, dass wir kaum ein Wort Deutsch verstehen.« Sie hatten Glück und konnten tatsächlich ein Doppelzimmer in der Nähe des Bahnhofes anmieten.

Als sie in ihrem Zimmer waren, fragte er sie: »Hast du wirklich Lust, durch den Schnee zu stapfen, oder sollten wir uns nicht lieber gegenseitig wärmen?« – »Ich denke, du willst zu Weihnachten krank werden, damit ich dich pflegen kann. Es wäre doch eine gute Gelegenheit, sich schon einmal eine Erkältung zu holen, und wenn wir beide eine bekämen, könnten wir vielleicht zusammen in einem Krankenzimmer untergebracht werden und meine Tante würde uns pflegen.« Obwohl er die Idee mit dem gemeinsamen Krankenbett sehr reizvoll fand, sagte er: »Ich glaube, es ist noch zu früh, jetzt schon krank zu werden. Komm, lass uns noch etwas zum Essen besorgen und dann den Rest des Tages uns ganz warm halten.«

Als sie am Sonntag nach Nürnberg zurückkamen, fragte aus Höflichkeit schon keiner mehr nach, was sie in Erfurt alles unternommen hatten. Für Miss Trailer, die Einzige, die etwas gegen diese Beziehung hatte, war die ganze Entwicklung in der Gruppe eine so unerfreuliche Sache, dass sie immer öfter Kontakte zu den stationierten Soldaten suchte und hierbei auch prompt von dem Zusammentreffen ihres Chefs mit dem Soldaten in dem besagten Hotel erfuhr. So aß Miss Trailer auch an diesem Abend lieber wieder in der Kantine, was alle als ganz angenehm empfanden. Während sie noch bei Tisch zusammensaßen, rief Mrs Dawson an, um über ihr Eintreffen am Dienstag zu informieren. Sie wollte drei Tage in Nürnberg bleiben und dann am Freitag mit den Kindern zurückfliegen.

Am Dienstag war Elisabeth schon den ganzen Vormittag aufgeregt. Gemeinsam mit ihrem Onkel fuhr sie gegen Mittag zum Militärflughafen, um ihre Mutter abzuholen. Mrs Dawson kam mit sehr viel Gepäck an, obwohl sie doch nur drei Tage bleiben wollte. Ihre Koffer waren gefüllt mit Dingen aus England, die es hier nicht gab und auf die ihre Lieben in

Deutschland nicht verzichten sollten, sowie mit Weihnachtsgeschenken. Nach der herzlichen Begrüßung betrachtete sie ihre Tochter. Sie war sichtbar erleichtert, Elisabeth in so guter Verfassung vorzufinden, weil sie sich schon Sorgen gemacht hatte, dass der Selbstmord von Phil sie immer noch stark belasten könnte.

Auf der Fahrt zur Kaserne fragte sie ihre Tochter: »Lerne ich denn auch noch deine neue Liebe kennen?« – »Ja, klar. Da fahren wir doch jetzt hin«, entgegnete diese in bester Laune.

Elisabeth brauchte ihre Mutter den anderen nicht erst vorstellen, weil die Ähnlichkeit mit ihr verblüffend war. Sie hatten beide die gleiche schlanke, mittelgroße Gestalt und die braunen, kräftigen, leicht gewellten Haare. Nur bei der Augenfarbe von Elisabeth hatte sich Mr Dawson durchgesetzt und ihr das Braun seiner Augen mitgegeben.

Mrs Dawson fand die beiden amerikanischen Mitarbeiter auf Anhieb nett. Da sie von ihrer Tochter bislang noch nicht erfahren hatte, wie dieser John nun eigentlich mit Nachnamen hieß, hatte sie das Problem, nicht auf Anhieb zu wissen, welcher der beiden Männer, die sich mit ihren Nachnamen vorstellten, denn nun der Auserwählte war, was die ganze Sache für sie aber nur noch spannender machte. Ihre genauen Beobachtungen brachten sie schließlich auf die richtige Spur. Da gab es einmal eine kurze Bemerkung von Mike Baker über seine Tochter Sally, die ihn schon als neuen Partner ihrer Tochter disqualifizierte; aber ganz sicher war sie sich, als der junge Projektleiter, der sich als O'Connor vorgestellt hatte, ihrer Tochter fast beiläufig über den Rücken strich.

Am Abend hatte sie dann Gelegenheit, mit ihrer Tochter noch einmal in Ruhe über die Sache mit Phil zu reden. Sie hatte auch dessen Abschiedsbrief mitgebracht, den Elisabeth sehr gefasst noch einmal in aller Ruhe durchlas. Danach blickte sie ihre Mutter an und sagte: »Es war zwar alles richtig hart, aber ich glaube, jetzt bin ich durch. Und John hat mir hierfür noch den letzten Schubs gegeben.« Es tat ihr gut, von ihrer Mutter zu hören, dass sie den neuen Mann in ihrem Leben sympathisch fand und ihr keiner aus der eigenen Familie einen Vorwurf machen würde, dass sie sich nicht noch stärker um Phil bemüht hat.

In den drei Tagen ihres Deutschlandaufenthaltes hatte Mrs Dawson nur ab 16 Uhr Gelegenheit, Zeit mit ihrer Tochter zu verbringen. Man hatte sich deshalb in der Gruppe darauf geeinigt, an diesen Tagen rechtzeitig Feierabend zu machen, damit noch etwas gemeinsame Zeit übrig blieb. Zusammen mit ihrer Mutter und der Tante bereitete Elisabeth die Abendessen vor und nach dem Essen begann dann der gemütliche Teil des Abends im Salon am Kamin. Zu diesem besonderen Anlass wurde ein Teil des Holzes, das sie schon für die Feiertage gehortet hatten, im Kamin verbrannt. Von den Bewohnern aus dem Dachgeschoss nahm nur O'Connor an diesen abendlichen Kaminrunden teil, weil Mike Baker seine Ehefrau nicht mit Sally allein lassen wollte. Miss Trailer, die abends immer öfter in die Kaserne ging, wurde hierzu ganz bewusst nicht eingeladen.

Am Freitag hatten Mike Baker und O'Connor alle ausgewählten Kinder aus den Kinderheimen abgeholt und direkt zum Militärflughafen gebracht, wo Elisabeth mit ihrer Mutter im Kontrollraum auf sie wartete. Sie hatten sich etwas verspätet und so war die Zeit zum Abschiednehmen sehr knapp. Elisabeth ging, als sie eintrafen, gleich auf Ludwig zu, der blass und schlaksig neben O'Connor stand. Sie wollte erst noch etwas sagen, konnte dann aber nicht, weil ihr die Tränen in die Augen schossen. Auch Ludwigs Augen waren feucht, als sie ihn fest an sich drückte und schließlich nur noch die Worte fand: »Mache es gut. Ich besuche dich bald.«

Das Flugpersonal drängte zum Aufbruch. Mrs Dawson, die

Sofie, das jüngste der Kinder, an der Hand hielt, zog ihre Tochter noch schnell mit dem noch freien Arm an sich heran und mahnte: »Pass gut auf dich auf!« Dann ging alles ganz schnell. Das wenige Gepäck der Kinder wurde auf die Ladefläche des Flugzeugs geworfen und Mrs Dawson stieg mit den Kindern ein. Dann startete der graue Flieger durch und hob ab. Elisabeth bekam hiervon nur noch die Hälfte mit, weil sie weinend an O'Connor gelehnt stand, der sie umfasst hielt.

Auf dem Rückweg in die Kaserne schimpfte Mike Baker: »Dies war doch wohl das Sinnvollste, was wir bislang gemacht haben. Manchmal frage ich mich, wofür wir eigentlich den übrigen anderen Kram machen. Der Rest der Welt will doch gar nicht erfahren, was hier wirklich geschehen ist. Warum auch? Die haben es doch schon seit Jahren gewusst und die Nazis einfach machen lassen. Und die Menschen hier sind auch nicht daran interessiert, dass wir ihnen präsentieren, was sie alles vernichtet haben. Ich hasse dieses Land und ich hasse meinen Job.«

Elisabeth, die sich wieder etwas gefasst hatte, schlug vor: »Lasst uns doch einfach versuchen, noch mehr Kinder hier rauszuholen, bevor man uns das Projekt wegnimmt und uns wieder nach Hause schickt.« O'Connor, der von der Abschiedsszene auf dem Flughafen sehr gerührt war, sagte zynisch: »Ich glaube, ich habe noch nie in meinem Leben so darauf gehofft, gefeuert zu werden, wie gerade jetzt. Ja, lasst uns versuchen, das Beste aus diesem miesen Job zu machen.«

# V. Die Feiertage

Die letzten Tage vor dem Fest waren wie immer die Zeit der Heimlichkeiten. Jeder hatte plötzlich noch etwas zu erledigen und Schubladen, die er emsig verschlossen hielt. Aus der Kasernenküche sollten sie einen Truthahn erhalten, so dass der Festtagsbraten gesichert war. Als Miss Trailer auch noch bekannt gab, einen Teil der Feiertage die festlichen Veranstaltungen in der Kaserne besuchen zu wollen, waren alle erleichtert.

Mrs Stanley hatte es tatsächlich geschafft, von einer Marktfrau ein paar Tannenzweige gegen ein Fläschchen Eau de Toilette einzutauschen, welches diese ihrer Tochter zu Weihnachten schenken wollte. Gemeinsam mit Tom und Vivienne hatte sie aus buntem Papier Weihnachtsschmuck gebastelt, während Elisabeth schon seit Tagen sehr viel Zeit abends in ihrem Zimmer verbrachte, um noch den Pullover, den Schal und die Mütze fertig zu stricken, alles Geschenke, die O'Connor von ihr zu Weihnachten bekommen würde. Ihre Mutter hatte ihr hierzu extra die Wolle aus England mitgebracht.

Einen Tag vor Heiligabend ging Mrs Stanley auf den Dachboden, um Wäsche aufzuhängen. In einer Ecke des Bodens saß Franz zusammengekauert und weinte. Als Mrs Stanley ihn fragte, was denn geschehen sei, schluchzte er: »Mein Vater hat mein Kaninchen Stoffel geschlachtet, obwohl er mir versprochen hat, es nicht zu tun. Ich werde nicht mit denen feiern.« Mrs Stanley nahm den Jungen mit in ihre Wohnung, weil sie nicht wollte, dass er dort oben weiter in der Kälte hockte.

Als Elisabeth, die am Küchentisch gerade ihre Wäsche bügelte, ihn sah, fragte sie gleich: »Na, hast du wieder unsere Wäsche von der Leine geholt?« Dann hörte sie, was wirklich geschehen war, und ihr taten ihre Verdächtigungen leid. Betroffen fragte sie: »Habt ihr denn nichts anderes, was ihr Weihnachten braten könnt?« Die Vorstellung, dass Stoffel nicht nur tot war, sondern nun auch noch gebraten werden würde, ließen Franz wieder die Tränen in die Augen schießen. Mit einer trotzigen Verzweiflung sagte er: »Ich werde Stoffel nicht essen. Niemals!« Tom stimmte ihm gleich zu: »Ich würde meinen Freund auch nicht essen wollen.«

O'Connor, der gerade Unterlagen in das Arbeitszimmer bringen wollte, fragte erstaunt: »Was ist denn hier los?« Als Tom ihm voller Empörung berichtete, was geschehen war, sagte er: »Franz, es war nicht gut, was dein Vater gemacht hat, zumal er dir auch versprochen hat, es nicht zu tun. Aber wenn du jetzt nicht wieder nach unten gehst, bekommen deine Mutter und du fürchterlichen Ärger. Du brauchst ja nichts vom Braten zu essen und kannst auch zeigen, wie weh es dir getan hat, aber reize jetzt bitte nicht noch deinen Vater. Der kann mit so etwas nicht umgehen.« Franz sah ihn verständnislos an und fragte: »Heißt das, dass ich mir jetzt alles von ihm gefallen lassen soll?« – »Nein, das soll es nicht heißen. Sieh zu, dass du so viel Zeit wie möglich bei Freunden oder Verwandten verbringen kannst. Es dauert nicht mehr lange und du kannst dein eigenes Leben beginnen.« – »Und was ist mit meiner Mutter?«, wollte er wissen. »Deine Mutter muss selbst wissen, wie lange sie es noch mit ihm aushalten will. Wenn dir deine Mutter schon nicht helfen kann, dann hilf dir wenigstens selbst, so gut es geht.«

Bedrückt und auch ratlos, was er mit den eben gehörten Ratschlägen anfangen sollte, verließ Franz die Wohnung, worauf Tom gleich seine Mutter fragte: »Und was essen wir für ein totes Tier zu Weihnachten?« – »Einen Truthahn, den zum Glück keiner von uns näher kannte«, antwortete ihm seine Mutter beschwichtigend.

Am Heiligen Abend gingen die Stanleys mit Elisabeth und O'Connor, wie es in Deutschland so üblich war, am späten Nachmittag in die Kirche. Zwar hatten die Kinder anfangs noch gehofft, die Bescherung auf den Heiligen Abend vorverlegen zu können, aber in diesem Punkt blieben die Erwachsenen dann doch bei ihren alten Bräuchen. Die Kirche befand sich in ihrem Wohnviertel und war so gut besucht, dass Spätankömmlinge gar keinen Platz mehr bekamen, sondern im hinteren Bereich der Kirche stehen mussten. O'Connor musste sich diesmal nicht mehr überwinden mitzugehen. Er genoss es, einen Platz in Elisabeths Familie gefunden zu haben, so dass alte schmerzhafte Erinnerungen an diesem Abend keinen Raum mehr fanden.

Nachdem die Kinder im Bett waren, wurden die Christmas-Stockings, die Mrs Dawson aus England mitgebracht hatte, an den Kaminsims gehängt und mit Geschenken gefüllt. Was hierfür zu sperrig war, wurde davor auf eine Decke gelegt.

Am nächsten Morgen durften zuerst Tom und Vivienne ihre Geschenke auspacken, während ihnen die Erwachsenen dabei zusahen und sich von deren kindlicher Freude berühren ließen. Dann überreichten sich die Erwachsenen ihre Geschenke, die in diesem Jahr nicht sehr üppig waren, weil es eben doch sehr schwer war, die Dinge in Deutschland zu bekommen, die einem in der eigenen Heimat so selbstverständlich erschienen. Trotzdem war für jeden etwas dabei, über das er sich freuen konnte.

So hatte Elisabeth von O'Connor ein kleines Geschenkkästchen überreicht bekommen, in dem sich ein goldener Ring mit einem kleinen Saphir befand. Sie fand ihn sehr hübsch und ließ ihn sich vom ihm gleich auf ihren linken Ringfinger streifen, während sie fragte: »Wann hast du den denn besorgt?« – »Du hattest ja die letzten Nachmittage keine Zeit mehr für mich und da habe ich die Gelegenheit genutzt und in der Stadt nach einem passenden Geschenk für dich gesucht.« Elisabeth, die sein Geschenk in ein weißes Bettlaken eingeschlagen hatte, überreichte es ihm mit den Worten: »Das war der Grund für meine Zeitnot. Ma hatte mir doch die Wolle mitgebracht und ich musste mich dann ziemlich anstrengen, um noch alles rechtzeitig fertig zu bekommen.«

Erstaunt breitete O'Connor das Laken aus und betrachtete seinen neuen Pullover mitsamt dem Schal und der Mütze. Die Stricksachen gefielen ihm so gut, dass er sofort damit beschäftigt war, sie anzuziehen, während Elisabeth ihn dabei kritisch musterte, weil sie fürchtete, es könnte ein Teil nicht richtig passen. Als er sich fertig angezogen im Dielenspiegel betrachtete, fragte er anerkennend: »Woher hattest du denn meine genauen Maße?« Sie musste schmunzeln, als sie gestand: »Ich habe deine Bekleidung heimlich in Erfurt ausgemessen.« Bevor sie wieder zurück zu den anderen in das Kaminzimmer gingen, zog O'Connor Elisabeth an sich heran und küsste sie kurz auf den Mund. Dann flüsterte er ihr zu: »Danke, mein Liebling. Lass uns versuchen, noch ein bisschen Zeit für uns zu finden.«

Mittags kamen die Bakers zum gemeinsamen Essen. Weil sie diesem christlichen Fest nichts abgewinnen konnten, außer ein paar arbeitsfreie Tage, wollten sie anfangs auch gar nicht an den Feierlichkeiten teilnehmen, aber dann einigte man sich auf gemeinsame Essen mittags und am Abend. Nach dem Mittagessen wollten O'Connor und Elisabeth ein wenig spazieren gehen. Weil es draußen frisch geschneit hatte, wurde es dann aber doch nicht ein Spaziergang zu zweit, wie anfangs von ihnen geplant, denn Tom wollte unbedingt mit, um seinen Schlitten auszuprobieren. Mrs Stanley hatte den Schlitten vor drei Tagen von der Nachbarin, deren Kinder schon zu groß dafür waren, für fünf Gläser englische Marmelade eingetauscht.

Nach 20 Minuten Fußmarsch fanden sie dann auch tatsächlich einen Hügel, von dem O'Connor mit Tom herunterfahren konnte, während Elisabeth etwas abseits stand und die Menschen um sich herum betrachtete. Ihr fiel dabei auf, dass es den Kindern offenbar gelang, während sie rodelten und kreischten, die Sorgen ihrer Elternhäuser zumindest für einen Moment zu vergessen. Den Erwachsenen gelang dies aber nicht. Es waren nur wenige Kinder in Begleitung von Erwachsenen gekommen, meistens die kleineren, deren Mütter oder Großeltern dann mit ausdruckslosen, blassen Gesichtern dem Treiben ihrer Kinder zusahen. Manchmal kam es Elisabeth so vor, als wären die Kinder in diesem Land die Einzigen, die noch Leben in sich spürten und sich die Zukunft zutrauten.

Den ersten Weihnachtsabend verbrachte die ganze Familie gemeinsam im Kaminzimmer vor dem lodernden Feuer. Zuerst hatte man mit den Kindern noch gespielt und eine Weihnachtsgeschichte vorgelesen. Als diese dann im Bett lagen, tranken die Männer genüsslich ihren schottischen Whiskey, ebenfalls ein Mitbringsel von Mrs Dawson, und die Frauen ein Glas Sherry.

Es war kurz nach Mitternacht, als man das gesellige Beisammensein auflöste, um selbst schlafen zu gehen. Als Elisabeth O'Connor zur Wohnungstür brachte, fragte er leise: »Willst du noch mit nach oben kommen?« Es war das erste Mal, dass er sich nicht an die getroffene Vereinbarung halten wollte, den anderen in diesem Haus nicht mit aufs Zimmer zu nehmen. Elisabeth zögerte: »Und was ist, wenn Miss Trailer mich sieht? Dann hat sie wieder einen Grund, sich bei Harris zu beschweren?« – »Dann lass mich mit deinem Onkel reden, ob ich noch eine Stunde bei dir bleiben kann. So würden auch die Kinder nichts mitbekommen.« Obwohl es Elisabeth ausgesprochen peinlich war, stimmte sie schließlich zu.

Prof. Stanley überprüfte gerade, ob von der Glut im Kamin keine Gefahr mehr ausging, als ihn O'Connor fragte: »Hätten Sie etwas dagegen, wenn ich noch eine Stunde bei Ihrer Nichte bleiben würde?« – »Nein, natürlich nicht. Nur jetzt habe ich hier schon alles ausgemacht.« – »Ich meinte nicht hier, sondern nebenan«, sagte er mit gedämpfter Stimme und machte eine Kopfbewegung in Richtung von Elisabeths Zimmer. Prof. Stanley wirkte etwas verlegen, als er antwortete: »Aber bitte so, dass die Kinder nichts merken.« – »Danke. Sie werden nichts merken«, versprach O'Connor erleichtert.

In ihrem Zimmer wagten sie nicht, sich auf das Bett zu setzen, weil die Federung quietschen könnte. Elisabeth zog ihre Wolldecke, die immer an ihrem Fußende lag, vom Bett und legte sie auf den Bettvorleger, so dass sie darauf Platz nehmen konnten. Als O'Connor feststellte, wie unbequem die ganze Angelegenheit war, sagte er leicht frustriert: »Ich komme mir manchmal vor wie ein Junge, der heimlich das Mädchen aus der Nachbarschaft liebt, aber nicht wie ein erwachsener Mann.«

Erst als sie danach im Dunkeln nach ihren Kleidungsstücken fingerten, um sich wieder anzukleiden, konnten sie über ihre Situation leise kichern, weil jeder damit beschäftigt war, durch das Abtasten des Wäschestückes in seiner Hand herauszubekommen, ob es ihm auch gehörte. O'Connor wollte nicht gleich danach nach oben gehen, sondern saß mit ihr noch mit dem Rücken ans Bett gelehnt auf der Decke. Einen Moment lang lauschten sie dem Gejohle von betrunkenen Männern auf der Straße, als er plötzlich seinen Arm um ihre Schulter legte und von ihr wissen wollte: »Was hältst du davon, wenn wir uns Silvester offiziell verloben?«

Obwohl sie seine Ehefrau werden wollte, hatte ein derartiger Beziehungsstand für sie einen zu bitteren Beigeschmack, so dass sie ihn fragte: »Müssen wir uns denn unbedingt verloben?« Er wirkte enttäuscht, als er sich bei ihr erkundigte: »Möchtest du denn nicht mehr, dass wir bald heiraten?« – »Doch, aber bitte ohne Verlobung. Ich habe an so etwas zu schlechte Erinnerungen.« Er küsste ihre Finger und sagte dann: »Trotzdem möchte ich dich heute Nacht offiziell fragen: Willst du meine Frau werden?« Elisabeth nahm seinen Heiratsantrag an und schwärmte sogleich von einer großen Hochzeit im Kreise der ganzen Familie im Pfarrhaus ihrer Eltern und wie ihr langes weißes Hochzeitskleid aussehen sollte. O'Connor musste über ihre Schwärmerei lächeln. Er zog sie fest in seinen Arm und hegte dann auch Zukunftspläne: »Ich freue mich auf ein gemeinsames Leben mit dir und auch darauf, ein Teil deiner Familie zu werden.« Bevor er ging, stellte er jedoch noch einmal richtig: »Auch wenn du keine offizielle Verlobungsfeier willst, von nun an sind wir aber nun einmal verlobt.«

Am zweiten Weihnachtstag gingen Mrs Stanley und Mrs Baker zusammen mit der kleinen Sally und Elisabeth zum Gemeindehaus der Kirche, um dort Kuchen und Kekse für die Notleidenden abzugeben. Nachdem ihnen die Gemeindehelferin, eine ältere freundliche Dame, die Backwaren abgenommen und sich bei ihnen dafür bedankt hatte, wollte sie von ihnen wissen: »Wohnen Sie nicht in dem Haus der Schumachers? Ich habe Sie dort schon ein paarmal herauskommen sehen.« Als Elisabeth dies bejahte, fuhr sie fort: »Ich kannte die Familie Friedmann gut, die vorher dort wohnte. Wir waren sogar miteinander befreundet.« Elisabeth zögerte erst einen Moment, fragte dann aber doch nach: »Was ist denn mit der Familie geschehen?« Die Stimme der Gemeindehelferin wurde gedämpfter, als sie antwortete: »Das war eine jüdische Familie. Man hat sie damals alle abgeholt. Das hat wohl keiner von ihnen überlebt.«

Schockiert und neugierig zugleich machte Elisabeth den Vorschlag: »Ich würde gerne mehr darüber erfahren. Wollen Sie uns nicht einmal besuchen kommen und dann alles erzählen, was Sie von der ganzen Sache wissen?« Die Gemeindehelferin zögerte erst einen kurzen Moment, sagte dann aber zu, am nächsten Tag zum Kaffeetrinken bei ihnen vorbeizukommen.

Von dieser Unterhaltung hatte nur Mrs Stanley etwas mitbekommen, weil die Deutschkenntnisse von Mrs Baker noch zu schlecht waren. Auf dem Heimweg übersetzte Elisabeth ihr deshalb, was sie eben erfahren hatten. Mrs Baker, die ebenfalls Jüdin war, blieb plötzlich erschüttert stehen und fragte: »Heißt das, ich wohne in den alten Möbeln von Menschen, die man vergast hat?« Elisabeth, der ebenfalls unwohl bei diesem Gedanken war, versuchte zu beschwichtigen: »Wir wissen es noch nicht so genau. Morgen können wir das ja alles erfragen.«

Als sie nach Hause kamen, bemerkten die Männer, die im Salon gemütlich miteinander geplaudert hatten, sofort, dass etwas geschehen sein musste. Mrs Stanley versuchte es ihnen zu erklären, nachdem sie zuvor ihre Kinder auf ihre Zimmer geschickt hatte. Mike Baker reagierte noch heftiger als seine Ehefrau, indem er sagte: »Falls dies stimmen sollte, bleibe ich keinen Tag länger hier. Ich finde es einfach geschmacklos, mich dort breitzumachen, wo man andere Menschen vertrieben hat, um sie dann auch noch umzubringen.« Während Elisabeth anfing, an den Einrichtungsgegenständen nach Hinweisen zu suchen, starrte O'Connor wortlos vor sich hin. Lediglich Prof. Stanley sagte: »Ich finde, wir sollten erst einmal abwarten, was uns diese Frau zu sagen hat, und dann entscheiden, was wir als Gruppe machen, wobei natürlich auch berücksichtigt werden sollte, was jeder Einzelne von uns noch aushält.«

Mehr halbherzig stimmte Mike Baker diesem Vorschlag zu, wollte dann aber mit seiner Familie nach oben gehen. Die Bakers hatten während der Weihnachtsfeiertage der Gemeinschaft willen und unter Einhaltung ihrer eigenen Glaubensregeln an den gemeinsamen Mahlzeiten teilgenommen, was allen auch immer wieder gezeigt hatte, dass mit gegenseitigem Respekt und Toleranz ein gutes Zusammenspiel beider Glaubensrichtungen ganz selbstverständlich möglich war.

O'Connor, der bislang geschwiegen und in die Flammen des Kamins gestarrt hatte, stand plötzlich auf und ging zum Fenster. Nachdem er einige Minuten schweigend hinausgesehen hatte, drehte er sich um und sagte: »Dies ist hier keine Wissenschaft mehr, das ist blanker Wahnsinn. Ich merke auch immer stärker, wie dieser Job nicht mehr in mein Leben passt. Auf der einen Seite möchte ich mit Elisabeth sobald wie möglich eine Familie gründen und wühle auf der anderen Seite jeden Tag in den Trümmern, was vom Leben der anderen noch übrig geblieben ist.« Nur der Kinder willen bemühte man sich, den Rest des Tages noch mit Spielen und dem Vorlesen von Geschichten harmonisch ausklingen zu lassen, wobei sich Elisabeth emotional aber schon fast so abwesend fühlte, wie sie es gestern bei den Erwachsenen auf der Rodelstrecke beobachtet hatte.

Am Abend telefonierte Elisabeth noch mit ihren Eltern. Von ihrer Mutter erfuhr sie, dass die kleine Sofie in der Familie ihres Bruders bleiben würde und Nancy sich über ihre neue Spielkameradin sehr gefreut habe. Ludwig sei zu Elisabeths ehemaliger Klavierlehrerin gekommen, die seit einem Reitunfall ein starkes Rückenleiden hatte und deshalb selbst keine Kinder bekommen konnte. Gemeinsam mit ihrem Ehemann, der Lehrer war, hatten sie sich immer ein Kind gewünscht und nun seien beide dankbar dafür, dass sie einen Jungen bekommen konnten, der zwar schon recht selbständig war, aber trotzdem noch die Geborgenheit einer Familie bräuchte.

Zum Schluss des Telefonates fragte Mrs Dawson ihre Tochter: »Und was macht deine neue Liebe?« – »Die Umstände hier sind zwar recht schwierig, aber es entwickelt sich etwas. Wenn wir hier die Zeit gemeinsam überstanden haben, kann Dad uns trauen«, gab Elisabeth ihrer Mutter Auskunft, die sich freute, dass ihre Tochter wieder private Pläne schmiedete, zumal ihr O'Connor als zukünftiger Schwiegersohn auch sehr zusagte.

Am nächsten Tag war O'Connor gemeinsam mit Elisabeth, Tom und Vivienne vormittags zu einem gefrorenen See gefahren, um dort zu schlittern. Die Bakers wollten erst zum Mittagessen nach unten kommen und Miss Trailer hatte sich wieder, wie schon den Tag zuvor, verabschiedet, so dass man vermutete, dass sie eine Liebschaft in der Kaserne begonnen habe, zumal ihr äußeres Erscheinungsbild deutlich auffälliger war als sonst.

Am Nachmittag war die allgemeine Anspannung dann deutlich spürbar. Man hatte sich darauf geeinigt, dass die Stanleys gemeinsam mit Elisabeth und O'Connor das Gespräch mit der Gemeindehelferin führen würden, während Mike Baker gar nicht erst dabei sein wollte, dafür aber Tom und Vivienne mit nach oben nehmen wollte. Pünktlich wie verabredet klingelte es an der Tür. Die Gemeindehelferin, die sich als Frau Sievers vorstellte, war nicht allein gekommen, sondern wurde von einer älteren Dame begleitet. Es war die ältere Schwester von Frau Sievers. Gleich nachdem man die beiden Damen in den Salon geführt hatte, sagte Frau Sievers: »Das ist ja fast alles so wie früher, nur die kostbaren Bilder und Teppiche fehlen«, worauf ihre Schwester ergänzte: »Was wertvoll war, haben bestimmt die Nazis alles mitgenommen oder die Schumachers haben es gleich zu sich nach unten geschafft.«

Als sie alle Platz genommen und Mrs Stanley und Elisabeth sie mit Tee und Kuchen versorgt hatten, fragte O'Connor: »Können Sie uns etwas über die Familie erzählen, die in dieser Wohnung gewohnt hat?« Die beiden älteren Damen sahen sich kurz an, bevor Frau Sievers erzählte: »Hier wohnte bis vor drei Jahren eine jüdische Familie, die den Laden gegenüber der Kirche hatte. Meine Schwester hat dort manchmal ausgeholfen und ich war mit der Mutter der Familie befreundet, die hier unter dem Dach wohnte.« Sie hielt einen Moment inne, bevor sie fortfuhr: »Das Geschäft ging früher ganz gut, bis sie vor acht Jahren immer mehr Probleme mit den Behörden bekamen. Erst waren es Kleinigkeiten, die sie nicht mehr durften, dann sprach sich aber herum, dass es ein Judenladen sei, in dem man nicht mehr kaufen sollte, bis sie schließlich alle abgeholt worden sind. Die alte Dame, mit der ich befreundet war, wollte immer in die Schweiz ausreisen, wo sie noch Verwandte hatten, bevor es zu spät sei, aber ihr Sohn glaubte noch bis zum Schluss, dass alles bald vorbei sein würde, bis es schließlich doch zu spät war. Er wollte einfach seinen Laden nicht aufgeben, weil dies doch seine Existenz war.«

Elisabeth hatte ihr aufmerksam zugehört und fragte dann: »Also hat jeder vorher gewusst, dass es Juden waren, und die anderen Menschen wurden auch aufgefordert, sie zu meiden?« – »Ja, natürlich. Wenn man sich nicht daran gehalten hat, wurde man verdächtigt, mit denen gemeinsame Sache zu machen. Sie glauben ja gar nicht, was hier los war. Plötzlich haben hier Menschen das Kommando übernommen, die man vorher gar nicht kannte, und die wollten einem dann erzählen, wie alles zu gehen hat. Mit ein bisschen Lebenserfahrung hat man doch gleich gesehen, dass so etwas nicht funktionieren kann.«

Die beiden älteren Damen blieben bis zum Abend. Sie interessierten sich natürlich auch dafür, warum die Stanleys und die anderen ausländischen Mitbewohner dieses Hauses in dieses Land gekommen waren. Prof. Stanley erklärte es ihnen: »Wir haben von unseren Regierungen den Auftrag erhalten, die Verbrechen der Nazis zu dokumentieren. Vielleicht interessiert sich ja einmal später jemand dafür, was wirklich geschehen ist. Falls Sie noch Informationen für uns haben oder aber uns Personen nennen können, die uns noch weitere Auskünfte geben möchten, wäre das für unsere Arbeit sehr hilfreich. Ihre Angaben werden natürlich alle anonym behandelt.«

Die Besucherinnen schienen Vertrauen gefasst zu haben und versprachen, noch ein paar Personen ansprechen zu wollen, die auch etwas zu berichten hätten. Bevor sie gingen, äußerten sie noch den Verdacht, dass Herr Schumacher an dem Abtransport seiner ehemaligen Mieter nicht ganz unbeteiligt gewesen sei. Überhaupt wäre Herr Schumacher damals ein ganz aktiver

Nazi gewesen, der brutal versucht habe, diese Ideologien auch umzusetzen.

Als die Sievers gegangen waren, herrschte anfangs ein betretenes Schweigen, bis O'Connor schließlich sagte: »Ich hole eben Mike runter. Er muss die Wahrheit wissen.« Mike Baker hörte sich mit einer merkwürdigen Gelassenheit an, was sie in Erfahrung bringen konnten, und sagte dann: »Ich habe geahnt, dass es genauso war. Nach dem, was wir hier schon alles erlebt haben, konnte ich nicht an etwas Harmloseres glauben. Wir haben uns deshalb entschieden, Deutschland zu verlassen, sobald mir mein Bruder einen Job besorgt hat.« Die anderen nickten, weil sie ihn verstehen konnten, und O'Connor bestärkte ihn noch in seiner Entscheidung: »Vielleicht ist das eine gute Möglichkeit, das Ende des Projektes vorzubereiten.«

Am nächsten Morgen sprach Frau Schumacher Elisabeth an, als sie gerade den Mülleimer in den Garten trug. Neugierig fragte sie nach einem kurzen Morgengruß: »Was wollte denn gestern Frau Sievers von Ihnen?« Elisabeth tat ahnungslos und erklärte: »Frau Sievers haben wir am zweiten Weihnachtstag kennengelernt, als wir den Kuchen für die Hungernden zum Gemeindehaus gebracht haben. Sie ist eine wirklich nette Frau.« Diese Antwort reichte Frau Schumacher offenbar nicht, so dass sie nachhakte: »Und, hat sie etwas erzählt?« – »Ja, doch. Wir haben uns darüber unterhalten, wie es hier früher einmal war.«

Jetzt war es Frau Schumacher, die am liebsten das Gespräch beendet hätte, was ihr aber nicht gelang, weil Elisabeth nachfragte: »Wussten Sie eigentlich, was mit der Familie Friedmann geschehen ist? Die haben doch hier gewohnt.« Fast barsch antwortete Frau Schumacher: »Die wurden von den Nazis abgeholt. Was mit ihnen geschehen ist, weiß ich nicht.« – »Wenn Sie gar nicht wissen, ob sie vielleicht noch zurückkommen, ist es dann nicht etwas voreilig, deren Wohnungen schon zu vermieten?«, bohrte Elisabeth hartnäckig weiter. »Was wollen

Sie eigentlich von uns? Warum müssen Sie und Ihre Leute eigentlich in Dingen herumwühlen, die Sie gar nichts angehen?«, wollte Frau Schumacher mit wütendem Gesicht von ihr wissen. »Ich finde schon, dass es die ganze Welt etwas angehen sollte, wenn ein Volk plötzlich beginnt, im richtig großen Stil bestimmte Bevölkerungsgruppen zu ermorden«, sagte Elisabeth sehr ruhig, aber bestimmt. Frau Schumacher drehte sich mit den Worten um: »Das werden Sie noch bereuen«, und ging mit schnellen Schritten ins Haus zurück.

Nachdenklich darüber, ob das Gespräch eben wirklich so klug war, ging Elisabeth nach oben und sagte zu ihrem Onkel, der gerade die Wanduhr in der Diele aufzog: »Die Schumacher hat mir eben gedroht.« Dann erzählte sie ihm von dem Gespräch. Beim gemeinsamen Essen informierten sie die anderen von dem Vorfall, worauf Mrs Baker sofort erregt sagte: »Ich möchte hier nicht mehr bleiben. Wenn die weiß, dass wir Juden sind, bringt die uns vielleicht noch um.« O'Connor versuchte über die Wohnungsvermittlung ein neues Quartier für alle zu besorgen, musste aber schnell einsehen, dass er zwischen den Feiertagen nichts erreichen konnte.

Erst nach Neujahr wollten sie wieder ins Büro fahren. Mike Baker hatte die freien Tage genutzt, um über seinen Bruder Kontakte für einen neuen Job zu knüpfen. Notfalls wollte er auch eine Zeit lang Taxi fahren oder aber als Packer arbeiten. Auf jeden Fall wollte er mit seiner Familie spätestens Ende Januar wieder in Amerika sein. Der allgemeinen schlechten Stimmung entsprechend verlief auch die Silvesterfeier. Sie hatten zwar alle eine Einladung zur Silvesterfeier in der Kaserne von Offizier Cooper erhalten, aber bis auf Miss Trailer war keiner hieran interessiert. So blieben sie unter sich, wobei sich keiner mehr so richtig wohl in der Unterkunft und auch in diesem Land fühlte.

# VI. Das neue Jahr

Als sie am 2. Januar in der Kaserne eintrafen, fanden sie ein Schreiben von Mr Steven vor, der als Staatsanwalt die anstehenden Strafverfahren gegen die inhaftierten Nazis vorbereiten sollte. Er kündigte seinen Besuch am Montag in der zweiten Woche des neuen Jahres an. Prof. Stanley reagierte ausgesprochen gelassen auf diese Ankündigung: »Lasst uns doch erst einmal abwarten, was er von uns will. Auf jeden Fall sollten wir nichts überstürzen und uns immer gut abstimmen.«

Während jeder versuchte, wieder seiner Arbeit nachzugehen, wurde auch hier deutlich, dass nichts mehr so war wie vor den Feiertagen. Miss Trailer, die mit einem gewissen Triumph verkündet hatte, dass sie einen netten Soldaten kennengelernt habe, nutzte jede Gelegenheit, ihr Büro zu verlassen, und die anderen wussten nicht so recht, was man noch Sinnvolles aus dem Projekt machen könnte, zumal jeder nur noch hoffte, so schnell wie möglich dieses Land verlassen zu können. Mike Baker war gar nicht mehr mit in die Kaserne gefahren, weil sich seine Ehefrau zu sehr fürchtete. Er wollte seine letzten Arbeitstage im Arbeitszimmer von Prof. Stanley verbringen, um immer in der Nähe seiner Familie sein zu können, falls Frau Schumacher ihre Drohung doch noch wahrmachen sollte.

O'Connor war mit Prof. Stanley noch einmal bei der Wohnungsvermittlung gewesen und hatte von dem Vorfall erzählt. Da der Wohnraum sehr knapp war, konnte man nicht sofort Abhilfe schaffen, zeigte sich aber sehr bemüht, doch noch etwas Passendes zu finden. Sie waren gerade wieder im Büro eingetroffen, als Mrs Stanley anrief. Sie erzählte ihrem Ehemann, dass Frau Sievers völlig außer sich angerufen hätte, weil sie einen Drohbrief bekommen habe, worauf sich Prof. Stanley und O'Connor entschlossen, gemeinsam mit Elisabeth zu Frau Sievers zu fahren.

Frau Sievers wirkte nervös, als sie die Tür öffnete und gleich fragte: »Hat Sie jemand gesehen?« Als man dies verneinte, bat sie ihre Besucher in die Wohnung und schaute noch einmal prüfend das Treppenhaus hinunter, bevor sie ihre Wohnungstür verschloss. Der Drohbrief lag auf dem Esszimmertisch. Er war mit Schreibmaschine geschrieben und enthielt die Botschaft: »Lass Dich ja nicht mit Ausländern ein, sonst fackele ich Deine Bude ab und Dich gleich mit.« Frau Sievers vermutete sofort die Schumachers hinter dieser Drohung, als ihr Elisabeth von dem Gespräch mit Frau Schumacher erzählt hatte.

Mit dem Drohbrief fuhren sie zu ihrer Unterkunft. Zwei Straßen weiter sahen sie Franz mit Haras spazieren gehen. O'Connor hielt den Wagen an und stieg aus. Nachdem er Haras gekrault und den Jungen begrüßt hatte, fragte er: »Sag einmal, Franz, habt ihr eine Schreibmaschine, die ihr mir einmal ausleihen könnt?« Dieser blickte ihn erstaunt an: »Ja, meine Eltern haben eine. Die steht im Schrank im Wohnzimmer. Ich weiß nicht, ob meine Eltern die Ihnen ausleihen würden. Ich kann sie jetzt auch gar nicht fragen, weil die bei meiner Oma sind.« O'Connor tat sehr bedrückt, als er sagte: »Das ist aber schlecht. Ich bräuchte sie doch nur ganz kurz, um ein paar Zeilen zu schreiben. Es ist ziemlich dringend, weißt du?«

Franz zögerte, bevor er vorschlug: »Dann kommen Sie doch mit und schreiben schnell Ihre Sachen.« Während der Junge mit dem Hund zurückging, fuhr O'Connor mit den anderen zum Haus. Prof. Stanley wollte im Fahrzeug bleiben und Ausschau halten, falls die Schumachers zurückkämen. Er würde dann hupen. Elisabeth wollte mit ins Haus kommen, um Franz abzulenken, damit dieser nicht sehen könnte, was O'Connor gerade auf der Maschine schrieb. Nachdem Franz auch am Haus angekommen war, ließ er Elisabeth und O'Connor in die Wohnung. Hastig holte er die Schreibmaschine aus dem Schrank und stellte sie auf den Tisch. O'Connor setzte sich auf den Stuhl davor und fragte den Jungen: »Hast du vielleicht noch einen Bogen für mich?«

Während der Junge aus einem mit Messingverschlägen verzierten Sekretär, der sich von seinem Stil her deutlich von den anderen Möbeln abhob, Schreibpapier heraussuchte, beschäftigte sich Elisabeth mit Haras. Er war ihnen ins Haus gefolgt und beschnupperte nun ausgiebig die ungewohnte Besucherin. Als Elisabeth hörte, wie O'Connor den Bogen in die Maschine einzog, fragte sie Franz: »Sag einmal, was hat denn Haras hier am Bauch?« Der Junge sah erstaunt von ihr zu dem Hund und fragte dann: »Was meinen Sie?« – »Hier unter dem Bauch hat er doch so eine kleine Stelle.« Während Elisabeth mit Franz vor dem Hund kniete und versuchte, ihm die Stelle zu zeigen, hatte O'Connor den Text des Drohbriefes mit der Maschine geschrieben. Elisabeth befingerte noch immer den Bauch des Hundes, als er den Bogen aus der Maschine zog, ihn zusammenfaltete und in seine Jackentasche steckte.

Dann fragte er interessiert: »Was sucht ihr denn am Haras?« – »Hier war eben so ein kleiner Knoten«, erwiderte Elisabeth. Nun hatte sich auch O'Connor über den Hund gebeugt und befühlte dessen Bauch. Nach einer Weile sagte er belustigend: »Du meinst aber nicht etwa seine Brustwarzen, oder?« – »Rüden haben doch gar kein Gesäuge«, entgegnete sie und schien sich ihrer Sache sehr sicher zu sein. »Nein, ein Gesäuge wohl nicht, aber kleine Brustwarzen.« Elisabeth sah ihren Freund zweifelnd an: »Bist du dir sicher?« – »Ja, glaube es mir. Meine Großeltern hatten auch einmal einen Rüden und da war das genauso. Fühle doch einmal.« Während O'Connor ihre Hand nahm und mit ihr die Brustleiste des Hundes befühlte, sagte er: »Ich habe doch auch Brustwarzen und bin völlig normal gebaut.« Seine Worte schienen sie überzeugt zu haben, als sie schließlich sagte: »Du hast Recht, das war nur seine Brust.«

Franz blickte erleichtert, dass alles wohl nur harmlos war, was Elisabeth an Haras gefunden haben wollte, während O'Connor zum Aufbruch drängte. Er bedankte sich noch einmal bei dem Jungen und gab ihm beim Weggehen noch den Rat: »Packe die Maschine lieber gleich weg und sage deinen Eltern nichts von dieser Sache, nachher bekommst du noch Ärger, weil du sie vorher nicht gefragt hast«, worauf Franz nur stumm nickte. Beim Verlassen des Raumes bemerkte Elisabeth: »Ihr habt ja wirklich einen sehr hübschen Sekretär.« Franz schien dieses Thema sichtlich peinlich zu sein. Mit gesenktem Blick murmelte er: »Den haben wir von Leuten, die einmal hier wohnten.«

O'Connor drängte zur Eile und lief zum Fahrzeug, um Mr Stanley Entwarnung zu geben und seine Sachen zu holen, während Elisabeth schon nach oben ging. Als die beiden Männer kurz darauf in der Wohnung eintrafen, sagte O'Connor mit einem breiten Grinsen zu Elisabeth: »Die Nummer mit dem Hund war ja echt gut.« – »Was heißt hier echt gut? Weißt du eigentlich, dass ich Blut und Wasser geschwitzt habe, diesem riesigen Tier am Bauch zu fummeln, nur um Franz abzulenken? Es hätte ja auch beißen können«, gab sie empört zu bedenken. O'Connor zog sie zu sich in den Arm und stellte anerkennend fest: »Du bist todesmutig. Das liebe ich so an dir. Übrigens bin ich ganz froh, dass du dich nur auf die kleinen Brustwarzen gestürzt hast. Bei seinen anderen Körperteilen, die so unten an ihm herumhängen, hätte er vielleicht nicht so friedfertig reagiert.«

Als sie dann den Drohbrief an Frau Sievers mit dem Text verglichen, den O'Connor gerade auf der Schreibmaschine der Schumachers geschrieben hatte, konnte man schon mit bloßem Auge erkennen, dass diese Schreiben mit ein und derselben Maschine geschrieben sein mussten. O'Connor wollte deshalb mit Elisabeth sofort zum Staatsanwalt fahren, um ihm die Schriftstücke vorzulegen.

Der Staatsanwalt Mr Steven war ein drahtiger Mann, Anfang 40, der seine unnahbare Art durch Höflichkeit kompensierte. Als sie sich ihm vorstellten, zeigte er sich sofort erfreut: »Oh, das ist ja schön, dass Sie sich so schnell auf mein Schreiben melden. So habe ich mir immer eine gute Zusammenarbeit vorgestellt.« – »Wir kommen nicht wegen Ihres Schreibens, sondern weil wir bedroht werden«, versuchte O'Connor das Gespräch gleich in die richtige Richtung zu lenken.

Sie schilderten Mr Steven, wie sich das Zusammenleben mit ihren Vermietern immer weiter zuspitzen würde und dass der eine Projektmitarbeiter aus dem Projekt aussteigen wolle, weil er sich in Deutschland als Jude nicht mehr sicher fühlen würde. Mr Steven wirkte zwar betroffen, wollte die ganze Sache dann aber etwas abstrakter betrachten, als er sagte: »Wir werden die Hauptakteure dieser Nazibande ja nun bald in den Nachfolge- prozessen anklagen und hoffentlich zur Abschreckung für alle hinrichten lassen. Wenn die Leute, meistens sind es ja nur Mit- läufer gewesen, dies mitbekommen, werden sie schon merken, dass sich ihre Gesinnung nicht mehr auszahlt.« Seine Worte erstaunten Elisabeth: »Heißt das, dass Sie gegen so Leute, wie es die Schumachers sind, gar nichts unternehmen wollen?« – »Richtig. Sonst könnten wir ja gleich ein ganzes Volk anklagen. So wie der einfache Mann auf der Straße Hitler einmal zuge- jubelt hat, wird er bald einer anderen Person zujubeln. So ist das nun einmal in einer Gesellschaft«, belehrte sie Mr Steven in seiner selbstgefälligen Art.

Auch O'Connor gefielen diese Worte nicht, worauf er erwi- derte: »Ich glaube, Sie unterschätzen hier etwas. Viele Men- schen in diesem Land, an deren Händen Blut klebt, werden versuchen, mit ihrer ganz persönlichen Schuld so umzugehen, dass sie nach Rechtfertigungen für ihr eigenes Handeln suchen.

Natürlich wird es auch einige geben, die ihr Handeln bereuen, vielleicht auch ein schlechtes Gewissen haben. Mr Steven, ich glaube nicht, dass Ihr Plan aufgehen kann. Hier geht es eben nicht nur um den Austausch von Politikern, sondern um die eigenen Schuldgefühle vieler Menschen, die eine Rolle in diesem ganzen Horror übernommen haben.«

O'Connors Theorie war zu weit von der Denkweise des Staatsanwaltes entfernt, als dass sie ihn wirklich interessierte. Mr Steven wollte auf etwas ganz anderes hinaus, als er vorschlug: »Ich finde, wir sollten jeder auf seine Weise darauf hinarbeiten, dass der bevorstehende Prozess ein voller Erfolg wird. Schließlich schaut die ganze Welt darauf.« – »Wie meinen Sie das?«, wollte Elisabeth von ihm wissen.

In seiner leicht arroganten Art erklärte ihr der Staatsanwalt: »Mrs Dawson, Ihr Team trägt doch nun schon seit Wochen Material für die Verbrechen der Nazis zusammen. Ich möchte dieses Material einfach nur für meine Ermittlungsarbeit haben.« Obwohl O'Connor gerade dies schon seit seinem Gespräch mit Mr Harris befürchtet hatte, tat er überrascht: »Wie stellen Sie sich das denn vor? Wir erforschen ausschließlich die Situation der Opfer und außerdem müssen viele Bereiche anonym behandelt werden, wie die Befragungen der überlebenden Opfer. Von denen wird wohl kaum einer bereit sein, vor Gericht mit viel Presse als Zeuge auszusagen.«

Mr Steven sah ihn einen Moment musternd an, bevor er fast drohend nachfragte: »Meinen Sie nicht, dass diese Empfindlichkeiten der Opfer eher nebensächlich sind, wenn es um so etwas Bedeutendes geht? Meinen Sie nicht, wir sollten alle an einem Strang ziehen und uns gegenseitig unterstützen?«

Die Art des Staatsanwaltes machte Elisabeth wütend: »Vielleicht sollten Sie erst einmal die Stellen einschalten, die Frau Sievers und uns vor weiteren Ausschreitungen schützen können. Im Moment sind wir nämlich mehr mit diesen Dingen beschäftigt und kommen gar nicht mehr zum richtigen Arbeiten.« – »Mrs Dawson, natürlich werde ich Ihren mitgebrachten Drohbrief mit einem kurzen Bericht weiterleiten, damit Sie geschützt werden können, aber über eines müssen Sie sich schon im Klaren sein: Der Job in diesem Land ist nun einmal nicht ganz ungefährlich. Das sollte man schon bedenken, wenn man als junge Frau, warum auch immer, hierherkommt.«

Elisabeth war aufgestanden und O'Connor hatte sich ebenfalls von seinem Stuhl erhoben, um zu gehen. Bevor sie sich vom Staatsanwalt verabschiedeten, machte O'Connor noch einmal deutlich: »Dann können wir ja nur hoffen, dass etwas dabei herauskommt. Wir sind hier alle Wissenschaftler und keine Abenteurer. Falls die Situation hier für uns zu gefährlich wird, werden wir alle unsere Arbeit abbrechen.«

Kaum saßen sie in ihrem Fahrzeug, schimpfte O'Connor: »Dieser arrogante Kerl. Denkt der etwa, dass wir hier Kopf und Kragen riskieren, damit er gut dasteht und vielleicht mit diesem Prozess noch Karriere machen kann?«

Während der Rückfahrt überlegten sie, ob es nicht sicherer sein würde, wenn sie alle in eine preiswerte Pension umziehen würden, und wollten dies mit den anderen beim Abendessen besprechen. Über dieses Thema wurde dann zwar auch gesprochen, aber mehr am Rande, weil Mike Baker verkündete, dass er in drei Tagen mit seiner Familie zurückfliegen würde. Als Grund für seine vorgezogene Abreise nannte er die Erkältung von Sally, die nicht besser werden wollte, und die Angst seiner Ehefrau vor Übergriffen. Er hatte eine Mitfluggelegenheit in einer Militärmaschine aushandeln können und wollte nun die letzten Tage nutzen, um seine Sachen zu packen und seine Ausarbeitungen den anderen zu übergeben. Seine Ehefrau wirkte nach Tagen der Angst und Verunsicherung das erste Mal wieder etwas entspannter, so dass zwar die Übrigen auf diese Ankündigung betroffen reagierten, es aber dennoch nachvollziehen konnten.

Am nächsten Morgen sprach Prof. Stanley, bevor sie ins Büro fahren wollten, bei Frau Schumacher vor, weil die ihnen für das alte Jahr zugeteilten Brennvorräte nahezu verbraucht waren. Frau Schumacher öffnete ihm die Wohnungstür und fragte gleich in einem aggressiven Ton: »Was gibt's?« Als er nach Brennmaterial fragte, teilte sie ihm schnippisch mit, dass sie ihm keine Kohlen und auch kein Holz geben könne, weil es eben keines gäbe. Erstaunt fragte Prof. Stanley: »Heißt das jetzt, wir können kein Heizmaterial mehr bekommen?« – »Ja, wir heizen auch nur noch mit dem Ofen in der Küche. Wenn es Ihnen zu kalt ist, können Sie ja wieder zurück nach England fahren«, antwortete sie.

O'Connor konnte später in der Kaserne noch etwas Holz und zwei Sack Kohle bekommen, nachdem er mit Offizier Cooper über ihre Wohnsituation gesprochen hatte. Cooper machte zwar sofort den Vorschlag, dass die Männer der Arbeitsgruppe Platz in der Kaserne finden und so auch besser vor Übergriffen geschützt werden könnten, was O'Connor aber mit dem Hinweis auf die Frauen und Kinder ablehnte.

Nach dem Gespräch mit Cooper rief O'Connor bei seinem Vorgesetzten an. Mr Harris vertröstete ihn, indem er sagte: »John, versuchen Sie jetzt die Nerven zu behalten. Sie sind doch sonst so ein cooler Typ. In zehn Tagen komme ich nach Nürnberg und dann können wir über alles reden. Bereiten Sie schon einmal die Unterlagen vor, damit ich sie Mr Steven dann überreichen kann.« – »Mr Harris, Sie werden dem Staatsanwalt gar nichts überreichen können, weil wir hier seit Wochen alles, aber auch alles unter den härtesten Umständen organisieren müssen. Ich glaube, Sie können sich gar nicht vorstellen, was hier eigentlich los ist«, entgegnete ihm O'Connor heftig, jedoch ohne Wirkung. »Nun übertreiben Sie mal nicht. Wir finden dann schon Lösungen«, beendete Mr Harris das Gespräch.

Als sie am Nachmittag wieder zurück zur Unterkunft fuhren, sahen sie Franz mit einem anderen Jungen an der Ecke drei Straßen weiter stehen. O'Connor hielt den Wagen an und fragte: »Franz, sollen wir dich mitnehmen?« Dieser zögerte erst einen kurzen Moment, bevor er sich dann doch entschloss, mitzufahren. Nachdem er in der Mitte der Rückbank zwischen Elisabeth und Miss Trailer Platz genommen hatte, fragte ihn Elisabeth: »Ist es bei euch auch so kalt? Die kleine Sally ist schon erkältet.« Franz schien die Frage peinlich zu sein. Etwas verlegen kam er schließlich mit der Sprache heraus: »Mein Vater will nicht, dass meine Mutter Ihnen Brennmaterial gibt.« – »Aber warum nicht? Wir zahlen doch schließlich Miete«, hakte Elisabeth gleich nach. Seine Stimme klang sehr leise, als er sagte: »Mein Vater will, dass Sie wieder abhauen. Bitte lassen Sie mich jetzt schon raus, damit meine Mutter nicht sieht, dass ich mit Ihnen mitgefahren bin.«

Vor dem Zaun bremste O'Connor den Wagen ab, um Franz aussteigen zu lassen. Elisabeth war schon ausgestiegen, damit der Junge das Fahrzeug verlassen konnte, als sie Herrn Schumacher mit Haras aus dem Eingang des Nachbargrundstückes kommen sah. Sie wollte Franz gerade warnen, als Haras auf sie zustürmte, sie kurz beschnupperte und dann freudig kläffend Franz begrüßte. Herr Schumacher war aufgrund der Reaktion seines Hundes aufmerksam geworden und hatte sich ihrem Fahrzeug genähert, um nachzusehen, wen Haras so freudig begrüßte. Als er seinen Sohn auf dem Rücksitz sitzen sah, fragte er gleich sehr aggressiv: »Was macht der Bengel denn bei Ihnen?« Elisabeth versuchte die Situation zu erklären: »Wir haben ihn drei Straßen weiter gesehen und ihm dann angeboten, das kurze Stück mit uns zu fahren.« Diese Erklärung verärgerte Herrn Schumacher noch mehr, worauf er fragte: »Und? Hat Ihnen das irgendjemand erlaubt, meinen Jungen mitzunehmen? Hier bestimme immer noch ich, mit wem er Auto fährt.«

Franz war inzwischen mit ängstlichem Gesicht ausgestiegen

und wurde von seinem Vater sofort mit der Krücke in die Seite gestoßen. Dann fuhr er ihn an: »Los, verschwinde ins Haus, aber schnell.« Während der Junge im Laufschritt auf das Grundstück lief und dann im Haus verschwand, humpelte Herr Schumacher auf seinen Krücken hinterher. Haras, der auch spürte, dass es wieder Ärger geben würde, schlich mit eingezogenem Schwanz hinter ihm her. Als sie kurz darauf den Wagen vor dem Haus abstellten, hörten sie, wie Herr Schumacher in seiner Wohnung seinen Sohn anschrie und das Wimmern des Jungen.

O'Connor bemerkte: »Jetzt wird Franz auch noch verprügelt«, worauf sich Elisabeth vom Rücksitz nach vorne beugte und kräftig auf die Hupe drückte. Von dem langanhaltenden Hupen vor seinem Haus abgelenkt, unterbrach Herr Schumacher seine Züchtigungen und trat ans Fenster. Als er den Wagen seiner Mieter erkannte, riss er das Küchenfenster auf und schrie: »Was soll denn dieser Lärm?«, worauf O'Connor ihm freundlich zurief: »Wir haben Holz und Kohlen im Kofferraum. Könnten Sie uns vielleicht einmal die Tür aufhalten, damit wir es nach oben tragen können?«

Herr Schumacher war nur kurze Zeit verdutzt, dann rief er ihnen zu: »Ich bin nicht euer Diener. Haltet sie doch selber auf.« Ohne eine Antwort abzuwarten, schloss er das Küchenfenster, worauf O'Connor sagte: »Jetzt wird ihn das wohl hoffentlich so beschäftigen, dass er die Finger von Franz lässt.« Zusammen mit Mike Baker trugen sie das Brennmaterial nach oben und verstauten es in der Abstellkammer.

Sally war mit ihrer Mutter den ganzen Tag im ersten Stock geblieben, weil die restliche Kohle nur noch für einen Ofen gereicht hatte. Mit Mrs Stanley hatten sie verabredet, dass sie die letzten beiden Tage im Arbeitszimmer ihres Ehemannes wohnen könnten, damit sich die Kleine nicht noch mehr erkälten würde. Zum Schlafen hatten sie ihre Matratzen von oben in eine Ecke des Raumes gelegt.

Trotz der beiden Kohlesäcke entschied man sich, nicht mehr das Dachgeschoss zu heizen. Miss Trailer war bereit, in eine kleine Pension in der Nähe der Kaserne zu ziehen und nach der Heimreise der Familie Baker sollte das ganze Dachgeschoss als Wohnraum von ihnen aufgegeben werden. O'Connor wollte dies am nächsten Tag der Wohnungsvermittlung mitteilen und hoffte auch, dass vielleicht diese Wohnung dann sehr schnell an vernünftige neue Mieter abgegeben werden könnte.

Er selbst schlief zurzeit auf dem Sofa im Salon und wollte dann in zwei Tagen in das Arbeitszimmer umziehen. Beim gemeinsamen Abendessen stellten sie fest, dass sie schon längst nicht mehr in der Lage waren, ihren Terminplan für das Projekt einzuhalten, was aber keinen von ihnen wirklich zu beunruhigen schien.

Den nächsten Tag waren alle damit beschäftigt, den Auszug von Miss Trailer zu organisieren und die Heimreise der Bakers. Zwischendurch war O'Connor noch zur Wohnungsvermittlung gefahren und hatte nach einem neuen Quartier gefragt. Wie erwartet hatte man keines für ihn. Erfreut nahm man aber zur Kenntnis, dass die Dachgeschosswohnung frei werden würde, und wollte diesen Wohnraum gleich an eine siebenköpfige Flüchtlingsfamilie abgeben. Als O'Connor dies später Frau Schumacher mitteilte, schimpfte sie: »Das wird ja immer schöner. Da ist einem wenigstens noch das Haus geblieben und dann werden einem ständig irgendwelche fremden Leute reingesetzt.«

An dem letzten gemeinsamen Abend kam bei allen auch ein Gefühl von Wehmut auf. Natürlich hatte jeder von ihnen auf seine Weise unter der Enge und den anderen Unannehmlichkeiten dieses Deutschlandaufenthaltes gelitten, aber es gab auch viele Momente der großen Gemeinsamkeiten. Trotzdem war allen bewusst, dass es höchste Zeit war, Sally, die zu ihrem Husten noch leichtes Fieber bekommen hatte, auszufliegen.

Als am nächsten Morgen O'Connor gemeinsam mit Elisabeth die Bakers zum Militärflughafen brachte, hatte Sally eine unruhige Nacht hinter sich, was auch ihren Eltern deutlich anzumerken war.

Beim Abschied nahmen sich alle noch einmal fest in die Arme und man versprach sich, miteinander in Kontakt zu bleiben. Als die Bakers dann in das Flugzeug stiegen, stellte Elisabeth fest: »Die haben es gut.« O'Connor nahm sie in den Arm und tröstete sie: »Bald sind wir dran und dann geht unser Leben erst so richtig los, mit einem gemeinsamen Schlafzimmer und vielen kleinen quakenden Sallys.«

Auch an diesem Tag war keiner von ihnen ins Büro gefahren. Gemeinsam räumten sie das Dachgeschoss frei und verschafften O'Connor eine Bleibe in der ersten Etage. Da im Arbeitszimmer kein Kleiderschrank war, hatte Elisabeth seine Anzüge mit in ihren Kleiderschrank gehängt, während seine übrige Wäsche im Bücherschrank des Arbeitszimmers verstaut wurde.

Auf Vivienne und Tom wirkte die ganze Situation sehr beängstigend, so dass Tom schon beim Abendessen fragte: »Wann fahren wir denn heim?« Sein Vater antwortete mit sehr besorgtem Gesicht: »Ich glaube nicht, dass wir noch lange bleiben werden. Spätestens im Sommer werden wir wieder in England sein.« Als die Kinder schon im Bett lagen, vereinbarten die Erwachsenen, dass Prof. Stanley zukünftig vorerst bei seiner Familie bleiben werde und nur noch O'Connor und Elisabeth ins Büro fahren oder aber Außentermine wahrnehmen würden.

Am nächsten Tag zog die Flüchtlingsfamilie aus Schlesien ins Dachgeschoss ein. Sie bestand aus einem Elternpaar, einer Großmutter, einer Tante und drei Kindern. Obwohl der Lärm der Kinder deutlich durch die Zimmerdecke zu hören war, schienen die Stanleys, die den Tag über das Treiben im Hause mitbekommen hatten, recht zufrieden damit zu sein, neue Nachbarn bekommen zu haben. Gar nicht zufrieden waren dagegen die Schumachers, die am liebsten alles unternommen hätten, um diesen Einzug zu verhindern. Zornig war Herr Schumacher am Nachmittag zu seinem Nachbarn, einem alten Kameraden aus Kriegszeiten, gegangen und hatte mit ihm Alkohol getrunken und Pläne geschmiedet, wie er das ganze Gesindel aus seinem Haus bekommen könne.

Es war kurz nach Mitternacht, als Elisabeth plötzlich aus dem Schlaf hochschreckte, weil die Fensterscheibe ihres Zimmers mit einem lauten Klirren zerbarst und sie einen faustgroßen dunklen Gegenstand neben ihrem Bett liegen sah. Im Halbdunkel des faden Vollmondlichtes konnte sie nicht erkennen, worum es sich bei diesem Gegenstand handelte, worauf sie voller Panik aus ihrem Bett sprang und in die Diele lief, wo sie hektisch an die Schlafzimmertür ihres Onkels und an die Bürotür klopfte. Vom Garten her konnte sie das aggressive Kläffen von Haras hören.

Obwohl alle schon tief und fest geschlafen hatten, dauerte es nur einen Bruchteil von Sekunden, bis sie hellwach wurden. Prof. Stanley und O'Connor gingen gemeinsam in Elisabeths Zimmer und untersuchten den dunklen Gegenstand vor dem Bett. Es war ein einfacher Stein, der sie aber nur im ersten Moment beruhigte. Als O'Connor vorsichtig an das Fenster trat und in den Garten blickte, sah er, wie Herr Schumacher mit seiner Krücke nach Haras schlug und ihm barsch befahl, ins Haus zu kommen.

Tom und Vivienne, die von dem Lärm ebenfalls wach geworden waren, wollten nach diesem Vorfall nicht mehr in ihren Zimmern schlafen. Man einigte sich schließlich darauf, dass sie auf Matratzen im Schlafzimmer ihrer Eltern Quartier beziehen konnten, nachdem diese einen Kleiderschrank vor das Schlafzimmerfenster geschoben hatten, um so zu verhindern, dass noch weitere Steine neben oder auf den Betten landen konnten.

O'Connor wirkte nach dem ersten Schreck merkwürdig gelassen. Nachdem die Kinder sich auf ihre Matratzen gelegt hatten und wieder etwas Ruhe eingekehrt war, schlug er Elisabeth vor: »Wir können uns ja eine zweite Matratzenfestung im Arbeitszimmer bauen.« Gemeinsam zogen sie den Bücherschrank vor das Fenster und zerrten ihre Matratze aus dem Bett, die sie neben seine legten.

Als sie dann später im Dunkeln nebeneinander lagen, stellte er fest: »Siehst du, das Schicksal meint es richtig gut mit uns. So kommen wir schon jetzt zu unserem gemeinsamen Schlafzimmer.« Elisabeth saß der Schreck noch zu tief in den Gliedern; sie konnte deshalb gar nichts Positives an der ganzen Situation finden. Obwohl sie sich in seinem Arm eingekuschelt und er sie mit ihrer Decke fest zugedeckt hatte, fror sie. »John, ich möchte mit dir nach England. Das hier ist der Krieg, der nach dem eigentlichen Krieg kommt, wenn die Waffen schon längst schweigen. Ein Krieg in den Köpfen dieser kaputten Menschen«, sagte sie frustriert.

Er versuchte ihr Mut zu machen, während er ihre Haare und den Nacken kraulte: »Bald sind wir bei deinen Eltern. Dann werde ich bei deinem Vater um deine Hand anhalten und wir werden heiraten, und zwar noch diesen Sommer. Das verspreche ich dir.« – »Glaubst du denn, dass wir das Projekt schon im Sommer abschließen können?«, fragte sie zweifelnd. – »Ich glaube, dass man Jahre braucht, um diesen ganzen Wahnsinn aufarbeiten zu können. Die Menschen hier sind ja auch nicht gerade bereitwillig, uns zu erzählen, was hier wirklich alles passiert ist. Ich werde mit Harris darüber reden, dass wir spätestens im Juli hier aufhören können. Dein Onkel hat mir gesagt, dass dieser Zeitpunkt auch für dich und deine Familie günstig wäre.«

Elisabeth war die Nacht mehrmals wach geworden, weil sie immer wieder husten musste und ihr kalt war. Die frostige Luft, die durch ihr zerschlagenes Zimmerfenster eindringen konnte, zog über den Fußboden des Arbeitszimmers, wo ihre Matratzen lagen. O'Connor schien weder ihren Husten noch die Kälte zu bemerken. Er schlief tief und fest, begleitet von einem leisen Schnarchen.

# VII. Die Abreise

Obwohl sich Elisabeth am nächsten Morgen krank fühlte, war sie aufgestanden und hatte sich angezogen. Beim gemeinsamen Frühstück gab Prof. Stanley bekannt, dass seine Familie für eine Woche zu der Tante nach Hamburg fahren würde und man danach überlegen wolle, ob ein weiteres Verbleiben in Nürnberg den Kindern zugemutet werden könne. Er wollte seine Entscheidung auch davon abhängig machen, ob man ein neues Quartier zugewiesen bekäme.

Während die Stanleys ihre Sachen für die Reise nach Hamburg packten, ging O'Connor mit Elisabeth zu den Schumachers. Die Vermieterin öffnete ihnen in einem verwaschenen Morgenmantel die Tür und fragte ausgesprochen unfreundlich: »Was wollen Sie denn so früh?« – »Früh? Ich hoffe, wir kommen nicht zu spät«, entgegnete O'Connor mit gespielter Gelassenheit. »Bei uns ist in der letzten Nacht eine Scheibe eingeschlagen worden. Wie Sie uns beim Einzug gesagt haben, sollen wir Ihnen ja immer sofort alle Schäden melden.«

»Und? Was denken Sie, soll ich jetzt tun?«, fragte Frau Schumacher sehr gereizt. »Was Sie auch tun würden, wenn eine Scheibe in Ihrem Schlafzimmer zerbrochen wäre. Nämlich jemanden kommen lassen, der sie repariert«, entgegnete O'Connor in einem sehr bestimmten Ton. »Bis heute Abend wird das ja wohl möglich sein.« – »Ich werde sehen, was ich machen kann«, erwiderte Frau Schumacher und schloss schnell die Wohnungstür. Durch die geschlossene Wohnungstür hörten Elisabeth und O'Connor, wie Herr Schumacher laut rief: »Was will das Pack denn? Haben die noch immer nicht genug?«

Der Zug nach Hamburg fuhr am späten Vormittag. Den Kindern war anzumerken, dass inzwischen mehr geschehen war, als sie verarbeiten konnten. Mit blassen Gesichtern und traurigem Blick verabschiedeten sie sich von denen, die in Nürnberg zurückbleiben mussten. Nachdem der Zug abgefahren war, schlug Prof. Stanley vor, dass sie erst einmal essen gehen sollten. Er wollte Elisabeth und O'Connor hierzu einladen.

Als Elisabeth später in dem Restaurant lustlos in der Speisekarte blätterte, fragte er besorgt: »Lizzy, was ist? Hast du keinen Hunger?« – »Nein. Ich weiß auch gar nicht, wie es hier weitergehen soll. Die Fensterscheibe wird bis heute Abend nicht repariert sein, da bin ich mir ziemlich sicher.« – »Wir fahren nach dem Essen zur Wohnungsvermittlung und erzählen denen, was passiert ist. Und wenn die noch hören, dass wir kein Heizmaterial mehr von Frau Schumacher bekommen und dass eine Fensterscheibe kaputt ist, kriegen wir bestimmt ein neues Quartier«, war O'Connor voller Hoffnung.

Während sie im überfüllten Flur der Wohnungsvermittlung warteten, fror Elisabeth und hustete so heftig, wie es auch viele der anderen Wohnungssuchenden um sie herum taten. Als sie dann endlich an der Reihe waren, schlug man ihnen nur vor, in eine Pension zu ziehen, nachdem man auf die vielen Flüchtlinge verwiesen hatte, die dringend untergebracht werden müssten. Erst gegen 16 Uhr trafen sie in der Kaserne ein, wo Miss Trailer sie gleich mit vorwurfsvollem Ton empfing: »Soll jetzt etwa gar nicht mehr am Projekt gearbeitet werden?« – »Miss Trailer, ich hoffe, Sie hatten eine angenehme Nacht. Wir hatten sie nämlich nicht«, erwiderte Prof. Stanley und schilderte ihr dann, was geschehen war.

Auch wenn die Möglichkeiten, Mitgefühl für ihre Kollegen zu empfinden, bei Miss Trailer sehr eingeschränkt waren, so war ihr doch anzumerken, dass sie von dem Vorfall betroffen war. Emsig bemühte sie sich, den dreien Gutes zu tun, indem sie gleich eine große Kanne englischen Tee kochte und ihnen Kekse aus der Kantine holte. Obwohl der Tee von der eingefleischten Kaffeetrinkerin Miss Trailer so stark bekocht war, dass er nur noch bitter schmeckte, trank ihn Elisabeth tapfer in großen Schlucken. Ihr war so dermaßen kalt, dass sie inzwischen nahezu alles Warme getrunken hätte, was sie hätte kriegen können. Blass saß sie in eine Decke gewickelt an ihrem Schreibtisch und starrte auf den Bericht, der vor ihr lag, unfähig, sich darauf konzentrieren zu können.

Schon allein wegen ihres Hab und Gutes entschlossen sie sich, die Nacht wieder in der Unterkunft zu verbringen, und fuhren deshalb um 19 Uhr los. Wie sie schon befürchtet hatten, war das Fenster nicht repariert worden. Am Vormittag hatten sie noch alle wichtigen Gegenstände in den anderen Zimmern verschlossen, damit Frau Schumacher mit einem Glaser in Elisabeths Zimmer konnte, was aber offenbar umsonst war.

Gereizt ging O'Connor nach unten und klingelte an der Wohnungstür der Schumachers. Als ihm Franz öffnete, fragte er: »Sind deine Eltern da?« Der Junge verneinte dies, worauf ihn O'Connor bat: »Richte bitte deiner Mutter aus, dass sie von uns auch keine Miete mehr bekommt, wenn nicht morgen die Scheibe repariert ist.« Der Junge blickte verzweifelt, als er sagte: »Meine Mutter kann doch gar nichts dafür. Das ist doch mein Vater.« – »Es mag sein, dass es dein Vater ist, aber deine Mutter deckt auch noch seine Taten, und das werfe ich ihr vor.«

Als er wieder nach oben kam, waren Prof. Stanley und Elisabeth gerade dabei, vor das Loch in der Scheibe ein Kissen zu klemmen, was aber wenig Halt hatte und deshalb auch nicht viel Wärme brachte. Elisabeth und O'Connor wollten die Nacht in den Zimmern von Tom und Vivienne schlafen, die aber auch, wie die ganze Wohnung, kalt waren, da niemand tagsüber den Ofen am Brennen gehalten hatte und das Feuer inzwischen ausgegangen war. Während sich Elisabeth gleich in Viviennes Bett zurückgezogen hatte, heizte O'Connor noch den Ofen im Esszimmer an und besprach danach mit Prof. Stanley das Arbeitsprogramm der nächsten Tage.

Auch in dieser Nacht konnte Elisabeth kaum schlafen. Sie hatte Kopf- und Gliederschmerzen und ihr machte der heftige Husten zu schaffen, so dass die Männer am nächsten Morgen beschlossen, mit ihr erst einmal zum Arzt zu fahren. Der Arzt stellte bei ihr eine schwere Bronchitis fest und riet ihr zur Bettruhe, worauf ihm Elisabeth entgegnete: »Ich habe hier kein warmes Bett und Ruhe erst recht nicht.«

Da es im Büro noch wärmer war als in ihrer Unterkunft, entschlossen sie sich, in die Kaserne zu fahren. O'Connor sprach mit Offizier Cooper und konnte erreichen, dass ein Pritschenbett in dem ehemaligen Büro von Mike Baker aufgestellt wurde, auf dem sich Elisabeth hinlegen konnte.

Im Laufe des Tages ging es ihr deutlich schlechter. Ihr tat alles weh und die Kopfschmerzen wurden immer heftiger. Als sie kaum noch etwas essen wollte, rief Prof. Stanley bei seiner Schwester an und bat sie, nach Nürnberg zu kommen. Gegen Abend hatte Mrs Dawson abklären können, dass sie erst in zwei Tagen kommen könne, weil ihr vorher kein Mitflug genehmigt werden konnte. O'Connor wirkte nervös. Er hatte immer wieder nach Elisabeth gesehen, die apathisch auf ihrer Pritsche lag, und ihr Tee oder Essen angeboten. Als sie trotz der zwei Decken immer noch fror und sich ihr Gesicht fiebrig anfühlte, rief er noch einmal in der Arztpraxis an. Dort erfuhr er von der Arzthelferin, dass der Doktor gerade zu Hausbesuchen unterwegs sei und nicht mehr in die Praxis kommen würde.

Nachdem Prof. Stanley noch einmal mit seiner Ehefrau in Hamburg telefoniert hatte und ihm diese zu Wadenwickeln riet, um das Fieber zu senken, fuhren sie mit Elisabeth, der auch das Gehen schwerfiel, zurück zur Unterkunft. Wie sie befürchtet hatten, war die Scheibe noch immer nicht repariert. Eilig richteten Prof. Stanley und O'Connor für Elisabeth das

Bett im Schlafzimmer her, weil dieses Zimmer dem Ofen im Esszimmer noch am nächsten stand. Um besser nach ihr sehen zu können, wollte O'Connor die Nacht bei ihr schlafen.

Währenddessen hatte sich Elisabeth mit großer Mühe im Bad für die Nacht umgezogen und sich dann in das Doppelbett gelegt. Sie merkte gerade noch, wie O'Connor um ihre beiden Waden feuchte Geschirrtücher wickelte, bevor sie erschöpft einschlief. In der Nacht hatte sie unruhige Träume. Sie träumte von Ludwig im Konzentrationslager, der abgemagert und kahlgeschoren in einer Baracke voller ebenso abgemagerter Kinder saß und die Hände nach ihr ausstreckte. Immer wenn sie seine Hände ergreifen wollte, drängte ein Aufseher sie weg. Schweißgebadet wurde sie wach und sah die Umrisse des Zimmers wie durch einen grauen Schleier. Ihr fehlte die Kraft, um sich Gewissheit zu verschaffen, ob alles wirklich nur ein schlimmer Traum war. Nachdem sie in ihrem durchgeschwitzten Nachthemd minutenlang regungslos im Bett gelegen hatte, dämmerte sie wieder ein.

Am nächsten Morgen wurde sie wach, als O'Connor sie weckte. Er hatte ihr in der Nacht gegen zwei Uhr noch einmal einen neuen Wadenwickel gemacht und war nun voller Hoffnung, dass es ihr etwas bessergehen würde. Während er ihr Gesicht streichelte, fragte er besorgt: »Lizzy, ist alles okay mit dir?« Sie sah ihn müde an und bat ihn dann: »Kannst du mich zur Toilette bringen?« Vorsichtig half er ihr aus dem Bett und führte sie zum Bad. Dort sagte sie: »Es geht schon. Ich rufe dich dann.« Mit großer Mühe setzte sie sich auf die Toilettenbrille und schaffte es auch noch, wieder aufzustehen. Als sie dann vor dem Waschtisch stand und ihr kalkweißes Gesicht mit den dunklen Rändern unter den Augen im Spiegel erblickte, wurde ihr plötzlich schwindelig und sie brach zusammen.

Von dem Scheppern im Bad aufgeschreckt, öffnete O'Connor die Badtür und sah sie dort liegen. Als sie nicht reagierte, rief er Prof. Stanley, der gerade in der Küche das Frühstück zubereitete. Gemeinsam trugen sie Elisabeth ins Schlafzimmer zurück und legten sie aufs Bett. Während O'Connor bei ihr blieb, rief Prof. Stanley in der Arztpraxis an, konnte dort aber noch keinen erreichen. In seiner Verzweiflung wählte er die Telefonnummer von Frau Sievers. Frau Sievers, die wusste, wo Dr. Schweda wohnte, wollte sofort bei ihm zu Hause vorbeigehen und ihn schicken.

Es dauerte fast eine Stunde, bis der Arzt endlich kam. Elisabeth wirkte sehr benommen und hatte Schüttelfrost. Nachdem der Arzt sie noch einmal untersucht hatte, sagte er, dass er nicht mehr ausschließen könnte, dass Elisabeth eine Lungenentzündung habe. Als Prof. Stanley ihn fragte, was denn nun zu tun sei, antwortete dieser: »Ich habe kein Penicillin, was ich ihr spritzen kann. Wir haben im Moment diese Dinge nicht.«

Gereizt wollte O'Connor wissen: »Und was sollen wir jetzt tun? Wir können doch nicht zusehen, wie es ihr von Tag zu Tag schlechter geht.« – »Versuchen Sie, sie nach England zurückzubringen. Sie können doch jederzeit das Land verlassen«, riet ihnen der Arzt. O'Connor reagierte skeptisch: »Sie glauben doch nicht, dass Miss Dawson den Transport übersteht wird?« – »Es kann sein, dass sie den Transport nicht übersteht, aber wenn sie hier weiter in dieser kalten Wohnung ohne Medikamente liegt, wird sie das auch nicht überstehen«, sagte Dr. Schweda mit einer Deutlichkeit, die keine Illusionen mehr zuließ.

Kaum war Dr. Schweda gegangen, telefonierte O'Connor mit Offizier Cooper. Sie vereinbarten, dass Elisabeth mit einem Militärfahrzeug zum Lazarett der amerikanischen Streitkräfte gefahren werden sollte.

Es war schon Mittag, als Elisabeth im stark zerstörten US-Army-Hospital ankam. Sie hatte hohes Fieber und war nicht mehr ansprechbar. Während Prof. Stanley mit Elisabeth, die im Flur auf einer Trage lag, auf den behandelnden Arzt wartete, erfuhr O'Connor, der die Formalitäten der Aufnahme regeln wollte, dass nur amerikanische Staatsangehörige im Hospital behandelt werden dürften. O'Connor sah einen Moment ungläubig die Krankenschwester an, bevor es aus ihm herausbrach: »Wollen Sie damit sagen, dass Sie lieber diese Frau dort sterben lassen, nur weil sie den falschen Pass hat?« Die Schwester reagierte abweisend: »Das ist nicht meine Entscheidung. So sind nun einmal die Vorschriften.«

O'Connors Puls raste und seine Hand ballte sich so fest zu einer Faust, dass sich seine Fingernägel in seinen Handballen bohrten. Betont ruhig sagte er: »Dann holen Sie mir bitte den Pfarrer. Ich werde diese Frau heiraten, und zwar sofort. Ich habe nämlich den richtigen Pass. Und bitte beeilen Sie sich, damit sie uns nicht noch stirbt.«

Als nach zehn Minuten der Pfarrer eintraf, zog er ihn in eine Fensternische des Ganges und flehte ihn an: »Bitte vollziehen Sie jetzt sofort die Trauung. Wir wollten im Sommer heiraten; das kann ihr Onkel bestätigen, aber sie wird sterben, wenn sie nicht sofort behandelt wird. Sie ist Engländerin und sie kann hier nur behandelt werden, wenn sie meine Angehörige ist. Ich flehe Sie an, tun Sie es, sonst ist es vielleicht zu spät.«

Der Pfarrer trat an die Trage, auf der Elisabeth lag, und berührte ihre Hand, die nicht mehr auf seinen Druck reagierte. Dann fragte er Prof. Stanley, ob er bezeugen könne, dass diese Frau mit O'Connor verlobt sei, was Prof. Stanley bestätigte. Es dauerte keine halbe Stunde, bis die Nottrauung vollzogen war. Der Akt selbst verlief so trostlos, dass O'Connor froh war, dass Elisabeth aufgrund ihres hohen Fiebers gar nicht mehr mitbekam, was um sie herum geschah.

Dann ging alles sehr schnell. Der Arzt untersuchte sie und bestätigte den Verdacht einer Lungenentzündung, wobei er auch gleich feststellte, dass das Rippenfell ebenfalls angegriffen war. Er spritzte ihr sofort Penicillin und ordnete an, dass sie auf jeden Fall im Hospital bleiben sollte. Nach der Untersuchung konnte O'Connor regeln, dass sie ein kleines Zimmer am Ende des Flures bekam und er bei ihr bleiben durfte.

Prof. Stanley war noch eine Stunde bei seiner Nichte geblieben. Schweigend hatte er an ihrem Bett gesessen und immer wieder ihre Hand gestreichelt, aber Elisabeth reagierte nicht; ihr Körper kämpfte seit Stunden gegen das hohe Fieber, so dass der Arzt immer wieder besorgt nach ihr sah, weil er befürchtete, dass der Kreislauf instabil werden könnte. O'Connor versuchte seine Nervosität zu unterdrücken, was ihm aber kaum gelang. Während Prof. Stanley noch bei Elisabeth saß, hatte er sich auf das Fensterbrett gesetzt und von dort aus stumm auf das Krankenbett geblickt.

Wenn der Arzt kam, um nach Elisabeth zu sehen, fragte er immer gleich: »Wird es besser?«, und war jedes Mal voller Angst, wenn er die Antwort erhielt, dass Elisabeth noch nicht über dem Berg sei. Es war schon 14 Uhr, als Prof. Stanley sich vom Bettrand erhob und fragte: »Soll ich dir noch etwas vorbeibringen?« – »Nein, ich brauche nichts«, antwortete er und seine Stimme klang müde. Bevor sich Prof. Stanley von ihm verabschiedete, fragte O'Connor ihn: »Glaubst du wirklich, wir haben alles für Lizzy getan? Meinst du nicht, wir hätten schon gestern Abend hierherfahren sollen, als es ihr noch nicht so schlecht ging?« – »Natürlich wäre es besser gewesen, wenn wir gestern schon mit ihr ins Krankenhaus gefahren wären, aber wir haben doch gar nicht geahnt, dass sie eine Lungenentzündung hat, und gestern sah es doch auch noch so aus, als könnte sie es so schaffen. John, man fährt doch nicht einfach wegen einer fiebrigen Erkältung ins Krankenhaus«, versuchte Prof. Stanley ihm seine Zweifel zu nehmen, auch wenn er selbst die Ungewissheit kaum ertrug, ob seine Nichte dies alles überleben würde.

Sie verabredeten, dass Prof. Stanley am Abend noch einmal vorbeikommen würde, aber ablösen lassen wollte sich O'Connor von ihm auf keinen Fall.

Am Nachmittag bekam Elisabeth ihre zweite Infusion und O'Connor war endlich bereit, auch selbst ein wenig zu essen, worauf ihm die Schwester Tee und belegte Brote brachte. Im Hospital war man nicht auf Patientinnen eingestellt und deshalb auch ganz froh, dass O'Connor bei seiner schwerkranken Ehefrau bleiben wollte, zumal ihr Zimmer auch nicht, wie die anderen Räume für Schwerkranke, in unmittelbarer Nähe des Schwesternzimmers lag. Weil die üblichen Krankenzimmer Mehrbettzimmer waren, konnte man ihr auch nur den etwas abgelegenen Ruheraum für den Bereitschaftsdienst geben.

Als am Abend der Arzt wiederkam, um nach Elisabeth zu sehen, hatte sie immer noch hohes Fieber und war nicht ansprechbar. Er horchte noch einmal gründlich ihre Lungen ab und sagte dann mit besorgtem Gesicht: »Ich befürchte, dass Ihre Frau auch noch eine kräftige Rippenfellentzündung bekommen hat. Es kann sein, dass wir sie morgen punktieren müssen.« O'Connor blickte ihn entsetzt an. »Punktieren, was meinen Sie damit?«, wollte er vom Arzt wissen. »Wir müssen die Flüssigkeit herausziehen, die sich gebildet hat. Dann wird Ihre Frau auch wieder leichter atmen können.« – »Ist das gefährlich, was Sie da vorhaben?«, fragte O'Connor. »Nichts zu tun, ist noch gefährlicher«, gab der Arzt zu bedenken und ließ ihn mit seiner Angst allein.

Prof. Stanley, der kurz danach im Krankenzimmer eintraf, sah sofort, dass sich die Situation nicht verbessert hatte. Besorgt fragte er, wie es um seine Nichte stehen würde, worauf ihm O'Connor mit blassem Gesicht erzählte, was ihm eben gerade der Arzt mitgeteilt habe. Prof. Stanley versuchte ihm Mut zu machen: »Ich glaube, dass Elisabeth hier gut aufgehoben ist. John, es gibt auch keine Alternative. Sie ist nicht transportfähig, um sie nach England fliegen zu können, und in deutschen Krankenhäusern fehlen oft die Medikamente.« – »Ich weiß, dass du Recht hast, aber ich habe einfach nur Angst, dass sie es nicht überstehen wird. Was ist, wenn …« Er brach ab und wandte sein Gesicht zum Fenster. Prof. Stanley blieb noch eine halbe Stunde am Bettrand seiner Nichte sitzen und umfasste ihre Hand. Bevor er wieder ging, sagte er zu O'Connor: »Morgen, wenn meine Schwester kommt, lass dich ruhig von ihr ablösen. Sie wird wie eine Löwin ihr Kind bewachen, da brauchst du keine Angst zu haben.«

Als Prof. Stanley gegangen war, kniete O'Connor sich vor das Krankenbett nieder und umfasste dabei die Hand von Elisabeth, bevor er betete. Er flehte Gott an, ihm nicht seine geliebte Ehefrau zu nehmen, und seine Augen füllten sich mit Tränen, als er das blasse Profil von Elisabeth betrachtete, die in einer ganz anderen Welt zu sein schien, die für ihn jedoch nicht erreichbar war. Er hörte Schritte im Flur, worauf er sich mit dem Handrücken über die Wangen wischte und aufstand, um sich auf die Bettkante zu setzen.

Es war die Nachtschwester, die ihm Bettzeug für die Nacht brachte. Bevor sie wieder ging, teilte sie ihm mit, dass sie stündlich nach Elisabeth sehen werde, er sie aber umgehend rufen solle, falls sich der Zustand seiner Ehefrau verändern würde. O'Connor zog seine Matratze direkt vor das Krankenbett und legte sich darauf. Er versuchte wach zu bleiben und den Atemzügen von Elisabeth zu lauschen, nickte dann aber immer wieder vor Erschöpfung ein, um dann kurz darauf wieder aufzuschrecken. Er konnte hören, dass jeder Atemzug für Elisabeth eine Anstrengung bedeutete. Mit seinen Händen fingerte er nach ihrem Gesicht und konnte feststellen, dass es sich immer noch heiß und verschwitzt anfühlte.

Immer wenn die Nachtwache kam, um den Puls und die Temperatur der Kranken zu überprüfen, fragte er nach, ob sich etwas verändert habe, und immer wieder stellte sich heraus, dass die kritische Phase noch nicht überwunden war.

Am nächsten Morgen kam sehr früh der Arzt und ordnete nach einer kurzen Untersuchung an, dass das Bett von Elisabeth in den Operationsraum gefahren werden sollte. O'Connor, der darauf bestand, bei seiner Ehefrau bleiben zu können, musste mit ansehen, wie zwischen ihren Rippen eine Metallröhre eingetrieben wurde, aus der gelblich wässrige Flüssigkeit ablief. Elisabeth war noch immer nicht ansprechbar und schien keine Schmerzen zu spüren, was ihn zwar auf der einen Seite beruhigte, aber für den Krankheitsverlauf kein gutes Zeichen war.

Gegen Mittag kamen Prof. Stanley und seine Schwester. Mrs Dawson begrüßte kurz ihren Schwiegersohn und beugte sich dann über ihre Tochter. Immer wieder strich sie ihr zärtlich mit der Hand über das Gesicht und sprach leise mit ihr. Dann richtete sie sich wieder auf und fragte, was der Arzt gesagt habe. Nachdem O'Connor ihr von der Punktion berichtet hatte, sagte sie: »John, fahren Sie jetzt lieber nach Hause und schlafen sich erst einmal aus. Ich passe jetzt auf Lizzy auf und melde mich, sobald sich etwas verändert.« Obwohl es O'Connor schwerfiel, zu gehen, sah er ein, dass er inzwischen selbst zu müde war, um für die Krankenwache noch nützlich zu sein. Er beugte sich noch einmal über Elisabeth und küsste vorsichtig ihre trockenen, rissigen Lippen. Dann ging er mit Prof. Stanley zur Tür, wo er sich noch einmal umdrehte. Erst als er sah, dass Mrs Dawson schon am Bett ihrer Tochter saß und deren Hand streichelte, wagte er zu gehen.

Als Mrs Dawson am Nachmittag gerade die Lippen ihrer Tochter mit einem nassen Mulltuch befeuchtete, bewegte diese den Kopf und stöhnte leise. Mrs Dawson hielt inne und nannte dann ihre Tochter mehrmals bei ihrem Namen, worauf sich Elisabeth unruhig bewegte und schließlich ihre Augen öffnete. Sie hatte noch Mühe, ihre Umgebung wahrzunehmen, erkannte aber sofort ihre Mutter. Kaum hörbar sagte sie: »Ma, es tut so weh.« Mrs Dawson klingelte und bat die herbeieilende Schwester, den Arzt zu informieren. Dieser zeigte sich erleichtert, als er feststellen konnte, dass das Fieber deutlich abgefallen und die Patientin wieder ansprechbar war. Nachdem er sie noch einmal abgehorcht hatte, sagte er zuversichtlich: »Das sieht ja schon viel besser aus. Da wird sich Ihr Ehemann aber freuen.« Bevor er wieder ging, bat ihn Mrs Dawson: »Können Sie bitte meinen Schwiegersohn anrufen und ihm berichten, damit er sich nicht mehr so viel Sorgen machen muss?«

Der Arzt hatte gerade wieder das Zimmer verlassen, als Elisabeth mühsam sagte: »Was redet ihr da? Ich bin nicht verheiratet, Ma.« Mrs Dawson sah ihre Tochter einen Moment etwas ratlos an und erklärte ihr dann: »Doch, Lizzy, es stimmt. John hat dich geheiratet, damit sie dich hier überhaupt behandeln. Hier im Hospital behandeln sie nur ihre amerikanischen Landsleute und deren Angehörige.« Elisabeth blickte ihre Mutter ungläubig an und forderte sie auf: »Bitte sag, dass das nicht stimmt.« – »Doch, es war so, und es hat dir wahrscheinlich das Leben gerettet«, versuchte ihre Mutter zu beschwichtigen. Elisabeth betrachtete fassungslos ihre Mutter, während sich ihre Augen mit Tränen füllten. Sie fing an zu weinen, unterbrochen von einem schmerzhaften Hustenanfall, der ihr die ganze Situation deutlich bewusst werden ließ. Beunruhigt von der Reaktion ihrer Tochter, wollte Mrs Dawson wissen: »Wolltest du ihn denn nicht mehr heiraten?« – »Ich wollte niemals geheiratet werden müssen«, versuchte ihre Tochter sich ihr zu erklären.

Als O'Connor vom Arzt informiert eine Stunde später erleichtert eintraf, bemerkte er sofort, dass etwas nicht stimmte. Er setzte sich zu seiner Ehefrau an den Bettrand und fragte besorgt: »Hast du Schmerzen?« Sie sah ihn kurz an und drehte dann den Kopf weg, worauf Mrs Dawson vorschlug: »Ich lasse euch wohl lieber erst einmal allein.« Kaum hatte seine Schwiegermutter das Zimmer verlassen, fragte er irritiert: »Was ist denn passiert?« Elisabeth antwortete nicht, sondern starrte weiterhin wortlos zum Fenster. Dann drehte sie ihren Kopf zu ihm hin und sah ihn sekundenlang an, bevor sie sagte: »Danke, dass du mir das Leben gerettet hast.« – »Lizzy, wie meinst du das?«, fragte er voller Unbehagen. »Ich kann mich einfach noch nicht damit abfinden, welchen Preis wir dafür gezahlt haben«, stellte sie fest und man konnte ihr ansehen, wie schwer ihr diese Unterhaltung fiel.

Er war noch zu unausgeschlafen, um ihre Andeutungen richtig interpretieren zu können, und fragte sie deshalb, welchen Preis sie denn meinen würde. »Die Nottrauung«, erwiderte sie nur knapp und drehte den Kopf wieder zum Fenster, weil sich ihre Augen mit Tränen füllten. O'Connor starrte fassungslos auf die Tränen, die ihr über die Wangen liefen, und fragte dann mühsam beherrscht: »Lizzy, was hätte ich denn tun sollen?« – »Ich weiß es nicht. Vielleicht dem Arzt Geld anbieten, damit er mich behandelt. John, verstehst du nicht, dass ich mich auf die Hochzeit gefreut habe? Ich wollte alles mit dir vorbereiten und ein schönes weißes Hochzeitskleid tragen, anstatt eines verschwitzten Nachthemdes. Außerdem wollte ich von meinem Vater als unseren Pfarrer gefragt werden, ob ich deine Frau werden möchte.« Er spürte, dass er mit den Nerven selbst am Ende war, von der Angst, die er um sie ausgestanden hatte, und dem Mangel an Schlaf. Fast hilflos schlug er vor: »Wir können die Ehe ja annullieren lassen und dann im Sommer noch einmal richtig heiraten. Bislang wurde sie ja gar nicht vollzogen.« – »Das kannst du doch nur tun, wenn du den anderen gar nicht heiraten wolltest, aber doch nicht, wenn du es später machen willst«, war ihr Einwand.

O'Connor betrachtete sekundenlang ihr blasses Gesicht und fragte sie dann: »Lizzy, möchtest du meine Ehefrau bleiben?« – »Ja, aber mach so etwas Wichtiges nicht noch einmal ohne mich.« – »Wir wollten es ja mit dir zusammen machen und der Pfarrer hat dich auch gefragt, aber du hast ja nur leise gestöhnt«, versuchte er sich zu verteidigen, bevor er sich nach vorne beugte, um sie zu küssen. Aber noch nicht einmal das gelang. Elisabeth musste heftig husten und klammerte sich vor Schmerzen an seinen Arm. Als sie sich wieder etwas beruhigt hatte, fragte sie: »Möchtest du mich denn auch ohne die Lungen- und Rippenfellentzündung zur Ehefrau haben?«

Er musste nicht lange überlegen: »Natürlich. Ich hätte dich auch schon Weihnachten heiraten können.« Sie sah ihn erstaunt an: »Hast du denn überhaupt keine Angst, dass es wieder schiefgehen könnte, wie bei deiner ersten Frau?« – »Als meine Ehe damals schon ruiniert war, sagte mir ein älterer, sehr lebenserfahrener Freund, dass man sich so schnell wie möglich die Familie seiner Zukünftigen anschauen soll. Wenn die Auserwählte aus einem guten Stall kommt, und hiermit hat er keineswegs das Geld gemeint, sondern welche Werte im Zusammenleben für diese Familie wichtig sind, dann weiß man auch, was auf einen zukommt. Was ich von deiner Familie mitbekommen habe, gefällt mir wirklich gut, und da wir alle hier unter einem Dach zusammenleben mussten, konnte keiner seine Schwachstellen lange verbergen.« – »Aha. Und wo sind deiner Meinung nach meine Schwachstellen?«, fragte sie sehr interessiert.

Er dachte einen Moment angestrengt nach und zählte dann auf: »Du bist manchmal etwas übertrieben ordentlich. Wirst ganz streng und unerbittlich, wenn dir etwas gegen den Strich geht, und kennst beim Billardspielen keinen Spaß, wenn man ein wenig mogelt oder aber ein Glas zu viel Whisky getrunken hat.« Elisabeth war etwas nachdenklich geworden: »Woher soll ich eigentlich wissen, was du für einer bist? Ich kenne doch deine Familie gar nicht.« – »Da kannst du nur meinen besten Freund und seine Ehefrau in Irland fragen. Ich kann sie ja bitten, dir einen Brief zu schreiben«, schlug er vor. »Meinst du, sie sind kritisch genug?« – »Ja, ich denke schon, weil sie nicht möchten, dass meine Ehe noch einmal scheitert.«

Der Arzt war zusammen mit Mrs Dawson ins Zimmer gekommen, um Elisabeth noch Medikamente gegen ihre Schmerzen zu geben. Das Fieber war wieder etwas angestiegen, lag aber trotzdem noch deutlich unter den Werten der letzten Tage. Nachdem Elisabeth ein wenig Suppe zu sich genommen hatte, wurde sie von ihrer Mutter gewaschen und neu angezogen, während O'Connor in der Kantine des Hospitals Abendbrot aß. Er wollte die Nacht bei seiner Ehefrau bleiben und hatte zwar in der Unterkunft ein wenig geschlafen, aber kaum etwas gegessen.

Während Mrs Dawson ihre Tochter versorgte, fragte sie: »Ist es jetzt für dich in Ordnung, was geschehen ist?« – »Ja, aber ich möchte trotzdem im Sommer nachfeiern, wenn wir wieder in England sind. Glaubst du, dass wir gut zusammenpassen?« – »Ich denke schon, und zwar nicht nur optisch. Ihr habt beide dieselben Vorstellungen, was richtig und was falsch ist, und geht die Dinge dann mutig an, die euch wichtig erscheinen. Ich glaube zwar auch, dass ihr euch manchmal richtig gut streiten könnt, weil ihr beide Dickschädel seid, aber ihr macht es für eine gute Lösung, da bin ich mir ganz sicher.«

Als O'Connor aus der Kantine zurückkam, sah er müde und blass aus. Nur seine dunklen Barthaare, die seit drei Tagen ungehindert wachsen konnten, gaben seinem Gesicht noch etwas Kontrast. Mit seiner Schwiegermutter besprach er, dass sie ihn am nächsten Morgen ablösen würde. Bevor sie ging, bedankte er sich noch einmal bei ihr, dass sie aus England gekommen war, worauf diese antwortete: »Es wäre für mich schlimmer gewesen, in England zu sitzen und zu wissen, dass es Lizzy nicht gut geht, als hier helfen zu können.«

Nachdem Mrs Dawson gegangen war, zog O'Connor wieder

seine Matratze vor das Krankenbett und legte sich darauf. Elisabeth war von dem Tag erschöpft und dämmerte vor sich hin, unterbrochen von schmerzhaften Hustenanfällen, während ihr Ehemann anfangs noch besorgt ihren Atemzügen gelauscht hatte und dann selbst eingeschlafen war. Er schlief so fest, dass er gar nicht mitbekam, wenn die Nachtschwester nach der Patientin sah.

Um sechs Uhr am nächsten Morgen wurden beide von der Krankenschwester geweckt, die zum Fieber- und Pulsmessen gekommen war. Elisabeth hatte wieder diese starken Schmerzen im Rücken und erbat ein Medikament, worauf sie die Schwester vertröstete, dass sie noch auf den Arzt warten müsse. Nachdem die Schwester wieder gegangen war, setzte sich O'Connor zu seiner Ehefrau an den Bettrand. Er hatte ein schlechtes Gewissen, weil er so fest geschlafen und deshalb nichts mehr um sich herum mitbekommen hatte. Zerknirscht stellte er fest: »Ich glaube, deine Mutter wäre doch die bessere Nachtwache für dich gewesen. Schon gestern Abend in der Kantine wäre ich fast im Sitzen eingeschlafen.« Elisabeth wollte ihn überreden, den Tag über nicht mehr ins Hospital zu kommen und sich stattdessen auszuruhen, worauf er nur erwiderte: »Übermorgen kommt Harris. Wir müssen noch unsere Arbeit im Büro ein wenig ordnen. Und heute Nachmittag will ich auf jeden Fall noch bei dir vorbeikommen.«

Mrs Dawson konnte ihnen etwas später berichten, dass endlich die Fensterscheibe von einem Glaser repariert worden sei, den Prof. Stanley von Frau Sievers genannt bekommen hatte. Die Kosten hierfür wollten sie von der nächsten Miete einbehalten. Prof. Stanley hatte aber auch von Frau Sievers erfahren, dass Dr. Schweda eine Drei-Zimmer-Dachgeschosswohnung zu vermieten hätte, weil seine jetzigen Mieter durch den Nachzug von Verwandten einen größeren Wohnraum beantragen mussten. Um einen Wohnungstausch anbieten zu können, wollte

Prof. Stanley heute Vormittag mit O'Connor zur Wohnraum-vermittlung. Seine Ehefrau und er hatten jeden zweiten Tag miteinander telefoniert und waren schließlich übereingekommen, dass den Kindern ein weiterer Aufenthalt in Deutschland nicht mehr zuzumuten sei. Mrs Stanley wollte deshalb in drei Tagen mit Tom und Vivienne aus Hamburg zurückkommen, um die Sachen zu packen und die Heimreise vorzubereiten.

Den ganzen Tag über konnte man auf der Station des Hospitals immer wieder das laute Rufen von einer Männerstimme hören, worauf Mrs Dawson die Schwester fragte, was denn los sei. Diese antwortete etwas ausweichend: »Wir haben da einen Patienten, der ist etwas verwirrt, aber ganz harmlos.« – »Und warum schreit er so?«, wollte Elisabeth wissen. »Der schreit nur, wenn man die Tür abschließt.« – »Und warum schließen Sie die Tür ab?«, hakte Elisabeth nach. »Weil er die anderen stört und auch schon einmal weggelaufen ist«, antwortete die Schwester und verließ dann rasch das Krankenzimmer. Mrs Dawson blickte ihre Tochter an und sagte beunruhigt: »Das ist ja schon alles ein wenig unheimlich.«

Währenddessen hatten sich O'Connor und Prof. Stanley die Dreizimmerwohnung angesehen und konnten mit Dr. Schweda übereinkommen, sie bis zum Sommer anzumieten, wenn die Wohnungsvermittlung dem Tausch zustimmen würde. Dies war tatsächlich einfacher als erwartet, weil man ja schließlich nun weniger Platz als bislang beanspruchen wollte, zumal Wohnraum wegen der vielen Vertriebenen von Tag zu Tag knapper wurde. Auch die Familie, die zurzeit noch bei Dr. Schweda wohnte, schien mit dieser Lösung einverstanden zu sein. Überhaupt nicht einverstanden waren dagegen die Schumachers, als sie von Prof. Stanley hierüber informiert wurden, aber sie mussten es schließlich so akzeptieren, weil es nun einmal keine Zeit war, in der man sich seine Mieter aussuchen durfte.

Als O'Connor am Nachmittag seine Ehefrau besuchte, war er zuvor gerade für drei Stunden im Büro gewesen. Der Staatsanwalt hatte am Vormittag angerufen und konnte nur von Miss Trailer in Erfahrung bringen, dass derzeit nicht am Projekt gearbeitet werden würde und sie nicht sagen könne, wann ihr Chef wieder zu erreichen sei. Da O'Connor auch keinen Bedarf sah, sich bei ihm zu melden, hatte er mit Prof. Stanley nur die Akten ein wenig strukturiert und die Büroräume aufgeräumt.

Nachdem er Elisabeth auf den neuesten Stand gebracht hatte, ließ sie sich von ihm die neue Wohnung beschreiben und war begeistert. Einzig die Tatsache, dass ihre Tante mit den Kindern in einer Woche Deutschland verlassen würde, trübte ihre Stimmung ein wenig. Mrs Dawson wollte noch offenlassen, ob sie dann auch mit zurück nach England fliegen würde, weil sie noch nicht absehen konnte, wie schnell sich der Gesundheitszustand ihrer Tochter deutlich verbessern würde. Heute war auch zum ersten Mal der Verband gewechselt worden, der die Punktionswunden abdeckte, wobei ihr und auch Elisabeth wieder einmal deutlich wurde, dass der Weg zur Genesung noch ziemlich weit sein würde. Sie verabredeten, dass Mrs Dawson am Abend gemeinsam mit ihrem Bruder zur Unterkunft fahren und O'Connor die Nacht wieder bei Elisabeth verbringen werde.

Gegen Abend hatte Prof. Stanley noch frische Wäsche für seine Nichte mitgebracht und er wirkte erleichtert darüber, sie schon in einem deutlich besseren Zustand anzutreffen. Als er gemeinsam mit seiner Schwester aufbrechen wollte, brachte O'Connor sie zum Fahrzeug, weil er sich danach noch etwas aus der Kantine zum Essen besorgen wollte.

Sie waren gerade seit zehn Minuten fort und Elisabeth döste im Dunkeln des Zimmers, als sich plötzlich ihre Zimmertür öffnete und eine Gestalt in den Raum huschte. Elisabeth hörte, wie sich jemand neben ihr auf den Stuhl setzte, und öffnete deshalb ihre Augen. Sie konnte die Gestalt neben ihrem Bett wegen der Dunkelheit nur schemenhaft erkennen, ahnte aber, dass es nicht ihr Ehemann sein konnte. Von der Situation beunruhigt, fragte sie: »Wer sind Sie?« – »Ein Freund«, sagte eine Männerstimme, die ihr gleich sehr unsympathisch war, und eine Hand griff fest nach ihrem Unterarm. Elisabeth geriet in Panik und versuchte dem Fremden ihren Arm zu entziehen, was ihr aber nicht gelang, weil sie noch zu schwach war und ihr auch der Brustkorb schmerzte. Mit lauter Stimme forderte sie die Gestalt auf: »Lassen Sie mich sofort los oder ich schreie.« – »Du musst gar nicht schreien, weil dich hier gar keiner hört«, antwortete die dunkle Gestalt neben ihrem Bett und stand vom Stuhl auf. Noch bevor Elisabeth zum Schreien ansetzen konnte, spürte sie, wie ihr eine Hand auf den Mund gelegt wurde, worauf sie den Kopf zum Fenster drehte und mit letzter Kraft laut um Hilfe schrie.

Sie merkte nicht, dass sich die Gestalt schnell ein paar Schritte von ihrem Bett entfernte und Schutz hinter der Tür suchte, die kurz darauf geöffnet wurde. Sie wandte erst den Kopf zur anderen Seite, als das Licht anging und ein Patient, der sich gerade auf dem Flur in der Nähe ihres Zimmers aufgehalten hatte und durch ihre Schreie aufmerksam geworden war, fragte: »Was haben Sie denn?« Noch völlig außer sich forderte ihn Elisabeth, die große Mühe hatte, Luft zu bekommen, auf: »Bitte holen Sie die Schwester.« Der Patient verließ rasch ihr Zimmer und rief im Flur nach der Schwester. Während Elisabeth noch keuchte, trat der Mann wieder hinter der Tür hervor. Elisabeth sah seinen Schatten aus dem Augenwinkel und drehte entsetzt den Kopf in seine Richtung. Sie konnte den Mann aber nur noch von hinten sehen und beobachten, wie er hinter einer Zimmertür verschwand.

Als endlich die Krankenschwester erschien, war Elisabeth kaum in der Lage zu sprechen, weil sie immer wieder husten musste und Atemnot hatte. Mit ihren Nerven am Ende versuchte sie der Schwester den Vorfall zu schildern, was diese aber gar nicht als so dramatisch beurteilte. Mit beruhigender Stimme sagte sie zu Elisabeth: »Das war bestimmt Mr Steller. Der ist ein bisschen verwirrt.« Ihre Worte bewirkten bei Elisabeth jedoch genau das Gegenteil. Sehr bestimmt forderte sie: »Holen Sie bitte den Arzt.« Nachdem die Schwester mit den Worten »Wenn Sie meinen, dass Ihnen das weiterhilft« das Krankenzimmer verlassen hatte, beobachtete Elisabeth nervös ihre Zimmertür. Sie zuckte zusammen, als sie sah, wie die Klinke von außen nach unten gedrückt wurde und sich die Tür öffnete. Ihr Herz raste vor Angst, als sie schließlich erleichtert feststellen konnte, dass es ihr eigener Ehemann war, der gerade eintrat.

O'Connor blickte ungläubig, als sie ihm erzählte, was gerade vorgefallen war, erklärte sich aber bereit, in das Nachbarzimmer zu gehen und nach einem Mr Steller zu fragen. Das Nachbarzimmer war mit sechs Betten belegt, und die Patienten darin antworteten auf seine Frage nach einem Mr Steller leicht amüsiert: »Ja, der war vorhin kurz hier. Der versteckt sich wohl wieder vor der Schwester.«

Als O'Connor wieder zurückkam, hatte der Arzt gerade in Begleitung der Schwester das Krankenzimmer seiner Ehefrau betreten. Nachdem der Arzt feststellen musste, in welcher Verfassung sich Elisabeth befand, wollte er ihr gleich eine Beruhigungsspritze geben, worauf diese aber sofort energisch abwehrte: »Sie werden mir jetzt keine Beruhigungsspritze geben. Ich werde noch heute Nacht dieses Haus verlassen.« – »Mrs O'Connor, Sie können in Ihrem Zustand nicht das Hospital verlassen, so beruhigen Sie sich doch. Es ist doch gar nichts geschehen«, versuchte der Arzt sie von ihrem Vorhaben abzubringen. Vor Aufregung bekam Elisabeth einen neuen Hustenanfall. Als sie wieder sprechen konnte, sagte sie empört: »Nichts passiert? Mir hat ein offensichtlich stark verwirrter Patient nur versucht, den Mund zuzuhalten, nachdem er zuvor meinen Arm festgehalten hat, und ich liege hier völlig hilflos rum.«

Weil er befürchtete, dass Elisabeth Ernst machen könnte, schaltete sich O'Connor in das Gespräch ein, indem er vorschlug: »Können wir denn die Tür nicht von innen abschließen? Ich schlafe doch heute Nacht wieder bei meiner Ehefrau.« Die Schwester holte auf Geheiß des Arztes den Zimmerschlüssel aus dem Stationszimmer und händigte ihn O'Connor aus. Elisabeth wurde erst wieder etwas ruhiger, als sie mit ihrem Ehemann allein war und dieser die Zimmertür verschlossen hatte. Dann bat sie ihn: »Bitte hole mich morgen hier raus. Ich halte dieses Irrenhaus nicht mehr länger aus.« O'Connor hatte sich zu ihr auf den Bettrand gesetzt und stellte sehr ernst fest: »Lizzy, wir würden dann Kopf und Kragen riskieren. Du bist für so etwas noch nicht stabil genug.«

Elisabeth stiegen die Tränen in die Augen, als sie ihn anflehte: »Bitte lass uns eine Lösung finden. Aber hol mich hier raus. Ich halte es nicht mehr aus, mich kaum bewegen zu können und völlig hilflos hier allen Leuten ausgeliefert zu sein.« Er wischte ihr mit der Hand die Tränen von den Wangen und betrachtete lange ihr Gesicht, bevor er ihr versprach: »Ich werde morgen mit deiner Mutter zusammen eine Lösung finden. Wir passen auf dich auf, verlass dich darauf.«

Er saß an diesem Abend noch lange an ihrem Bett und streichelte ihre Hand. Sie hatten das Licht schon gelöscht und er erzählte ihr, wie es damals für ihn nach dem Sprengstoffattentat war, als er wochenlang im Krankenhaus nahezu bewegungsunfähig liegen musste und es danach Monate brauchte, um überhaupt wieder vernünftig laufen zu können. Er habe sich damals zwar nicht von seinen Freunden im Stich gelassen gefühlt, aber immer häufiger den Eindruck gehabt, als gäbe es nur noch sehr wenige Gemeinsamkeiten mit ihnen. Hierdurch sei zwangsläufig auch eine gewisse Entfremdung entstanden. In diesen Monaten habe er lernen müssen, mit sehr schwierigen Situationen allein fertig zu werden, zumal sein Vater, der um seine Ehefrau trauerte und selbst schwere Verletzungen davongetragen hatte, ihm auch nicht helfen konnte. Eine große Hilfe sei ihm dagegen sein Großvater gewesen, der ihn immer wieder aufgefordert habe, nicht jeden Tag zu beklagen, was man alles nicht kann, sondern aus den zur Verfügung stehenden Möglichkeiten das Beste zu machen.

Elisabeth hatte ihm aufmerksam zugehört und fragte dann etwas ratlos: »Und was meinst du, sollen wir jetzt aus dieser Situation Positives machen?« – »Wegen deiner Erkrankung konnten wir viel früher als eigentlich geplant heiraten und müssen uns nicht mehr heimliche Liebesnester suchen. Wir haben in den letzten Tagen sehr viel Zeit miteinander verbracht, und zwar rein privat, und ich habe unheimlich viel Angst um dich gehabt, ein Gefühl, was mir erst richtig gezeigt hat, wie stark ich dich liebe. Ich glaube, ich hätte alles, was mir an Hab und Gut zur Verfügung steht, dafür geopfert, um dein Leben zu retten.« Sie schwieg einen Moment, bevor sie sagte: »Es tut mir leid, wie ich gestern darauf reagiert habe, als ich von Ma erfuhr, dass ich dich nun nicht mehr heiraten kann. Ich bin mir ziemlich sicher, dass ich genauso wie du gehandelt hätte.«

Später auf seiner Matratze vor ihrem Bett überlegte O'Connor, was man tun könnte, um Elisabeth aus dem Hospital zu holen. An ihren Atemzügen hörte er deutlich, wie krank sie noch war, auch wenn sie trotz ihrer Schmerzen diesmal ohne erneute Schmerzmittel eingeschlafen war. Obwohl er genau wusste, dass dieses Haus eigentlich keine optimale Umgebung für seine kranke Ehefrau war, und auch das Personal immer erleichtert schien, wenn man ihnen Arbeit abnahm und die Patientin mit versorgte, war er ratlos, was man tun könnte. Er hatte noch zu deutlich die mahnenden Worte des Arztes in Erinnerung, der ihn, bevor er ging, noch einmal darauf hingewiesen hatte, dass vom ständigen Husten immer wieder etwas Blut aus den Punktionswunden austreten würde und die Entzündung auch noch längst nicht im unproblematischen Bereich wäre. Außerdem sollte Elisabeth die nächsten drei Wochen strengste Bettruhe einhalten.

Während er grübelte, hörte er auf dem Flur leise Schritte, die immer näher kamen. Direkt vor der Zimmertür wurde es plötzlich still und nach einem kurzen Moment konnte er hören, wie jemand langsam die Türklinke nach unten drückte. Da die Person an der Tür offenbar nicht damit gerechnet hatte, dass die Tür verschlossen war, versuchte sie noch zweimal, durch das Drücken der Klinke diese zu öffnen.

Weil sich O'Connor nicht sicher war, ob es die Nachtschwester sein würde, die nach Elisabeth sehen wollte, stand er auf und öffnete die Tür. Vor ihm stand eine hagere, blasse Gestalt mit zwei tiefen Narben im Gesicht, die es deutlich entstellten. Das Erschrecken über den anderen war auf beiden Seiten spürbar. Voller Misstrauen fragte O'Connor mit leiser Stimme: »Wer sind Sie? Was wollen Sie hier?« Sein Gegenüber starrte ihn noch sekundenlang an und fragte dann mit hastiger Stimme: »Was hast du mit der Frau gemacht? Die will ich haben.«

Um Elisabeth nicht zu beunruhigen, war O'Connor auf den Flur getreten und hatte die Zimmertür wieder geschlossen. Er stand nun direkt vor diesem hageren Mann mit dem verwirrten Blick und sagte betont ruhig: »Ich kann verstehen, dass Sie diese Frau haben möchten, aber ich bin ihr Ehemann. Sie ist also nicht mehr frei.« Die fremde Gestalt war etwas zurückgewichen und blickte ihn voller Argwohn an, als sie fragte: »Was hast du mit ihr gemacht? Warum ist sie so krank?« – »Sie ist so krank geworden, weil es hier so kalt ist und wir nicht genug zum Heizen hatten.« Ohne noch etwas zu sagen, drehte sich der Mann um und ging schnell zu einer Zimmertür in der

Mitte des Flures, durch die er dann in ein Krankenzimmer verschwand.

O'Connor war wieder leise in Elisabeths Krankenzimmer getreten und hatte die Tür sofort verschlossen. Ihn hatte das Zusammentreffen mit diesem verwirrten Patienten sehr betroffen gemacht. Nicht nur weil Elisabeth offenbar dessen Interesse geweckt hatte, sondern auch weil ihm durch den Kopf ging, was Mike Baker einmal über die psychischen Schäden von traumatisierten Soldaten erzählt hatte. Die Narben im Gesicht des Mannes sahen noch frisch aus. Sie entstellten ihn dermaßen, dass jeder Blick in den Spiegel für ihn eine Qual sein musste.

Leise tastete er sich im Dunkeln wieder zu seiner Matratze und legte sich darauf. Elisabeth hatte offenbar nichts gemerkt, worüber er auch nur froh war. Er hatte sich in seine Decke gewickelt und ließ all die hässlichen Bilder dieser Nachkriegswelt an sich vorbeiziehen wie in einem grausamen Film. Als kleiner Junge hatte er noch daran geglaubt, dass das Leben voller spannender Herausforderungen sein würde, die er mit seinen Freunden bestehen wollte. Jetzt, Jahre später, fragte er sich, ob er jemals noch so unbekümmert und kraftvoll sein könne wie damals. Natürlich war er glücklich, Elisabeth zur Ehefrau zu haben, und freute sich auf die gemeinsame Zukunft mit ihr, aber konnte er seinen Kindern später einmal so viel Lebenszuversicht mitgeben, wie es ihm damals seine Eltern vermittelt hatten, bevor das alles geschah?

Er spürte wieder diesen Schmerz in seiner Brust, den er immer hatte, wenn die alte Trauer in ihm hochstieg. In solchen Momenten wünschte er sich ein neues Leben, das er fernab von der Zivilisation beginnen würde, im Einklang mit der Natur, ohne die ständigen Zwänge des Alltags, die einem kaum Raum für den eigenen Lebensrhythmus ließen. Für einen Augenblick hatte er in seinen Gedanken innegehalten, weil Elisabeth wieder einen ihrer Hustenanfälle hatte, war danach aber wieder ins Grübeln verfallen, weil er überlegte, wie er so schnell wie möglich diesen Aufenthalt in Deutschland für seine Projektgruppe beenden könne.

Um sechs Uhr klopfte am nächsten Morgen energisch die Schwester an der Zimmertür und teilte ihm gleich beim Öffnen der Tür barsch mit: »Die Türen dürfen hier nicht abgeschlossen werden. Wir sind hier schließlich kein Hotel.« Vom vielen Nachdenken unausgeschlafen und deshalb auch gereizter als sonst, erwiderte O'Connor: »Dr. Shawn hat uns erlaubt, die Tür abzuschließen, damit meine Ehefrau nicht weiterhin von Patienten belästigt wird.« – »Wieso wird Ihre Frau von Patienten belästigt? Sie liegt doch hier nur im Bett rum«, entgegnete die Schwester wenig feinfühlend. »Genau das scheint hier für den einen oder anderen Patienten offenbar den Reiz auszumachen.« Die Schwester sah ihn voller Unverständnis an und schob Elisabeth das Fieberthermometer in die Achselhöhle. Diese war noch zu müde, um den verbalen Schlagabtausch richtig einzuordnen, und versuchte stattdessen auszutesten, ob es ihr heute schon etwas besser ging.

Bis auf die nahezu durchgeschlafene Nacht konnte sie aber keine großen gesundheitlichen Fortschritte an sich feststellen. Trotzdem war sie weniger besorgt darüber als über die Beobachtung, dass ihr Ehemann heute noch blasser als die Tage zuvor aussah. Beunruhigt fragte sie: »John, geht es dir nicht gut?« O'Connor, der sich auf den Stuhl neben ihr Bett gesetzt hatte, rieb sich die Stirn und sagte: »Es wird Zeit, dass wir hier wegkommen. Es ist nicht gut für uns.« Elisabeth verstand nicht ganz, was er damit sagen wollte, und hakte deshalb nach: »Wie meinst du das?« – »Ich habe letzte Nacht ziemlich lange wachgelegen und mir ist dabei klargeworden, dass ich wieder ein Leben möchte, in dem ich mich wohlfühle, und nicht eines, wo ich irgendwie recht erfolgreich funktioniere. Natürlich können wir uns alle einen ganz großen Namen machen, wenn wir hier das Projekt erfolgreich zum Abschluss bringen und mit dem Staatsanwalt kooperativ zusammenarbeiten, aber das ist nicht das Leben, was ich wirklich möchte.« – »Und was möchtest du wirklich?« Er musste lächeln, als er seine Wünsche formulierte: »Mit dir im Sommer unter einem großen Baum liegen, Kinder bekommen, zu Weihnachten Plätzchen backen und das schöne Gefühl in all den kleinen harmlosen Dingen wieder spüren, anstatt den ganz großen Erfolgen nachzujagen in einer kalten, egoistischen Welt.« Elisabeth betrachtete ihn einen Moment fast andächtig, bevor sie von ihm wissen wollte: »Das hört sich gut an. Wann fangen wir damit an?« – »Wenn deine Mutter kommt. Die muss uns dabei helfen.«

Mrs Dawson kam gegen acht Uhr. Sie hatte sofort bemerkt, dass ihr Schwiegersohn blass und übermüdet aussah, und fragte deshalb besorgt: »War etwas die Nacht?« Elisabeth und O'Connor erzählten ihr daraufhin von der Begegnung mit dem offenbar psychisch Kranken, bevor sie vorschlugen, dass man den Arzt gleich bei der Visite überreden sollte, einer Entlassung zuzustimmen. Obwohl Mrs Dawson keineswegs zu den ängstlichen Frauen gehörte, hatte sie große Zweifel, als sie einwandte: »Wenn wir jetzt zu Hause wären, würde ich sofort sagen, dass wir es versuchen sollten, aber hier in diesem Land fehlt es doch an allem. Und wenn es schiefgeht, müsst ihr noch befürchten, dass sie euch hier nicht mehr aufnehmen.« – »Ma, ich weiß, dass das Risiko ziemlich groß ist, aber unsere neue Wohnung ist im Haus von Dr. Schweda. Ich denke schon, dass das allein ein Stück mehr Sicherheit ist. Vielleicht kann uns Dr. Shawn ja die Medikamente mitgeben, die ich brauche«, versuchte Elisabeth ihre Mutter für ihren Plan zu gewinnen.

Als Dr. Shawn eine halbe Stunde später das Krankenzimmer betrat, sah er sich drei Personen gegenüber, die sehr entschlossen waren, den Plan von Elisabeths Entlassung auch umsetzen zu wollen. Seine ganzen medizinischen Bedenken schienen sie mit dem Hinweis zu ignorieren, dass Elisabeth nicht gesund werden könne, wenn sie ständig Angst haben müsse, von einem verwirrten Patienten belästigt zu werden. Er stimmte schließlich zu, seine Patientin auf eigenen Wunsch mit einem Vorrat an Medikamenten zu entlassen, wollte aber zuvor mit Dr. Schweda telefonieren.

Nachdem er dies getan hatte, kam er mit ernster Miene zurück und sagte eindringlich zu Elisabeth: »Sobald Dr. Schweda der Auffassung ist, dass sich Ihr Zustand verschlimmert, müssen Sie sofort wieder hierher, versprechen Sie mir das?« Elisabeth nickte glücklich, obwohl auch sie ein bisschen Angst davor hatte, nun mit deutlich weniger medizinischen Mitteln gesund werden zu müssen.

O'Connor telefonierte daraufhin mit Prof. Stanley und erklärte ihm, was sie vorhatten. Da der Umzug erst in zwei Tagen stattfinden konnte, blieb die Frage offen, wo Elisabeth so lange untergebracht und versorgt werden könnte. Prof. Stanley hatte schließlich die Idee, Frau Sievers um Hilfe zu bitten, was er auch sofort tun wollte. Als er eine Stunde später ins Hospital kam, konnte er verkünden, dass Frau Sievers sich bereit erklärt hatte, Elisabeth für die nächsten Tage bei sich aufzunehmen und zu pflegen. Er hatte ihr hierfür Geld angeboten, was sie aber nicht annehmen wollte, so dass sie sich schließlich darauf einigten, dass er ihr Lebensmittel aus der Kaserne besorgte. Erleichtert packten Mrs Dawson und O'Connor Elisabeths Sachen zusammen, während Prof. Stanley das Begleitschreiben für Dr. Schweda und die Medikamente vom Arzt im Behandlungszimmer ausgehändigt bekam. Elisabeth war zu schwach, um zum Fahrzeug zu gehen, so dass sie im Rollstuhl zum Wagen gefahren werden musste, wo sie dann in eine Decke gehüllt auf dem Rücksitz neben ihrer Mutter Platz nahm.

Nach einer Dreiviertelstunde Fahrt durch einen sehr frostigen Januartag trafen sie schließlich bei Frau Sievers ein. Diese hatte schon ihr Bett für Elisabeth frisch überzogen und eine Kommode leergeräumt. Ihr Gast sollte in ihrem Schlafzimmer untergebracht werden und sie selbst wollte derweil im Wohnzimmer schlafen, weil der dritte Raum der Wohnung von ihrer Schwester bewohnt wurde. Als sich Elisabeth gleich nach ihrer Ankunft ins Bett von Frau Sievers legte, fühlte sie sich dermaßen elend, dass sie es fast schon bereute, diesen Plan umgesetzt zu haben. Mrs Dawson, die ihrer Tochter die Erschöpfung ansah, drängte dann auch darauf, dass Dr. Schweda am Abend noch zu einem Krankenbesuch vorbeikommen solle.

# VIII. Der Umzug

Während sie Elisabeth in der Obhut von Frau Sievers ließen, fuhren die anderen drei in ihre Unterkunft, um den Umzug vorzubereiten. Den ganzen Nachmittag waren sie damit beschäftigt, ihre Sachen zusammenzupacken und sie in Kisten in Elisabeths ehemaligem Zimmer unterzustellen. Am Abend fuhr O'Connor noch mit einer Tasche voll frischer Wäsche zu seiner Ehefrau. Von Frau Sievers erfuhr er, dass gerade Dr. Schweda dagewesen sei und sich nicht so begeistert von Elisabeths Zustand gezeigt habe. Er wolle aber noch den morgigen Tag abwarten, um dann zu entscheiden, ob er die häusliche Versorgung seiner Patientin überhaupt mittragen könne.

Elisabeth lag blass und elend in ihren Kissen, als sich O'Connor zu ihr an den Bettrand setzte. Nachdem Frau Sievers rücksichtsvoll das Schlafzimmer verlassen hatte, fragte er besorgt: »Meinst du, es geht, oder sind wir da gerade einen zu großen Schritt gegangen?« Sie wollte tapfer sein, konnte aber dennoch nicht verhindern, dass ihr die Tränen über das Gesicht liefen. Um ihr wieder Mut zu machen, sagte er: »Wir haben schon unsere Sachen zusammengepackt und fahren sie morgen in die neue Wohnung. Du wirst sehen, dass wir bald unser erstes gemeinsames Zimmer haben werden.« – »Und was ist mit meiner Tante, wenn sie mit den Kindern zurückkommt?«, wollte Elisabeth wissen. »Deine Mutter wird, wenn es mit dir und Frau Sievers klappt, mit deiner Tante und den Kindern zurück nach England fliegen. Wir wären dann nur noch zu dritt, abgesehen von Miss Trailer.«

Obwohl es ihm nicht leichtfiel, einigten sie sich darauf, dass er die Nacht mit den anderen in der alten Wohnung verbringt. Sie wollten die Gastfreundschaft von Frau Sievers nicht überstrapazieren, zumal sich Elisabeth von ihrer Gastgeberin auch gut versorgt fühlte.

Als O'Connor gegangen war, setzte sich Frau Sievers noch für eine halbe Stunde auf den Sessel, der am Fußende von Elisabeths Bett stand, und erzählte ihr von ihrem Leben Jahre vor dem Krieg, als Deutschland noch nicht so ideologisch verirrt war.

Obwohl sich Elisabeth nach diesem Gespräch müde fühlte, konnte sie nicht einschlafen. Ihr wurde mit einem Mal bewusst, dass sie seit Monaten in fremden Betten schlief und sich ihr derzeitiges Hab und Gut auf das begrenzte, was sie an Anziehsachen aus England mitgebracht hatte. Sie sehnte sich so danach, wieder in Räumen leben zu können, die sie eingerichtet hatte, weil sie diese Fremdheit um sich herum immer weniger ertragen konnte. Sie hörte hier so viel über das Leben von anderen, und ihr eigenes Leben hatte nur noch so wenig Raum. Mit der Gewissheit, dass auch ihr Ehemann dies hier alles nicht mehr wollte, hoffte sie, dass das Gespräch mit Mr Harris zu einer Lösung führen könnte.

Am nächsten Tag besuchte Mrs Dawson vormittags ihre Tochter, während die Männer schon die ersten Kartons in die neue Wohnung fuhren und auf dem Rückweg die Habseligkeiten der neuen Mieter mitnahmen. Elisabeth hatte die Nacht recht gut geschlafen und sah schon etwas munterer aus als am Abend zuvor. Als O'Connor gegen Mittag eintraf, um gemeinsam mit seiner Ehefrau zu essen, hatten sie schon die Hälfte des Transportes geschafft. Bevor er sich wieder von ihr verabschiedete, versprach er ihr, am Abend noch für zwei Stunden vorbeizukommen, wenn der gesamte Umzug abgeschlossen sein würde.

Am Nachmittag räumte O'Connor gerade gemeinsam mit seiner Schwiegermutter und Prof. Stanley die letzten privaten Gegenstände aus der alten Wohnung, als es an der Wohnungstür klingelte. Prof. Stanley öffnete die Tür und sah einen etwas dicklichen dunkelhaarigen Herrn Mitte 50 vor sich stehen. Erstaunt fragte er: »Sie wünschen?«, worauf dieser mit deutlich amerikanischem Dialekt antwortete: »Mein Name ist Harris und ich wollte zu Mr O'Connor.« Verwundert erwiderte Prof. Stanley: »Oh, wir haben Sie erst morgen erwartet.« – »Überraschungen waren schon immer meine Stärke«, entgegnete Mr Harris kühl.

Inzwischen war auch O'Connor auf den Besucher aufmerksam geworden und an die Wohnungstür gekommen. Obwohl er von diesem Besuch keineswegs erfreut war, tat er gelassen, als er fragte: »Hallo, Mr Harris. Wollen Sie uns beim Umzug helfen?« – »Ich fürchte, ich muss Ihnen noch bei Ihrer Arbeit helfen«, antwortete dieser barsch. »Von Miss Trailer habe ich erfahren, dass seit über einer Woche kaum noch gearbeitet wird und die Zeit davor auch nicht gerade zu Ihrer kreativsten Phase gehörte.«

O'Connor war inzwischen in einer Stimmung, in der nur einer sein konnte, der alles darauf anlegt, seinen Job zu verlieren. Unbeeindruckt stellte er fest: »Das können Sie so aber nicht sagen. Sie glauben gar nicht, wie man hier kreativ sein muss, um sein Leben zu meistern. Kommen Sie doch herein und verschaffen sich einmal einen Eindruck hiervon.« Mr Harris trat ein und nahm nach einem kurzen Mustern der Räumlichkeiten auf dem Sofa neben dem Kamin Platz. Mit eisiger Miene stellte er fest: »So schlecht wohnen Sie hier ja nun auch wieder nicht. Und wie mir Miss Trailer erzählte, hatten Sie auch noch genügend Zeit, um Ihre Freundin zu heiraten. Sagen Sie einmal, musste das alles sein? Sie sind doch sonst so ein besonnener Mann.« – »Wie ich höre, sind Sie ja bestens über unser Leben informiert. Dann können wir ja gleich zu den wirklichen Problemen kommen«, schlug O'Connor gereizt vor.

Mittlerweile war auch Mrs Dawson in den Salon gekommen und hatte, nachdem sie von ihrem Schwiegersohn dem unverhofften Gast vorgestellt worden war, nachgefragt, ob sie Tee kochen solle. Mr Harris, der Tee nur im Krankheitsfalle trank, lehnte dies ab und fragte, nachdem Mrs Dawson wieder den Raum verlassen hatte: »Sagen Sie einmal, musste das mit der Hochzeit denn unbedingt sein? Gab es denn keine andere Lösung?« – »Welche sollte das denn sein? Außerdem musste ich nicht heiraten, sondern ich wollte es. Je schneller, desto lieber«, erwiderte O'Connor provozierend. Mr Harris sah in diesem Punkt ein, dass sie nicht auf einen gemeinsamen Nenner kommen würden, und fragte deshalb nach dem Stand des Projektes, worauf O'Connor gereizt bemerkte: »Mr Harris, wir waren erst für morgen verabredet. Heute müssen wir umziehen. Ich habe nichts dagegen, dass Sie noch mit anfassen, aber ich habe heute wirklich keine Zeit, über das Projekt zu reden.«

Mr Harris reagierte verärgert: »John, wenn ich mich nicht irre, ist dies hier bezahlte Arbeitszeit, und da werde ich wohl auch von Ihnen verlangen können, dass Sie in dieser Zeit an Ihrem Projekt arbeiten.« – »Wenn ich einen ganz normalen Job hätte, würde ich Ihnen Recht geben, aber dies ist kein normaler Job. Was meinen Sie wohl, warum Miss Trailer schon seit Wochen in einem kleinen Hotelzimmer wohnt und warum meine Ehefrau letzte Woche mit dem Leben gerungen hat, ganz zu schweigen davon, dass Mike Baker aus Sicherheitsgründen dieses Land verlassen hat. Finden Sie das etwa alles normal?« Als Mr Harris schwieg, fuhr er fort: »Und da es hier offensichtlich keinen Menschen gibt, der uns unterstützt, müssen wir uns wohl alleine helfen, was ohne Zweifel sehr arbeitsintensiv ist. Falls Sie heute noch wissen wollen, wie weit das Projekt ist, können Sie sich gerne dort ins Arbeitszimmer setzen und die Unterlagen durchsehen. Wir müssen uns jetzt aber beeilen.«

Während Mr Harris seinem Vorschlag gefolgt war, sich im Arbeitszimmer die Akten durchzusehen, hatten die anderen drei den Wagen beladen und waren in die neue Wohnung gefahren. Als sie zwei Stunden später wieder zurückkamen, saß Mr Harris noch immer über die Akten gebeugt am Schreibtisch und studierte die Unterlagen. Ohne große Notiz von ihm zu nehmen, räumten sie den Wagen mit den Gegenständen ihrer Nachmieter aus. O'Connor stellte gerade einen Koffer in die Diele, als ihn Mr Harris ansprach: »John, ich habe hier etwas in den Unterlagen gefunden, was ich noch einmal mit Ihnen besprechen möchte.« Unbeeindruckt vom Anliegen seines Vorgesetzten entgegnete dieser: »Mr Harris, wir müssen morgen früh diese Wohnung geräumt haben. Wir können morgen nach der Wohnungsübergabe über die ganze Sache reden.«

Scheinbar nachsichtig machte Mr Harris den Vorschlag: »Wenn Sie hier fertig sind, kann ich Sie ja zum Essen einladen und wir können uns dann in aller Ruhe einmal unterhalten.« – »Wenn ich hier fertig bin, fahre ich zu meiner schwerkranken Ehefrau.« – »Gut, John, wie Sie meinen. Morgen um neun Uhr möchte ich Sie rechtzeitig mit allen Unterlagen in Ihrem Büro zur Dienstbesprechung antreffen, und zwar mit kompletter Mannschaft«, forderte Mr Harris nun sehr bestimmt. »Das wird nicht gehen«, erwiderte O'Connor. »Und warum nicht?« – »Weil meine Ehefrau noch drei Wochen das Bett hüten muss.« – »Ich finde es zwar bedauerlich, sie nicht kennengelernt zu haben, aber ich glaube, wir bekommen die Dienstbesprechung auch ohne Ihre Gattin zustande«, waren Mr Harris' letzte Worte, bevor er sich verabschiedete.

Am Abend fuhr O'Connor zu Elisabeth. Dr. Schweda war schon bei ihr gewesen und hatte sich davon überzeugt, dass sich der Gesundheitszustand seiner Patientin inzwischen so stabilisiert hatte, dass er einen Krankenhausaufenthalt nicht mehr für unbedingt erforderlich hielt. Auch wenn Elisabeth in zwei Tagen in die neue Wohnung ziehen würde, so erschien dies nur möglich, weil Frau Sievers sich bereit erklärt hatte, sie die nächsten drei Wochen tagsüber dort weiterhin zu versorgen.

Neugierig hörte sich Elisabeth an, wie weit der Umzug fortgeschritten war und auch was ihr Ehemann über das verfrühte Eintreffen von Mr Harris zu berichten hatte. Während sie gemeinsam Abendbrot aßen, das ihnen Frau Sievers auf einem Tablett ins Schlafzimmer gebracht hatte, stellte Elisabeth traurig fest, dass ihre Tante mit den Kindern und ihrer Mutter übermorgen Deutschland verlassen würde. Ihr Ehemann versuchte sie ein wenig zu trösten, indem er sie darauf hinwies, dass nun auch bald für sie die Zeit der Abreise gekommen sei.

Bevor sich O'Connor an diesem Abend von ihr verabschiedete, fragte sie ihn: »Wirst du mich in der ersten Nacht in unserer neuen Wohnung zu deiner Ehefrau machen?« O'Connor glaubte, sie nicht richtig verstanden zu haben, und fragte deshalb: »Wie meinst du das?« – »Du hast doch gesagt, dass man jetzt unsere Ehe noch annullieren lassen kann. Und wir können sie doch rechtskräftig werden lassen.« Fassungslos sah er sie an, als er sehr bestimmt entgegnete: »Lizzy, das werde ich nicht tun. Denkst du vielleicht, ich riskiere irgendetwas, wodurch es dir nachher wieder schlechter geht?«

Elisabeth schmollte, als sie murmelte: »Ich dachte immer, dass so etwas die beste Medizin sei.« – »Aber bestimmt nicht, wenn man geradeso überlebt hat. Lizzy, geht es dir heute schon zu gut oder was ist mit dir los?« – »Ich liege hier den ganzen Tag im Bett und wünsche mir, mit dir zusammen sein zu können. John, ich möchte einfach, dass du in mir wieder die Frau siehst, die du liebst und begehrst, und nicht nur immer eine Kranke, um die du dir mächtig viel Sorgen machst«, versuchte sie ihm ihre Situation zu erklären.

Er betrachtete sie einen Moment etwas ratlos und schlug dann vor: »Können wir die ganze Sache nicht etwas entspannter angehen? Du ziehst in die neue Wohnung ein und wir sehen dann, wie dir alles bekommt.« Als sie nickte, fuhr er fort: »Du musst keine Angst haben, dass ich all diese Dinge, die sonst zwischen uns gelaufen sind, vergessen habe. Ich glaube aber, dass Rücksichtnahme auch ein deutliches Zeichen von Liebe sein kann.« Sie wollte nicht undankbar erscheinen, als sie sagte: »Es war schon okay, wie du zu mir warst, aber bitte hilf mir, so schnell wie möglich wieder ein normales Leben zu führen.«

Am nächsten Morgen war Mr Harris wie angekündigt im Büro erschienen und besprach mit Prof. Stanley und O'Connor die Projektunterlagen. Als O'Connor ihm den Ermittlungsstand der Opferbefragungen erläuterte, schlug Mr Harris vor: »Vielleicht können wir die Personaldaten der Opfer dem Staatsanwalt überlassen, damit er diesen Personenkreis für seine Ermittlungen befragen kann.« O'Connor, der dies schon immer befürchtet hatte, erwiderte: »Die Opferbefragung war eine anonyme. Nur unter dieser Voraussetzung waren die Opfer bereit, sich für unsere Untersuchung zur Verfügung zu stellen.« Mr Harris sah dies weniger problematisch: »Die Opfer können ja auch gegenüber dem Staatsanwalt sagen, dass sie nicht als Zeuge zur Verfügung stehen wollen. Wir brauchen doch nur die Namenslisten weitergeben.« – »Mr Harris, es gibt keine Namenslisten. Wir haben immer sofort alle Unterlagen vernichtet, die Rückschlüsse auf die Identität der Opfer ermöglichen«, sagte Prof. Stanley sehr bestimmt.

Mr Harris wirkte etwas irritiert, als er sich erkundigte: »Können Sie denn nicht mehr rekonstruieren, welche Opfer Sie wo befragt haben?« – »Natürlich könnten wir dies zum Teil. Wir wollen es aber nicht, weil wir den Opfern unser Wort gegeben haben«, entgegnete O'Connor. Obwohl das, was Mr Harris bislang an Projektarbeit vorgefunden hatte, seine schlimmsten Befürchtungen nicht bestätigte und er deshalb schon nahezu wieder versöhnlich wirkte, ließ ihn dieses unkooperative Verhalten doch sehr ungehalten reagieren: »John, auch Sie sollten ein großes Interesse daran haben, dass diesen Massenmördern so schnell wie möglich der Prozess gemacht wird.«

O'Connor lehnte sich auf seinem Stuhl zurück und fragte provozierend: »Glauben Sie allen Ernstes, dass man durch einen Schauprozess die Probleme dieses Landes löst? Was ist denn mit der Lehrerin, die ihre jüdischen Schüler schikaniert und vielleicht dann den entscheidenden Tipp zum Abtransport gegeben hat, oder der Arzt, der jüdische Patienten nicht mehr behandelt hat und es hierdurch vielleicht zum Todesfall gekommen ist?«

Mr Harris blickte ihn verständnislos an, bevor er fragte: »Was meinen Sie damit? Sollen wir jetzt alle diese Menschen an den Galgen bringen?« – »Nein, aber ich halte gar nichts von diesen Prozessen, wo einige Köpfe rollen in der Hoffnung, dass sich die anderen Probleme schon von alleine lösen. Außerdem fördern derartige Prozesse und Hinrichtungen das Märtyrertum. Die Angeklagten werden bis zum Schluss ihre Unschuld beteuern und ihre zahlreichen Anhänger wollen ihnen dies nur zu gerne glauben, weil sie sich ja auch selbst unschuldig fühlen möchten.« – »Was wollen Sie eigentlich damit sagen, John? Wollen Sie jetzt alle, die wir inzwischen festnehmen konnten, auf freien Fuß setzen oder wollen Sie ganz Deutschland niederbomben, damit diese ganze braune Brut ausgerottet wird?«, wollte Mr Harris gereizt von ihm wissen.

»Nein, ich fände einen seriösen Prozess ohne großes Aufsehen wirkungsvoller, wo die Täter zu angemessenen Haftstrafen verurteilt werden«, versuchte O'Connor ihm seinen Standpunkt zu erklären, was ihm aber nicht gelang. »Und warum sollen wir diese Monster nicht hinrichten und das Volk wird hierdurch abgeschreckt?«, fragte Mr Harris voller Unverständnis.

»Erstens glaube ich, dass wir beweisen sollten, dass wir humaner sind, indem wir auch den Tätern eine Chance geben, sich von ihren Taten jederzeit distanzieren zu können, und zweitens glaube ich, dass es nichts Heilsameres für die zahlreichen Anhänger gibt, als wenn sie im Laufe der Jahre erkennen würden, dass sich ihre einstigen Führer immer mehr zu zahnlosen Tigern verwandelt haben.« – »John, Sie sind ein unverbesserlicher Träumer«, entgegnete Mr Harris und fuhr fort: »Die ganze Welt will sehen, dass wir hart durchgreifen, und keiner wird Wert darauf legen, dass wir die Gefängnisse vollstopfen mit dieser braunen Brut. Erst wenn sie hingerichtet worden sind, haben wir wirklich Ruhe vor denen.« O'Connor, der einsah, dass er seinen Vorgesetzten nicht überzeugen konnte, erwiderte: »So hat jeder von uns seinen eigenen Standpunkt; das ändert aber nichts an der Situation, dass wir den von uns befragten Opfern unser Wort gegeben haben.«

Mr Harris sah ihn einen Moment schweigend an und versuchte es dann mit Druck: »Gut, wenn Sie nicht anders wollen, sollten wir das Projekt für gescheitert erklären.« – »Für gescheitert würde ich es nicht erklären, sondern ich würde vorschlagen, dass wir es vorzeitig beenden«, schlug O'Connor mit einer für Mr Harris erstaunlichen Gelassenheit vor. »Und unter welchem Vorwand wollen Sie es vorzeitig beenden?« – »Ich denke, dass wir bis Ende März alles dokumentieren können, was eigentliches Projektthema war, und wir dann bis Juni den Bericht fertiggestellt haben können. Allerdings wollen wir alle Ende März Deutschland verlassen, da wir zum Schreiben des Berichtes nicht mehr hierbleiben müssen. Die uns von Ihnen heute unterbreitete Zusatzaufgabe möchten wir nicht mehr annehmen«, sagte O'Connor bestimmt.

Wenig überzeugt von dieser Planung fragte Mr Harris: »Und wie soll das gehen, wenn jeder wieder in sein Land zurückgeht? Wie soll da der gemeinsame Bericht entstehen?« Diesmal war es Prof. Stanley, der das Wort ergriff: »Wir werden alle zum Verfassen des Berichtes nach England gehen. Es muss doch auch in Ihrem Interesse sein, dass Sie anhand des Berichtes nachweisen können, dass dieses Projekt nicht umsonst war.« Diese Worte hatten Mr Harris misstrauisch werden lassen, so dass er nachhakte: »Heißt das, dass John nicht wieder in die Staaten zurückfliegt?« – »Ja, mich hält dort nichts mehr«, gab O'Connor bekannt.

Am Nachmittag kam Mrs Stanley mit den Kindern am Bahnhof an und wurde von ihrem Ehemann gleich in die neue Wohnung gefahren, die ihre Schwägerin am Vormittag gesäubert und eingerichtet hatte. Mrs Stanley war erleichtert, als sie hörte, dass die Projektarbeiten in Deutschland Ende März zu einem Abschluss gebracht werden sollten, weil sie sich äußerst unwohl bei dem Gedanken fühlte, ihren Ehemann nun zurücklassen zu müssen. Sie tat dies aber ihrer Kinder willen, weil sie einsah, dass diese unter der ganzen Situation zu stark litten.

Während die Stanleys ihre Koffer für den Abflug am nächsten Tag packten, fuhr Mrs Dawson mit ihrem Schwiegersohn zu ihrer Tochter. Mrs Dawson wollte die letzte Nacht bei ihrer Tochter verbringen, zumal jede Schlafgelegenheit in der neuen Wohnung in dieser Nacht belegt war.

Frau Sievers und ihre Schwester beabsichtigten, an diesem Abend eine Veranstaltung in der Kirche zu besuchen. Wegen des schlechten Wetters erklärte sich O'Connor bereit, sie dort vorbeizufahren. Sie waren schon aufgebrochen, als es an der Wohnungstür klingelte. Mrs Dawson, die glaubte, ihr Schwiegersohn sei schon wieder zurück, öffnete die Tür. Erstaunt stellte sie jedoch fest, dass vor ihr Mr Harris mit einem Geschenk stand und nach ihrer Tochter fragte. Zögernd bat sie ihn in den Wohnungsflur und fragte dann Elisabeth, ob sie Mr Harris sehen wolle. Diese hielt es für geschickter, ihn zu empfangen, so dass er in ihr Krankenzimmer eintreten durfte.

Mit dem spröden Charme eines Bürokraten begrüßte Mr Harris sie mit den Worten, er wolle vor seinem Abflug noch einmal die Gattin seines besten Mitarbeiters kennenlernen, und nahm dann ihr Angebot an, auf dem Sessel neben ihrem Bett Platz zu nehmen. Elisabeth sah zwar noch immer sehr blass aus, wirkte aber schon stabil genug, um mit ihr wichtige Dinge besprechen zu können, was Mr Harris auch vorhatte, indem er sagte: »Ich habe heute Einblick in die Projektunterlagen nehmen können. Sie haben ja alle wirklich großartige Arbeit geleistet, zumal die Bedingungen hier ziemlich schlecht sind. Wie ich den Unterlagen entnehmen konnte, haben Sie zum größten Teil die Opferbefragungen durchgeführt. Ihr Onkel sagte mir jedoch, dass aus Sicherheitsgründen die Personalien der Opfer immer gleich vernichtet worden seien. Können Sie diese aus Ihrer Erinnerung noch grob rekonstruieren?« Elisabeth blickte ihn erstaunt an und wollte dann wissen: »Wozu brauchen Sie denn die Personalien? Die Befragungen waren doch anonym.« – »Bei uns ist es so üblich, auch derartige Personalien eine gewisse Zeit aufzubewahren, falls noch etwas überprüft oder korrigiert werden muss«, versuchte Mr Harris ihr sein Anliegen zu erklären.

Elisabeth, die diesen Mann in ihrem Schlafzimmer von Anfang an unsympathisch fand, stellte knapp fest: »Wir haben das aus Sicherheitsgründen gerade anders gehandhabt. Damit müssen Sie jetzt wohl leben.« – »Aber können Sie sich an gar nichts mehr erinnern, was Ihnen noch dazu einfällt?«, bohrte er weiter. »Mr Harris, falls wir feststellen sollten, dass sich in unserem Bericht Fehler befinden, werden wir schon Lösungen finden, wie wir diese korrigieren«, versuchte Elisabeth seinen Bedenken zu begegnen. Ihr Gesprächspartner sah ein, dass er so nicht weiterkam, und griff deshalb ein weiteres Thema auf: »John hat mir erzählt, dass er für ein paar Monate mit nach England will.« – »Wieso für ein paar Monate?«, fragte Elisabeth erstaunt. »Na ja, um den Projektbericht fertigzustellen«, erklärte ihr Mr Harris. »Und hat Ihnen John auch erzählt, was er dann vorhat?«, fragte Elisabeth nun doch misstrauisch.

»Ich habe ihn so verstanden, dass er dann wieder seinen alten Job aufnehmen wird. Schließlich ist er ja bei uns ziemlich erfolgreich«, spekulierte Mr Harris. Es verletzte sie, was dieser Mann gerade sagte, so dass sie mit einer spürbaren Verärgerung in der Stimme nachfragte: »Was wollen Sie eigentlich von mir?« – »Ich wollte nur einmal die Frau kennenlernen, für die John sein neugewonnenes Junggesellenleben wieder aufgegeben hat.« – »Und, was sagt Ihnen nun dieser Besuch?« – »Dass John ein absoluter Gentleman ist, indem er Ihnen das Leben gerettet hat.«

Elisabeth hörte nicht, dass es an der Wohnungstür schellte. Sie fühlte sich unendlich verletzt und sagte deshalb: »Mr Harris, ich habe Sie hier nicht empfangen, um mir von Ihnen anzuhören, dass ich Johns weitere Karriere blockiere. Bereden Sie dies mit ihm selbst. Auch wenn ich vielleicht ziemlich blass und kränklich hier im Bett liege, habe ich es noch lange nicht nötig, mich an eine Person festzuklammern, falls Sie das befürchten sollten.«

Mr Harris hatte ihre Verärgerung mit Wohlwollen wahrgenommen und war nun aufgestanden, um sich von ihr zu verabschieden, als hinter ihm die Schlafzimmertür geöffnet wurde. O'Connor, der von seiner Schwiegermutter gleich an der Wohnungstür erfahren hatte, wer zu Besuch gekommen war, tat aber dennoch erstaunt, als er fragte: »Ist das hier eine Dienstbesprechung oder ein ganz privater Krankenbesuch?« – »Ich wollte, bevor ich morgen zurückfliege, nur noch einmal Ihre neue Gattin kennenlernen, die ja immerhin auch große Teile des Projektes bearbeitet hat. Ihre Sekretärin war so nett und hat mir die Anschrift von hier genannt«, erklärte ihm Mr Harris und verabschiedete sich dann mit einem kurzen Kopfnicken in Richtung Elisabeth.

O'Connor brachte ihn noch bis zur Wohnungstür, wo ihm Mr Harris zuraunte: »Ist ja wirklich beeindruckend, die Kleine, zwar etwas blass und schlecht frisiert, aber dafür sehr schlagkräftig.« Weil er die Bissigkeit seines Vorgesetzten nur zu gut kannte, konnte er gelassen reagieren, indem er feststellte: »Mr Harris, im Bett leidet nun einmal jede Frisur. Kommen Sie gut nach Hause.«

Als er wieder zurück ins Schlafzimmer kam, lag Elisabeth mit sehr ernster Miene in ihrem Bett. Er setzte sich zu ihr an den Bettrand, worauf sie gleich von ihm wissen wollte: »Hast du ihm erzählt, dass du mit nach England kommst?« – »Ja, ich hielt es für eine gute Gelegenheit, um ihm gleich reinen Wein einzuschenken.« – »Und was hast du ihm gesagt, wie lange du in England bleiben wirst?«, bohrte sie nach. Nun wurde auch er misstrauisch und fragte: »Lizzy, was läuft hier eigentlich? Wem glaubst du hier mehr, dem Typen von vorhin oder mir?«

Tief verletzt erzählte sie ihm den Inhalt des Gespräches, worauf O'Connor bemüht war, sie zu beruhigen: »Der versucht doch nur, an seine Daten zu kommen, um gegenüber dem Staatsanwalt gut dazustehen. Und das mit dir passt ihm natürlich auch nicht, weil ich nur so lange von ihm erpresst werden kann, solange ich von ihm einen Job möchte.«

Elisabeth konnte sich aber so schnell nicht wieder beruhigen und fragte ihn deshalb: »Hast du es dir wirklich gut überlegt, in Amerika alles aufzugeben? Alles, was du dir beruflich geschaffen hast?« Er sah sie einen Moment forschend an, bevor er ihre Frage beantwortete: »Ja, ich habe es mir genau überlegt. Natürlich war mein Job zum Schluss das Wichtigste in meinem Leben, aber jetzt will ich mehr. Und wenn wir es wirklich wollen, werden wir auch in England etwas finden, was gut zu unserem gemeinsamen Leben passt. Warum zweifelst du plötzlich so?« Es fiel ihr schwer, auf seine Frage zu antworten. Leise sagte sie schließlich: »Weil ich mich durch die Worte deines Chefs gedemütigt gefühlt habe und ich auch diese Eheschließung so nicht wollte. Sie kommt mir so vor wie eine Mussehe; als sei ich ungewollt schwanger geworden und wir hätten dann das Beste daraus gemacht.«

Obwohl er sie teilweise verstand, machten ihn ihre Zweifel ratlos. »Lizzy, bitte sag mir, was ich tun soll, damit du endlich keinen Makel mehr an unserer Eheschließung siehst.« Anstatt ihm darauf zu antworten, versuchte sie ihm ihre Stimmung zu erklären: »Kannst du denn nicht verstehen, wie es mir geht? Ich werde krank und bin ein paar Tage nicht ganz klar im Kopf und dann sagt mir plötzlich jemand, dass ich verheiratet bin, einfach so, ohne Trauung, ohne Fest, ohne Ring und mit einem Ehemann, der ab und zu mich besucht, wobei er dann nur auf dem Bettrand sitzt. Fändest du so etwas wirklich spannend?« Er sann einen Moment über ihre Worte nach und musste dann zugeben: »Nein, das fände ich auch nicht spannend. Ich hätte dir wenigstens ein Geschenk mitbringen können. Stattdessen liegen hier die Pralinen von dem Kerl.« Bevor er an diesem Abend ging, versprach er ihr, dass er sich für morgen Abend eine Überraschung einfallen lassen wolle, damit sie sehen würde, dass die Ehe mit ihm doch spannend sein kann.

Nachdem er gegangen war, verbrachte Elisabeth den Rest des Abends noch mit ihrer Mutter. Gemeinsam schmiedeten sie Pläne, wie die Hochzeit nachgefeiert werden könne, und Mrs Dawson erzählte ihrer Tochter auch von Ludwig und der kleinen Sofie, die sich gut in ihrer neuen Familie eingelebt hatte. Am nächsten Morgen kam noch Mrs Stanley mit den Kindern vorbei, um sich von Elisabeth zu verabschieden. Beim Abschied überwiegte dann doch mehr die Zuversicht, bald in England wieder beisammen sein zu können, als die Wehmut, dass die gemeinsame Zeit ein so jähes Ende gefunden hatte. Während Prof. Stanley seine Familie zum Flughafen fuhr, war O'Connor schon mit Frau Sievers damit beschäftigt, die Sachen von Elisabeth zusammenzupacken. Zwei Stunden später war es dann so weit, dass sie von ihrem Ehemann und ihrem Onkel in die neue Wohnung gefahren wurde.

Elisabeth war von der neuen Wohnung begeistert. Die drei recht kleinen Zimmer lagen direkt unter dem Dach und waren gemütlich eingerichtet. Prof. Stanley wollte das kleinste Zimmer bewohnen, während Elisabeth mit ihrem Ehemann das Schlafzimmer bezog. Das dritte Zimmer, das am größten war, wollten sie gemeinsam als Wohn- und Esszimmer nutzen.

Die Fahrt und das Treppensteigen hatten Elisabeth so angestrengt, dass sie froh war, sich gleich wieder ins Bett legen zu können. Nachdem O'Connor ihre Kleidungsstücke im Schrank und in der Kommode verstaut hatte, teilte er ihr mit, dass er noch einmal wegfahren müsse, aber dass ihr Onkel auf sie aufpassen würde. Müde war Elisabeth eingeschlafen, so dass sie gar nicht mitbekam, wie lange er fort war. Es war draußen schon dunkel, als er sie weckte und ihr einen älteren Herrn mit einem schwarzen Aktenkoffer vorstellte. Es war der Goldschmied aus dem Laden neben der Kirche, den er gebeten hatte, mit einer Auswahl von Trauringen vorbeizukommen. Elisabeth strahlte, als sie gemeinsam mit ihrem Ehemann die Ringe ausprobierte, die ein Zeichen ihrer Verbundenheit werden sollten. Sie konnten sich schließlich auf ein Paar einigen, dass der Goldschmied noch etwas nach ihren Wünschen abändern und in zwei Tagen vorbeibringen wollte.

Nachdem er gegangen war, verschwanden O'Connor und Prof. Stanley in der Küche. Elisabeth konnte die nächste Stunde an dem Klappern der Töpfe und des Geschirrs erkennen, dass sie sehr beschäftigt waren. Dann war es endlich so weit, dass O'Connor auf einem Tablett seiner Ehefrau servierte, was sie gerade gekocht hatten. Beide Männer waren unheimlich stolz auf ihr Werk, obwohl sie zugeben mussten, dass die Kartoffeln etwas zu salzig schmeckten und auch nicht ganz gar waren.

Nach dem Essen wollte sich Elisabeth selbst im Badezimmer waschen, obwohl ihr dies Dr. Schweda ausdrücklich untersagt hatte. O'Connor kämpfte mit sich, gab aber schließlich ihrem

Wunsch nach, weil er sie nur zu gut verstehen konnte. Ihr fielen diese ganz alltäglichen Dinge noch schwer, aber sie wollte endlich wieder ein Stück von ihrem Leben und ihrer Selbständigkeit zurück. Der Anblick ihres Spiegelbildes erschreckte sie, die strähnigen Haare und das blasse Gesicht. Während sie sich immer wieder am Waschtisch festhalten musste, weil ihr noch die Kraft fehlte, versuchte sie sich zu waschen, ihre Haare zu richten und ein wenig Farbe ins Gesicht zu bringen.

Erschöpft kam sie eine halbe Stunde später wieder zurück ins Schlafzimmer und kletterte in ihr Bett, auf dem ihr Ehemann mit einer gewissen Unruhe auf sie wartete. Als er sie zugedeckt hatte, schnupperte er an ihrem Hals, der nach ihrem Parfüm duftete, und fragte sie: »Möchtest du schon schlafen?« Neugierig fragte sie zurück: »Hast du denn noch etwas im Programm? Bislang war es ja wirklich gut.« Er musste lächeln und stand auf, um das Zimmer zu verlassen. Nach ein paar Minuten kam er zurück, zündete eine Kerze an und löschte das Deckenlicht. Dann zog er sich aus und legte sich zu ihr.

Während er sie in seinen Arm nahm, fragte er: »Geht es so oder tut dir etwas weh?« – »Es zieht und sticht ein wenig im Brustkorb, aber es ist auszuhalten.« Obwohl ihm sein Verstand sagte, dass er jetzt lieber aufhören sollte, begann er, sie zu streicheln, und bat sie stattdessen: »Sag aber, wenn es nicht mehr geht«, wohl wissend, dass sie jetzt unvernünftig sein wollte. Seine Berührungen gefielen ihr gut und auch, wie er sie küsste. Er zögerte noch, sie an sich heranzuziehen, um sie zu seiner Ehefrau zu machen, weil er Angst hatte, dass es ihr schaden könnte, und bat sie dann doch: »Komm, zeig mir, was wir machen können, damit es dir nicht wehtut«, weil ihm bewusst war, wie wichtig ihr dies war. Elisabeth spürte zwar die Schmerzen in ihrer Brust und musste einmal husten, sie war aber fest entschlossen, ihre Erkrankung nicht wieder Regie in ihrer Beziehung führen zu lassen. Für einen Moment ignorierte sie ihre körperliche Schwäche, die ihre Haut von einem Schweißausbruch feucht werden ließ. Als sie danach in seinem Arm lag, fragte sie geheimnisvoll: »Weißt du, was eben gerade passiert ist?« – »Ja, jetzt sind wir richtig verheiratet.«

# IX. Das Attentat

Am nächsten Morgen um acht Uhr kam Frau Sievers, um die Pflege von Elisabeth zu übernehmen, solange die beiden Männer im Büro waren. Während sie Elisabeth bei der Morgentoilette half, erzählte sie ihr, dass sie Herrn Schumacher mit dem Hund vor dem Haus begegnet wäre. Er habe aber so getan, als ob er sie nicht gesehen hätte. Beim Betreten des Hauses habe sie sich noch einmal umgesehen und dabei deutlich bemerkt, wie er sie genau beobachten würde. Elisabeth fragte nach, ob sie Angst hätte, dass er ihr etwas antun könne, worauf Frau Sievers antwortete: »Ich werde etwas vorsichtig sein, dann wird es schon gehen.«

Als Elisabeth mit Frau Sievers dann allein in der Wohnung war, bat sie ihre Krankenpflegerin, ihr die Haare zu waschen. Frau Sievers versuchte anfangs noch, ihr diese Idee auszureden, gab dann aber nach, nachdem ihr Elisabeth versprochen hatte, sich zum Trocknen der Haare auf das Sofa ins Wohnzimmer zu legen, das in der Nähe des warmen Ofens stand. Auf dem Sofa hielt es Elisabeth aber gerade so lange aus, bis sich ihre Haare trocken anfühlten, und war dann froh, wieder zurück in ihr Bett zu können.

Nach dem Mittag klingelte es an der Wohnungstür. Es war der Goldschmied, der die Eheringe schon umgeändert hatte und sie in der Mittagspause vorbeibringen wollte. Da Elisabeth kein Geld im Haus hatte, konnte sie ihm nur versprechen, dass ihr Ehemann die Rechnung am Abend bei ihm begleichen würde.

Gegen fünf Uhr kamen die beiden Männer nach Hause. Frau Sievers hatte für sie mitgekocht und ihnen das Essen serviert. Dann verabschiedete sie sich, weil sie noch in das Gemeindehaus zu einer Veranstaltung wollte.

O'Connor brach gleich nach dem Essen auf, um beim Goldschmied die Ringe zu bezahlen. Er beeilte sich hiermit, weil er wieder zurück sein wollte, wenn Dr. Schweda nach der Sprechstunde seine Ehefrau untersuchen würde. Dr. Schweda war zwar mit dem Gesundheitszustand seiner Patientin zufrieden, aber keineswegs mit ihrer Disziplin. Er hatte sofort ihre gewaschenen Haare bemerkt und gleich verärgert gefragt: »Ihnen geht es wohl schon wieder zu gut?«, worauf Elisabeth etwas kleinlaut zurückfragte: »Wieso?« – »Im Bett werden Sie ja wohl kaum Ihre Haare gewaschen haben. Frau O'Connor, im Moment ist Bettruhe angesagt. Jeder Rückfall kann Sie ganz schnell wieder zurück ins Krankenhaus bringen«, mahnte Dr. Schweda streng. Als O'Connor ihn zur Wohnungstür begleitete, wurde er noch deutlicher: »Ihre Gattin scheint sich nicht bewusst zu sein, wie schwer krank sie eigentlich ist. Wenn sie nicht vernünftiger wird, kann sie ziemlich schmerzhafte Vernarbungen zurückbehalten.«

O'Connor ging zurück ins Schlafzimmer und setzte sich zu Elisabeth ans Bett. Er hatte das Schmuckkästchen mit den Eheringen mitgebracht. Nachdem er eine Kerze angezündet hatte, die er auf den Nachttisch abstellte, und das Deckenlicht gelöscht hatte, nahm er den kleineren Ring aus der Schachtel und fragte sie feierlich: »Möchtest du als Zeichen unserer Liebe diesen Ring tragen?« Als sie mit »Ja« antwortete, streifte er ihr den Ring über und sie tat es bei ihm, worauf er sie küsste und dann sagte: »Ich bin deiner Lungenentzündung fast dankbar, dass ich nun nicht mehr dein heimlicher Verlobter sein muss. Ich darf jetzt auch ganz offiziell neben dir in einem Bett liegen. Aber trotzdem habe ich auch Angst. Lizzy, sei bitte nicht mehr so leichtsinnig. Dr. Schweda befürchtet einen Rückfall und Vernarbungen. Die zweieinhalb Wochen wirst du doch auch noch aushalten, oder?«

Obwohl ihr diese Zeit noch unendlich lang vorkam, sah sie

selbst ein, dass das Risiko zu groß war. Gemeinsam überlegten sie, wie Elisabeth die Zeit im Bett sinnvoll verbringen könne, zumal sie kaum über englischsprachige Literatur verfügten und das Lesen von Büchern in deutscher Sprache ihr zu mühsam erschien. Sie einigten sich schließlich darauf, dass sie schon ihren Part des Forschungsberichtes handschriftlich ausarbeiten könne, der dann von Miss Trailer mit der Schreibmaschine abgetippt werden sollte.

Am nächsten Morgen kam Frau Sievers nicht wie verabredet um acht Uhr. Da das Wetter sehr kalt war und es die Nacht über heftig geschneit hatte, schlug Prof. Stanley vor, einmal bei ihr vorbeizufahren, nachdem sie eine halbe Stunde auf sie gewartet hatten. Um halb zehn kam er allein zurück und es war ihm sofort anzumerken, dass etwas Furchtbares geschehen sein musste. O'Connor, der bei Elisabeth im Schlafzimmer auf seine Rückkehr gewartet hatte, fragte deshalb gleich besorgt: »Ist etwas passiert?« Prof. Stanley hatte sich einen Esszimmerstuhl aus dem Wohnzimmer geholt und sich zu seiner Nichte gesetzt. Dann sagte er mit ernstem Gesicht: »Frau Sievers ist gestern Abend auf dem Heimweg vom Gemeindehaus zusammengeschlagen worden. Sie liegt mit schweren Verletzungen im Krankenhaus und ist nicht ansprechbar.« Es herrschte einen Moment ungläubige Stille, bevor Elisabeth fragte: »Wird sie es schaffen?« – »Ihre Schwester ist noch bei ihr im Krankenhaus. Man weiß es nicht.«

»Weiß man, wer es war?«, erkundigte sich O'Connor. »Zeugen haben zwei Männer mit einem Schäferhund beobachtet. Der eine Mann hatte eine Krücke und konnte deshalb nicht so schnell weglaufen.« – »Das muss doch Schumacher gewesen sein«, war gleich O'Connors Gedankengang. »Das hat die Polizei wohl auch gedacht«, erwiderte Prof. Stanley mit müder Stimme und fuhr fort: »Als man ihn heute Nacht aufgesucht hatte, versuchte Schumacher, Haras auf die Beamten zu hetzen, die daraufhin den Hund erschossen haben. Auf jeden Fall wurde Schumacher erst einmal festgenommen. Wer der zweite Mann war, ist noch unklar.« Elisabeth spürte, wie sie eine Gänsehaut bekam. Sie zog sich ihre Decke bis ans Kinn, bevor sie vorschlug: »Wir sollten endlich verschwinden. Wir sind hier nicht erwünscht und gefährden nur noch andere Menschen. Was ist, wenn morgen Dr. Schweda oder seine Familie bedroht wird?«

Obwohl O'Connor sehr gut nachvollziehen konnte, was sie empfand, sagte er sehr bestimmt: »Lizzy, du bist jetzt noch gar nicht transportfähig, um nach England ausgeflogen werden zu können. Wir sollten aber mit General Cooper sprechen, ob wir für drei Wochen in der Kaserne Unterkunft finden können, und dann sofort unsere Zelte hier abbrechen, sobald es dir besser geht.«

Als die anderen beiden seinem Plan zustimmten, brach er auf und fuhr zur Kaserne. General Cooper schlug vor, zwei der Büroräume mit Betten und Schränken auszustatten, was zwar wenig Komfort, aber wenigstens Sicherheit bieten würde. Obwohl O'Connor mit dieser Lösung ausgesprochen unzufrieden war, erklärte er sich dennoch damit einverstanden, weil er kein weiteres Risiko mehr eingehen wollte.

Als er zurückkam, besprach er die neue Situation mit dem Ehepaar Schweda. Diese hatten auch schon von dem Vorfall gehört und wirkten erleichtert, als ihnen O'Connor mitteilte, dass sie in den nächsten Tagen ausziehen wollten, schon im Hinblick auf die Sicherheit ihrer Kinder. Den Rest des Tages packten Prof. Stanley und O'Connor ihre Sachen erneut zusammen, während Elisabeth zwei Briefe schrieb; einen an Frau Sievers, in dem sie sich bei ihr für ihre Hilfe bedankte und ihr alles Gute und vor allem gute Besserung wünschte, und einen weiteren an deren Schwester.

Am Abend fuhr Prof. Stanley mit den Briefen ins Krankenhaus und händigte sie der Schwester von Frau Sievers aus, wie auch das Geld, das Frau Sievers noch für die Betreuung von Elisabeth bekommen sollte, dessen Betrag O'Connor nun deutlich erhöht hatte.

Frau Sievers war noch immer nicht ansprechbar, aber zum Glück hatte sich ihr Zustand nicht weiter verschlechtert. Ihre Schwester wollte die Nacht bei ihr im Krankenhaus bleiben. Als ihr Prof. Stanley mitteilte, dass sie beabsichtigen würden, so bald wie möglich Deutschland zu verlassen, schien die ältere Dame erleichtert zu sein. Auf Prof. Stanleys Nachfrage nach dem zweiten Täter wusste sie keine weiteren Neuigkeiten zu berichten, wirkte aber insgesamt sehr beunruhigt, dass dieser Unbekannte noch einmal zuschlagen könnte.

Elisabeth konnte an diesem Abend nicht einschlafen. Sie machte sich große Sorgen um Frau Sievers, die sie in den letzten Tagen sehr in ihr Herz geschlossen hatte, und auch um deren Schwester. Sie grübelte darüber nach, was sie falsch gemacht haben könnten. Ihr Ehemann kam erst spät ins Bett, weil er noch Wäsche ausgewaschen hatte, die er im Bad über Nacht trocknen wollte und hierfür extra den Badeofen angeheizt hatte. Als die Wäsche auf der Leine hing, die er im Bad gespannt hatte, bügelte er noch die Bügelwäsche weg, die sich heute eigentlich Frau Sievers vornehmen wollte. Obwohl er lang genug allein gelebt hatte und ihm diese Arbeiten nicht fremd waren, tat er sich schwer damit, Frauenbekleidung zu bügeln. Prof. Stanley, der damit beschäftigt war, wieder ihre Sachen zusammenzupacken, musste über sein Fluchen schmunzeln, sagte aber nichts, weil er es selbst nicht besser konnte.

Es war schon nach Mitternacht, als O'Connor sich geschafft ins Bett legte. Obwohl er es vermieden hatte, hierfür Licht anzumachen, merkte er sofort, dass Elisabeth noch wach war. Er ahnte, was sie bedrückte, worauf er sagte: »Wir können jetzt nur noch beten, dass Frau Sievers es schafft und hoffentlich nicht behindert bleibt.« – »John, wir hätten viel vorsichtiger sein müssen. Wir haben immer geglaubt, dass sich hier alle an die neuen Spielregeln halten. Das war aber ein großer Irrtum«, gab Elisabeth zu bedenken. Er schwieg eine Weile und sagte dann: »Ja, es war ein großer Irrtum. Ich hätte es wissen müssen. Mein Heimatland habe ich verlassen, weil ich dort zu misstrauisch war, um noch daran zu glauben, dass sich bei den Menschen dort einmal die Vernunft durchsetzen könnte. Hier habe ich mir immer eingebildet, dass ich ihnen ein Stück überlegen bin und solche Menschen wie die Schumachers es nicht wirklich wagen würden, uns etwas anzutun. Jetzt haben sie sich an denen gerächt, die uns helfen wollten, und auch uns damit getroffen.«

»Meinst du, wir können Frau Sievers und ihrer Schwester noch irgendwie helfen?«, fragte Elisabeth. »Im Moment glaube ich, dass jeder hier die Nähe zu uns eher als Bedrohung empfindet. Wir sollten diese Gefühle respektieren und uns zurückziehen«, gab er zu bedenken.

Gegen zwei Uhr waren sie schließlich eingeschlafen, hatten aber beide unruhige Träume. O'Connor hatte wieder seinen Albtraum, den er schon so oft nach dem Anschlag hatte. Immer wieder träumte er, wie das Fahrzeug seiner Eltern von der Granate getroffen wurde und er den zerfetzten Kopf seiner Mutter schräg im Fahrzeug neben sich sah, bevor er selbst bewusstlos wurde. Diesmal lag neben ihm noch Elisabeth blutüberströmt auf dem Rücksitz, worauf er voller Panik aufschrie und wie wild um sich schlug. Elisabeth, die selbst sehr unruhig geträumt hatte, war von seinen Schreien aufgewacht und spürte einen Schlag auf ihre Schulter. Sie war im ersten Moment zu erschrocken, um zu begreifen, was geschehen war. Dann griff sie im Dunkeln zur Seite und umfasste seinen Arm, wodurch O'Connor, der von seinem Traum schweißgebadet war, aufwachte.

Er konnte nicht sofort sprechen, als sie ihn fragte, ob er

schlecht geträumt habe. Nach einem langen Moment des Schweigens sagte er schließlich: »Ich habe geträumt, dass sie dich beim Anschlag auch erwischt haben, aber du hast zum Glück noch gelebt.« Elisabeth war von seinen Worten betroffen. Sie hielt fest seine Hand und schlug schließlich vor: »Lass uns morgen noch einmal Dr. Schweda fragen, wann ich frühestens transportfähig sein werde. Vielleicht können wir ja auch mit dem Schiff von Hamburg aus losfahren.« O'Connor war noch immer sehr wortkarg, von der Angst und dem Schmerz, den er eben in seinem Traum durchlebt hatte. Er sagte nur: »Ja, ich werde Dr. Schweda fragen«, und starrte weiter auf die dunklen Schatten im Zimmer.

Als der Wecker um sechs Uhr klingelte, waren beide unausgeschlafen. Lediglich Prof. Stanley schien munter genug zu sein, um in die Tat umsetzen, was sie gestern beschlossen hatten. Als ihm Elisabeth ihren Plan von der Heimreise erzählte, blickte er wenig begeistert, auch wenn er keine Sympathie dafür entwickeln konnte, nun im Büroraum der Kaserne leben zu müssen. Gemeinsam mit O'Connor verlud er nach dem Frühstück die Gepäckstücke in das Fahrzeug.

Bevor sie die erste Fuhre zur Kaserne brachten, kam Dr. Schweda, um das letzte Mal nach seiner Patientin zu sehen. Elisabeth sprach ihn gleich auf ihre Transportfähigkeit an, worauf er seine Bedenken äußerte. Von seinen Worten noch nicht ganz entmutigt, sagte Elisabeth: »In der Kaserne ist es auch nicht optimal. Wenn wir nun mit dem Auto nach Hamburg fahren und dann in einer Woche mit dem Schiff nach England, meinen Sie nicht, das könnte gehen?« – »Natürlich könnte es gehen. Auf der Flucht hatten auch viele Menschen eine Lungenentzündung und haben es noch geschafft, aber viele eben auch nicht«, erwiderte er sehr unbestimmt. Dann übergab er O'Connor noch die Medikamente für Elisabeth und verabschiedete sich von ihnen.

Elisabeth wurde erst mit der zweiten Fahrt zur Kaserne in Decken gehüllt mitgenommen. Miss Trailer hatte schon den kleinen Kohleofen angeheizt, so dass es wenigstens warm war. Als sie sah, in welch schlechter körperlicher Verfassung Elisabeth war, gab sie sich alle Mühe, um sich in dieser schwierigen Situation nützlich zu machen. Noch einmal waren O'Connor und Prof. Stanley losgefahren, um auch die letzten Teile ihres Hab und Gutes aus der Wohnung zu holen, während Miss Trailer Tee und Kaffee kochte sowie Essen aus der Kantine besorgte. Als schließlich alle Kisten und Koffer ausgeladen waren, sah auch Prof. Stanley ein, dass in dieser Enge weder ein Arbeiten noch ein Wohnen möglich sein würde.

Nach dem Mittagessen klärten er und O'Connor deshalb mit der Tante in Hamburg ab, dass sie in zwei Tagen, falls das Wetter es zulassen würde, kommen wollten. Um eine passende Schiffsverbindung wollten sie sich dann direkt vor Ort bemühen. Am Flughafen konnten sie vereinbaren, dass große Teile ihres Gepäcks am nächsten Tag nach England geflogen werden und Elisabeths Eltern sie dort in Empfang nehmen würden. Den Rest des Tages waren sie gemeinsam mit Miss Trailer damit beschäftigt, zu sortieren, was man noch an Gepäck in Deutschland benötigte und was ausgeflogen werden konnte. An Mr Harris hatte O'Connor noch ein Telegramm gesandt, in dem er den sofortigen Abbruch des Projektes in Deutschland ankündigte, worauf dieser sofort anrief und das zu verhindern versuchte. Aber O'Connor blieb standhaft.

Wegen der ungünstig gelegenen und schlechten Sanitäreinrichtungen, die sich einen langen Gang hinunter im Hauptflügel der Kaserne befanden, musste Elisabeth immer zu den Toiletten begleitet werden und konnte sich abends nur an einer Waschschüssel waschen. Vor Aufregung und auch aus Schwäche hatte sie schon den ganzen Tag über Unterleibsschmerzen, hierüber aber kein Wort verloren. Als dann am Abend Blutungen einsetzten, war es mit ihrer Disziplin am Ende. Zuerst versuchte sie noch, allein in den neu sortierten Gepäckstücken ihre Stoffvorlagen zu finden, was ihr aber nicht gelang. Von ihrem Durchwühlen aufmerksam geworden, fragte O'Connor sie: »Was suchst du denn?« Sie sah ihn einen Moment hilflos an und sagte dann leise mit gesenktem Blick: »Meine Binden.« Obwohl er bei sich dachte, dass dies nun gerade noch gefehlt habe, fragte er: »Wie sehen die denn aus? Wir haben doch alles umgepackt. Vielleicht weiß ich, in welchem Koffer die jetzt sind.«

Elisabeth beschrieb sie ihm und musste dann mit ansehen, wie er die Hälfte der Gepäckstücke noch einmal öffnete, um sie zu durchsuchen, weil auch er sich nicht mehr daran erinnern konnte, wo der bestickte Leinenbeutel verstaut worden war. Als er ihn endlich gefunden hatte, bat sie ihn, das Zimmer zu verlassen. Dann wusch sie sich, zog sich neu an und versuchte in der Waschschüssel das Blut aus ihrer Wäsche zu entfernen. Sie fühlte sich elend und schmutzig und hätte am liebsten das blutverfärbte Wasser aus der Schüssel selbst weggegossen, unterließ es dann aber doch, weil ihr hierzu die Kraft fehlte.

Nach einer halben Stunde klopfte ihr Ehemann an die Tür und fragte, ob alles in Ordnung sei. Sie antwortete: »Ja, ich bin mit dem Waschen fertig«, worauf er eintrat und die blutverfärbte Waschschüssel erblickte. Um sie nicht noch weiter in Verlegenheit zu bringen, nahm er sie wortlos und goss sie im Waschraum aus. Dann kam er zurück und setzte sich zu ihr ans Bett. Einen Moment blickte er auf die ausgewaschenen Kleidungsstücke auf dem Fußboden vor dem Bett, bevor er sagte: »Ich weiß, dass dies hier alles reine Frauensache ist und ich von alldem gar keine Ahnung habe, aber bis wir bei deiner Tante in Hamburg sind, müssen wir hier durch. Ich werde jetzt eine Schnur vor dem Ofen ziehen und die nasse Wäsche dort aufhängen. Und wenn wieder etwas auszuwaschen ist, lass es mich lieber gleich im Waschraum tun.«

Diese Nacht waren sie beide zu müde, um zu spüren, wie unbequem die Betten waren und welche Geräusche vom Kasernenhof her zu hören waren. Elisabeth war nur einmal kurz nach Mitternacht aufgewacht, weil sie noch einmal die Toiletten aufsuchen musste, und er hatte sie dorthin begleitet. Danach wurden sie erst wieder wach, als am Morgen die Wachablösung war.

Nach dem Frühstück brachten die beiden Männer die Gepäckstücke zum Flughafen und sortierten danach die Bürounterlagen. Miss Trailer wollte noch bis Ende Februar in Deutschland bleiben und dann mit ihrem neuen Freund in die Staaten zurückfliegen, so dass sie noch in aller Ruhe das Büro auflösen konnte. So wurde mit ihr verabredet, in zwei Wochen alle Bürounterlagen mit dem Flugzeug nach England zu schicken, und einen Teil, der ihnen am wichtigsten erschien, wollte man mit dem Wagen mitnehmen.

Am Morgen ihrer Abreise schneite es, so dass sie erst überlegten, ob sie tatsächlich losfahren sollten. Sie einigten sich schließlich darauf, dass man versuchen wolle, bis Kassel durchzukommen, um dann dort zu übernachten. Gleich nach dem Frühstück brachen sie auf. Der Kofferraum war vollgestopft mit Kisten und Koffern und auf der Rückbank lag Elisabeth in Decken eingewickelt. Die beiden Männer wechselten sich mit dem Fahren ab, wobei O'Connor wegen Schmerzen im Bein immer nur eine Stunde hinter dem Lenkrad sitzen konnte. Sie mussten mehrfach ihre sehr langsame Fahrt unterbrechen; einige Male wurde die Fahrbahn erst vom Schnee geräumt und zweimal hatte sich ihr Fahrzeug im Schnee dermaßen festgesetzt, dass es nur mit der Hilfe von anderen Reisenden wieder auf fahrbaren Untergrund gezogen werden konnte.

Bei Einbruch der Dunkelheit kamen sie endlich in Kassel an. Elisabeth hatte Mühe, das Fahrzeug zu verlassen, um in das Hotel zu gehen, vor dem sie geparkt hatten. Sie hatte Rückenschmerzen und ihre Beine waren von der unbequemen Position im Fahrzeug steif. Obwohl es ihr von Stunde zu Stunde während der langen Fahrt schlechter ging und sie es kaum noch auf der Rückbank aushielt, hatte sie sich nicht beklagt. Sie wollte es ihren Reisebegleitern nicht noch schwerer machen.

Nachdem ihnen ihre Zimmer gezeigt worden waren, brachte O'Connor zuerst seine Ehefrau ins Bett und Prof. Stanley räumte das Fahrzeug leer, beobachtet von den misstrauischen Blicken des Portiers. Auch ihr Wunsch, das Abendessen auf ihren Zimmern einnehmen zu können, wurde mit einem gewissen Unbehagen von diesem zur Kenntnis genommen. Gleich nach dem Abendessen hatte jeder von ihnen nur noch das Bedürfnis, in einem bequemen Bett liegen zu können, so dass sie sich auch sofort schlafen legten. O'Connor hatte schon das Licht gelöscht, als er plötzlich sagte: »Weißt du, dass ich mir so eine Flucht vorstelle?« Elisabeth schwieg einen Moment, weil sie versuchte, sich seine Gedanken vorzustellen, und antwortete dann: »Wir wissen aber wenigstens, dass wir an unserem Ziel willkommen sind, auch wenn die Fahrt heute wirklich schrecklich war.«

Er war an sie herangerückt und hatte ihre Hand umfasst. Besorgt über ihre schlechte Verfassung, wollte er von ihr wissen: »Meinst du, du wirst es morgen schaffen, oder sollen wir lieber unsere Reise ein paar Tage unterbrechen?« – »Bitte lass es uns versuchen. Ich möchte zu Tante Elaine und ihrer Familie. Erst dann fühle ich mich wieder sicher.« Sie litt mit jedem Tag mehr darunter, in unpersönlichen Quartieren wohnen zu müssen und auch unter ihrer eigenen Hilflosigkeit, die sie jedes Mal wieder peinlich berührte, wenn ihr Ehemann abends ihre Wäsche auswusch.

O'Connor, der hoffte, dass das Wetter ihnen morgen eine bessere Fahrt erlaubte, küsste ihre Finger und sagte dann: »Lass uns schlafen, damit wir den morgigen Tag gut überstehen.«

Obwohl sie sich Mühe gab, einzuschlafen, gelang es ihr erst nach zwei Stunden. Sie hatte Schmerzen und ihre Gedanken verfielen immer wieder in Grübeleien. Sie machte sich Sorgen um Frau Sievers, weil sie nicht wusste, wie es ihr ging, und dachte auch an ihre Rückkehr nach England, an das Wiedersehen mit ihrer Familie und den jüdischen Kindern, die sie alle besuchen wollte.

Am nächsten Morgen um halb sieben weckte sie Prof. Stanley, indem er an ihre Tür klopfte und »Aufstehen!« durch die geschlossene Tür rief. Während O'Connor gleich aufstand und sich am Waschtisch rasierte, zweifelte Elisabeth daran, dass sie heute das Bett überhaupt verlassen könne. Ihr schmerzte der Rücken und sie fühlte sich schwach. Da sie sich kaum im Bett rührte, fragte O'Connor: »Na, was ist? Du siehst mir ja noch reichlich müde aus.« – »John, bitte lass mich hier einfach liegen. Es geht nicht«, bat sie ihn mit müder Stimme.

Sein Gesichtsausdruck wirkte sehr besorgt, als er sich zu ihr an den Bettrand setzte und vorschlug: »Wir sollten heute doch lieber in Kassel bleiben und erst morgen weiterfahren. Ich werde mit deinem Onkel darüber reden.« Als sie keine Einwände zeigte, ging er ins Nachbarzimmer und besprach die Situation mit Prof. Stanley, der angesichts der erneuten Schneefälle auch nicht begeistert schien, wieder einen langen Tag auf den verschneiten Straßen zu verbringen.

Prof. Stanley informierte sogleich die Tante über ihr verspätetes Eintreffen und vereinbarte mit dem Hotelportier, dass sie noch eine Nacht bleiben würden. Um bei diesem Mann nicht noch mehr Misstrauen zu erwecken, nannte er als Grund für das weitere Verweilen den schlechten Gesundheitszustand seiner Nichte. Damit sie an diesem verschneiten Tag gut beschäftigt waren, nahm Prof. Stanley mit Erlaubnis des Portiers einige Zeitschriften aus dem Aufenthaltsraum mit nach oben. Auf ihren Betten liegend, verbrachten sie dann auch den größten

Teil des Tages mit Lesen. Lediglich zu den Mahlzeiten gingen die beiden Männer nach unten in den Speisesaal, weil Elisabeth darauf bestand. Sie wollte einfach nicht, dass ihr Ehemann den ganzen Tag mit besorgtem Gesicht neben ihr saß. Am Abend fühlte sie sich schon deutlich besser und hoffte deshalb, nach einer entspannten Nacht morgen den zweiten Teil der Reise antreten zu können.

Der nächste Morgen brachte nicht nur schneefreies Wetter mit sich, sondern auch für alle drei ein besseres Gefühl, die letzten Kilometer an einem Tag auch schaffen zu können. Elisabeth hatte die Nacht ausgesprochen gut geschlafen und fühlte sich nun auch kräftig genug, um sich allein zu waschen und anzukleiden. Gleich nach dem Frühstück waren sie aufgebrochen und hätten auch gegen Mittag ihr Ziel erreicht, wenn sie sich nicht noch einmal auf der Suche nach Benzin verfahren hätten. So wurde es dann doch noch eine Stunde Fahrzeit länger, als sie gegen 15 Uhr auf dem Bauernhof von Tante Elaine eintrafen.

Während er langsam auf das Wohnhaus zufuhr, hupte Prof. Stanley kräftig, worauf die Hühner des Hofes unter lautem Gegacker die Flucht ergriffen. Die Tante hatte erst aus dem Küchenfenster geschaut und kam dann schnellen Schrittes zum Fahrzeug. Dort umarmte sie erst ihren Cousin, der mit O'Connor ausgestiegen war, und begrüßte dann den Ehemann ihrer Nichte. Als sie sich gleich darauf zum Rücksitz des Wagens runterbeugte, um Elisabeth zu begrüßen, konnte sie nicht verbergen, dass sie der Anblick ihrer Nichte erschrecken ließ. Fassungslos sagte sie: »Lizzy, du siehst ja ganz schmal und blass aus. Komm mal da raus, damit wir dich wieder hinbekommen.«

Gemeinsam mit O'Connor führte sie Elisabeth ins warme Wohnzimmer, wo sie sich auf die Couch legen sollte. Dann half sie gemeinsam mit ihrem Sohn Walter, den Wagen auszuladen. Walter hatte gerade die Kiste mit Spirituosen ins Haus getragen, als O'Connor ihm mitteilte: »Die Flaschen haben wir euch als Gastgeschenk mitgebracht und hier noch die Kiste mit Dosenfleisch, Kaffee, Konserven und Schokolade.« Tante Elaine betrat gerade die Küche, als sich ihr Sohn die Flaschen mit Alkohol aus dem fernen Amerika betrachtete, und fragte erstaunt: »Was ist denn das?« – »Ein Gastgeschenk. Das sind die Dinge, die wir noch von der Kasernenkantine bekommen konnten«, klärte sie O'Connor auf.

Energisch sagte die Tante zu ihrem Sohn: »Da gehen wir aber schön sparsam mit um. Wer weiß, wofür wir das noch einmal gebrauchen können«, und bedankte sich dann bei O'Connor.

Zum Mittagessen bekam Elisabeth eine kräftige Brühe zu trinken und Bratkartoffeln mit Ei. Nachdem die Tante entsetzt festgestellt hatte, wie mager ihre Nichte geworden war, wollte sie dem nun mit gutem Essen abhelfen. Obwohl sich Elisabeth mühte, schaffte sie es nur, einen kleinen Teil von dem zu essen, was sie von der Tante aufgetischt bekam. Sie war so eine deftige Kost nicht gewohnt und ihr Magen streikte deshalb sehr bald.

Nach dem Essen legte sich Elisabeth in das Bett im Kinderzimmer, in dem ihr kleiner Neffe Klaus sonst wohnte, der nun bei seinen Eltern im Schlafzimmer schlafen sollte. Für O'Connor wurde noch eine Matratze ins Zimmer gelegt, womit das kleine Zimmer schon nahezu ausgefüllt war. Von dem Tag erschöpft, schlief Elisabeth auch sofort ein und wurde erst wieder wach, als ein älterer weißhaariger Herr mit Vollbart sie ansprach. Erstaunt öffnete Elisabeth ihre Augen und sah ihn fragend an. Ihre Tante, die einen Schritt hinter ihm stand, stellte ihn als Dr. Peters, den Dorfarzt, vor, der sie untersuchen sollte, so wie sie es beim Mittagessen besprochen hatten.

Dr. Peters horchte sehr gründlich ihre Lungen und auch das Herz ab, welches er weniger dramatisch empfand als den allgemeinen schlechten Zustand von Elisabeth. Sie hatte schon seit

Tagen starke Kreislaufbeschwerden, so dass ihr häufig schwarz vor Augen wurde, wenn sie nur aufstand, um zur Toilette zu gehen. Mit Tante Elaine besprach er, was seine Patientin alles an gesunder Kost bekommen sollte, und erlaubte auch, dass Elisabeth ihre Medikamente absetzte, die ihr nicht so gut bekamen. Auf ihre Frage, wann sie denn die Fahrt nach England wagen könne, antwortete er: »Mit einem richtig warmen Pullover in einer Woche, aber nur, wenn Sie bis dahin zwei Kilo mehr auf den Rippen haben.«

An diesem Abend hatte O'Connor nur noch den Wunsch, ganz früh schlafen zu gehen, was ihm seine Gastfamilie auch nicht übelnahm, obwohl der eine oder andere schon sehr gern erfahren hätte, was der Ehemann von Elisabeth denn für ein Mensch sei. Als O'Connor zu Elisabeth in die Kammer kam, lag auf seiner Matratze der dicke, rotgetigerte Hauskater Karlchen. Vorsichtig schob er sich unter seine Decke, worauf der Kater nur kurz die Augen öffnete und dann laut anfing zu schnurren. Elisabeth hatte die beiden amüsiert betrachtet und fragte ihren Ehemann: »Na, ist es hier nicht schon besser als in der Kaserne?« – »Ja, aber ich bin erst froh, wenn ich weiß, wo mein neues Zuhause sein wird. Ich komme mir vor wie jemand, der einfach nur noch mitläuft, aber kein klares Ziel mehr vor Augen hat.«

Seine Worte hatten Elisabeth betroffen gemacht: »Bereust du inzwischen, dein Leben in Amerika aufgegeben zu haben?« – »Nein. Das war auch nie wirklich meine neue Heimat geworden. Aber du weißt, dass wir jetzt erst einmal zu deinen Eltern fahren, und du hast noch eine Wohnung; ich dagegen kann mit meinen paar Koffern einfach nur mitkommen.« – »In meine Wohnung komme ich gar nicht rein, weil ich sie bis Juli vermietet habe«, bemerkte Elisabeth frustriert. Sie hatte damals, bevor sie nach Deutschland ging, ihre kleine Zweizimmerwohnung in Oxford für ein Jahr untervermietet, so dass sie auch nicht einfach wieder so in ihr altes Leben zurückkonnte, wie sie es sich gewünscht hätte.

Am nächsten Vormittag fuhren Prof. Stanley und O'Connor nach Hamburg, um die Überfahrt zu buchen. Erleichtert stellten sie fest, dass sie in sechs Tagen aufbrechen konnten. Nachdem dies erledigt war, fuhren sie durch die Stadt, in der O'Connor noch nie gewesen war. Neben den zahlreichen Zerstörungen, die auch hier die Bomben hinterlassen hatten, fielen ihm die krassen Gegensätze auf. Da die noblen Wohngegenden, die den Wohlstand repräsentierten, und auf der anderen Seite die Viertel, in denen die einfachen Leute lebten, die auch nach dem Krieg immer noch um ihr Überleben kämpfen mussten, nur dass ihr täglicher Feind diesmal die Armut war.

Als sie gegen Mittag auf den Hof zurückkamen, hatte Tante Elaine schon das Mittagessen fertig. Es gab Hühnerfrikassee mit Salzkartoffeln. Während die Tante die Teller füllte, prahlte Klaus: »Das Huhn hatte schon gar keinen Kopf mehr und ist noch ganz weit geflogen.« Elisabeth sah ihn irritiert an und fragte: »Was sagst du da?« Walter versuchte ihr das zu erklären: »Als ich gestern das Huhn geschlachtet habe, ist es noch aufgeflattert.« – »Wie? Ist beim Schlachten etwas schiefgelaufen?«, hakte Elisabeth mit leichtem Schauer nach. »Nein, das kann schon mal passieren, dass du denen den Kopf abhackst und die dann ohne Kopf weiterfliegen«, gab ihr Walter zu verstehen und Klaus vervollständigte die Erzählung noch, indem er hinzufügte: »Und Karlchen hat dann den Kopf gefressen. Der war ganz dolle blutig.« Tante Elaine machte diesem Gespräch ein Ende, indem sie energisch sagte: »Jetzt wollen wir aber essen. Guten Appetit allerseits.«

Gerade der war Elisabeth nun aber vergangen. Sie stocherte mit ihrer Gabel in ihrem Essen und sagte dann: »Ich habe keinen Hunger und möchte mich lieber hinlegen.« Ihre Tante sah sie streng an und erwiderte: »Lizzy, du weißt doch, was

Dr. Peters gesagt hat. Wenn du nicht ordentlich isst, kannst du auch nicht aufs Schiff.« – »Ich weiß. Ich verspreche dir, dass ich nachher umso mehr essen werde«, beruhigte sie Elisabeth, bevor sie aufstand und in ihre Kammer ging.

Nach einer halben Stunde kam O'Connor zu ihr. Er hatte ihr einen großen Becher Milchkaffee mitgebracht und eine dicke Semmelschnitte mit Marmelade. Erstaunt fragte ihn Elisabeth: »Hat dir die Tante das erlaubt?« – »Ja, ich habe ihr gesagt, dass wir als Städter so manche Bräuche des Landlebens nicht kennen und deshalb manchmal etwas empfindlich reagieren. Das hat sie dann auch eingesehen.« – »Ich weiß nicht. Der Tante ist doch bekannt, dass ich auf dem Lande aufgewachsen bin. Aber ich war in dieser Hinsicht auch schon immer etwas empfindlich«, zweifelte Elisabeth an der Einsicht ihrer Tante.

Die nächsten Tage bis zu ihrer Abreise wollten sich die männlichen Gäste auf dem Hof noch nützlich machen. Prof. Stanley und O'Connor hatten sich bereit erklärt, leichte Reparaturarbeiten im Haus und in den Stallungen zu übernehmen, während Elisabeth die kaputten Wäschestücke ihrer Gastgeber stopfen wollte. Die Zeit auf dem Hof verging trotz dieser Beschäftigung für die drei nicht schnell genug. Sie waren mit ihren Gedanken schon mehr in England als hier. Prof. Stanley vermisste seine Familie und die anderen beiden wollten einfach mehr Raum für ihre Zweisamkeit. Um die Heimreise auch auf keinen Fall zu gefährden, hielt sich Elisabeth an die Ratschläge von Dr. Peters, der jeden zweiten Tag nach ihr sah, und konnte auch schon deutlich spüren, dass es ihr langsam besser ging.

Die Abende verbrachten sie gemeinsam mit ihren Gastgebern am warmen Kachelofen in der geräumigen Wohnküche. Es war tagsüber kalt und trübe draußen und die anderen Zimmer, bis auf die Wohnküche, nicht geheizt, so dass Elisabeth jeden Abend eine Wärmflasche von ihrer Tante mitbekam, wenn sie zu Bett ging. An diesen gemeinsamen Abenden erfuhren die

Gäste, welche Wunden der Krieg in dieser Familie gerissen hatte. Der jüngste Sohn von Tante Elaine durfte nicht, wie sein älterer Bruder Walter, auf dem Hof bleiben, sondern wurde eingezogen und an die Ostfront nach Russland geschickt. Von dort aus kehrte er nicht mehr zurück und seiner Familie wurde mitgeteilt, dass er gefallen sei, schon ein halbes Jahr, nachdem sie ihn eingezogen hatten.

Vom Krieg selbst hatten sie auf dem Bauernhof nicht so viel mitbekommen, aber dafür von dessen Auswirkungen. Vom Hof hatte man alle kräftigen Pferde abgeholt und auch die beiden Knechte, die ebenfalls an die Front mussten. Olaf, ein junger Mann von 26 Jahren, war auch gefallen und der zweite Knecht, der Kai, war nun in Kriegsgefangenschaft. Um die Arbeit auf dem Hof noch schaffen zu können, hatte man ihnen junge Mädchen aus Hamburg geschickt, die bei ihnen ihr Pflichtjahr verbringen sollten. Die Tante war über diese Hilfe nicht sehr glücklich, weil einige Mädchen von Landwirtschaft überhaupt nichts verstanden und auch nicht gerade motiviert waren. Lediglich das regelmäßige und vergleichsweise gute Essen auf dem Hof überzeugte sie dann meistens doch, diesen Zwangsaufenthalt durchzustehen.

Knut, der Ehemann der Tante, durfte im Krieg ebenfalls auf dem Hof bleiben, um mitzuhelfen, die Bevölkerung in Hamburg mit Lebensmitteln zu versorgen. Als dann die Bomben auf Hamburg fielen, wurde er bei einem Lebensmitteltransport schwer verletzt. Nach monatelangem Aufenthalt im Krankenhaus ist er seitdem behindert. Sein linker Arm ist steif und er kann auf dem linken Ohr nichts mehr hören. Wenn Walter nicht mit seiner Ehefrau Hilde auf dem Hof mit anpacken würde, kämen sie nicht über die Runden, weil junge kräftige Knechte Mangelware geworden sind. Dass manche Arbeit auf dem Hof für Frauen einfach zu schwer ist, musste Hilde vor vier Monaten erfahren, als sie eine Fehlgeburt erlitt und ihr Dr.

Peters dringend davon abgeraten hatte, weiterhin die schweren Milchkannen auf den Wagen zu heben.

Nach derartigen Gesprächen konnten Elisabeth und O'Connor später in ihrer Kammer nie gleich einschlafen. Sie lagen dann noch immer für ein bis zwei Stunden zusammen in Elisabeths Bett, das von der Wärmflasche wenigstens schön warm war, und sprachen über das, was sie gerade gehört hatten, und auch darüber, was sie nach ihrer Rückkehr in England alles tun wollten. Schon nach dem zweiten gemeinsamen Abend im Kreise der Familie hatte O'Connor seine Ehefrau gefragt: »Glaubst du, dieser wahnsinnige Krieg hier in diesem Land hat überhaupt irgendjemandem etwas gebracht? Egal wo man hinsieht, das sind doch hier alles nur noch menschliche Wracks.« Elisabeth sah dies genauso und fragte sich, wie Klaus es empfinden musste, zwischen Menschen aufzuwachsen, die mühsam wieder versuchten, in ihrem Leben Halt zu finden. Ihr war aufgefallen, dass es in dieser Familie kein Lachen mehr gab, sondern nur noch gewissenhafte Pflichterfüllung.

Trotz allen Mitgefühls, das sie für ihre Gastfamilie empfanden, dachten sie aber auch an ihre eigene Zukunft. Die Kälte ihrer Schlafkammer und das schmale, vorgewärmte Bett hatten bei ihnen auch wieder Gefühle wachgerufen, die durch Elisabeths Krankheit fast nebensächlich geworden waren. Während es Elisabeth genoss, wieder von ihm als Frau begehrt zu werden, war O'Connor froh darüber, hierbei kein schlechtes Gewissen mehr haben zu müssen. Allein die verräterischen Geräusche des Bettes machten ihm zu schaffen, so dass er doch lieber mit ihr auf seine Matratze rutschte und nach dem Liebesakt feststellte: »Wenn wir in England sind, möchte ich ein breites, bequemes und stabiles Ehebett haben, damit dies endlich einmal ein Ende hat.« – »Ich habe in meiner Wohnung ein schönes Messingbett stehen. Willst du es dir nicht erst einmal ansehen, bevor wir ein neues kaufen?«, schlug sie ihm vor. Er schwieg einen Moment, bevor er von ihr wissen wollte: »Hast du in dem Bett auch mit Phil gelegen?« – »Ja. Heißt das, du möchtest meine ganze Einrichtung nicht, nur weil Phil auch manchmal in meiner Wohnung war?«

Ihm fiel die Antwort nicht leicht und so forschte er nach: »Hast du denn die Einrichtung zusammen mit Phil gekauft oder sind das deine eigenen Möbel?« – »Es sind allein meine Möbel. Zum Teil auch aus meinem Zimmer, was ich bei meinen Eltern hatte. Und das breite Bett hatte ich mir damals gleich für meine erste eigene Wohnung gekauft, weil ich als junges Mädchen immer von einem Messingbett geträumt habe, es aber nicht in mein Kinderzimmer passte.« Er schwieg, während er sie im Arm hielt und nach einer Antwort suchte. Dann sagte er: »Lizzy, es tut mir leid. Aber mit dem Bett werde ich Probleme haben. Dieser Ort ist mir zu intim, da möchte ich nicht das Gefühl haben, dass es dort schon einen anderen Mann vor mir gab. Lass uns doch einfach ein Messingbett kaufen, das uns beiden gefällt und das keine Vergangenheit hat.« Obwohl Elisabeth schon jetzt um ihr Bett trauerte, musste sie sich eingestehen, dass sie auch nicht in seinem alten Ehebett hätte schlafen mögen, auch wenn es noch so schön wäre.

# X. Die Fahrt nach England

Es war der letzte Dienstag im Februar, als sie frühmorgens nach Hamburg fuhren, um ihre Heimreise anzutreten. Walter hatte sie bis zum Hafen begleitet, weil er ihren Wagen wieder zum Hof mitnehmen wollte, wo ihn am kommenden Wochenende Miss Trailer zusammen mit ihrem Freund abholen würde, um ihn in Nürnberg General Cooper zu übergeben. Die beiden hatten sich zu dieser Fahrt vor ihrer eigenen Heimreise bereit erklärt, weil sie sich Hamburg noch einmal ansehen wollten. Von dieser Stadt hatten sie zwar schon einiges gehört, aber keiner von ihnen war zuvor hier gewesen.

Der Wind wehte eisig, als die Heimreisenden ihr Gepäck aus dem Fahrzeug luden, damit es auf dem Schiff in ihrer Kabine verstaut werden konnte. Elisabeth hatte sich wegen der Kälte auch sehr schnell von Walter verabschiedet und gleich ihre Kabine aufgesucht.

Eine knappe Stunde später war es dann so weit und das große Schiff legte ab. Prof. Stanley, der sich auf dem Schiff schon etwas umgesehen und hierbei die Schiffsküche gefunden hatte, besorgte für sie warmen Tee und belegte Brote. Während sie nach seiner Rückkehr auf den beiden Betten in der Kabine sitzend ihr zweites Frühstück aßen, wirkten sie alle drei unendlich erleichtert. Prof. Stanley unterbrach als Erster ihr Schweigen, was jeder von ihnen zuvor genutzt hatte, um beim Essen seinen eigenen Gedanken nachgehen zu können, indem er feststellte: »Das war kein Job, das war ein Albtraum. Ich weiß ehrlich gesagt gar nicht, wie ich aus alldem einen sachlichen Bericht anfertigen soll.« – »Wir sollten alle erst einmal zwei Wochen gar nichts mehr für dieses Projekt tun. Wir müssen Abstand gewinnen und wieder klar im Kopf werden«, schlug O'Connor vor und die anderen beiden stimmten ihm zu.

Als sie nach einer ruhigen Überfahrt im Hafen von Dover einfuhren, warteten schon Elisabeths Eltern auf sie. Mrs Dawson hatte Tränen in den Augen, als sie ihre Tochter in den Arm nahm, und Elisabeths Vater drückte seine Tochter ganz lange, aber behutsam an sich, bevor er ihre Reisebegleiter begrüßte. Es war verabredet, dass Prof. Stanley gleich mit dem Zug nach Oxford weiterfahren würde, um so schnell wie möglich zu seiner Familie zu kommen, so dass sie ihn vom Hafen direkt zum Bahnhof fuhren. Sie selbst fuhren dann weiter in die Nähe von Bristol, wo Mr Dawson seine Kirchengemeinde hatte.

Es war schon dunkel, als sie im Pfarrhaus eintrafen. Obwohl Elisabeth von den Strapazen der Reise erschöpft war, freute sie sich, dass ihr Bruder Stan mit seiner Familie im Pfarrhaus auf ihre Ankunft gewartet hatte und das Abendessen schon vorbereitet war. Während Elisabeth ihren Bruder und ihre Schwägerin zur Begrüßung in den Arm nahm, hörte sie schon die kleine, schrille Stimme ihrer Nichte, die ungeduldig quengelte: »Ich will Lizzy auch hallo sagen.« Amüsiert lächelnd beugte sich Elisabeth zu dem kleinen Quälgeist hinunter und forderte sie dann auf: »Komm her und gib mir einen ganz fetten Begrüßungskuss.«

Während sie Nancy fest im Arm hielt, wanderte ihr Blick zu dem kleinen schmalen Mädchen, das im Abstand von zwei Metern regungslos bei der Kommode stand. Behutsam löste sie sich aus der stürmischen Umklammerung ihrer kleinen Nichte und ging zu dem Mädchen. Sie hockte sich zu dem Kind und streckte ihr die Hand entgegen, während sie sagte: »Hallo, Sofie. Ich freue mich, dich wiederzusehen.« Apathisch reichte ihr Sofie ihre kleine Hand, die sie aber wieder sofort zurückzog, als Elisabeth sie etwas länger umfassen wollte. Auch während des gemeinsamen Abendessens, das sehr lebhaft verlief, sprach Sofie kein Wort, aber sie aß wenigstens ausreichend und sah auch sonst viel besser aus als noch vor ihrem Abflug.

Die Nacht verbrachten Elisabeth und ihr Ehemann im Gästezimmer ihrer Eltern, das früher das Kinderzimmer von Stan war. Sie lagen gerade in ihren Betten und hatten das Licht gelöscht, als Elisabeth ihn erwartungsvoll fragte: »Und, wie gefällt dir deine neue Familie?« Er wollte ihre Neugier nicht mit einer knappen Antwort befriedigen, weil dafür auch die Eindrücke der letzten Stunden zu intensiv waren. Während er sich all diese Begegnungen noch einmal bewusst machte, sagte er: »Deine Eltern sind sehr nett. Dass ich mit deiner Mutter gut auskomme, habe ich ja schon in Nürnberg bemerkt. Ich denke, mit deinem Dad wird es auch gut klappen. Dein Bruder ist auch nett, aber man spürt sofort, dass er als Lehrer arbeitet. Er spricht unheimlich laut und kann nur sehr schlecht einen Irrtum zugeben. Und Nancy ist wirklich die größte Nervensäge, die ich bislang kennengelernt habe.«

Elisabeth hatte ihm interessiert zugehört und sagte dann anerkennend: »Das hast du ja alles richtig gut beobachtet. Übrigens mag dich mein Daddy auch. Aber ich denke, dass ihn meine Mutter auch schon gut auf euer erstes Zusammentreffen eingestimmt hat.« – »Was soll denn das heißen? Willst du damit sagen, dass der erste Eindruck von mir eher abschreckend ist?« – »Nein, aber du bist nicht gerade der Schwiegersohntyp«, versuchte ihm Elisabeth zu erklären. »Aha, und was stelle ich deiner Meinung nach für einen Typ dar?«, wollte O'Connor nun doch etwas genauer von ihr wissen. Sie fuhr ihm mit der Hand durch sein dichtes Haar und sagte dann: »Du wirkst wie ein ziemlich cooler Typ, der sich nicht so leicht aus der Fassung bringen lässt und ganz genau weiß, was er will.« Diese Beschreibung gefiel ihm gut. Er zog sie zu sich heran, küsste sie und sagte dann: »Stimmt, da kann ich mich wiederfinden. Und damit wir unser Ziel nicht aus den Augen verlieren, sollten wir uns morgen gleich die Wohnung im Nachbarhaus deines Bruders ansehen und ein Ehebett aussuchen, damit wir endlich ein gemeinsames Zuhause haben.«

Am nächsten Morgen nach dem Frühstück gingen sie zu Fuß zum Nachbarhaus ihres Bruders. Elisabeth wollte den Weg nutzen, um ihm den Ort zu zeigen, in dem sie aufgewachsen war, um ihn so auch besser mit ihrem bisherigen Leben vertraut zu machen. Der Vermieter der Wohnung war ein Mann mittleren Alters, der die Dachgeschosswohnung seines kleinen Hauses neu vermieten wollte, nachdem seine Mutter, die diese Räume bislang bewohnt hatte, vor sieben Wochen gestorben war. Er hatte von ihren Sachen schon viele Teile innerhalb der Verwandtschaft verschenkt, aber dennoch standen noch einige alte Möbel in den Räumen, die er den O'Connors auch gleich anbot. Bei der Wohnung handelte es sich um eine kleine Zweizimmerwohnung mit Dachschrägen, die durch die dunklen Balken sehr gemütlich wirkte und auch nicht viel kosten sollte.

Man kam sehr schnell überein, dass Elisabeth und ihr Ehemann diese Wohnung für sechs Monate anmieten würden. Danach wollten sie nach Oxford ziehen, wo Elisabeth wieder ihre alte Stelle an der Universität aufnehmen wollte und O'Connor auf eine neue Anstellung hoffte. Diese neue Bleibe beflügelte den Tatendrang von O'Connor derart, dass er am Nachmittag gleich gemeinsam mit seinem Schwiegervater Farbe einkaufte, um das Bad und die Küche neu zu streichen. Gemeinsam mit Stan strichen die drei Männer dann bis spätabends die Küche.

Elisabeth war derweil bei ihrer Mutter geblieben und hatte sich auch am Nachmittag wieder für zwei Stunden hingelegt, weil sie sich noch nicht kräftig genug fühlte, um länger auf den Beinen zu sein. Den Abend verbrachten die beiden Frauen dann damit, über die Ereignisse der letzten Wochen zu sprechen, die in Deutschland geschehen waren. Als Elisabeth mit ihrer Mutter über ihre überstürzte Abreise sprach, verspürte sie wieder dieses ungute Gefühl, das sie immer hatte, wenn sie an Frau Sievers dachte. Ihre Mutter machte ihr daraufhin den Vorschlag, sie doch einfach unter deren Telefonnummer anzurufen, was Elisabeth dann auch mit Herzklopfen tat.

Tatsächlich meldete sich nach fünffachem Klingeln, das Elisabeth wie eine Ewigkeit vorkam, eine Frauenstimme am anderen Ende der Leitung. Elisabeth war sich nicht ganz sicher, mit wem sie dort sprach, und sagte deshalb: »Ich bin Elisabeth O'Connor. Spreche ich mit der Schwester von Frau Sievers?« Nach einem kurzen Schweigen fragte die Frauenstimme schroff: »Ja, was wollen Sie?« Elisabeths Aufregung steigerte sich, als sie fragte: »Wie geht es Ihrer Schwester? Ich habe mir große Sorgen gemacht.« – »Meine Schwester hat vermutlich von den heftigen Schlägen auf den Kopf eine Gehirnquetschung erlitten. Es geht ihr sehr schlecht. Ob sie wieder sprechen und richtig laufen können wird, wissen die Ärzte noch nicht.« Elisabeth spürte in sich den tiefen Schmerz der Hilflosigkeit und des Schuldgefühls. Leise sagte sie: »Grüßen Sie bitte Ihre Schwester von mir. Darf ich später noch einmal anrufen und nachfragen, wie es ihr geht? Ich bin jetzt wieder in England.« – »Ich werde es meiner Schwester ausrichten, dass Sie angerufen haben, wenn es ihr etwas besser geht. Vielleicht kann sie irgendwann mit Ihnen telefonieren«, sagte die Frau am anderen Ende der Leitung und legte dann auf.

Das Gespräch hatte Elisabeth aufgewühlt. Blass und von ihren Gefühlen völlig durcheinander, setzte sie sich wieder zu ihrer Mutter auf das Sofa und sagte verzweifelt: »Ma, es ist meine Schuld, dass diese Frau dort jetzt im Krankenhaus liegt und vielleicht für immer behindert sein wird.« Mrs Dawson, die nur Bruchstücke von dem verstanden hatte, was ihre Tochter während des Telefonates gesagt hatte, weil ihre Deutschkenntnisse nicht so gut waren, ließ sich erst einmal schildern, was ihre Tochter in Erfahrung bringen konnte. Energisch wurde sie dann aber, als Elisabeth wieder in ihren Schuldgefühlen versank: »Lizzy, Frau Sievers hat dir geholfen. Das hat sie freiwillig getan, obwohl sie besser als du wissen musste, was in diesem Land dort alles geschehen kann. Bitte höre endlich damit auf, dich für alles verantwortlich zu fühlen, nur weil um dich herum Dinge geschehen, die zweifellos schrecklich sind, für die du aber nichts kannst. Es ist nicht dein Job, die ganze Welt zu retten.«

Elisabeth schwieg sekundenlang, bevor sie fragte: »Aber wie weit muss ich helfen? Steht nicht in der Bibel, dass man sich für seinen Nächsten aufopfern soll?« – »Nein. Aufopfern heißt für mich, dass du an Substanz verlierst, immer weniger wirst, indem du dich aufzehrst. Wer wirklich dauerhaft helfen will, muss selbst stark bleiben. Lizzy, schau dich doch einmal an, wie krank und zerbrechlich du im Moment aussiehst. Wenn du wirklich anderen Menschen helfen willst, komme erst einmal selbst wieder zu Kräften«, mahnte Mrs Dawson ihre Tochter eindringlich.

Am nächsten Tag fuhr Elisabeth mit ihrem Ehemann im Wagen ihrer Eltern nach Bristol, um dort ein Bett zu kaufen. Da sie am Abend zuvor schon geschlafen hatte, als O'Connor endlich gegen Mitternacht von den Renovierungsarbeiten mit seinem Schwiegervater heimgekommen war, konnte sie ihm erst auf dieser Fahrt von Frau Sievers erzählen. Auch er war sehr bestürzt über den schlechten Gesundheitszustand dieser Frau, mahnte dann aber erst einmal zum Abwarten, weil sich vielleicht doch noch einiges bessern könnte.

In der Stadt fanden sie ein sehr schönes Messingbett, was beiden gut gefiel. Weil O'Connor in drei Tagen seinen 34. Geburtstag hatte, kaufte ihm Elisabeth noch als Geschenk eine warme Patchworkdecke, für die gemütlichen Stunden in ihrer neuen Wohnung.

Als sie gegen Mittag aus der Stadt zurückkamen, fuhren sie noch beim Lebensmittelladen vorbei, um für Mrs Dawson den Einkauf zu erledigen. Schon beim Betreten des Ladens

bemerkte Elisabeth die Mutter von Phil, die gerade ihre ge-
kauften Sachen in ihrer Tasche verstaute. Elisabeth zögerte erst
einen Moment und überlegte, ob sie lieber wieder hinausgehen
sollte, entschied sich dann aber doch zum Bleiben. Sie grüßte
und stellte sich mit ihrem Ehemann am Verkaufstresen an.
Phils Mutter sah erstaunt auf und überwand ihre anfängliche
Sprachlosigkeit, indem sie fragte: »Bist du schon wieder zurück?
Du wolltest doch viel länger bleiben.« Elisabeth war nicht gerade wohl bei ihren Worten. »Ja, ich bin sehr krank geworden«,
sagte sie knapp und wechselte das Thema: »Ich möchte dir meinen Ehemann John O'Connor vorstellen.« Ungläubig blickte
die Frau von Elisabeth zu O'Connor und bemerkte nur: »Das
ging ja schnell mit einem Neuen.« Dann nahm sie ihre Tasche
und verließ hastig den Laden.

Elisabeth war dankbar, dass ihr Ehemann es übernommen
hatte, die Waren, die auf dem Einkaufszettel von ihrer Mutter
standen, der Verkäuferin zu nennen und anschließend zu zahlen, weil sie sich elend fühlte. Teilnahmslos nahm sie wahr, wie
O'Connor die Sachen einpackte und sie dann am Arm zum
Fahrzeug führte. Wortlos fuhren sie zum Pfarrhaus. O'Connor
übergab seiner Schwiegermutter den Einkauf und sagte nur
knapp: »Ich muss mit Lizzy noch etwas besprechen.« Dann
ging er mit ihr nach oben ins Gästezimmer.

Während sich Elisabeth zusammengekauert auf die Bettkante
setzte, zog er den Sessel zum Bett und setzte sich vor sie, bevor
er sie provozierend fragte: »Kann es sein, dass du dir wieder
jeden, aber auch jeden Dreck in die Schuhe schieben lässt, der
hier gerade so herumliegt? Kann es sein, dass die Rolle des Sün-
denbockes deine Lieblingsrolle ist?« Elisabeth sah ihn müde an
und fragte dann zurück: »Und, welche Rolle würdest du mir
stattdessen vorschlagen?« – »Oh, da hätte ich viele zu vergeben.
Zum Beispiel die einer hübschen jungen Ehefrau oder die von
der Mutter meiner Kinder«, war seine spontane Antwort.

Elisabeth sah ihn nachdenklich an, bevor sie ihn fragte: »Sag einmal, glaubst du wirklich, dass ich übertreibe, oder würde es dir in meiner Situation nicht genauso gehen?« – »Doch, es würde mir genauso gehen und es ging mir auch lange Zeit so. Nämlich als meine Eltern extra wegen mir die Straße langgefahren sind, wo unser Auto von der Granate getroffen wurde, weil sie mich zu meinem besten Freund fahren wollten. Meine Mutter war tot, mein Vater schwer behindert und nur ich war recht glimpflich davongekommen. Du glaubst gar nicht, was das für ein ziemlich mieses Gefühl für mich war. Ich weiß aber heute auch, dass mich diese Schuldgefühle nicht weitergebracht haben. Weder meine Eltern noch ich wussten damals um diese Gefahr und deshalb hat auch keiner von uns unverantwortlich gehandelt. Das hat mir damals ein Arzt im Krankenhaus gesagt, der sich später als Therapeut einen großen Namen gemacht hat. Als er es sagte, war das am Anfang nur eine Formel für mich, um selber überleben zu können. Erst viel später konnte ich sie nachvollziehen, was dann auch der Grund für meine spätere Berufswahl wurde.«

Noch sehr nachdenklich war Elisabeth aufgestanden und zum Fenster gegangen. Sie blickte in den Garten, wo noch immer ihre alte Schaukel hing. Mit dem Rücken zu ihm gewandt, fragte sie: »War es richtig, dass ich dich seiner Mutter als meinen Ehemann vorgestellt habe?« – »Meinst du, es wäre besser gewesen, sie hätte es von anderen erfahren? Hätte es dann nicht so ausgesehen, als müsstest du etwas verbergen?«, war sein Einwand. Als sie noch schwieg, fragte er: »Wie lange ist es jetzt her, dass ihr nicht mehr zusammen seid?« Sie musste nicht lange überlegen: »Eineinhalb Jahre.« – »Meinst du nicht, dass es dann auch erlaubt sein muss, dass man sich neu bindet?«, wollte er von ihr wissen. Elisabeth hatte sich zu ihm umgedreht, als sie erwiderte: »Sich neu zu binden, wäre wohl auch okay, aber schon verheiratet zu sein, ist doch ziemlich schnell, zumal ich mit Phil jahrelang verlobt war.« O'Connor holte tief Luft, bevor er sagte: »Lizzy, erstens sind wir nicht mehr Anfang zwanzig und haben jahrelang Zeit, um uns zu überlegen, ob wir eine Familie gründen wollen und mit wem, und zweitens wirst du es nie allen Leuten recht machen können. Hast du nicht endlich einmal Lust, unser Leben zu leben?«

Sie ging auf ihn zu, als er seine Hand nach ihr ausstreckte, und ließ sich zu ihm auf den Schoß ziehen. O'Connor streichelte ihr Gesicht und küsste es. Dann schlug er vor: »Komm, lass uns schon deine ganzen Sachen zusammenpacken, damit wir morgen in unsere neue Wohnung ziehen können.« Sie fand die Idee gut und so waren sie den Rest des Tages damit beschäftigt, von Elisabeths persönlichen Gegenständen die Dinge herauszusuchen, die sie mit in die Wohnung nehmen wollten. Sie hatte all diese Sachen vor ihrer Abreise nach Deutschland aus ihrer untervermieteten Wohnung mitgenommen und in ihrem alten Kinderzimmer untergestellt. Für O'Connor war dieses Durchstöbern sehr spannend, weil er mit jeder Kiste auch ein Stück mehr über seine Ehefrau erfuhr, und für Elisabeth war es der Zeitpunkt, wo sie ein Stück mehr in ihr vertrautes Leben zurückfand.

Vor ihrer Rückfahrt nach England hatten sie lange darüber diskutiert, wo sie sich zuerst niederlassen sollten, zumal Prof. Stanley und Elisabeth von der Universität für diese Projektarbeit ein Jahr lang freigestellt worden waren und es deshalb nicht sofort Oxford sein musste. Nach allen Abwägungen hatten sie sich schließlich dazu entschieden, das nächste halbe Jahr in unmittelbarer Nähe zu Elisabeths Verwandtschaft auf dem Lande leben zu wollen und dort in aller Ruhe das Projekt abzuschließen. Prof. Stanley wollte zwar auch noch daran mitarbeiten, aber sich ansonsten schon seinen Aufgaben als Hochschullehrer widmen. Ein Kollege von ihm hatte vor einem Monat einen Schlaganfall erlitten und so kam seine vorzeitige Rückkehr der Universitätsleitung sehr gelegen, um den plötzlichen Personalausfall zu kompensieren.

Am nächsten Tag waren sie ganz früh aufgestanden und hatten gemeinsam mit Elisabeths Eltern und dem Gemeindehelfer ihre Sachen in die neue Wohnung gefahren. Mit dem Vermieter konnte man sich darauf einigen, dass sie die kompletten Küchen- und Wohnzimmermöbel und eine Kommode sowie den Kleiderschrank übernehmen würden. Als dann am Nachmittag das neue Bett geliefert wurde, hatten sie schon einen Großteil der Sachen in die Schränke und Regale verstaut, so dass das neue Möbelstück auch gleich aufgestellt werden konnte.

Mit einem gewissen Stolz betrachteten sich die O'Connors etwas später ihr Ehebett, und Elisabeth konnte auch ehrlich zugeben: »Du hattest Recht mit dem alten Bett. Dies ist auch viel schöner und unsere erste gemeinsame Anschaffung.«

Bevor Elisabeths Eltern wieder zurück zum Pfarrhaus fuhren, aß man noch gemeinsam zu Abend. Hierbei wurde deutlich, dass dieser Umzug und die Renovierungsarbeiten zuvor sehr dazu beigetragen hatten, eine angenehme Vertrautheit zwischen O'Connor und seinen Schwiegereltern entstehen zu lassen, worauf Elisabeth zufrieden feststellte: »Wie ich sehe, hat die Integration des neuen Familienmitgliedes ja geklappt.«

Nachdem ihre Eltern aufgebrochen waren, legte O'Connor den Arm um Elisabeths Schultern und ging mit ihr noch einmal durch die Wohnung. Sie begutachteten in aller Ruhe, was so bleiben könne und was sie noch verändern wollten. Insgesamt war aber ihr Urteil über das Ergebnis dieses Tages eher positiv. Zum Schluss betrachteten sie sich das Schlafzimmer, in dem das neue Bett eindeutig der Mittelpunkt war. Nachdem sie es sich noch einen Moment betrachtet hatten, fragte O'Connor: »Wollen wir es einmal ausprobieren?« Als sie lächelnd nickte, streifte er seine Schuhe von den Füßen, kniete sich auf das Bett und zog Elisabeth zu sich runter. Die neue Bettwäsche und die Matratze hatten den leicht sterilen Geruch unbenutzter Gegenstände und unterstrichen dadurch noch den Eindruck der völligen Unberührtheit dieses Bettes. O'Connor, der begann, sich auszuziehen, bemerkte verheißungsvoll: »Dieses Bett wird die Brutstätte unserer Liebe sein; ein richtig gemütliches Nest.«

Obwohl erst in vier Wochen ihre Hochzeitsfeier zum Osterfest stattfinden sollte und sich Elisabeth auch noch nicht wieder so kräftig fühlte wie vor ihrer Erkrankung, wollten sie nun nicht mehr verhüten. Ihr neues Leben, das sie wochenlang herbeigesehnt hatten, fühlte sich gut an, so dass sie voller Optimismus am nächsten Morgen gemeinsam im Bett frühstückten und Pläne für den Tag machten. Während sich O'Connor vornahm und dies auch tags zuvor mit ihnen abgestimmt hatte, vom Telefonapparat seiner Schwiegereltern aus mit Mr Harris verhandeln zu wollen, wie es mit dem Projekt nun weitergehen könne, und danach Lebensmittel einkaufen wollte, hatte Elisabeth den Wunsch, Ludwig bei seinen Pflegeeltern zu besuchen.

Da Mr Harris gerade in einer Besprechung war, musste O'Connor im Pfarrhaus auf dessen Rückruf warten, so dass Elisabeth schon mit ihrem alten Fahrrad losgefahren war. Das Haus ihrer ehemaligen Klavierlehrerin lag circa eine Viertelstunde vom Pfarrhaus entfernt. Es war kurz nach Mittag, als sie dort eintraf. Ludwig war noch in der Schule, so dass Elisabeth diesen Umstand nutzte, um mit Mrs Newton über den Jungen zu reden.

Obwohl die Pflegemutter nichts zu beanstanden hatte, weil Ludwig ein vernünftiger und höflicher Junge war, der sich auch sehr viel Mühe in der Schule gab, schien es da etwas zu geben, was Mrs Newton nicht gerade glücklich machte. Als Elisabeth versuchte, dies herauszubekommen, erklärte ihr Mrs Newton: »Bei Ludwig hat man den Eindruck, dass alles bei ihm nur noch über den Kopf läuft und nicht mehr über das Herz. Wir finden einfach keine Nähe zueinander.« – »Ist das denn nur bei Ihnen so oder auch bei anderen Menschen?«, forschte Elisabeth nach, worauf Mrs Newton ihr erzählte: »Ludwig hat einen Freund in seiner Klasse, den Henry. Der ist ein wenig Außenseiter, weil er nach einer Kinderlähmung Probleme mit dem Gehen hat. Mit dem trifft er sich manchmal und dann lernen sie gemeinsam für die Schule oder basteln an einem Modellschiff. Ansonsten hat er nur noch Zugang zu unserer Katze. Die ist auch immer in seinem Zimmer, wenn er zu Hause ist.«

Elisabeth hatte sich gerade Ludwigs Zimmer im Dachgeschoss des Hauses zeigen lassen, als sie hörte, wie unten die Haustür aufgeschlossen wurde. Mrs Newton, die das Geräusch auch gehört hatte, war in das Treppenhaus getreten, um nach unten zu sehen. Als sie Ludwig erblickte, rief sie nach unten: »Ludwig, komm doch gleich einmal nach oben. Du hast Besuch.« Elisabeth spürte, wie ihr Herz stärker klopfte, als sie seine Schritte auf der Holztreppe hörte. Dann stand er vor ihr und brachte vor Erstaunen kein Wort heraus. »Hey, Ludwig, ich bin wieder in England und wollte dich besuchen. Ich wohne jetzt ganz in der Nähe von euch«, erklärte ihm Elisabeth ihre Anwesenheit. Ludwig stand noch immer sprachlos vor ihr, nahm aber wenigstens ihre ausgestreckte Hand zur Begrüßung an, wobei sich seine Hand kühl und ohne spürbarem Druck anfühlte. Zu Mrs Newton gewandt, fragte Elisabeth: »Darf ich mich mit Ludwig einen Moment in seinem Zimmer allein unterhalten?« Als diese nickte, forderte Elisabeth den Jungen auf: »Komm, zeig mir einmal deine neue Bleibe.« Dann ging sie mit ihm in sein Zimmer und schloss hinter sich die Tür.

Während sie sich auf seine Bettkante setzte, nahm er auf dem Holzstuhl Platz, der vor seinem Schreibtisch stand. Ohne sie anzusehen, fragte er: »Warum sehen Sie denn so krank aus?« – »Ich hatte die letzten Wochen eine Lungen- und Rippenfellentzündung und musste deshalb auch ins Hospital.« Nun blickte er sie mit seinen dunklen Augen aufmerksam an, als er von ihr wissen wollte, ob sie jetzt für immer hierbleiben würde. »Wir werden das nächste halbe Jahr hier wohnen bleiben und dann nach Oxford ziehen, was ja auch ganz in der Nähe ist. Da meine Eltern hier wohnen, werde ich sehr häufig hier sein und dann können wir uns sehen.« Als Ludwig einen langen Moment schweigend auf den Fußboden blickte, forderte ihn Elisabeth auf: »Erzähl doch einmal, wie geht es dir?« Er nahm sich etwas Zeit für seine knappe Antwort: »Ganz gut.«

Elisabeth sah ihn forschend an und stellte dann fest: »So wie du ›ganz gut‹ sagst, bedeutet das für mich ›nicht so gut‹.« Der Junge schwieg, worauf sie nachforschte: »Was ist? Hast du Heimweh?« Fast aggressiv fragte er: »Heimweh, wonach? Nach dem Kinderheim oder dem Lager? Ich habe nichts mehr.« Für einen Moment schwieg Elisabeth betreten, bevor sie sagte: »Ja, ich weiß, Ludwig. Die Frage war dumm von mir. Aber trotzdem, womit hast du hier Probleme?« Der Junge knetete nervös seine schmalen Hände, als er leise sagte: »Die Newtons können nicht meine Eltern sein.« – »Und warum nicht?«, wollte Elisabeth erstaunt wissen. »Weil ich Eltern habe. Die sind zwar tot, aber deshalb liebe ich sie trotzdem.« – »Ludwig, es ist auch gut so, dass du deine Eltern noch liebhast, weil sie mit Sicherheit ganz tolle Eltern waren. Alles, was du mir von ihnen erzählt hast, war einfach schön. Aber trotzdem brauchst du jetzt Freunde, weil jeder einen Menschen braucht, der einem nahe ist und einem hilft, wenn man nicht mehr weiterweiß.«

Sein Gesichtsausdruck wirkte abweisend, als er trotzig sagte: »Ich bin jetzt fast erwachsen. Ich kann jetzt für mich allein sorgen und brauche keinen mehr, der auf mich aufpasst.« – »Ludwig, ich bin viel älter als du und ich bin froh, dass ich eine Familie habe und einen Ehemann. Gerade in den letzten Wochen habe ich doch gesehen, dass man allein völlig verloren ist.« Er schüttelte den Kopf, bevor er erwiderte: »Es geht aber nicht. Die Newtons wollen, dass ich sie wie Eltern liebe, weil sie mich hier wohnen lassen. Ich kann das aber nicht. Ich kann nicht ihr Sohn sein.« Elisabeth hatte sich vorgebeugt und ihm ihre Hand auf seinen Unterarm gelegt. Eindringlich bat sie ihn: »Dann lass sie doch wenigstens deine Freunde sein. Sie werden bestimmt verstehen, dass deine vielen guten Erinnerungen an deine Eltern es dir nicht erlauben, in ihnen neue Eltern zu sehen. Wenn du möchtest, rede ich mit ihnen darüber.«

Er sah sie nicht an, als er fragte: »Kann ich nicht bei dir wohnen?« Die Antwort fiel ihr schwer, weil sie wusste, dass sie ihn enttäuschen würde: »Nein, Ludwig. Das nächste halbe Jahr auf keinen Fall. Mein Ehemann und ich sind gerade in eine kleine Zweizimmerwohnung gezogen und müssen dort das Projekt fertigstellen.« Sie blickte in sein enttäuschtes Gesicht und fügte hinzu: »Du kannst uns aber besuchen kommen.«

Ludwig antwortete nicht, sondern entzog ihr seinen Arm, um sich zum Fenster herumzudrehen und nach draußen zu blicken. Elisabeth hatte noch einen Moment etwas unschlüssig auf seinen Rücken geblickt und dann gesagt: »Ich gehe jetzt wieder zu Mrs Newton. Wenn ich wieder nach Hause fahre, sage ich dir noch Bescheid.«

Der Junge reagierte nicht und Elisabeth ging nach unten. Dort versuchte sie Mrs Newton die Probleme des Jungen im Umgang mit seiner neuen Familie zu erklären. Auch wenn Mrs Newton ihren Pflegesohn verstehen wollte, so war sie doch enttäuscht. Sie hatte sich immer ein Kind gewünscht und nun gab es einen großen Jungen, der keine Liebe zu ihr zulassen konnte. Dieser Gedanke tat ihr einfach weh.

Bevor Elisabeth ging, kam sie noch einmal zu Ludwig. Er lag auf seinem Bett und starrte an die Zimmerdecke. »Ludwig, ich will jetzt gehen«, sagte sie, aber der Junge antwortete ihr nicht, worauf sie fragte: »Willst du uns morgen besuchen kommen?« Als sie wieder keine Antwort von ihm bekam, ging sie an seinen

Schreibtisch und schrieb ihre neue Adresse auf einen Zettel, den sie ihm mit den Worten übergab: »Wenn du möchtest, kannst du morgen um 15 Uhr vorbeikommen. Bis bald.«

Ohne dass er noch etwas erwiderte, verließ sie sein Zimmer und fuhr zum Pfarrhaus. Ihre Mutter hatte Essen für sie warm gehalten und O'Connor war mit seinem Schwiegervater noch unterwegs, um die Einkäufe zu erledigen. Erschöpft von der Fahrt mit dem Fahrrad und dem Besuch, legte sich Elisabeth, nachdem sie gegessen hatte, auf das Wohnzimmersofa ihrer Eltern und wartete auf ihren Ehemann, während ihre Mutter noch ein längeres Gespräch mit einer jungen Mutter aus der Nachbarschaft im Esszimmer führte.

Elisabeth war gerade eingeschlafen, als ihr Vater und O'Connor zurückkamen. Sie wurde wach, weil sie spürte, wie ihr jemand mit der Hand über das Gesicht strich. Als sie erstaunt die Augen öffnete, blickte sie in das gut gelaunte Gesicht ihres Ehemannes. Er hatte tatsächlich Grund für seinen Optimismus, weil er Mr Harris in einem sehr hartnäckig geführten Telefonat davon überzeugen konnte, dass die Projektförderung bis Herbst laufen müsste. Mr Harris hatte sich schließlich hierzu bereit erklärt, als ihm O'Connor zugesagt hatte, das Ergebnis im Herbst in New York auf einem Kongress vorzustellen und dass es noch eine Zusatzuntersuchung über die Traumaschäden der sieben nach England ausgeflogenen Kinder geben würde. Diese finanzielle Absicherung beruhigte Elisabeth, zumal sie sich in den letzten Wochen schon mehrfach Sorgen darüber gemacht hatte, wie sie bis zum Herbst ihren Lebensunterhalt verdienen sollten, nachdem ihr Deutschlandaufenthalt doch insgesamt bedeutend teurer geworden war, als sie es anfangs kalkuliert hatten.

Auf dem Weg zu ihrer Wohnung erzählte sie ihrem Ehemann von Ludwig. O'Connor hatte sich alles sehr interessiert angehört und schwieg auch erst eine Weile, bevor er sagte:

»Wir können Ludwig nicht zu uns nehmen, auch wenn du mit Sicherheit die einzige Person in seinem Leben bist, der er wirklich vertraut. Er ist jetzt in einem schwierigen Alter und es würde auch Probleme bei uns geben und sei es nur wegen ganz normaler Dinge des Alltags. Unter diesen Kleinigkeiten könnte dann auch das gute Verhältnis leiden, das du jetzt noch zu ihm hast.« – »John, unser gutes Verhältnis hat heute schon derb gelitten, weil ich ihm Dinge gesagt habe, die er gar nicht hören wollte. Er scheint immer sofort auf Distanz zu gehen, wenn ihm jemand unangenehme Dinge nahebringt.« O'Connor schlug vor, erst einmal abzuwarten, ob er morgen kommen würde. Er wollte sich zukünftig auch stärker um den Jungen bemühen, um diese schwierige Aufgabe nicht allein Elisabeth zu überlassen.

# XI. Die Trauung

Den nächsten Tag begannen sie damit, die noch zu leistende Projektarbeit zu strukturieren. Sie wollten sich in der nächsten Woche auch einmal mit Prof. Stanley treffen, um sich mit ihm abzustimmen, wer welchen Part hierfür übernehmen solle, und um die Aufzeichnungen und Unterlagen aufzuteilen. Ludwig kam an diesem Tage nicht, was Elisabeth Sorge bereitete. Sie hatte nicht so sehr Angst, dass er sich etwas antun könnte, als dass ihre Beziehung zu ihm Schaden genommen haben könnte. Nachdem sie auch die Nacht darauf sehr unruhig geschlafen hatte, fuhr sie am nächsten Vormittag zu Mrs Newton.

Diese wusste gar nichts von Elisabeths Einladung. Sie erzählte, dass sich Ludwig zwar etwas reservierter, aber ansonsten recht unauffällig verhalten habe. Da Elisabeth erst noch abwarten wollte, vereinbarte sie mit Mrs Newton, dass sie sich bei ihr melden solle, falls ihr etwas Besonderes an dem Jungen auffallen würde. Dann fuhr sie zu der kleinen Sofie, die gerade mit Sally in der Diele mit ihren Puppen spielte. Von ihrer Schwägerin erfuhr sie, dass Sofie abends nicht einschlafen wolle und auch noch häufig ins Bett machen würde. Für Sofie war anscheinend die lebhafte Sally eine wichtige Bezugsperson geworden, die ihr auch immer wieder vorlebte, dass man mit den Erwachsenen doch ganz gut auskommen kann. Hiervon konnte nun auch Elisabeth profitieren, der es am Ende ihres Besuches gelang, mit beiden Kindern am Küchentisch Bilder zu malen.

Als Elisabeth zurück in ihre Wohnung kam, hatte ihr Ehemann schon Bratkartoffeln mit Ei zubereitet, was er richtig gut hinbekam. Beim gemeinsamen Essen erzählte er ihr dann, wie er die Forschungsunterlagen von Mike Baker auswerten wollte. Aus dem Pfarrhaus hatte er sich eine alte Schreibmaschine ausgeliehen und am Wohnzimmertisch schon mit seinen ersten

Arbeiten begonnen. Überhaupt gab es nach dem Auspacken der Projektkisten eigentlich nur noch ein Wohnzimmer, was hauptsächlich als Arbeitszimmer genutzt wurde. Für beide wurden hierbei Erinnerungen an ihre Studienzeit wach, die aber keineswegs die schlechtesten waren.

Am Anfang hatte O'Connor, der dem Landleben außerhalb von Urlaubszeiten bislang recht wenig abgewinnen konnte, noch befürchtet, er würde nach kurzer Zeit Langeweile empfinden, ein Gefühl, was ihm in den letzten Jahren völlig abhandengekommen war. Nun machte er aber die Erfahrung, dass ihm gerade dieser beschauliche Rahmen die Energie gab, die er benötigte, um das bislang so verfahrene Projekt doch noch zu einem vernünftigen Abschluss zu bringen.

Elisabeth war diesbezüglich nicht ganz so ehrgeizig, weil sie zusammen mit ihren Eltern noch etliche Hochzeitsvorbereitungen zu treffen hatte. Die Dawsons hatten sich bereit erklärt, diese nachträgliche Feier auszurichten, und es war auch geplant, dass sie in einem etwas größeren Rahmen stattfinden sollte. Mit ihrem Ehemann hatte Elisabeth abgesprochen, dass er auch seine beiden Cousins und seinen besten Freund mitsamt deren Familien aus Irland einladen würde. Für die Einladungen hatten sie extra Karten in Bristol drucken lassen, so dass sie nun nur noch die Adressen auf die Umschläge schreiben mussten. Gerade hierin vertieft, klingelte es kurz nach Einbruch der Dunkelheit bei den O'Connors an der Haustür. Erstaunt sah Elisabeth ihren Ehemann an, der sie fragte: »Erwarten wir noch jemanden?«, was diese aber verneinte. O'Connor erhob sich und ging nach unten, um die bereits verschlossene Haustür zu öffnen.

Vor ihm stand, im Halbdunkel der Hofeinfahrt nur schwer zu erkennen, Ludwig. O'Connor bat ihn ins Haus, was dieser nur zögerlich tat, doch dann gingen sie nach oben in die Wohnung. Dort erblickte der Junge Elisabeth, die am Tisch saß, und wirkte schon etwas erleichtert. Elisabeth stand auf, um Ludwig zu begrüßen. Sie gab ihm die Hand und stellte fest: »Na, du hast ja fast eine Woche gebraucht, um den Weg zu uns zu finden. Setz dich doch.« Ludwig setzte sich mit steifem Rücken auf die Stuhlkante und starrte auf die Einladungskarten, die vor ihm auf dem Tisch lagen. Dann sagte er: »Ich wusste anfangs gar nicht, dass Sie miteinander verheiratet sind. Mein Freund hat mir erzählt, dass Sie einen Mann aus dem Ort hatten, der aber kürzlich gestorben ist. Ich dachte, dass es Ihnen deshalb so schlecht gehen würde.«

Elisabeth blickte von Ludwig zu O'Connor und musste dann schlucken, bevor sie richtigstellte: »Ludwig, ich habe dich nicht angelogen. Ich bin wirklich in Deutschland krank geworden und mit dem Mann hier aus dem Ort war schon lange Schluss, bevor ich nach Nürnberg gekommen bin.« Ludwig sah sie so an, als wüsste er nicht mehr, was er von der ganzen Sache halten sollte. Schließlich murmelte er etwas unbeholfen: »Ich dachte nur, dass es Ihnen nicht gut gehen würde.« Elisabeth begriff langsam den Grund seines Kommens und sagte deshalb: »Ich finde es nett von dir, dass du dir um mich Sorgen gemacht hast, aber zum Glück bin ich nur noch etwas kraftlos und sonst schon wieder ganz in Ordnung. Wenn du Lust hast, kannst du ja mit den Newtons zur Feier kommen.« – »Ich weiß nicht. Ich muss jetzt auch wieder gehen«, antwortete Ludwig ausweichend und stand auf.

O'Connor brachte ihn zur Tür und fragte dabei: »Was hältst du denn davon, wenn du mir einmal zeigst, was man hier als Landei alles unternehmen kann? Ich kenne hier ja kaum etwas und Elisabeth hat noch so viel mit der Vorbereitung der Feier zu tun.« Über Ludwigs Gesicht huschte ein kurzes Lächeln, als er fragte: »Haben Sie denn ein Fahrrad? Dann können wir uns die Gegend ansehen.« – »Nein«, erwiderte O'Connor bedauernd und gestand: »Ich kann auch mit meinem Bein gar nicht Rad fahren.« Erstaunt blickte ihn der Junge an und wollte wissen: »Was haben Sie denn mit dem Bein?« – »Ich wurde, als ich so alt war wie du, schwer verletzt, als das Auto, in dem ich mit meinen Eltern saß, bei einem Sprengstoffattentat in Irland zerstört wurde. Meine Mutter starb damals und mein Vater saß seitdem im Rollstuhl. Jetzt ist er leider auch tot.« O'Connor konnte beobachten, wie jedes Wort, was er sagte, Ludwig berührte und er mühsam nach Worten rang, als er vorschlug: »Wir können ja morgen Nachmittag auch zu Fuß losgehen. Soll ich um drei Uhr kommen?« O'Connor nickte und ließ den Jungen aus dem Haus.

Als er zurück ins Wohnzimmer kam, fragte Elisabeth ihn empört: »Du findest also, ich bin ein Landei?« Er nahm sie in den Arm und versuchte sie zu beruhigen: »Du bist ja nun schon ein flügge gewordenes Landei. Aber ehrlich, ich lebe gerne diese Monate hier mit dir, weil sie neben der Arbeit am Projekt für mich auch so etwas wie Flitterwochen mit dir sind, aber ich freue mich auch auf die Zeit danach, wenn ich mit dir in schöne Restaurants gehen kann, in ein Kino oder auch einmal ins Theater.« Gegen ein derartig kulturelles Angebot hatte auch Elisabeth nichts einzuwenden, auch wenn sie manchmal einfach auch die Ruhe und Beschaulichkeit ihres Heimatortes brauchte. Deshalb war sie auch in all den Jahren, in denen sie nun schon ihr Elternhaus verlassen hatte, immer wieder gern in diesen Ort gekommen, und dies nicht nur, um ihre Familie zu besuchen.

Am nächsten Nachmittag kam Ludwig wie verabredet, um O'Connor die Gegend zu zeigen. Auf dem Rückweg wollten sie Elisabeth bei ihren Eltern abholen, damit sie nicht im Dunkeln allein nach Hause gehen musste. Von ihrer Mutter erfuhr Elisabeth an diesem Nachmittag, dass mehrere Nachbarn sie auf die bevorstehende Hochzeit angesprochen und sie auch darüber informiert hätten, dass Phils Mutter das Gerücht verbreiten würde, dass sich ihr Sohn nur wegen Elisabeths neuem Partner das Leben genommen habe. Elisabeth verspürte ein Stechen in ihrer Bauchgegend, als sie dies hörte. Nach einem langen, betretenen Schweigen sagte sie schließlich: »Ich möchte zu Phils Mutter gehen und mit ihr reden.« – »Ich glaube auch, dass ein Gespräch wichtig ist«, bestärkte sie ihre Mutter in ihrem Vorhaben und fragte dann: »Möchtest du, dass ich dich begleite?« Elisabeth wollte aber lieber allein mit ihr sprechen und fuhr auch gleich mit dem Fahrrad zur Druckerei.

Als sie den Laden betrat, war Phils Vater gerade damit beschäftigt, mit einem Kunden dessen Druckauftrag zu besprechen. Sein Gesichtsausdruck wurde ernster, als er aufsah und sie erkannte. Mühsam beherrscht teilte er ihr mit: »Es dauert hier noch etwas länger.« – »Ich wollte zu Maureen. Ist sie da?«, fragte ihn Elisabeth, der es nur recht war, dass er noch beschäftigt war. Phils Vater drehte sich zur Tür, die ins Büro führte, und rief: »Maureen, hier ist Besuch für dich.« Erstaunt kam Phils Mutter in den Laden und erblickte Elisabeth.

Wenn nicht der Kunde gewesen wäre, hätte sie Elisabeth vermutlich nicht ins Büro gebeten. Nun sagte sie nur knapp: »Komm herein«, und schloss dann schnell die Tür. Im Büro setzte sich Phils Mutter wieder hinter den breiten Schreibtisch und bot Elisabeth den Stuhl davor an. Dann fragte sie mit eisiger Stimme: »Was willst du?« Elisabeths Herz raste, als sie scheinbar ruhig sagte: »Ich möchte mit dir reden, weil es nicht stimmt, was du im Ort über mich erzählst.« – »So, und was stimmt deiner Meinung nach? Wie soll ich das wohl verstehen, dass du meinen Sohn verlässt und kurz darauf mit einem anderen verheiratet bist? Gerade du, wo du es doch all die Jahre nie eilig mit der Ehe gehabt hast.«

Elisabeth hatte Mühe, ihre Strategie, die sie sich auf der Fahrt hierher noch überlegt hatte, auch durchzuhalten. Sie hatte einfach nur noch Angst, den Vorwürfen dieser Frau nicht mit der nötigen Gelassenheit begegnen zu können. Während sie sich zur Ruhe zwang, versuchte sie zu erklären: »Zwischen Phil und mir gab es schon die letzten zwei Jahre ganz gravierende Beziehungsprobleme. Das weißt du auch, genauso wie du weißt, dass es da schon eine andere Frau gab, weswegen dann Phil letztendlich die Beziehung beendet hat. Maureen, indem du jetzt etwas anderes behauptest, wird dein Sohn auch nicht mehr lebendig werden.«

Phils Mutter sah sie abweisend an, als sie entgegnete: »Das weiß ich, aber trotzdem hättest du ihm verzeihen können, als er verletzt war und dich brauchte.« – »Ich habe ihm verziehen. Wir waren Freunde geworden und ich habe mich sehr wohl um ihn gekümmert. Aber wir waren nun einmal kein Paar mehr. Wem hätte es denn auch geholfen, wenn wir wieder zusammengekommen wären? Phil hätte sich wegen seiner Behinderung minderwertig gefühlt und mir meinen Beruf nicht gegönnt, den ich aber hätte ausüben müssen, um uns überhaupt ernähren zu können. Unsere Kinder, wenn wir noch welche hätten haben können, wären unglücklich geworden und ich auch. Glaubst du wirklich, unsere Probleme, die wir vorher schon gehabt haben, wären besser geworden nach der Trennung und durch Phils Behinderung?«

Phils Mutter wischte mit der Hand über den Tisch, so als wollte sie etwas beseitigen, was es aber gar nicht gab. Ohne Elisabeth anzusehen, stellte sie verbittert fest: »Ihr hattet doch die Probleme, weil ihr beide große Egoisten ward. Keiner von euch wollte nachgeben und du dann auch immer noch mit deinem Traum vom Studium und Beruf. Wenn du bereit gewesen wärst, so zu leben, wie deine Mutter oder ich es tun, hättest du auch mit Phil eine Familie gründen können.« Elisabeth schüttelte energisch den Kopf, als sie entgegnete: »Nein, Maureen, es war nicht nur mein Beruf. Phil fand es anfangs doch sogar gut, kein Hausmütterchen zur Freundin zu haben. Was uns wirklich auseinandergebracht hat, war Phils zunehmende Gewaltbereitschaft, die ich auf keinen Fall akzeptieren konnte und von meinen Eltern war ich zum Glück auch ein ganz anderes Leben gewohnt.«

»Wenn du schon so besessen von christlichen Werten bist, meinst du nicht, dass du ihn aus reiner Nächstenliebe nicht hättest fallen lassen dürfen, als er so schwer verletzt war?«, fragte Phils Mutter sie provozierend. Elisabeth atmete tief durch, bevor sie sehr bestimmt sagte: »Ich habe Phil damals wochenlang mehrmals die Woche besucht, erst im Krankenhaus und dann hier bei euch. Ich hatte auch organisiert, dass ihn die alten Bekannten besuchen, habe mit diesen auch seine alte Wohnung aufgelöst und ihm Mut gemacht, hier bei euch den Job zu beginnen. Mehr Nächstenliebe kann man nicht von einem verlangen.« – »Wie man sieht, hat sich dein Einsatz ja auch gelohnt. Du konntest Phil so gut abservieren und hast dir gleich danach einen gesunden Ehemann geangelt«, bemerkte Phils Mutter zynisch.

Elisabeth sah ein, dass sie von dieser Frau kein Verständnis erwarten konnte, und stand auf. Bevor sie ging, bemerkte sie noch: »Übrigens habe ich nichts gegen einen Ehemann mit Behinderung. Meiner ist auch behindert, und das ist für unsere Ehe kein Problem. Und dass ich damals die Hochzeit mit Phil immer wieder hinausgezögert habe, lag einfach daran, dass ich schon immer geahnt hatte, dass da etwas war, was zwischen uns stand. Der Krieg hat es dann zum Vorschein gebracht. Wenn ich von Anfang an ein gutes Gefühl habe, kann auch ich heiraten, wie du siehst.« Ohne eine Antwort abzuwarten, verließ sie das Büro und den Laden, wobei sie Phils Vater nur noch kurz einen schönen Tag gewünscht hatte.

Als sie zurück zu ihrem Elternhaus fuhr, begegnete sie ihrem Ehemann mit Ludwig. Sie hielt an, worauf O'Connor sie gleich gut gelaunt fragte: »Wo treibst du dich denn herum?« – »Ich war in der Druckerei bei Phils Eltern«, sagte sie knapp. Da ihr Gesichtsausdruck bedeutend mehr aussagte, vermied er es, im Beisein von Ludwig weiter nachzufragen, sondern schlug stattdessen vor: »Wollen wir nicht alle gemeinsam zum Pfarrhaus gehen, dann können wir dir erzählen, wo wir überall waren.« Lebhaft berichteten sie ihr, was sie sich alles angesehen hatten, so dass Elisabeth für die kurze Zeit des Weges wieder auf andere Gedanken gebracht wurde.

Im Pfarrhaus hatte ihre Mutter schon etwas beunruhigt auf sie gewartet. Wegen Ludwig konnte sie dann aber nur kurz in der Küche, als sie gerade mit ihrer Tochter allein war, nach dem Ausgang des Gesprächs mit Phils Eltern fragen. Es dämmerte schon draußen, als die O'Connors Ludwig zu Hause bei seinen Pflegeeltern ablieferten. Danach, auf dem Weg zu ihrer Wohnung, erzählte Elisabeth ihrem Ehemann, warum sie zu Phils Mutter gefahren war und dass sie bei dieser Frau nichts bewegen konnte, weil deren Verbitterung einfach viel zu groß sei. O'Connor hatte ihr schweigend zugehört und sie dann gefragt: »Und wie geht es dir jetzt?« – »Ich kann dir zwar nicht sagen warum, aber irgendwie geht es mir besser. Vielleicht auch, weil es diesmal so offensichtlich für mich war, dass diese Frau mich als Schuldige missbrauchen wollte.« – »Das hört sich ja schon richtig gut an«, beurteilte O'Connor ihren Gemütszustand und fuhr dann fort: »Manchmal muss man nur ganz genau hinsehen und vor allen Dingen nicht vor seinen eigenen Problemen davonrennen, dann findet man für sich auch schon den richtigen Weg.«

Sie waren inzwischen schon bei sich zu Hause angekommen, als Elisabeth von ihm noch wissen wollte, was er denn für einen Eindruck von Ludwig gewonnen habe. O'Connor war recht optimistisch, als er sagte: »Ludwig ist noch nicht ganz in seiner neuen Welt angekommen, aber er geht wenigstens in die richtige Richtung.« – »Und, will er immer noch bei uns einziehen?« – »Ich glaube, im Moment nicht, weil er selbst gesehen hat, wie klein unser Nest hier ist. Außerdem hätte ich ihm dies auch ganz schnell ausgeredet, weil ich dieses Nest nur mit dir teilen will.«

Diesen Abend arbeiteten sie nicht mehr an dem Projekt, sondern verbrachten ihn bei Kerzenschein in ihrem Bett. Von Mrs Dawson hatten sie Abendessen mitbekommen, das Elisabeth auf einen großen Teller ausgebreitet und dann auf den kleinen Tisch neben dem Bett gestellt hatte. Ihr Ehemann fühlte sich für die Getränke zuständig. Er hatte sich eine Flasche Bier aus der Küche geholt und für Elisabeth Milch warm gemacht. Während sie aßen, erzählte Elisabeth ihre Kindheitserlebnisse zu dem alten Steinbruch, den O'Connor sich am Nachmittag zusammen mit Ludwig angesehen hatte. Auch wenn ihr Ehemann nach wie vor der Meinung war, dass er lieber in einer Stadt leben möchte, so konnte er nicht leugnen, dass auch das Leben hier einen gewissen Reiz hatte.

Am nächsten Tag waren sie mit Prof. Stanley in Oxford verabredet, um über das Projekt zu sprechen. Gleich am frühen Morgen holte Mr Dawson sie mit dem Wagen ab, um sie zum Bahnhof zu bringen. Sie wollten drei Tage in Oxford bleiben und hatten einen ihrer beiden Koffer mit den Projektunterlagen gefüllt. Es war einer dieser finsteren Tage am Ende des Winters, an denen es kalt und regnerisch war und gar nicht richtig hell werden wollte. Elisabeth fror auf dem Bahnsteig, trotz ihres warmen Mantels, den sie auch später im Zugabteil gar nicht ablegen wollte.

In Oxford holte sie Prof. Stanley vom Zug ab. Die letzten Tage wieder daheim und im Kreise seiner Familie schienen ihm sichtbar gutgetan zu haben. Voller Optimismus und entspannt begrüßte er die O'Connors. Als er die Koffer in seinen Wagen einlud, sagte er zu seiner Nichte: »Na, so ganz gesund siehst du mir aber noch nicht aus.« Elisabeth schlug ihren Mantelkragen nach oben und erwiderte voller Zuversicht: »Das wird schon. Bis zur Hochzeitsfeier ist wieder alles in Ordnung mit mir.«

Vom Bahnhof aus fuhren sie sofort zu dem zweigeschossigen Haus inmitten eines Gartens, das Prof. Stanley mit seiner Familie bewohnte. Mrs Stanley wirkte erleichtert, als sie sich davon vergewissern konnte, dass es ihrer Nichte schon wieder etwas besser ging. Als sie gegen Mittag zusammen mit Elisabeth in der Küche das Essen vorbereitete, fragte sie: »Und ist bei euch schon etwas unterwegs?« – »Nein. Erst war ich dazu noch zu krank und als wir endlich unsere eigene Wohnung beziehen und wir einmal nur für uns sein konnten, war es für diesen Monat schon zu spät.« Die Tante streichelte ihr über den Rücken und sagte dann aufmunternd: »Das wird schon klappen. Bis ihr nach Oxford zieht, hast du bestimmt schon einen Bauch.«

Nach dem Essen hatten sich Prof. Stanley und die O'Connors in sein Arbeitszimmer zurückgezogen und arbeiteten bis zum Abendessen am Projekt. Sie stimmten die neuen Arbeitsschritte ab und überprüften, ob das bislang Erarbeitete auch brauchbar war und sich zu einem gemeinsamen Ergebnis zusammenfügen ließ. Prof. Stanley, der auch schon in der Zwischenzeit am Projekt weitergearbeitet hatte, wirkte ganz zuversichtlich, während O'Connor noch unzufrieden damit war, wie man mit dem Projektteil umgehen sollte, der von Mike Baker stammte.

Am Abend, nach dem gemeinsamen Essen mit den Kindern, wollten die O'Connors noch ins Kino. Sie gingen zu Fuß dorthin, weil Elisabeth ihrem Ehemann so etwas mehr von der Stadt zeigen konnte, die er bislang noch nicht kannte. Es lief ein Krimi mit Liebesgeschichte. Als Elisabeth es sich während des Films auf ihrem Kinositz gemütlich machte und ihren Kopf an seine Schulter lehnte, flüsterte er ihr zu: »Siehst du, die beiden sind so wie wir. Die schaffen es auch.« – »Ich möchte aber nicht wie im Krimi leben«, entgegnete sie leise.

Er küsste ihre Fingerspitzen und streichelte ihre Hand, bevor er sie beruhigte: »Wir werden von nun an ruhiger leben, das verspreche ich dir.«

Als am nächsten Morgen der alte Metallwecker im Gästezimmer schrill und unerbittlich klingelte, war Elisabeth zu müde, um aufzustehen. O'Connor hatte ihn gleich zum Schweigen gebracht und seine Ehefrau dann überredet, noch im Bett zu bleiben, damit sie ausschlafen könne. Er selbst war aufgestanden, um mit Prof. Stanley nach dem Frühstück gleich weiter am Projekt zu arbeiten.

Es war schon Mittag und Mrs Stanley bereitete gerade das Essen vor, als Elisabeth im Morgenmantel gekleidet in der Küche erschien. Ihr war es peinlich, dass sie so lange geschlafen hatte, und sie entschuldigte sich bei ihrer Tante mit den Worten: »Es tut mir leid, aber ich habe in all den letzten Wochen nicht mehr so gut geschlafen wie gerade eben.« – »Und? Was meinst du, woran das liegt?«, wollte die Tante interessiert wissen. Elisabeth musste selbst erst überlegen und antwortete dann: »Es ist so, als wäre ich endlich nach Hause gekommen. Ich dachte immer, mein Zuhause wäre mein Elternhaus. Das stimmte ja auch lange Zeit, aber jetzt, wo ich für ein paar Monate wieder in dem Ort wohne, habe ich auch Probleme damit, mich wieder richtig einzufinden. Es sind nicht so sehr die Tage, die mich dort stören, aber abends die Dunkelheit der kleinen Straßen, wo kein Leben mehr außerhalb der eigenen Wände stattfindet. Und im Winter ist diese Zeit besonders lang.« – »Dann wird es höchste Zeit, dass ihr wieder nach Oxford kommt«, schlug die Tante lachend vor.

Am Nachmittag fuhren die O'Connors mit Prof. Stanley in die Universität. Prof. Stanley wollte O'Connor der Universitätsleitung vorstellen und ihm auch die Räumlichkeiten zeigen. Sowohl die Universitätsleitung als auch die Kollegen schienen großes Interesse an O'Connor zu haben und auch an dem Ergebnis des Projektes. Als sie nach drei Stunden wieder zurückfuhren, war Prof. Stanley sehr optimistisch, dass im Herbst beide O'Connors ihren Platz an der Universität gefunden haben könnten. Bevor Prof. Stanley auf dem Rückweg wieder in die Straße einbog, in der er wohnte, bat ihn Elisabeth, am Beginn der kleinen Seitenstraße zu halten, in der ihre Wohnung lag.

Gemeinsam mit ihrem Ehemann stieg sie aus und ging zu einem weißen mehrgeschossigen Haus. Von der Straße aus konnten sie sehen, dass oben in der Wohnung, im zweiten Stock, Licht brannte. Elisabeth schlug vor: »Willst du schon mit meinem Onkel nach Hause fahren und ich schaue noch einmal bei meiner Untermieterin vorbei?« – »Wenn es dich nicht stört, würde ich gerne mitkommen. Ich bin einfach neugierig, wie du hier gelebt hast«, erwiderte O'Connor.

Während Prof. Stanley, den sie kurz über ihre Besuchsabsicht informiert hatten, schon nach Hause fuhr, betraten sie das schlecht ausgeleuchtete Treppenhaus mit der knarrenden breiten Holztreppe, die in großen Kurven nach oben führte. Im zweiten Stock klingelte Elisabeth an der Tür, deren Klingelschild ihren Namen trug und nur ein kleines aufgeklebtes Schild aus Pappe, was darunterhing, darauf hinwies, dass in dieser Wohnung noch jemand anderes wohnen musste. Es dauerte einen kurzen Augenblick, bis Schritte im Flur zu hören waren und eine junge Frau die Tür öffnete. Erstaunt blickte sie ihre Besucher an und fragte dann: »Sind Sie denn schon zurück? Ich dachte, Sie bleiben bis zum Herbst in Deutschland.« – »Ja. Es ist alles etwas anders gelaufen, als wir uns gedacht haben. Aber ich will Sie jetzt nicht aus der Wohnung vertreiben«, versuchte Elisabeth sie gleich zu beruhigen.

Die junge Frau namens Betty bat sie herein. Als sie ins Wohnzimmer geführt wurden, sahen sich sowohl Elisabeth als auch ihr Ehemann interessiert um. Elisabeth, weil sie wissen wollte, wie sich ihre Wohnung durch die neue Mieterin verändert hatte, und O'Connor, weil er wieder etwas vom früheren Leben seiner Ehefrau erfahren konnte. Betty, die als Krankenschwester arbeitete und noch zu ihrem Nachtdienst musste, war derweil in die Küche gegangen, um für ihre Besucher einen Tee aufzubrühen. Elisabeth setzte sich auf ihr Sofa und strich mit den Fingern über den Stoff, während der Kakadu in seinem Käfig, der direkt danebenstand, laut krächzte. O'Connor blickte auf den Vogel und fragte: »Gehört dieser lebhafte Kerl auch dir?« Elisabeth lachte: »Nein, das hätte ich dir vorher erzählt. Dann hättest du dir noch überlegen können, ob du mich wirklich heiraten willst.«

Als Betty mit dem Tee zurückkam, unterhielten sie sich darüber, dass Elisabeth wegen ihrer Eheschließung kein Interesse mehr an dieser Wohnung haben würde. Betty zeigte sich erfreut über diese Entwicklung und war auch sofort bereit, die Wohnung zu übernehmen. Auch kam es ihr ganz gelegen, dass Elisabeth nur einen Teil ihrer Möbel mitnehmen wollte.

Später, auf dem Heimweg, fragte Elisabeth ihren Ehemann: »Und, was sagst du nun zu meinem alten Leben? Meinst du, wir hätten uns auch hier in Oxford ineinander verliebt?«

O'Connor dachte einen Moment angestrengt nach und phantasierte dann: »Ich denke, wenn ich so an der Universität als neuer Mitarbeiter in die Arbeitsgruppe deines Onkels gekommen wäre und dich dann dort kennengelernt hätte, das wäre schon sehr gefühlsbetont geworden. Und wenn wir diese Zusammenarbeit dann später in deiner kleinen, gemütlichen Wohnung fortgesetzt hätten, wer weiß, wie alles gekommen wäre. Aber in dieses Bett wäre ich mit dir nicht gegangen.«

»Hast du denn schon immer die Betten deiner Freundinnen abgelehnt?«, wollte sie von ihm wissen. »Das war bislang nie wirklich Thema, weil wir immer in mein Bett gegangen sind«, gestand er mit einem breiten Grinsen. »Und warum?«, wurde

Elisabeth langsam misstrauisch. »Ich wollte nicht Gast in der Wohnung meiner Freundin sein und auch nicht so tief in deren Vorleben eintauchen. Jetzt ist das etwas anderes. Wir beide haben eine Vergangenheit, die wir akzeptieren müssen, auch wenn mir manchmal der Schatten von Phil sehr groß vorkommt«, versuchte er seine Beweggründe zu erklären. Elisabeth, die bemüht war, seinen Gedankengängen zu folgen, hakte trotzdem nach: »Dann müsstest du doch gerade mein altes Bett als Teil meiner Vergangenheit akzeptieren.« Er zog sie fest an sich heran, als er sagte: »Ich kann es einfach nicht. Vielleicht weil es mir noch nie so ernst war wie jetzt. Ich möchte mit dir nicht mehr so eine Beziehung haben, in der man erst einmal abwartet, wie das so läuft. Ich will etwas richtig Gutes daraus machen und dazu gehört für mich nun einmal ein unbenutztes Nest.«

Als sie nach Hause kamen, teilte ihnen Mrs Stanley mit, dass Elisabeths Mutter vor einer halben Stunde angerufen und um Rückruf gebeten habe. Mit einem ungutem Gefühl ging Elisabeth zum Telefon und wählte die Nummer ihrer Eltern. Mrs Dawson war auch gleich am Apparat und informierte ihre Tochter darüber, dass Ludwig am Vormittag ins Krankenhaus nach Bristol gebracht worden sei. Der Gesundheitszustand des Jungen sei weiterhin kritisch, weil man dessen vereiterten Blinddarm erst habe operieren können, als dieser schon kurz vor dem Durchbruch stand. Mrs Newton habe dann angerufen, weil Ludwig immer nach Elisabeth rufen würde. Ohne groß zu überlegen, ließ sich Elisabeth die Adresse des Krankenhauses und die Station durchgeben und sagte dann zu ihrer Mutter: »Ich werde sehen, dass ich ihn heute Abend noch besuchen kann.«

O'Connor wirkte zwar auch besorgt, als ihm Elisabeth mitteilte, was sie eben von ihrer Mutter erfahren hatte, reagierte dann aber etwas unwillig auf Elisabeths Plan, sofort losfahren zu wollen, weil er sich schon auf einen gemütlichen Abend am Kamin gefreut hatte. Lediglich die Vorstellung, dass Elisabeth allein mit dem Wagen ihres Onkels im Dunkeln unterwegs sein könnte, erhöhte seine Motivation, sie zu begleiten. Im Wagen wurde er dann etwas direkter, als er sagte: »Ich habe es die ganze Zeit geahnt, als ich den Nachmittag mit dem Jungen verbracht habe.« – »Was hast du geahnt?« – »Dass er mit mir nur mitgegangen ist, um so mehr über dich zu erfahren. Und erstaunlicherweise wusste er auch schon mehr über dich als ich selbst, weil er im Dorf wohl über seinen Kumpel Erkundigungen eingeholt hatte.« – »Aber warum soll er das denn tun?«, fragte ihn Elisabeth völlig verblüfft.

O'Connor, der den Wagen steuerte, blickte sie kurz von der Seite an und fragte dann: »Wenn du ein Junge in seinem Alter wärst und würdest eine junge hübsche Frau kennenlernen, die sich liebevoll um dich kümmert, hättest du dann keine Hormonprobleme?« Elisabeth, der dieser Gedankengang gar nicht gefiel, sagte flapsig: »Und wegen dieser Hormonprobleme platzt dann beinahe der Blinddarm. Willst du hier auch Zusammenhänge sehen?« Solche Zusammenhänge fand selbst O'Connor zu abwegig, obwohl er betonte: »Merkwürdig finde ich aber schon, dass er sich so lange nicht behandeln lässt, bis es fast zu spät ist. Ein Blinddarm schmerzt doch, wenn er sich entzündet.« – »Willst du jetzt etwa andeuten, dass er absichtlich so lange gewartet hat, damit ich besorgt zu ihm ans Bett eile?«, fragte Elisabeth skeptisch nach. »Das kann doch sein. Auf jeden Fall werde ich ihm, egal wie krank er ist, ziemlich deutlich machen, dass ich hier der Platzhirsch bin«, kündigte O'Connor sehr bestimmt an.

Im Krankenhaus saß Mrs Newton mit müdem Gesicht auf einem Stuhl am Fußende ihres Pflegesohnes. Sie stand sofort auf, als die O'Connors das Krankenzimmer betraten. Elisabeth hatte sie kurz begrüßt und dann Ludwig angeschaut, der blass und schmal mit geschlossenen Augen in seinem Bett lag, ohne offenbar bemerkt zu haben, dass er Besuch hatte. Als ihn Elisabeth leise fragte, wie es ihm gehen würde, antwortete seine Pflegemutter: »Es sieht im Moment so aus, als würde sein Körper mit den Keimen kämpfen. Die Ärzte sind noch sehr besorgt.«

Um Mrs Newton die Gelegenheit zu geben, noch etwas in der Kantine zu essen, verabredeten die O'Connors mit ihr, derweil bei dem Jungen zu bleiben. O'Connor setzte sich auf den Stuhl, den Mrs Newton freigemacht hatte, während sich Elisabeth einen zweiten Stuhl ans Fußende heranzog und hierauf Platz nahm. Schweigend betrachtete O'Connor einen Moment das Gesicht des Jungen und griff dann nach dessen Hand. Mit leiser Stimme fragte er: »Ludwig, kannst du mich verstehen?« Als der Junge nicht reagierte, stand er auf und strich ihm mit der Hand mehrmals über die schweißnasse Stirn. Ludwig wurde unruhig und stöhnte leise, bevor er mühsam die Augen öffnete.

Erstaunt blickte er O'Connor an, der sich über ihn gebeugt hatte und noch einmal fragte: »Ludwig, kannst du mich verstehen?« Ohne ein Wort zu sagen, drehte Ludwig den Kopf zur Seite. Elisabeth war ebenfalls aufgestanden und an die andere Seite des Krankenbettes getreten. Als sie glaubte, dass er sie wahrgenommen habe, sagte sie: »Hallo, Ludwig, wir wollten dich besuchen kommen.« Über das Gesicht des Jungen huschte ein kurzes Lächeln, bevor er wieder seine Augen schloss. Elisabeth hatte sich nicht nur aus Respekt vor den Gefühlen ihres Ehemannes zurückgehalten, sondern auch weil sie die Beziehung zu Ludwig nicht weiter komplizieren wollte. Wortlos setzte sie sich wieder zurück auf ihren Stuhl und betrachtete den kranken Jungen, während ihr Ehemann so dreinblickte, als würde er über etwas grübeln.

Nach einer halben Stunde, die sie schweigend am Krankenbett verbracht hatten, kam Mrs Newton zurück. Sie wollte die Nacht bei Ludwig im Krankenhaus bleiben, während ihr Ehemann am Nachmittag wieder nach Hause fahren musste, weil er noch einen wichtigen Geschäftstermin hatte. Mit Mrs Newton vereinbarten die O'Connors, dass sie anrufen würde, wenn sich der Gesundheitszustand des Jungen verschlechtern sollte, und man ansonsten am nächsten Vormittag miteinander telefonieren wolle. Elisabeth verabschiedete sich von dem Jungen, indem sie sich über ihn beugte und ihn ansprach: »Ludwig, John und ich fahren jetzt wieder. Wir werden dich aber bald wieder besuchen kommen.« Es fiel ihm sichtlich schwer, seine Augen zu öffnen. Mit müdem Blick sah er sie für einen kurzen Moment an und schloss sie dann wieder.

Auf der Rückfahrt sagte O'Connor: »Ich glaube nicht, dass Ludwig noch Ersatzeltern braucht. Das KZ hat ihn schlagartig erwachsen werden lassen. Wir müssen sehen, dass er so schnell wie möglich auf die eigenen Füße kommt.« – »Aber wie willst du das machen? Er geht doch noch zur Schule«, fragte ihn Elisabeth erstaunt. »Vielleicht können wir ein Stipendium für ihn bekommen, damit er in ein Internat kommt.« – »Und in den Ferien oder an den Feiertagen, wo soll er dann hin, wenn die anderen Kinder nach Hause zu ihren Eltern fahren?«, wollte sie von ihm wissen. »Vielleicht kommt er ja dann mit den Newtons besser klar, wenn der Druck weg ist, dass er immer den dankbaren Pflegesohn spielen soll«, erklärte er ihr seine Theorie und fügte dann noch hinzu: »Zur Not kann er auch einige Zeit bei uns verbringen. Aber nur, wenn er die Finger von dir lässt und wir eine größere Wohnung haben.«

Entgegen ihrer bisherigen Absicht, nur drei Tage in Oxford zu bleiben, entschieden sie sich nach einem längeren Gespräch am nächsten Vormittag mit den Stanleys, ihren Besuch noch um zwei weitere Tage zu verlängern. Prof. Stanley hatte zuvor mit der Universitätsleitung telefoniert und dort erfahren, dass O'Connor als sein Assistent zum Ende Mai eingestellt werden könnte, so dass sie sich noch nach einer geeigneten Wohnung umsehen wollten. Sie brachen hierzu gleich auf, nachdem Mrs Newton angerufen hatte und berichten konnte, dass es Ludwig schon etwas besser gehen würde.

Von Mrs Stanley hatten sie noch den Tipp bekommen, dass die Familie von Toms bestem Freund umziehen wollte, nachdem dessen Mutter ihr drittes Kind bekommen habe. Deren Vierzimmerwohnung lag im ersten Stock eines sehr gepflegten Mietshauses in einer ruhigen Seitenstraße, ganz in der Nähe der Stanleys. Obwohl O'Connor lieber etwas mit Garten gehabt hätte, sagte er schließlich zu, weil die Wohnung schön hell war und auch eine gute Raumaufteilung hatte.

Am frühen Nachmittag handelten sie mit der Hauswirtin, einer älteren Dame, die im Parterre wohnte, den Mietvertrag aus. Danach gingen sie in die Stadt, damit Elisabeth ihr Hochzeitskleid anprobieren konnte, das eine Schneiderin nach Maßangabe und Skizze, welche Elisabeth zuvor ihrer Tante geschickt hatte, anfertigen sollte. O'Connor musste während der Anprobe im Nebenraum auf sie warten. Er war nervös und konnte sich deshalb nicht auf die Zeitung konzentrieren, die ihm die Schneiderin zum Lesen hingelegt hatte. Während er noch in Deutschland dieses gemeinsame Leben jeden Abend herbeigesehnt hatte, was sich nun anbahnte, ging ihm nun plötzlich alles viel zu schnell. Die neue Stelle, obwohl das Projekt noch nicht beendet war, und der erneute Umzug, nachdem sie gerade in die erste gemeinsame Wohnung eingezogen waren.

Elisabeth dagegen wirkte sehr zufrieden, als sie von der Anprobe kam. Mit der Schneiderin hatte sie besprochen, dass die Änderungen bis morgen Abend fertig sein sollten, weil sie das Kleid dann abholen würde.

Obwohl es schon dunkel war, als sie sich von der Schneiderin verabschiedeten, gingen sie noch für eine Stunde durch die Innenstadt, um ungestört darüber reden zu können, was

O'Connor so beunruhigte. Diesmal war es Elisabeth, die die neuen Veränderungen recht gelassen sah, zumal dies eine Welt betraf, in der sie sich sehr gut auskannte. Deshalb klang es auch sehr zuversichtlich, als sie vorschlug: »Wir können doch in die neue Wohnung erst einmal die alten Möbel stellen, die wir unserem jetzigen Vermieter abgekauft haben. Und wenn Betty sich eigene Möbel besorgt hat, holen wir die restlichen Möbel aus meiner alten Wohnung. Das reicht doch.« – »Wir sollten aber auch morgen, wenn ich den Arbeitsvertrag unterzeichne, noch vorher abklären, ob einige Teile der Projektarbeit an der Universität fertiggestellt werden können, sonst wird das für uns verdammt eng«, mahnte ihr Ehemann.

Während O'Connor am nächsten Tag mit Prof. Stanley zur Universität fuhr und dort seinen Arbeitsvertrag aushandelte, blieb Elisabeth bei ihrer Tante. Die beiden Frauen besprachen gerade die bevorstehende Hochzeitsfeier, als das Telefon klingelte. Es war Mrs Newton, die Ludwig im Krankenhaus besucht hatte. Obwohl es dem Jungen schon wieder deutlich besser ging, wirkte Mrs Newton verzweifelt, weil sie mit der abweisenden Art des Jungen nicht umgehen konnte. Elisabeth versprach ihr deshalb, morgen auf der Rückfahrt im Krankenhaus vorbeizufahren, um mit Ludwig zu reden.

Gegen Mittag kamen die beiden Männer zurück und wirkten sehr zufrieden. Gut gelaunt erklärte O'Connor beim gemeinsamen Essen: »Jetzt stimmt die Welt wieder. Die Projektleitung war in Deutschland einfach nicht optimal geregelt. Es ist nun einmal nicht gut, wenn der Erfahrenste einer Gruppe nicht auch deren Leitung übernimmt.« Obwohl sich Prof. Stanley von seinen Worten geschmeichelt fühlte, wehrte er ab: »So schlimm war es für mich nun auch wieder nicht. Ich fand, dass sich jeder von uns ganz gut einbringen konnte, und das war immerhin deinem guten Führungsstil zu verdanken.« Während sich die Männer am Nachmittag ins Arbeitszimmer zurückzogen, um den weiteren Projektverlauf abzustimmen, ging Elisabeth mit ihrer Tante in die Stadt und holte ihr Kleid von der Schneiderin ab.

Gleich nach dem Frühstück am nächsten Morgen brachen die O'Connors zur Heimreise auf. Prof. Stanley hatte sich bereit erklärt, sie mit dem Pkw zu fahren, weil er auch einmal wieder bei seiner Schwester vorbeischauen wollte. Wie verabredet, fuhren sie noch zum Krankenhaus. Während Prof. Stanley in der Eingangshalle auf sie wartete, gingen die O'Connors zu Ludwig, der blass und apathisch in seinem Bett lag. O'Connor setzte sich gleich zu ihm an den Bettrand und fragte: »Na, wie geht es dir denn?« Ludwig blickte an ihm vorbei, als er mit leiser Stimme antwortete: »Schon etwas besser.« – »Und kannst du schon aufstehen?«, hakte O'Connor nach, der sichtbar bestrebt war, eine Unterhaltung mit Ludwig zu führen. »Nur zur Toilette«, war die knappe Antwort des Jungen.

Elisabeth, die sich bislang deutlich im Hintergrund gehalten und bis auf einen knappen Gruß nichts gesagt hatte, stellte sich nun an das Fußende des Bettes, genau in die Blickrichtung von Ludwig, der diesmal nicht den Kopf wegdrehte, sondern sie ansah. Elisabeth betrachtete sein Gesicht für einen kurzen Augenblick, bevor sie sehr bestimmt sagte: »Ludwig, ich möchte mit dir reden. Ist es für dich in Ordnung, wenn John dabei ist?« Der Junge sah sie erstaunt an und antwortete dann: »Ich möchte mit dir allein sprechen.«

Sichtbar enttäuscht von der Antwort des Jungen, war O'Connor aufgestanden und hatte, bevor er das Krankenzimmer verließ, seiner Ehefrau noch einmal mit den Worten über die Schulter gestreichelt: »Dann bis später, Liebes.« Elisabeth zog einen Stuhl ans Bett und setzte sich darauf. Dann fragte sie sehr direkt: »Was ist eigentlich mit dir los?« – »Warum soll ich dir das sagen?«, fragte Ludwig trotzig zurück. »Weil ich dachte, dass wir Vertrauen zueinander haben können«, war ihr

Einwand. »Du hast doch auch kein Vertrauen zu mir. Warum soll ich es denn zu dir haben?«, stellte Ludwig fest. Elisabeth gefiel dieses Frage-und-Antwort-Spielchen nicht. Sie lehnte sich auf ihrem Stuhl zurück und versuchte betont gelassen zu fragen, wo sie denn seiner Meinung nach kein Vertrauen zu ihm gehabt habe.

»Im Dorf erzählen sie ziemlich viel über dich und Phil«, sagte er mit düsterem Blick. Obwohl ihr dieses Thema immer wieder wehtat, fragte sie: »Und was erzählen sie sich?« – »Dass du ihn verlassen hast, als er ein Krüppel war, um dann ganz schnell einen gesunden Mann zu heiraten.« – »Und? Glaubst du all diese Geschichten?«, fragte ihn Elisabeth tief verletzt. Seine Stimme klang leise, als er von ihr wissen wollte: »Was soll ich denn glauben?« – »Ludwig, ich erwarte einfach von dir, dass du nachdenkst. Du weißt doch genau, dass John ebenfalls behindert ist. Hätte dich das nicht misstrauisch machen müssen?« Der Junge sah sie einen Moment nachdenklich an, bevor er von ihr wissen wollte, was denn der Grund für die Trennung von Phil gewesen war.

Elisabeth versuchte ruhig zu bleiben, als sie ihm antwortete: »Der Grund für die Trennung war, dass Phil der Kampf im Untergrund inzwischen wichtiger geworden war als unsere Beziehung. Und dann gab es da noch eine andere Frau.« – »Die Leute im Dorf sagen, dass Phil in Frankreich ganz mutig gegen die Nazis gekämpft hat und ein richtiger Held war.« Es klang müde, als sie erwiderte: »Mag sein, dass er ein sogenannter Held war, aber ich eigne mich nun einmal nicht zur Ehefrau eines Kriegshelden. Dazu ist mir dieses Geschäft einfach zu blutig.« Ihre Worte fanden jedoch wenig Verständnis bei Ludwig: »Er hat wenigstens gegen die grausamen Nazis gekämpft. Das ist doch das Wichtigste. Wenn es nicht Menschen wie Phil gegeben hätte, würde es mich gar nicht mehr geben.«

Von seinen Worten in die Enge getrieben, wollte sie wissen:

»Was erwartest du von mir?« – »Ich finde es ziemlich verlogen, wenn du nun so tust, als wolltest du den Juden helfen, und du hast damals deinen Freund dabei gar nicht unterstützt. Ihn sogar noch im Stich gelassen, als er dich brauchte.«

Die Worte des Jungen hatten die Wirkung einer Faust, so brutal und schmerzhaft waren sie. Elisabeth war aufgestanden und an das Fenster getreten. Das Wetter war trübe und ließ den Krankenhaushof noch unfreundlicher erscheinen, als er es sonst schon war. Nach einer Weile drehte sie sich wieder zu ihm um und setzte sich zurück auf den Stuhl. Es war ihr anzumerken, dass ihr dieses Gespräch sehr naheging, als sie sagte: »Ludwig, sicherlich hast du Recht, wenn du sagst, dass Phil auf der richtigen Seite gekämpft hat. Ich hätte ihn auch gerne unterstützt, aber seine Mittel waren mir einfach zu brutal. Es ist meines Erachtens nicht nur eine Frage, auf welcher Seite man kämpft. Brutalität und das Töten lehne ich nun einmal ab, auch wenn es für einen guten Zweck sein sollte.«

Ludwig sah sie provozierend an, als er nachfragte: »Wie wolltest du denn die Nazis besiegen? Mit guten Sprüchen oder Geschenken?« – »Ich weiß es nicht. Ich weiß nur, dass viel zu lange gewartet wurde, bis überhaupt etwas gegen die Nazis unternommen wurde. Und es haben auch viel zu viele Menschen gut an dem schmutzigen Krieg verdient.« Ludwig wirkte angriffslustig, als er sagte: »Siehst du, du weißt es auch nicht. Aber ich weiß es. Ich habe es nämlich miterlebt, was die Nazis mit meiner Familie gemacht haben, und ich finde es gut, was Phil getan hat.« – »Und in deinen Augen bin ich nun die Frau, die einen Helden im Stich gelassen hat. Ist das der Grund, weshalb du jetzt jeden Ratschlag von mir ablehnst?« – »Phil würde bestimmt noch leben, wenn du damals nicht gegangen wärst.« – »Ja, Ludwig, das kann sein und wir würden eine unglückliche Beziehung führen, weil Phil auch nach Kriegsende immer nach neuen Kampfzonen gesucht hat. Vermutlich wärst du dann auch noch in einem Kinderheim in Deutschland«, dachte Elisabeth seine Gedanken laut zu Ende.

Als Ludwig schwieg, sagte sie: »Weißt du, was ich glaube, was dein wirkliches Problem ist und das einiger Dorfbewohner?« Als er nicht reagierte, fuhr sie fort: »Ihr gönnt mir einfach nicht mein Glück mit John. Es ist doch der blanke Neid, der kurz vor meiner Hochzeitsfeier die Gerüchte anheizt. Aber zum Glück ziehen wir in drei Wochen fort.« – »Und wohin willst du ziehen?«, fragte der Junge sie erstaunt. »John und ich haben in Oxford eine Wohnung angemietet, weil wir dort an der Universität arbeiten werden.« Ludwig schwieg einen Moment, bevor er sie fragte, was denn dann aus ihm werden solle. »Ich weiß es nicht, Ludwig. Du bist bei den Newtons gut untergebracht und von mir willst du dir ja nichts mehr sagen lassen. Was du nun aus deinem Leben machst, liegt allein bei dir.«

Etwas unschlüssig saß sie noch einen Augenblick schweigend neben seinem Bett und stand dann mit den Worten auf: »Ich muss jetzt fahren. Du weißt ja, wo du mich erreichen kannst. Mache es gut.« Ludwig starrte wortlos vor sich hin, während sie das Zimmer verließ.

Als sie in der Eingangshalle zu ihrem Onkel und ihrem Ehemann ging, kämpfte sie mit den Tränen. Erst im Fahrzeug fragte O'Connor, ob sie sagen wolle, was geschehen ist, worauf sie von dem Gespräch erzählte und dabei weinte. Prof. Stanley, der inzwischen den Wagen aus dem Ort gesteuert hatte, sagte nur: »Es wird Zeit, dass ihr nach Oxford kommt. Dieses ewige Herumstochern in alten Wunden ist einfach nicht gut für euch.«

Die Dawsons erfuhren von den bevorstehenden Umzugsplänen ihrer Tochter beim gemeinsamen Mittagessen. Obwohl sie sich auf einen ländlichen Sommer mit ihnen gefreut hatten, zeigten sie Verständnis für dieses Vorhaben. Auch sie hatten zu spüren bekommen, wie die bevorstehende Hochzeitsfeier zu Gerede im Dorfe geführt hat, und nahmen mit Sorge zur Kenntnis, wie Phils Mutter sichtbaren Gefallen daran fand, ihrem Sohn ein Heldendenkmal zu setzen, indem sie überall erzählte, wie mutig er gegen Hitlers Leute gekämpft habe.

Elisabeth fror, seitdem sie das Krankenhaus verlassen hatte, so dass sie nach dem Mittagessen sehr schnell in die eigene Wohnung wollte, um sich mit einer Wärmflasche ins Bett zu legen. Prof. Stanley, der die neue Bleibe seiner Nichte noch nicht kannte, hatte sie und ihren Ehemann dort vorbeigefahren und war noch mit nach oben gekommen. Während sich Elisabeth ins Schlafzimmer zurückzog, um sich ins Bett zu legen, besprachen ihr Ehemann und der Onkel, welche Projektunterlagen schon nach Oxford gebracht werden könnten. Auch einen Teil von ihren Sachen wollte Prof. Stanley schon mit dem Wagen mitnehmen.

Als er sich vor seiner Heimfahrt von seiner Nichte verabschiedete, konnte man ihr ansehen, dass sie geweint hatte. Prof. Stanley setzte sich noch einen Moment an ihren Bettrand und versuchte sie aufzumuntern: »Lizzy, es gibt im Moment so viele unglückliche Menschen um uns herum. Menschen, die durch den Krieg so viel verloren haben. Für die muss euer Glück einfach wie eine Zumutung wirken. Nimm es nicht persönlich.« – »Glaubst du, es wäre besser, wir würden die Hochzeit nicht feiern?«, fragte Elisabeth ihn verunsichert. »Doch, natürlich sollst du sie feiern. Du musst auch dein Glück nicht verstecken. Es steht dir zu und das Leben geht nun einmal weiter. Vielleicht merken all diese unglücklichen Menschen dadurch auch, dass es trotz der anfänglichen Trauer auch wieder schöne Momente geben kann.«

Als Prof. Stanley gefahren war, kam O'Connor zu ihr ins Schlafzimmer. Er zog sich aus und legte sich zu seiner Ehefrau ins Bett. Da er bislang nichts gesagt hatte, fragte sie ihn: »Was ist mit dir?« – »Mir geht es im Moment ziemlich schlecht und ich bin froh, wenn wir hier wegziehen können.« – »Möchtest du die Feier noch?« Er schwieg einen Moment, bevor er sagte: »Weißt du, heiraten habe ich mir immer anders vorgestellt. So wie meine erste Hochzeit war. Tolles Fest und wenig sonstige Probleme. Eben noch so richtige heile Welt. Diese Ehe hat dann aber nicht lange gehalten. Vielleicht ist es andersherum besser. Wir hatten doch von Anfang an jede Menge Probleme und es kann einfach nur noch besser werden.«

Sie hatten eigentlich vor, den Rest des Tages im Bett zu verbringen, mussten dann aber davon Abstand nehmen, weil gegen Abend Mrs Newton an ihrer Haustür läutete. O'Connor öffnete ihr im Morgenmantel, worauf sie sich erschrocken für die späte Störung entschuldigte und ihm dann mitteilte, dass sie wegen Ludwig gekommen sei. Weil Mrs Newton ihm gegenüber den Eindruck vermittelte, als bräuchte sie dringend Hilfe, bat er sie, im Wohnzimmer Platz zu nehmen, und kam dann ins Schlafzimmer, um sich anzukleiden. Elisabeth entschloss sich, es ihm gleichzutun, und ging dann mit ihm gemeinsam zu Mrs Newton. Unter Tränen berichtete diese, dass ihr Ludwig am Nachmittag mitgeteilt habe, dass er nach Deutschland zurückwolle, worauf Elisabeth verständnislos fragte: »Warum?« – »Ludwig sagte, er wolle unsere Almosen nicht und will in der Stadt leben, in der er geboren wurde und aufgewachsen ist. Außerdem will er den Tod seiner Verwandten rächen.«

Sichtlich erbost über die Ideen des Jungen, sagte O'Connor: »Ich werde morgen früh mit Prof. Stanley sprechen. Er kann sich vielleicht für ein Internatsstipendium einsetzen. Wenn wir Glück haben, kann Ludwig vom Krankenhaus direkt in ein Internat gebracht werden.« Dieser Gedanke machte Mrs Newton noch verzweifelter. Unter Tränen fragte sie: »Aber warum kann er unsere Liebe nicht annehmen? Wir wollen ihm doch nur helfen.« – »Seine Seele ist von dem, was er erlebt hat, noch zu wund, um sich auf neue enge Beziehungen einzulassen«, versuchte O'Connor ihr das Verhalten des Jungen zu erklären und fuhr dann fort: »Ich glaube, dass es besser ist, wenn er stärker mit Gleichaltrigen Umgang hat, in einer weniger engen Lebensgemeinschaft, als es nun einmal in einer Familie der Fall ist.«

Als Mrs Newton gegangen war, fragte Elisabeth ihren Ehemann besorgt: »Glaubst du wirklich, dass man Ludwig noch helfen kann?« – »Ich weiß es nicht. Aber unsere Chance ist, dass er noch nicht volljährig ist und deshalb nicht einfach zum großen Rachefeldzug nach Deutschland aufbrechen kann. Vielleicht reichen ja die letzten Jahre seiner Jugend aus, um ihm eine akzeptable Lebensperspektive zu schaffen. Auf jeden Fall halte ich es für völlig verkehrt, ihn hier dem Heldenmythos von Phil auszusetzen und den Ansprüchen seiner Pflegeeltern nach einem heilen Familienleben.«

Prof. Stanley zeigte sich am nächsten Tag sehr besorgt, als er von Ludwigs Plänen hörte, und wollte sich sofort um eine Internatsunterbringung kümmern. Bevor er nach dem Mittagessen wieder zurück nach Oxford fuhr, übergab er O'Connor noch das Geburtstagsgeschenk für seine Nichte, das Mrs Stanley gekauft und hübsch verpackt ihm mitgegeben hatte.

Ihren 30. Geburtstag feierte Elisabeth im engsten Familienkreis im Hause ihrer Eltern. Von ihrem Ehemann hatte sie eine neue Uhr bekommen, die er gemeinsam mit Prof. Stanley in Oxford gekauft hatte, nachdem von ihm zuvor der Arbeitsvertrag in der Universität unterschrieben worden war. Bis auf die Uhr, über die sie sich sehr freute und die sie mit dem Frühstück im Bett serviert bekam, fand die übrige Bescherung erst nach dem gemeinsamen Mittagessen im Pfarrhaus statt, zu dem auch ihr Bruder mit seiner Familie gekommen war. Von den Stanleys hatte sie einen schönen Morgenmantel in warmen Rottönen geschenkt bekommen und von ihren Eltern eine neue

Handtasche. Gleich angezogen hatte sie das Geschenk von ihrer Schwägerin, die gerne strickte und ihr deshalb eine selbstgefertigte warme Strickjacke überreichte. Nancy hatte ebenfalls mit Sofie ihr Geschenk selbst hergestellt, indem sie gemeinsam ein Bild für ihre Tante gemalt hatten.

Der Nachmittag im Kreise der Familie tat den O'Connors gut. An diesem Nachmittag saß man im Kaminzimmer beisammen, bis schließlich gegen Abend die beiden Mädchen durch Quengelei deutlich machten, dass sie im Bett besser aufgehoben waren. Gemeinsam mit dem Bruder und seiner Familie brachen die O'Connors auf. Zu Hause angekommen, ging Elisabeth schon mit ihren Geschenken beladen in ihre Wohnung, während O'Connor noch beim Hauswirt an die Tür klopfte, um mit ihm über den vorzeitigen Auszug zu sprechen. Wie zu erwarten, war dieser wenig begeistert von der neuen Entwicklung, aber man einigte sich schließlich darauf, noch für drei Monate das Mietverhältnis aufrechtzuerhalten, falls er vorher keine neuen Mieter finden würde. Dass die O'Connors die Möbel seiner Mutter, die er ihnen beim Einzug für wenig Geld überlassen hatte, mitnehmen wollten, war ihm ganz recht.

Als O'Connor nach diesem Gespräch in seine Wohnung kam, wirkte er seit Tagen endlich einmal wieder entspannt. Gut gelaunt nahm er Elisabeth in den Arm und sagte: »Merkst du es? Wir bekommen unser Leben so langsam hin. Jetzt müssen wir nächste Woche nur noch die Hochzeit meistern und dann werden die Kisten für Oxford gepackt.« Elisabeth fühlte sich ebenfalls gut bei dem Gedanken, diesen Ort mit den vielen dunklen Schatten bald verlassen zu können.

Auf Wunsch ihres Ehemannes hatte sie sich nur mit ihrem neuen Morgenmantel bekleidet auf ihr Bett gelegt, während O'Connor die Zündhölzer aus der Küche holte, um Kerzen im Schlafzimmer anzuzünden. Es war kalt in der Wohnung; der Ofen war in ihrer Abwesenheit heruntergebrannt und fühlte sich nur noch lauwarm an. Elisabeth, die spürte, wie sie in ihrem Morgenmantel aus leichtem Stoff langsam eine Gänsehaut bekam, bemerkte: »Der Mantel sieht ja wirklich sehr schön aus, aber warm ist er nicht.« – »Du wirst ihn auch nicht mehr lange anhaben, mein Liebes«, versprach er ihr und zog sich ganz rasch aus.

Während sie sich liebten, merkten sie nicht, wie stark der Wind draußen um das Haus wehte. Schon auf dem Heimweg wehte er heftig, dass die kleine Nancy laut geschimpft hatte, dass sie gar keine Luft mehr bekommen würde. Sie hielten sich noch im Arm, als sie hörten, wie eine Dachpfanne herunterrutschte und unter ihrem Fenster auf dem gepflasterten Hof zerschlug. O'Connor, der schon einige heftige Stürme miterlebt hatte, nahm dies noch sehr gelassen und schlug vor: »Wir werden wohl eine ziemlich unruhige Nacht haben. Hast du nicht Lust, dass wir unsere neue Wohnung aufzeichnen und sie schon einrichten?«

Elisabeth, die von ihren Eltern noch einen Vitrinenschrank und eine Holztruhe ihrer verstorbenen Großtante erhalten sollte, fand die Idee gut, so dass sie bis Mitternacht damit beschäftigt waren, das Einrichten ihrer neuen Bleibe zu überlegen. Obwohl sie ihre Planungen immer wieder unterbrechen mussten, um die Geschirrtücher in den Fensterbänken vor zwei undichten Fenstern auszuwringen, kamen sie gut voran. Der heftige Wind hatte den starken Regen so durch die Ritzen der Fenster getrieben, dass auf den Fensterbänken kleine Pfützen entstanden waren. Dennoch war es ihnen gelungen, ihrer neuen Wohnung, zumindest auf dem Papier, schon deutliche Konturen zu geben. So hatten sie ein Wohnzimmer mit einer Ecke geplant, in der der Schreibtisch stehen sollte, und ein Esszimmer mit einer breiten Couch, auf der auch Besuch schlafen konnte. Die übrigen beiden Zimmer der Wohnung waren für das Schlaf- und Kinderzimmer eingeplant.

Es war schon nach Mitternacht, als sich das Wetter wieder etwas beruhigt hatte und sie die Fensterbänke ein letztes Mal trockenreiben mussten. Elisabeth blickte, während sie das Küchenfenster auswischte, hinaus in die Dunkelheit. Sie konnte nur die dunklen großen Schatten der Bäume erkennen, die sich im Wind bewegten, und sie erinnerte sich daran, wie sie damals als kleines Kind immer in das Bett ihrer Eltern gekrochen war, wenn sie nachts nicht schlafen konnte, weil ihr die Schatten in ihrem Zimmer bei Vollmond zu unheimlich erschienen. Der Weg von ihrem Bett zu ihren Eltern kam ihr dann immer endlos lang und der kalte Steinfußboden unter ihren nackten Füßen eiskalt vor. Wenn sie dann endlich im Schlafzimmer ihrer Eltern angekommen war, kletterte sie vorsichtig über die Beine ihrer Mutter und legte sich zwischen ihre Eltern, tief eingetaucht in das warme Bett. Ihre Mutter rutschte dann immer nah an sie heran und nahm ihre kleine Hand, so dass sie keine Angst mehr vor den Schatten der Nacht haben musste.

O'Connor hatte beobachtet, dass sie am Fenster stand und in die Nacht blickte. Er war zu ihr gekommen und hatte sie von hinten umfasst. Nach einer Weile des Schweigens fragte er: »Na, hat dich eine alte Erinnerung eingeholt?« Sie erzählte ihm, woran sie gerade gedacht hatte, und äußerte dann den Wunsch: »Ich möchte in den letzten Tagen, in denen wir noch hier sind, auch ein Stück Abschied von meiner Kindheit nehmen. Lass uns noch einmal gemeinsam zu den Orten gehen, die mir etwas bedeutet haben. Weißt du, wenn ich jetzt hier wegziehe, ist es anders als sonst. Ich gehe diesmal nicht nur weg, weil ich einen Job in einer anderen Stadt habe, sondern ich habe mich bewusst entschieden, hier nicht mehr leben zu wollen.«

Die letzten Tage bis zur Hochzeit zwang sich Elisabeth ruhig anzugehen. Je näher der Termin rückte, desto unwichtiger erschien ihr plötzlich dieses Fest. Sie wollte endlich dieses

Projekt beenden und arbeitete mit ihrem Ehemann jeden Tag intensiv mehrere Stunden daran. Auch hatte sie inzwischen alle ehemaligen Heimkinder aufgesucht und ihren Entwicklungsstand dokumentiert. Ein viel größerer Wunsch war von ihr aber, endlich gesund genug für ein Kind zu sein, das sie sich so sehr wünschte.

Zwischen den letzten Hochzeitsvorbereitungen und der Projektarbeit gingen die O'Connors jeden Tag im Ort spazieren. Erstaunt stellte Elisabeth hierbei fest, dass manche Erinnerungen an ihre Kindheit so präsent waren, als sei das Geschehene gerade erst gestern gewesen. Auf einem dieser Rundgänge durch das Heimatdorf und Umland äußerte O'Connor den Wunsch, einmal mit ihr nach Irland fahren zu wollen. Er würde in ein paar Tagen seinen alten Jugendfreund und dessen Familie wiedersehen, die seit seinem Weggang in dem Haus seiner Eltern lebten, und auch seine beiden Cousins. Man konnte ihm anmerken, dass ihn dieses bevorstehende Wiedersehen emotional sehr berührte.

Es war der letzte Tag vor der Hochzeit. Gemeinsam mit seinem Schwiegervater und Schwager holte O'Connor die Gäste aus Irland am Nachmittag vom Bahnhof ab. Das Wiedersehen der Männer war von einer freundschaftlichen Ruppigkeit, die aber trotzdem nicht deren Rührung überdecken konnte. Etwas verstohlen wischte sich O'Connor mit dem Handrücken die Tränen aus den Augenwinkeln, als er sich aus der sekundenlangen Umarmung seines Freundes gelöst hatte, um dessen Familie und seine Cousins zu begrüßen.

Die Gäste aus Irland sollten erst alle im alten Gasthof des Dorfes untergebracht werden, wo die Dawsons Zimmer für die übrigen Hochzeitsgäste angemietet hatten. Als das Gerede im Dorfe aber immer heftiger wurde und man Pöbeleien gegenüber den irischen Gästen befürchtete, hatten die Dawsons nun die Zimmer im Gasthof lediglich für ihre eigene Familie reservieren lassen und den Gästen aus Irland drei Zimmer im Pfarrhaus als Unterkunft hergerichtet.

Schon am Nachmittag stellte sich heraus, dass sich die Männer aus Irland weit mehr zu erzählen hatten, als es hierfür ausreichend Gelegenheiten im Kreise der Familie gab. Da gegen Abend schon etliche Hochzeitsgäste von weiter her eintrafen, waren die O'Connors ganz froh, dass sich die Dawsons um das Wohl dieser Gäste kümmern wollten und sie zurück in ihre eigene Wohnung gehen konnten. Begleitet wurden sie hierbei von O'Connors Freund und dessen Cousins.

Mit dem festen Vorsatz, es aber nicht zu spät werden zu lassen, wollten die Männer in der Wohnung noch in aller Ruhe Bier trinken und sich dabei ungestört unterhalten. Elisabeth hatte hiergegen nichts einzuwenden, zumal sie nur noch ein Bad nehmen und sich dann zeitig ins Bett legen wollte. Sie hatte mit ihrer Mutter verabredet, am nächsten Tag früh im Pfarrhaus zu sein, damit sie ihr beim Ankleiden und Frisieren behilflich sein konnte, während der Vater noch ihren Hochzeitsstrauß abholen wollte.

Im Schlafzimmer hörte Elisabeth anfangs nur die Stimmen der Männer, die sich angeregt unterhielten, und ab und an ein Lachen. Sie hatte auch keine Mühe einzuschlafen, weil sie sich rundherum glücklich fühlte, dass nun alle beisammen waren.

Sie musste schon zwei Stunden geschlafen haben, als sie von Gesang geweckt wurde, begleitet vom Gelächter zweier Männer. Sie blickte auf das Ziffernblatt des Weckers, der neben ihrem Bett stand. Die Uhr zeigte kurz vor Mitternacht an. Obwohl sie etwas beunruhigt war, dass ihr Ehemann und seine Gäste die Hochzeitsfeier nicht mehr so gut überstehen würden, nachdem sie sich schon auf ihrer vorabendlichen Wiedersehensfeier verausgabt hatten, zwang sie sich, im Bett liegen zu bleiben; sie wollte ihren Ehemann nicht blamieren.

Die Kirchturmuhr schlug gerade zwölf, als die Geräusche

aus dem Wohnzimmer deutlicher wurden und sie kurz darauf Stimmen im Flur hörte. Einer der Männer kicherte, bevor sie das Zuklappen der Wohnungstür vernahm. O'Connor ging nur noch einmal zur Toilette und löschte dann das Licht in der Wohnung, bevor er das Schlafzimmer betrat. Um seine Ehefrau nicht zu wecken, zog er sich im Dunkeln aus, übersah dabei aber den Stuhl, der am Fenster stand. Mit einem heftigen Scheppern fiel dieser um, worauf O'Connor leise fluchte. Elisabeth verhielt sich ruhig. Die deutliche Bierfahne ihres Ehemannes ließ sie auch ohne Licht erahnen, was er für Probleme hatte. Als er schließlich neben ihr im Bett lag, beugte er sich noch einmal zu ihr hinüber, um sie flüchtig zu küssen. Diese Gelegenheit nutzte sie, um leicht säuerlich zu bemerken: »Ich hoffe, du überstehst morgen den Tag.«

Das schlechte Gewissen ihres Ehemannes war nicht gerade sehr ausgeprägt, als er mit hörbarer Zungenschwere zu seiner Verteidigung vortrug: »Ich hatte mir als Limit Mitternacht gesetzt. Das habe ich auch eingehalten.« – »Und hast du dir auch ein Trinklimit gesetzt, damit morgen nicht wieder einer von uns gar nicht weiß, worum es eigentlich geht?«, wollte sie von ihm wissen. O'Connor fand diese Frage reichlich überflüssig: »Lizzy, wenn du mich jetzt schlafen lässt, bin ich bald wieder fit.«

Als am nächsten Morgen der Wecker um sechs Uhr klingelte, war dies noch nicht der Fall. Elisabeth stand auf und ging ins Wohnzimmer, wo die leeren Bierflaschen den Männerdurst der letzten Nacht dokumentierten. Sie ging ins Bad, um sich zu waschen, und merkte, wie sie in ihren Gefühlen verunsichert war. Plötzlich hatte sie Angst, dass sie nun Seiten von ihrem Ehemann kennenlernen würde, die sie nicht sehr schätzte. Nach einem schnellen Frühstück in der Küche packte sie ihre Sachen zusammen, die sie für die Feier benötigte, und ging ins Schlafzimmer, wo O'Connor noch tief und fest schlief. Sie weckte ihn, indem sie sehr energisch an seinem Arm rüttelte. Erschrocken machte er die Augen auf und blickte sie an. »Was ist denn?«, wollte er von ihr wissen.

»Deine Hochzeit«, erwiderte sie ungerührt und zog sich ihren warmen Mantel an. O'Connor setzte sich so abrupt im Bett auf, dass ihm der Kopf schmerzte. Mit einer Hand am Kopf starrte er sie an und fragte: »Es ist aber noch nicht zu spät, nein?« – »Von der Zeit her könntest du es noch schaffen. Es ist gerade sieben Uhr. Ich gehe jetzt zum Ankleiden zu meiner Mutter. Wir sind dann um zehn Uhr in der Kirche.« Sie nahm ihre Sachen und ging zur Wohnungstür. O'Connor war inzwischen aufgestanden, was ihm sichtbar schwerfiel. Als sie schon die Wohnungstür geöffnet hatte, rief er: »Lizzy, bitte komm noch einmal.« Mit Tränen in den Augen schloss sie die Tür und drehte sich zu ihm um. Er stand hinter ihr im Flur und sah aus wie jemand, der die Nacht durchgefeiert hatte, blass und ziemlich verkatert, mit zerwühlter Frisur.

O'Connor sah ihre Tränen und zog sie zu sich in den Arm. Er atmete tief durch, bevor er ihr gestand: »Es war zu viel Bier, das war nicht okay. Ich hatte gedacht, dass ich danach einfach ins Bett falle.« – »Trinkst du immer so viel, wenn du mit deinen Freunden zusammen bist?«, fragte Elisabeth noch immer verunsichert. »Nein. Wir haben früher als junge Männer manchmal etwas mehr getrunken, waren danach zwar angeschlagen, aber nie sinnlos betrunken. Es war nicht in Ordnung, so zu tun, als gäbe es noch diese alten Zeiten. Ich bin so etwas nicht mehr gewohnt und wollte heute fit sein.« – »Dann hast du ja noch viel zu tun«, bemerkte Elisabeth knapp und verabschiedete sich.

Als Elisabeth gegangen war, ging O'Connor ins Badezimmer und betrachtete sein Spiegelbild. Er war wütend auf sich selbst und wie er aussah. Ungnädig mit seiner eigenen Person goss er in der Badewanne kaltes Wasser über seinen Körper, zog sich dann seinen Morgenmantel an und brühte einen kräftigen Kaffee auf. Nach dem Frühstück, das hauptsächlich aus mehreren Tassen Kaffee und einem trockenen Stück Brot bestand, räumte er noch das Wohnzimmer auf und zog sich an. Es war kurz nach neun, als er die Wohnung verließ, um zum Pfarrhaus zu gehen. Der Weg durch die frische Morgenluft tat ihm gut, zumal er immer noch einen deutlichen Druck im Kopf verspürte.

Die Stimmung im Pfarrhaus wirkte keineswegs ungetrübt. Zwar hatte sich Elisabeth wieder etwas beruhigt und war nun gemeinsam mit ihrer Mutter damit beschäftigt, sich im elterlichen Schlafzimmer als Braut zu schmücken, aber dafür hatte O'Connors Freund Douglas reichlich Ärger mit seiner Gattin Mary bekommen. Mary konnte sich auch am Frühstückstisch mit ihrer Kritik an ihrem Ehemann nicht zurückhalten: »Es hätte ja wohl auch gereicht, wenn du heute etwas mehr getrunken hättest. Das sieht doch wieder so aus, als hätten die Iren nichts Besseres zu tun«, bemerkte sie bissig.

Douglas, der sich nicht zu knapp am Vorabend abgefüllt hatte, bekam schon beim Rasieren Schwierigkeiten, indem er sich mit der Klinge zwei stark blutende Schnitte am Kinn verpasste. Mrs Dawson, die zwischendurch immer wieder das Schlafzimmer verlassen hatte, um den Gästen aus Irland das Frühstück im Esszimmer zu servieren, kam nach dem Anblick vom verletzten Douglas mit den leicht verächtlichen Worten zurück: »Das ist nicht mehr irisch, was hier abläuft, das ist schon irre.«

Entsprechend gereizt begrüßte Mrs Dawson auch ihren Schwiegersohn, als dieser Viertel nach neun im Pfarrhaus eintraf. »Na, hast du deinen Herrenabend gut überstanden?«, wollte sie von ihm wissen. Er wirkte zerknirscht, als er zugab: »Es war etwas unpassend. Aber ich denke, ich kriege das hin.« – »Ob die anderen drei das auch hinbekommen, wage ich noch zu bezweifeln«, wandte seine Schwiegermutter ein und verschwand wieder im Schlafzimmer.

Als O'Connor kurz darauf das Esszimmer betrat, sah er, was sie gerade gemeint hatte, und spürte beim Anblick seines Freundes und der Cousins gar kein gutes Gefühl mehr. Mary machte gerade ihren Ehemann auf die Blutflecken am Kragen aufmerksam, worauf dieser erwiderte: »Ich habe aber nur dieses eine Hemd, was zum Anzug passt.« Gereizt fragte Mary ihn: »Und? Willst du vielleicht so bekleckert zur Hochzeit gehen? Was sollen denn die anderen Gäste von uns denken?«

O'Connor wollte von Mary wissen, ob man denn das Blut nicht noch auswaschen könne, worauf diese bissig erwiderte: »Das könnt ihr Kerle ja gerne versuchen. Ich habe mich schon fertig angezogen und werde nicht mehr dreckige Kragen auswaschen, nur weil ihr euch nicht benehmen könnt.« Inzwischen war auch die Nachbarin Mrs Smith eingetroffen, die Mrs Dawson etwas zur Hand gehen wollte. O'Connor sprach sie sofort auf das Hemd seines Freundes an, worauf sich diese zwar bereit erklärte, den Kragen auszuwaschen und das Hemd dann noch einmal zu bügeln, ihm aber nicht versprechen wollte, dass noch alles rechtzeitig zur Trauung fertig sein würde.

Douglas zog etwas unbeholfen sein Hemd aus und gab es der Nachbarin, die sich auch sofort ans Werk machte. Während er dann die letzten Bisse seines Frühstücks im Unterhemd einnahm, kam Mr Dawson, um mitzuteilen, dass alle Gäste schon rüber in die Kirche gehen sollten. Erstaunt blickte sie auf Douglas' Oberkörper und fragte etwas irritiert: »Sie haben aber nicht vor, so zur Feier zu gehen?« O'Connor beeilte sich, für seinen Freund zu antworten: »Nein, falls Mrs Smith die Flecken nicht aus seinem Hemd herausbekommt, bleibt er eben hier.«

Viertel vor zehn trafen sich die Gäste vor der Kirche. Wie die Dawsons schon vermutet hatten, kamen nicht nur die eingeladenen Gäste, sondern auch etliche neugierige Dorfbewohner. O'Connor war mit seinen Cousins nicht in die Kirche gegangen, sondern wartete vor dem Eingang des Gotteshauses auf Elisabeth. Obwohl sich das Wetter dem Anlass des Tages entsprechend freundlich zeigte, waren die Temperaturen noch ausgesprochen frisch, so dass die drei übermüdeten Männer schon nach kurzer Zeit zu frieren begannen.

Pünktlich um zehn Uhr erschien Elisabeth in Begleitung ihrer Mutter. Die Braut trug ein bodenlanges cremeweißes Kleid, das am Ausschnitt und an den Ärmeln bestickt war. Elisabeth hatte bewusst darauf verzichtet, ein klassisches Brautkleid zu tragen, weil sie es für diese Nachfeier etwas unpassend fand. In ihren Haaren hatte Mrs Dawson Blumen befestigt, die zu den Farben des Kleides passten und Elisabeth sehr mädchenhaft erscheinen ließen. O'Connor war gerührt, als sie so schön und zart vor ihm stand. Er beugte sich zu ihr herunter und flüsterte ihr zu: »Du bist eine wunderschöne Braut und ich verspreche dir, dass ich so etwas nicht noch einmal mache.«

Begleitet vom Klang der Orgel führte er sie zur Bank vor dem Altar und nahm dort neben ihr Platz. Mr Dawson hatte den Inhalt seiner Predigt vorher mit den Brautleuten abgestimmt, weil er sie auch nutzen wollte, um den Spekulationen über diese Eheschließung im Dorfe Einhalt zu gebieten. Er begann seine Predigt damit, dass er erzählte, wie seine Tochter sich auf Nachfrage ihres Onkels vor Monaten bereit erklärt habe, die Gräueltaten der Nazis in Deutschland zu dokumentieren. Während dieser schrecklichen Arbeiten hätten sich die Brautleute kennen und lieben gelernt, auch wenn die Wunden, die ihre vorherigen Beziehungen in ihren Herzen hinterlassen hatten, noch nicht ganz verheilt waren. Nach einer kurzen Pause fuhr Mr Dawson fort: »Gerade deshalb wollten sie auch nichts überstürzen, jedoch hatte das Schicksal ihnen einen anderen Weg vorherbestimmt. Elisabeth wurde in Deutschland lebensgefährlich krank und konnte nur dadurch gerettet werden, dass John sie durch eine Nottrauung zur Frau nahm und ihr dadurch die medizinische Versorgung in einem amerikanischen

Hospital ermöglichte, die sie zum Überleben brauchte. Hierfür danke ich dir, John. Die Brautleute sind nun heute mit uns hier zusammengekommen, um noch einmal ihren festen Willen zur christlichen Ehe zu bekunden und anschließend mit uns allen ihre Eheschließung zu feiern.«

Während Mr Dawson dies sagte, ging ein leises Raunen durch die letzten Sitzreihen in der Kirche, in denen einige neugierige Dorfbewohner Platz genommen hatten. Nach dem Gottesdienst gratulierten den O'Connors nicht nur die geladenen Hochzeitsgäste, sondern auch die übrigen Besucher des Gottesdienstes, und diese Glückwünsche schienen ehrlich zu sein. Danach ging das Hochzeitspaar mit seinen Gästen zu Fuß zum Gasthof, in dem auch schon ein Großteil der übrigen Gäste die Nacht verbracht hatte.

Der Gasthof hatte für andere Gäste an diesem Tag geschlossen und war im Parterre festlich geschmückt. Gleich neben der Theke standen zwei Tische, auf denen die Gäste ihre Geschenke ablegen konnten. Das Brautpaar, das sich etliche Dinge für seinen neuen Hausstand gewünscht hatte, stellte nun beim Auspacken der Geschenke erfreut fest, dass sich die Gäste sehr viel Mühe damit gegeben hatten, ihnen diese Wünsche auch zu erfüllen.

Beim gemeinsamen Mittagessen wurden zahlreiche Tischreden gehalten. Die erste hielt Prof. Stanley, in der er berichtete, unter welchen schwierigen Verhältnissen in Deutschland diese Beziehung begonnen hatte. Dann ergriff Douglas, der wegen seines Hemdes erst etwas später in der Kirche eingetroffen war, das Wort: »Liebe Elisabeth und lieber John, als ich von eurer plötzlichen Eheschließung gehört habe, fragte ich mich, ob es nicht besser gewesen wäre, wenn mich John einmal vorher als seinen besten Freund gefragt hätte, weil Liebe ja bekanntlich blind macht. Als ich gestern ankam, habe ich deshalb auch sehr kritisch auf Elisabeth geschaut und musste feststellen, dass man gar nicht blind sein muss, um diese Frau toll zu finden. John, ich habe ein verdammt gutes Gefühl bei deiner Wahl und wünsche euch alles Gute.«

Nach dem Essen spielte eine Musikgruppe, die Mr Dawson schon einige Male für kirchliche Veranstaltungen engagiert hatte. Die Stimmung unter den Gästen war ausgesprochen gut. Es wurde getanzt und an den Tischen, an denen reichlich gegessen und getrunken wurde, fanden lebhafte Unterhaltungen statt. Im Gegensatz zu seinem Cousin, der ziemliche Kopfschmerzen hatte, ging es O'Connor inzwischen sehr gut. Er gab sich große Mühe, Zugang zu der Familie seiner Ehefrau zu bekommen, was ihm auch gelang, und kümmerte sich ansonsten sehr viel um Elisabeth, mit der er flirtete und tanzte, so als müsse er sie erst überzeugen, ihn zu ehelichen. Zu seiner Freude hatte sich Elisabeth auch schon von sich aus um die Gäste aus Irland bemüht, so dass sich keiner von dieser Feier ausgeschlossen fühlen musste.

Es war schon drei Uhr in der Frühe, als die letzten Gäste aufbrachen oder sich in ihre Gasthauszimmer zurückzogen und auch die Brautleute nach Hause gehen konnten. Sie waren gemeinsam mit Elisabeths Bruder zu Fuß zu ihren Häusern gegangen, die zehn Minuten vom Gasthof entfernt lagen. Die O'Connors waren erleichtert, dass alles so gut geklappt hatte, aber auch froh, dass jetzt alles vorbei war. Als sie schließlich in ihrer Wohnung eintrafen, kam ihnen die Kühle der ungeheizten Räume vor Müdigkeit noch kälter vor als sonst, wenn der Ofen ausgegangen war. O'Connor nahm Elisabeth in den Arm und fragte sie: »Wenn wir jetzt einfach in unser Bett gehen und ganz schnell schlafen, wirst du dann enttäuscht sein?« Sie musste für ihre Antwort nicht lange überlegen: »Nein. Ich möchte mir nicht wieder eine Lungenentzündung holen. Aber morgen, wenn der Ofen wieder brennt, will ich sehen, was du kannst.«

# XII. Der Neuanfang in Oxford

Am nächsten Tag gegen Mittag verabschiedeten die Brautleute am Gasthof ihre Gäste. Die Hochzeitsgeschenke hatten
die Dawsons schon in Kisten verpackt und zum Pfarrhaus gefahren, wo sie bis zum Umzug auch bleiben sollten. Als Mrs
Dawson die Brautleute fragte, ob sie noch zum Mittagessen
ins Pfarrhaus mitkommen wollten, lehnten diese dankend ab.
Sie wollten so schnell wie möglich wieder zurück in ihre Wohnung, den Ofen anheizen und das nachholen, was letzte Nacht
auf der Strecke geblieben war.

In ihrer Wohnung machte sich O'Connor gleich am Ofen zu
schaffen und Elisabeth bereitete aus den Resten des gestrigen
Festessens, die ihnen der Wirt noch eingepackt hatte, in der
Küche ein Mittagessen zu. Sie deckte gerade den Tisch, als
O'Connor zu ihr in die Küche kam. In der Hand hielt er das
Hochzeitsgeschenk seines Großvaters, was ihm sein Cousin
schon am Abend vor der Hochzeit übergeben hatte. Er hatte
es bislang noch nicht geöffnet, weil er damit warten wollte, bis
die Feier vorüber war.

Der Großvater, mit dem er sich regelmäßig schrieb, saß inzwischen im Rollstuhl und hatte sich die Reise nicht mehr
zugetraut. Er hatte seinem Enkel eine goldene Taschenuhr geschenkt und der Braut eine goldene Brosche, die seiner Tochter,
der Mutter von O'Connor, gehört hatte. Diesen Geschenken
hatte er einen Brief beigelegt, in dem er seinen Wunsch äußerte, seinen Enkel und dessen Ehefrau noch einmal sehen zu
wollen, bevor er hierfür zu schwach sei. Als O'Connor diesen
Brief vorlas, musste er unterbrechen, weil ihm die Stimme ver-
sagte und sich seine Augen mit Tränen füllten. Bislang hatte
der Großvater zwar geschrieben, dass er das eine oder andere
nicht mehr so gut könne, aber O'Connor hatte hieraus niemals

geschlossen, dass hinter diesen Zeilen mehr steckt als eine Altersschwäche. Erst vom Cousin erfuhr er dann während eines Gesprächs auf der Hochzeitsfeier, dass der alte Mann in den letzten Wochen sehr abgebaut hat. O'Connor, der bei seinem Großvater das letzte Mal vor seiner Abreise nach Deutschland zu Besuch war, wirkte beunruhigt von diesen Zeilen und von dem, was ihm sein Cousin berichtet hatte. Um dem alten Mann seinen Wunsch noch rechtzeitig erfüllen zu können, beschlossen sie, gleich nach ihrem Umzug nach Irland zu fahren.

Die nächsten Tage waren damit ausgefüllt, den Umzug nach Oxford vorzubereiten. Elisabeths Eltern und der Bruder halfen mit, während sich Elisabeth etwas schonen sollte. Den Umzug selbst ließen sie dann von einem Fuhrunternehmer aus dem Dorfe durchführen, so dass an einem Tag alle Möbel in die neue Wohnung geschafft werden konnten, die zuvor von drei Studenten der Universität, die Prof. Stanley angesprochen hatte, für wenig Geld renoviert worden war. Als dann endlich die alte Wohnung komplett ausgeräumt war, stellte Mrs Dawson traurig fest: »Schade, ich hatte insgeheim schon gehofft, meine anderen Enkelkinder auch in meiner Nähe aufwachsen sehen zu können.« Elisabeth nahm ihre Mutter in den Arm und sagte zum Trost: »Ma, Oxford ist doch gar nicht so weit entfernt und in den Ferien werden wir ganz oft hier sein. Dann werden wir uns mehr Zeit füreinander nehmen, als das in den ganzen Wochen möglich war, die wir hier gewohnt haben.«

Kurz nach ihrem Umzug gab es Anzeichen dafür, dass Elisabeth schwanger sein könnte. Weil sie gerade dem Großvater geschrieben hatten, dass sie ihn in zwei Wochen besuchen kommen werden, überkamen O'Connor nach der anfänglichen Freude ernsthafte Zweifel, ob die geplante Fahrt für Elisabeth so gut sein würde. Seine erste Ehefrau hatte in dem ersten Ehejahr zwei Fehlgeburten erlitten, so dass er Angst hatte, dies könnte sich nun wiederholen. Elisabeth, die seine Befürchtungen zwar nachvollziehen konnte, wollte ihre Reisepläne aber dennoch nicht aufgeben. Sie schlug deshalb vor: »Wenn wir mit dem Zug fahren und ich mich insgesamt etwas schone, wird das bestimmt gehen. Lass uns doch einfach abwarten, was der Arzt dazu sagt.«

Während O'Connor schon seine neue Arbeit an der Universität aufgenommen hatte, wollte Elisabeth bis zum Ende ihrer Beurlaubung, Ende August, die meiste Zeit zu Hause an dem Projekt weiterarbeiten. Es war für sie nach all der gemeinsamen Zeit erst etwas ungewohnt, dass ihr Ehemann nun häufiger fort war, aber sie fühlte sich wohl in der neuen Wohnung und es gab so viel zu tun, dass sie es auch genoss, nun etwas stärker nach ihrem eigenen Rhythmus leben zu können.

Es war einer dieser ungemütlichen Apriltage, als sie sich entschloss, einen langen Brief an Frau Sievers zu schreiben. Sie hatte dies schon seit längerer Zeit vorgehabt und fand nun endlich die Zeit dafür. Gerade hatte sie den Brief beendet und wollte ihn noch zur Post bringen, als es an der Wohnungstür schellte. Erstaunt öffnete sie die Tür und sah Ludwig vor sich stehen. Dieser fragte sehr direkt: »Kann ich dich sprechen?« Elisabeth bat ihn herein und nahm ihm gegenüber auf dem Sofa Platz, während sich Ludwig auf einen der Sessel gesetzt hatte. Bevor er zu sprechen begann, sah er sich neugierig im Wohnzimmer um: »Schön habt ihr es hier. Sehr viel nobler als in eurer alten Wohnung. Dieses Haus erinnert mich ein bisschen an mein Elternhaus. Der Eingang und das breite Treppenhaus.«

Elisabeth fühlte sich etwas unwohl, weil sie nicht wusste, was er von ihr wollte. Um sich ein wenig zu beruhigen, fragte sie: »Möchtest du etwas trinken? Ich könnte uns einen Tee kochen.« Der Junge nickte und sie ging in die Küche. Sie war gerade dabei, das Geschirr auf das Tablett zu stellen, als sie Ludwig im Türrahmen stehen sah. Er musterte sie und sagte dann: »Meine Pflegemutter hat mir erzählt, dass die Hochzeitsfeier sehr schön war und du eine hübsche Braut warst.« Mit einem gewissen Unbehagen fragte sie: »Und wie geht es dir? Mein Onkel hat mir erzählt, dass du ein Stipendium und einen Internatsplatz erhalten hast.« – »Ja, ich habe mir das Internat schon angesehen und musste heute noch einmal zum Ausschuss, der über das Stipendium entscheidet. Das mit dem Geld wird wohl klappen.« – »Und, wirst du den Platz annehmen?«, wollte Elisabeth von ihm wissen.

Ohne ihre Frage zu beantworten, ging er ans Küchenfenster und sah nach draußen. Nach einer Weile sagte er: »Ich weiß es nicht. Was würdest du denn an meiner Stelle tun?« Elisabeth starrte auf seinen Rücken. Er war nicht mehr der schmächtige Junge, den sie damals im Kinderheim besucht hatte, sondern fast schon ein junger Mann. Die Antwort fiel ihr schwer, weil sie es sich so ganz anders mit ihm vorgestellt hatte: »Ludwig, ich hatte damals geglaubt, dass du bei den Newtons am besten aufgehoben sein würdest. Ich habe mich da aber wohl geirrt. Deshalb denke ich, dass das Internat eine gute Lösung sein kann.« Es herrschte einen Moment Stille zwischen ihnen, die der Wasserkessel jäh unterbrach. Während Elisabeth damit beschäftigt war, den Tee aufzubrühen, hatte sich Ludwig zu ihr umgedreht. Seine Stimme klang hart, als er sie fragte: »Warst du eigentlich zu feige oder warum hast du dich erst um die Juden gekümmert, als der blutige Job schon erledigt war?«

Elisabeth setzte den Kessel wieder zurück auf den Herd, bevor sie ihn gereizt fragte: »Glaubst du eigentlich, dass du ein Recht darauf hast, mich hierzu zu verhören?« Seine Stimme klang angriffslustig, als er zurückfragte: »Warum nicht?« Sie versuchte ruhig zu bleiben, als sie von ihm wissen wollte: »Und was, meinst du, sind meine Versäumnisse, die mich in deinen Augen so schuldig machen?« Der Junge sah sie mit einem überlegenen Gesichtsausdruck an, als er sie aufklärte: »Du hättest einfach Phil bei seinem Job unterstützen können. Stattdessen hast du immer Familienleben von ihm gefordert, zu einer Zeit, wo ich schon längst keins mehr hatte. Dein Familienleben hättest du auch nach dem Krieg haben können, so wie andere auch.« Sie sah ihn einen Moment sprachlos an. Dann stellte sie die Teekanne auf das Tablett und sagte: »Das klingt sehr einleuchtend. Wir sollten uns einmal in aller Ruhe darüber unterhalten.«

Etwas ungläubig über ihre Reaktion, folgte ihr Ludwig ins Wohnzimmer und setzte sich wieder auf den Sessel ihr gegenüber. Elisabeth hatte damit begonnen, das Geschirr auszuteilen und den Tee in die Tassen zu gießen. Dann lehnte sie sich im Sofa zurück und sagte: »Ludwig, kannst du dir eigentlich vorstellen, dass jemand aufgrund seines Glaubens nicht töten möchte, ja, es sogar als Sühne betrachtet?« – »Wieso? Im Krieg ist doch so etwas Notwehr, oder willst du in aller Ruhe zusehen, wie andere Menschen getötet werden?« – »Ist das wirklich immer Notwehr? Ich habe mir sehr oft vorgestellt, wie das ist, wenn Politiker an einem sicheren Ort befehlen, dass tausende von Männern in den Krieg ziehen sollen und dass dann Menschen aufeinander schießen, die sich gar nicht kennen, aber eben den Befehl zum Töten ausführen müssen. Kein Tier wäre bereit, auf blinden Befehl hin zu töten, sondern entscheidet ganz allein, ob es sich wirklich in einer Notfallsituation befindet. Glaubst du wirklich, dass ich für so einen Wahnsinn meine Seele verlieren möchte?«

Ludwig wirkte nachdenklich, als er fragte: »Und würdest du auch nicht den Opfern helfen? Hast du dabei ein gutes Gefühl?« – »Meine Eltern und ich haben auch schon während des Krieges jüdischen Familien geholfen, indem wir die zahlreichen Kinder, die nach England verschickt wurden, untergebracht haben oder Gelder sammeln gegangen sind, damit Familien aus Deutschland fliehen konnten. Ich musste nicht töten, um den Opfern helfen zu können«, sagte sie sehr bestimmt und fuhr dann fort: »Ludwig, ich habe für das, was ich getan habe, kein schlechtes Gewissen und ich möchte mir nun auch keines von dir einreden lassen. Ich werde bald ein Kind bekommen und durch dieses ganz private Glück ist auch niemand anderes zu Schaden gekommen.« Sein Gesicht wirkte traurig, als er feststellte: »Meine Mutter war auch gerade schwanger, als sie uns abholten. Sie hat aber schon auf dem Transport das Baby verloren, nachdem man sie getreten und geschlagen hatte, und ist kurz darauf selbst gestorben.«

Elisabeths Blick wanderte einen Moment zur Teetasse in ihrer Hand. Langsam stellte sie die Tasse auf den Tisch zurück und sagte dann: »Ludwig, es tut mir wirklich aufrichtig leid, was mit dir und deiner Familie geschehen ist, aber du kannst es nicht ungeschehen machen. Weder mit Hass und Wut noch mit Vorwürfen anderer Menschen gegenüber, die vielleicht gar nichts dafür können. Du musst lernen, mit diesem Verlust zu leben, und lass dir endlich dabei helfen, sonst wird deine Wut von Tag zu Tag größer. Vielleicht machst du dann aus Rache auch Dinge, die du später einmal bereust.« Seine Stimme klang gereizt, als er bemerkte: »Ihr wollt mir doch gar nicht helfen. Ihr wollt mich doch nur abschieben, wie die anderen Jungs im Internat auch von ihren Eltern abgeschoben worden sind.« – »Findest du es nicht ziemlich unfair, vom Abschieben zu sprechen, nachdem du dich geweigert hast, zu deinen Pflegeeltern zurückzukehren?«, wollte sie von ihm wissen.

Abrupt stand er auf und sagte: »Ich muss jetzt gehen. Bis ich ins Internat komme, wohne ich ja bei den Newtons. Ich werde auch gleich von ihnen abgeholt. Sie wissen nicht, dass ich hier bin, und holen mich vom Christ Church College ab.« Erstaunt fragte Elisabeth: »Und woher hast du meine neue Adresse?« – »Von meiner Pflegemutter. Ich habe ihr gesagt, dass ich dir einmal schreiben möchte.« Elisabeth war ebenfalls aufgestanden und mit ihm zur Wohnungstür gegangen. Nachdem sie die Tür geöffnet hatte, streckte sie ihm zum Abschied ihre Hand entgegen und sagte: »Es wäre schön, wenn du dich einmal wieder bei uns melden würdest. John und ich mögen dich und würden sehr gerne deinen Weg weiter begleiten.« Ludwig erwiderte kurz ihren Händedruck und nickte nur, bevor er sich herumdrehte, um hastig die Stufen nach unten zu laufen.

Elisabeth war nach diesem Gespräch zu aufgewühlt, um wieder Ruhe in dieser Wohnung zu finden. Sie nahm den Brief an Frau Sievers und brachte ihn zur Post. Danach ging sie bei ihrer Tante vorbei und berichtete ihr von dem Besuch. Mrs Stanley hatte schon mehrfach mit ihrem Ehemann über Ludwig gesprochen und auf der Hochzeitsfeier auch gleich die Gelegenheit genutzt, um mit den Newtons, die ebenfalls eingeladen waren, ein längeres Gespräch über den Jungen zu führen. Mit den Pflegeeltern war sie schließlich übereingekommen, dass Ludwig jederzeit wieder bei ihnen wohnen könne und sie das Internat eher als einen Versuch betrachten sollten, ob sich hierdurch der Gemütszustand des Jungen etwas stabilisieren lässt.

Nachdem Elisabeth noch ihrem Cousin bei den Mathehausaufgaben geholfen hatte, machte sie sich wieder auf den Heimweg. Unten auf der Straße kam ihr Prof. Stanley entgegen, der mit O'Connor gemeinsam in der Universität gearbeitet hatte. Erstaunt fragte er: »Na, hältst du es allein nicht in der Wohnung aus?« Elisabeth musste lächeln: »So ganz allein bin ich ja gar nicht mehr, ich merke nur noch nichts.« Ihr Onkel strich ihr über das Haar und sagte: »Dann geh mal schnell nach Hause. Dein Mann wartet bestimmt schon auf dich.«

O'Connor hatte sich tatsächlich schon Sorgen gemacht, weil er sich nicht erklären konnte, wo seine Ehefrau hingegangen sein konnte, zumal die Einkaufstasche noch im Flur stand. Auch die beiden Teetassen im Wohnzimmer warfen mehr Fragen auf, als dass sie ihm eine Erklärung für die Abwesenheit von Elisabeth gaben. Beunruhigt stand er am Esszimmerfenster und blickte die Straße hinunter, bis er sie schließlich kommen sah. Er ging zu ihr in den Flur, als er hörte, wie sie die Wohnungstür aufschloss, und fragte sie gleich: »Wo warst du denn?« Elisabeth gab ihm erst einen Begrüßungskuss, bevor sie ihm erzählte, wie sie ihren Tag verbracht hatte. Ihr Ehemann wirkte unzufrieden, als er ihr gestand: »Weißt du, der Job an der Uni ist ja ganz nett, aber wir arbeiten kaum noch zusammen.«

Bevor sie ihre Reise nach Irland antraten, hatte Elisabeth noch eine gründliche Untersuchung bei ihrem Arzt. Er war mit ihr sehr zufrieden und konnte auch ihrem Ehemann die Ängste nehmen, dass die Strapazen der Reise zu groß für sie sein würden. Sie wollten am nächsten Morgen mit dem Zug nach Liverpool fahren und von dort aus nach Dublin übersetzen. Nachdem sie die Fahrkarten gekauft hatten, gingen sie noch in die Stadt, um für den Großvater ein Geschenk zu besorgen. Weil er gerne Zigarren rauchte, kauften sie ihm eine kleine geschnitzte Holzkiste, die sie mit edlen Zigarren füllten, und noch Naschereien für Douglas und seine Familie, bei der sie eine Nacht bleiben wollten.

Als sie nach Hause kamen, war mit der Post ein Brief von Frau Sievers eingetroffen. Elisabeth pochte das Herz spürbar, als sie den Brief hastig öffnete. Sie las ihn laut vor. Frau Sievers teilte darin mit, dass es ihr schon etwas besser gehen würde und sie seit zwei Wochen wieder zu Hause sei. Bis auf eine Steifheit in der linken Hand, die ihr zwar das Orgelspielen in der Kirchengemeinde unmöglich machen würde, habe sie keine Behinderung. Zum Schluss des Briefes schrieb sie noch, dass sie es nicht bereuen würde, den Mut gehabt zu haben, Elisabeth in ihrer schwierigen Lage zu helfen. Sie habe zuvor immer Schuldgefühle gehabt, damals zu wenig für ihre jüdischen Bekannten getan zu haben, und hätte nun ein reineres Gewissen.

Diese Zeilen beruhigten Elisabeth auf der einen Seite, machten sie aber wiederum auch sehr betroffen. Nachdenklich sagte sie: »Es ist schon ein komisches Gefühl, zu wissen, dass jemand sein Leben riskiert hat, um einem zu helfen, und dass er deshalb jetzt behindert ist, während es mir gut geht.« – »Ja, es ist ein komisches Gefühl, aber ich bin mir ziemlich sicher, dass wir diese Hilfe niemals angenommen hätten, wenn uns damals bewusst gewesen wäre, was Frau Sievers passieren könnte. Sie hat mit Sicherheit von uns allen am besten gewusst, in welcher Gefahr sie wirklich schwebt. Ich glaube, für sie war es so etwas wie eine Mutprobe«, versuchte O'Connor eine Erklärung für das Geschehene zu finden. »Eine Mutprobe? Wofür?«, fragte Elisabeth erstaunt. »Vielleicht weil sie während der NS-Zeit manchmal zu mutlos war, um das zu tun, was in ihren Augen notwendig gewesen wäre.« – »Aber, John, sie hat doch schon so viel getan. Sie hat es mir doch damals erzählt, wie sie jüdischen Familien ein Versteck besorgt hat«, war ihr Einwand. »Das ist unsere Bewertung, weil wir gar nicht nachvollziehen können, was damals alles geschehen ist. Vielleicht gibt es etwas in ihrem Leben, bei dem sie sich sagt, dass sie hätte anders handeln können, um ein NS-Verbrechen zu verhindern.«

# XIII. Der Besuch in Irland

Die letzte Nacht vor ihrer Abreise waren die O'Connors jeder auf seine Weise zu aufgeregt, um ruhig schlafen zu können. Während Elisabeth nur alle zwei Stunden aufwachte, um auf das Ziffernblatt des Weckers zu schauen, hatte ihr Ehemann wieder seine Albträume, und zwar einmal so stark, dass sie ihn wecken musste. Erst als sie beide am nächsten Vormittag im Zug saßen, wirkte O'Connor etwas gelassener, aber an seinem recht schweigsamen Verhalten konnte Elisabeth doch bemerken, wie diese Reise ihn innerlich bewegte.

Trotz Verspätung des Zuges konnten sie noch rechtzeitig ihr Schiff für die Überfahrt erreichen. Während es Elisabeth vorzog, sich dem kalten Wind zu entziehen, indem sie sich die meiste Zeit unter Deck aufhielt, stand ihr Ehemann draußen und starrte auf das Meer, bis ihm kalt wurde und er sich erst einmal wieder aufwärmen musste. Elisabeth hatte die meiste Zeit aus dem Fenster geschaut oder die anderen Reisenden beobachtet. Als sich ihr Ehemann zu ihr auf die Bank setzte, fragte sie: »Na, was machen wir, wenn wir den irischen Boden betreten?« Er wusste nicht gleich eine Antwort auf ihre Frage und sagte deshalb: »Ich weiß nicht. Was meinst du denn, was wir tun sollten?« – »Ich würde gerne in die nächste Kirche gehen und dort eine Kerze für deine Eltern und deine Schwester anzünden«, schlug Elisabeth vor. »Das klingt gut. Ich hatte schon befürchtet, du wolltest mit mir auf die Ankunft anstoßen. Da hätte ich ehrlich gesagt ein Problem mit gehabt, weil es im Moment mehr schmerzt, als dass ich große Freude empfinde.«

In der Kirche verharrte O'Connor sehr lange in einem stillen Gebet und zündete dann gemeinsam mit Elisabeth eine Kerze für seine Familie an. Sie wollten erst den nächsten Tag von

Dublin aus mit dem Zug weiterfahren. Nach kurzem Suchen fanden sie ein kleines Hotel in der Innenstadt. Sie waren am Abend zu müde, um noch auszugehen, und zogen es daher vor, nach einem warmen Essen sofort auf ihr Hotelzimmer zu gehen. Als sie im Dunkeln auf ihrem Bett lagen, fragte Elisabeth ihn: »Wäre es dir lieber gewesen, du wärst allein gefahren?« – »Nein, es ist gut, dass du mich begleitest, aber ich kann über so viele Dinge noch gar nicht reden. Im Moment habe ich den Eindruck, als herrschte nur noch Chaos in mir.«

In der Nacht hatte er wieder Albträume, die ihn nach dem Erwachen lange Phasen schlaflos im Bett liegen ließen. Er wäre am liebsten aufgestanden und voller Unruhe im Zimmer auf und ab gewandert, wie er es in den ersten Jahren nach dem Anschlag auch immer getan hatte. Um seine Ehefrau, die fest neben ihm schlief, nicht aufzuwecken, zwang er sich, liegen zu bleiben, und war froh, als diese Nacht endlich vorbei war.

Elisabeth sah ihm am nächsten Morgen sofort an, dass er nicht gut geschlafen hatte, und fragte deshalb: »Deine Nacht war nicht so gut, oder?« Er versuchte dem Thema auszuweichen: »Ich kann mich ja heute Abend bei Douglas und Mary früh hinlegen.« Sie fuhren noch zwei Stunden mit dem Zug und wurden dann von Douglas mit dem Wagen vom Bahnhof abgeholt. Schon beim Einfahren des Zuges in den Bahnhof hatte O'Connor interessiert aus dem Fenster geblickt, um festzustellen, was sich in den fast zehn Jahren, die er nicht mehr hier war, alles verändert hatte. Er war nach dem Tod seines Vaters nicht mehr in dieser Stadt gewesen, sondern hatte nur einmal im Jahr seinen Großvater besucht, der drei Orte weiter lebte.

Nach einer herzlichen Begrüßung durch Douglas stiegen sie in dessen Wagen ein und fuhren zu O'Connors Elternhaus. O'Connor hatte sich bewusst zu seiner Ehefrau hinten auf den Rücksitz gesetzt und ihre Hand genommen, die sie ihm angeboten hatte. Während Douglas hinter dem Steuer munter erzählte, was sich so alles im Laufe der Jahre verändert habe, betrachteten die O'Connors schweigend die Teile der Stadt, durch die er sie chauffierte. Schließlich hielt er vor einem kleinen Backsteinhaus mit Garten am Rande der Stadt. Als sie ausstiegen, rannte ihnen gleich kläffend ein mittelgroßer langhaariger Mischlingshund entgegen, gefolgt von dem jüngsten Sohn der Familie.

Mary, die gerade in der Küche hantierte, war auf das Gebell aufmerksam geworden und an die Haustür geeilt. Gut gelaunt sagte sie: »Da seid ihr ja. Kommt schnell herein, das Essen ist gleich fertig.«

Während des gemeinsamen Mittagessens vermied O'Connor jedes Gespräch mit emotionalen Nuancen. Wie es Elisabeth schon in Deutschland erlebt hatte, wurde er in schwierigen Gefühlslagen, die seine Person betrafen, betont sachlich, und dies tat er auch jetzt. So sprach er, als sei es ein ganz normaler Besuch, von seiner neuen Stelle an der Universität und von der neuen Wohnung in Oxford. Elisabeth ergänzte ihn ab und an mit eher unverfänglichen Beiträgen, indem sie erzählte, dass die Wohnung von Studenten renoviert worden sei und dass sie noch immer auf einen Teil ihrer Möbel aus ihrer alten Wohnung warten würden, weil sich ihre Nachmieterin hierfür bislang nur teilweise Ersatz beschaffen konnte und deshalb die Möbel noch bräuchte.

Nach dem Essen zeigten ihnen Mary und Douglas das ganze Haus. Sie hatten hieran einige Umbauten vorgenommen, die zwar immer zuvor mit O'Connor abgestimmt worden waren, deren Ergebnis dieser aber erst jetzt begutachten konnte. Seinem angespannten Gesichtsausdruck war anzumerken, dass ihm der Rundgang durch das Haus und den Garten nicht gerade leichtfiel. Am Apfelbaum blieb er kurz stehen und sagte fast beiläufig: »Hier steht ja immer noch die alte Bank«, und wandte sich dann sofort wieder ab, um zum Schuppen zu gehen, den Douglas zum Hühnerstall ausgebaut hatte. Als ihn später Douglas fragte: »Na, hast du es dir inzwischen überlegt, was mit dem Haus geschehen soll?«, erwiderte er nur ausweichend: »Ich werde morgen mit Elisabeth darüber sprechen.«

Wenn die drei Kinder von Mary und Douglas nicht gewesen wären, die mit ihrer Lebhaftigkeit keinen Moment der Stille aufkommen ließen, hätte man die Stimmung unter den Erwachsenen als deutlich verkrampft bezeichnen können. Auf Elisabeth wirkte dies etwas ungewöhnlich, zumal sie es nach dem lockeren Umgang auf der Hochzeitsfeier überhaupt nicht erwartet hatte. Sie selbst nutzte die Gelegenheit, Mary in der Küche zu helfen, um hier etwas unverkrampftere Gespräche führen zu können, und erfuhr so, wie ihre Gastgeber lebten und wo Douglas als Zahnarzt arbeitete.

Als nach dem Abendessen die Kinder schließlich im Bett lagen und im Haus Ruhe einkehrte, bat O'Connor, sich zurückziehen zu können, weil er die letzte Nacht schlecht geschlafen hätte. Sein Freund blickte ihn enttäuscht an, sagte dann aber: »Ja, natürlich. Elisabeth, bist du auch schon müde oder willst du dich noch mit uns unterhalten?«

Elisabeth entschied mit einem kurzen Blick auf ihren Ehemann diplomatisch: »Für eine Stunde wird meine Energie noch reichen.« Während O'Connor schon nach oben gegangen war, saßen die drei Erwachsenen im Wohnzimmer beisammen. Elisabeth, die sich nicht über ihren Ehemann ausfragen lassen wollte, erzählte ihren Gastgebern von ihrem Deutschlandaufenthalt und dass sie dort eine kriegstraumatisierte Bevölkerung vorgefunden habe. Obwohl es hierzu noch sehr viel zu erzählen gab, hielt sich Elisabeth an ihre Zeitvorgabe.

Als sie nach oben in das Gästezimmer kam, lag ihr Ehemann zwar im Bett, schlief aber nicht, so wie sie es erwartet hatte. Sie setzte sich zu ihm an den Bettrand und fragte: »Möchtest du mit mir noch reden?« Sein Gesicht wirkte im Schein der Lampe blass, als er mit sehr ernstem Gesicht von ihr wissen wollte: »Warum tut das alles noch so weh, nach all den Jahren? Wann hört dieser Schmerz endlich auf?« Sie nahm seine Hand und schwieg einen Moment, bevor sie ihm antwortete: »Er wird bestimmt immer kleiner, wenn wir uns in unserem gemeinsamen Leben gut aufgehoben fühlen und unser Kind erst da ist.« – »Weißt du, dass ich auf einmal Angst vor diesem Leben habe?« Sie sah ihn erstaunt an und wollte wissen: »Warum? Wir haben es uns doch so gewünscht.« Sein Griff wurde fester, als er antwortete: »Ich habe mich so daran gewöhnt, Menschen, die mir etwas bedeuten, zu verlieren oder von ihnen enttäuscht zu werden, ich habe einfach Angst, dass es so weitergeht.« – »John, aber warum soll es denn so weitergehen?«, fragte sie durch seine Worte beunruhigt. Anstatt ihr darauf zu antworten, stellte er ihr die Frage: »Glaubst du an einen Fluch?«

Elisabeth bekam eine Gänsehaut und starrte ihn ungläubig an. Sie war sekundenlang sprachlos und schüttelte dann energisch den Kopf, bevor sie sagte: »Nein, ich glaube nicht an einen Fluch. Ich glaube an das Schicksal und an die eigene Verantwortung, aber ich glaube nicht, dass Lebewesen verflucht sind.« Ihre eindringlichen Worte ließen ihn recht unbeeindruckt, so dass er sie fragte: »Und wie erklärst du dir den frühen Tod meiner Schwester, den Sprengstoffanschlag auf meine Eltern und mich und die Totgeburten meiner Kinder?« Seine Worte machten sie hilflos und wütend zugleich. Solche finsteren Gedanken hatte sie die ganzen Monate nie bei ihm erlebt. Ganz im Gegenteil, er war neben ihrem Onkel immer der psychisch stabilste Mitarbeiter im Projekt gewesen. Mühsam um Fassung ringend, fragte sie: »Seit wann hast du denn solche Gedanken?« – »Sie begannen nach dem Tod meiner Schwester, als meine Großmutter von der Strafe Gottes sprach. Ich hatte mich daraufhin erst aus der Kirche zurückgezogen und bin dann schließlich nach Amerika gegangen, weil ich auch dachte, mich durch dieses Verhalten einem Unglück entziehen zu können. Zwischendurch waren diese Gedanken immer wieder verschwunden, aber seit gestern Nacht sind sie wieder da.«

Es klang etwas hilflos, als sie sagte: »Ich weiß nicht, warum das alles geschehen ist, aber mit Sicherheit nicht, um dir dauerhaft jede Chance auf ein gutes Leben zu nehmen. Vielleicht solltest du von deiner ersten Frau keine Kinder bekommen, weil diese Ehe nicht gut war, und vielleicht solltest du aus dem Tod deiner Eltern lernen, was du ja auch getan hast, sonst hättest du bestimmt nicht deinen Beruf ergriffen. Wenn du jetzt selbst nicht daran glaubst, dass mit uns alles gut wird, kann es auch gar nicht klappen.« O'Connor blickte sie an und sah, dass sich ihre Augen mit Tränen gefüllt hatten. Er zog sie zu sich in den Arm und streichelte ihren Rücken. Dann versuchte er sie zu beruhigen: »Du hast Recht. Wir werden nur eine Chance auf ein besseres Leben haben, wenn wir auch ganz fest daran glauben.«

An diesem Abend sprachen sie noch darüber, ob es nicht besser sei, das Haus an Douglas und seine Familie zu verkaufen. In den letzten Jahren hatten ihre Gastgeber sehr viel in den Umbau dieses Hauses hineingesteckt und wollten es nun gerne kaufen. O'Connor war bislang immer bereit gewesen, diese Hausverbesserungen mit der Miete aufzurechnen, weil er sich bislang von dem Familienbesitz noch nicht endgültig trennen wollte. Auch heute noch fiel ihm eine Entscheidung schwer, obwohl er sich innerlich schon sehr von diesen Räumlichkeiten distanziert hatte, was ihm aber erst jetzt bei diesem Besuch wirklich bewusst wurde.

In der Nacht hatte Elisabeth Albträume. Sie träumte davon, dass sie durch die dunklen Räume dieses Hauses ging, bis sie schließlich im Keller ankam. Es war ganz still im Haus und sie spürte, wie sie die Situation immer bedrohlicher empfand. Im Keller stand sie plötzlich vor einer verschlossenen Tür, in der ein Schlüssel steckte. Getrieben aus Neugier und Furcht schloss sie die Tür auf und erblickte einen großen schwarzen Raum, in dem drei offene Särge standen. Zwei Fackeln an den Wänden warfen schales Licht auf die Personen, die in den Särgen lagen. Sie ging zwei Schritte auf die Särge zu, um hineinsehen zu können, und erkannte ein kleines Mädchen, einen Mann und eine blutverschmierte Frau. Voller Angst wollte sie sich abwenden und den Raum wieder verlassen, als die Tür des Raumes vor ihr ins Schloss fiel und sich nicht mehr öffnen ließ. Panisch fing sie an zu schreien und an der Tür zu rütteln, bis sie schließlich von ihrem Ehemann, der noch grübelnd im Bett neben ihr lag, geweckt wurde, weil er ihren unruhigen Schlaf bemerkt hatte.

Noch erschrocken von dem Traum fragte sie: »Wo ist denn deine Familie begraben?« – »Auf dem Friedhof. Wieso fragst du?«, wollte er erstaunt von ihr wissen. »Ist der Friedhof weit von hier?« – »Nein, ungefähr zehn Minuten zu Fuß. Wieso fragst du? Willst du da jetzt etwa noch hin?« Elisabeth fror und war noch ziemlich durcheinander, als sie ihm von ihrem Traum erzählte. O'Connor hörte ihr schweigend zu und spürte, wie sich sein Körper voll innerer Abwehr anspannte. Seine Stimme klang gereizt, als er schließlich sagte: »Wir sollten dieses Haus doch verkaufen. Ich fühle mich auch nicht mehr wohl hier.« – »John, lass uns das bitte in aller Ruhe entscheiden, wenn sich unsere Gefühle wieder etwas beruhigt haben«, schlug Elisabeth vor, obwohl sie nach diesem Traum lieber schon in dieser Nacht dieses Haus verlassen hätte.

Sie rückte ganz nahe zu ihm heran und schmiegte sich in seinen Arm. Seine Umarmung kam ihr anfangs deutlich fester als sonst vor, sie wirkte fast wie eine Umklammerung. Dann begann er, sie zu streicheln und ihren Nacken zu küssen. Sie ließ sich darauf ein, die finsteren Träume dieser Nacht mit seiner Liebe zu vertreiben. Als er sich danach wieder seinen Schlafanzug anzog, stellte er fest: »Ich habe als Junge immer davon geträumt, einmal in diesem Haus heimlich mit meiner Liebsten solche Dinge zu tun. Jetzt hat es doch noch geklappt.«

Am nächsten Morgen wurden sie vom Kläffen des Hundes geweckt, der unten im Garten zu sein schien. Als sie auf die Uhr sahen, zeigte diese schon halb neun an. Sie standen rasch auf, machten sich fertig und gingen nach unten. Mary, die gerade in der Küche war, fragte sie gut gelaunt: »Na, habt ihr ausgeschlafen?« Ohne auf ihre Frage zu antworten, bat sie O'Connor: »Können Lizzy und ich einmal in den Keller gehen?« Mary blickte sie verwundert an, hatte aber nichts dagegen, obwohl der Keller beim gestrigen Rundgang durch das Haus von den Gastgebern ausgelassen worden war.

O'Connor fasste seine Ehefrau bei der Hand, als er mit ihr die Kellertreppe hinabstieg. Im Kellergang gab es nur eine spärliche Deckenbeleuchtung, die recht notdürftig die Durchgänge der drei Kellertüren ausleuchtete. O'Connor öffnete die erste Tür, hinter der sich die Einmachvorräte der Hausbewohner verbargen. Hinter der nächsten Tür fanden sie die kleine alte Werkstatt von seinem Vater. O'Connor sah sich in diesem Raum nahezu andächtig um und berührte fast zärtlich die Werkbank. Dann erzählte er, wie er mit seinem Vater hier alles gebastelt hatte.

In der dritten Tür steckte ein großer rostiger Schlüssel. Diese Tür war abgeschlossen und ließ sich nur sehr schwer öffnen. Elisabeths Herz begann, heftiger zu klopfen, als ihr Ehemann die Tür aufstieß und für sie nur das große schwarze Loch dieses Kellerraumes sichtbar wurde, aus dem ein stickiger Geruch kam. Mit der rechten Hand fingerte O'Connor zum Lichtschalter und drehte das Licht an. Im fahlen Licht der Lampe erkannten sie, dass dieser Raum vollgestellt war mit alten Möbeln, die aussahen, als würden sie nicht hier stehen, weil sie zu schäbig waren, um einen besseren Platz zu bekommen, sondern weil man sie einfach vergessen wollte.

Elisabeth sah sich die Möbel an und sagte dann: »Da sind ja richtig schöne Sachen dabei. Warum stehen sie hier?« – »Ich hatte bislang keinen Platz für sie«, war seine knappe Antwort. Sie sah ihn etwas ratlos an und schlug dann vor: »John, wir sollten ihnen endlich einen Platz in deinem Leben geben oder sie weggeben.« – »Ja, ich möchte das aber erst alles ordnen, wenn ich mich in meinem neuen Leben wieder sicher fühle«, war sein Einwand. – »Und wann ist das?« – »Im nächsten Jahr, wenn wir unser Baby haben.«

Sie waren wieder hoch zu Mary gegangen und hatten ihr mitgeteilt, dass sie im nächsten Frühjahr eine abschließende Entscheidung fällen wollten, was mit dem Haus und den Möbeln im Keller geschehen solle. Nach dem Frühstück gingen sie zum Friedhof und stellten frische Blumen auf die Gräber, die ihnen zuvor Mary aus dem Garten gepflückt hatte. Elisabeth war zwei Schritte zurückgetreten, als ihr Ehemann im stillen Gebet am Fuße des Familiengrabes verweilte. Sie hatte erst auf seinen Rücken geschaut, bis ihr Blick nach oben wanderte, wo am Himmel große weiße Wolken standen, die wie riesige Wattebausche aussahen. Alles sah so friedlich aus und sie schwor sich, dass sie auch endlich ihren inneren Frieden finden wollte, der ihr vor drei Jahren gänzlich abhandengekommen war. Als sie wieder zu seinem Elternhaus zurückgingen, wirkte auch O'Connor etwas entspannter. Es gelang ihm auch, offen über seine Gefühle am Grab zu sprechen und sich bei Elisabeth dafür zu bedanken, dass sie diesen für ihn so schweren Weg mit ihm gemeinsam gegangen war.

Gleich nach dem Mittagessen, zu dem auch Douglas extra aus seiner Praxis erschienen war, um seine Gäste noch zu verabschieden, fuhren sie mit dem Bus weiter. Nach einer Dreiviertelstunde Fahrt hielt der Bus in einem kleinen Ort nahe der Küste. Sie stiegen aus und gingen zu Fuß zum Haus von O'Connors Tante Linda, das am Ende eines kleinen Weges lag.

Vor der Haustür döste ein Jagdhund, der sofort aufmerksam aufsah, als er die Besucher bemerkte. Dann erhob er sich und lief aufgeregt bellend auf sie zu. O'Connor beugte sich sofort zu dem Tier hinunter und kraulte es ausgiebig, während er liebevoll sagte: »Na, Daisy, du feines Mädchen. Passt du gut auf den Opa auf?« Elisabeth wusste, dass ihr Ehemann seinem Großvater vor drei Jahren, als die Großmutter gestorben war, eine Jagdhündin zum Geburtstag geschenkt hatte. Und jedes Jahr, wenn er seinen Großvater besuchte, erkannte sie ihn sofort wieder und freute sich.

Während Daisy noch neugierig damit beschäftigt war, zu erschnüffeln, wer sich denn diesmal in Begleitung von O'Connor befand, öffnete die Tante die Haustür und begrüßte sie. Die Art der Tante wirkte etwas schroff und unbeholfen, als sie ihre Besucher hereinbat. Im Wohnzimmer saß der Großvater in seinem Rollstuhl am Tisch und las gerade in einer Zeitung. Seine Augen strahlten, als er seinen Enkel erblickte und ihm seine hageren Hände zur Begrüßung entgegenstreckte.

O'Connor beugte sich zu ihm hinunter und umarmte ihn inniglich. Dann stellte er ihm Elisabeth vor. Der alte Mann schien zufrieden mit der Brautwahl seines Enkels zu sein und forderte beide auf, am Tisch mit Platz zu nehmen. Die O'Connors kamen seiner Aufforderung nach, während die Tante mit schriller Stimme der Hündin befahl, wieder das Haus zu verlassen. Der Großvater blickte wortlos hinterher, als Daisy mit eingezogenem Schwanz das Wohnzimmer verließ. Die Tante hatte gerade den Raum verlassen, um etwas zu trinken aus der Küche zu holen, als der alte Mann raunte: »Die ist eine alte Hexe. Wenn ich schon hierbleiben muss, nehmt wenigstens Daisy mit.« Elisabeth und ihr Ehemann sahen sich irritiert an. Dann schlug O'Connor mit leiser Stimme vor: »Wir können dich ja gleich mit dem Rollstuhl durch den Ort schieben und dann über alles in Ruhe sprechen.« Während die

Tante die Getränke auf den Tisch stellte, fragte sie: »Habt ihr schon ein Quartier für die Nacht? Bei uns geht es nicht, weil es wegen Großvater noch enger geworden ist.«

O'Connor ließ sich seine Verärgerung nicht anmerken, als er mit ruhiger Stimme sagte: »Nein, Tante Linda, aber ich denke, dass wir unten an der Straße im kleinen Gasthaus schon etwas bekommen werden. Wir würden dann auch dort essen und übermorgen früh wieder abfahren.« Dem Großvater war dies gar nicht recht und seine Finger strichen nervös über die Tischdecke neben seinem Glas. Er sagte aber wieder nichts. Als sie ihre Gläser ausgetrunken hatten, schlug O'Connor vor: »Wollen wir jetzt zum Gasthof und uns eine Bleibe suchen?« Zur Tante gewandt, sagte er: »Wir nehmen den Opa und Daisy mit, dann kommen sie gleich ein wenig raus. Das Wetter ist zu schön, um hier in der Stube zu sitzen.«

Da sie noch den Rollstuhl vom Großvater zu schieben hatten, was Elisabeth übernahm, mussten sie eine ihrer beiden Reisetaschen im Haus der Tante zurücklassen. Daisy reagierte erfreut, als sie aufgefordert wurde, mitzukommen, und lief schwanzwedelnd neben ihnen her. Auf dem Weg zum Gasthof berichtete der alte Mann, dass die Tante die Hündin loswerden wolle und sie schlecht behandeln würde. Er selbst sei auch damit einverstanden gewesen, dass Daisy weggegeben wird, als er nach seinem schweren Sturz wochenlang im Krankenhaus lag und sich seine ehemaligen Nachbarn um das Tier kümmern mussten. Die seien zwar gut zu dem Tier gewesen, aber Daisy habe sich nicht mit deren alter Hündin vertragen, die immer nach ihrer jungen Rivalin geschnappt habe. Völlig verschüchtert habe er Daisy wieder zu sich genommen und dann noch einmal versucht, sie wegzugeben, als feststand, dass er nun ein Leben im Rollstuhl führen müsse und nicht mehr in sein Haus zurückkönne.

Elisabeth, die die ganze Zeit die Hündin beobachtet hatte,

fragte: »Und warum hat es dann beim zweiten Mal nicht geklappt?« – »Daisy war dann beim Sohn vom Jagdaufseher. Der wollte sie für die Jagd haben. Das kann sie ja ganz gut, weil ich sie dafür ausgebildet habe. Aber Daisy wollte nachts nicht im Zwinger sein und hatte kaum noch etwas gefressen. Jetzt ist sie wieder hier und hat sich völlig verändert.« Einen Moment trat eine betretene Stille ein, bis der Großvater sagte: »Das Tier ist zu jung, um darauf zu warten, dass ich sterbe, und wer weiß, was dann mit ihr geschieht.«

An der Straße hatte O'Connor Daisy angeleint. Sie war so aufgeregt, dass sie ihre gute Erziehung vergaß und an der Leine zog, weil es ihr nicht schnell genug gehen konnte. Erst als sie mehrmals ermahnt wurde, ging sie ruhiger bei Fuß. Am Gasthof blieb Elisabeth mit dem Großvater und Daisy vor der Tür, um abzuwarten, ob sie auch ein Zimmer bekommen könnten. Der Großvater nutzte diese Gelegenheit, um etwas mehr über die Frau seines Enkels zu erfahren. Am meisten schien ihn aber die Frage zu interessieren, ob bei ihnen denn schon Nachwuchs unterwegs sei, und seine Augen strahlten, als Elisabeth dies bestätigte.

Nach zehn Minuten kam O'Connor mit den Worten zurück: »Es hat geklappt. Wir können einziehen«, worauf der Großvater ihn gleich aufforderte: »Dann schieb mich mal in die Gaststube, damit ich noch ein Bier trinken kann.«

Während der alte Mann sich ein Bier servieren ließ, gingen die O'Connors mit Daisy nach oben, um dort ihr Zimmer zu beziehen. Der Wirt hatte sie vorher noch ermahnt, dass der Hund aber nicht mit ins Bett dürfe, und ihnen angeboten, eine alte Decke vors Bett zu legen. Als O'Connor dieses Angebot sofort annahm, wurde Elisabeth erst bewusst, dass sie diese Nacht nicht allein mit ihrem Ehemann verbringen würde. Sie sagte aber nichts und war gespannt darauf, wie nun alles weitergehen würde, zumal sie bislang immer alles miteinander besprochen hatten.

Als die Decke gebracht wurde, breitete O'Connor sie vor seiner Betthälfte aus und forderte Daisy auf, sich daraufzulegen, was diese auch nach ausgiebigem Beschnuppern der Unterlage tat. Dann fragte O'Connor seine Ehefrau, die gerade damit beschäftigt war, das Waschzeug aus der Reisetasche zu nehmen: »Willst du dich ein wenig ausruhen? Dann kann ich mich noch unten zum Großvater setzen.« Elisabeth war etwas verblüfft, antwortete dann aber: »Geh mal ruhig. Ich bleibe hier oben. Vielleicht können wir dann alle gemeinsam zu Abend essen.« O'Connor küsste sie hastig auf den Mund, streichelte Daisy über den Kopf und sagte: »Ich hole euch dann.« Ohne noch eine Reaktion von ihr abzuwarten, verschwand er nach unten.

Elisabeth blieb zurück mit einer Hündin, die durch langanhaltende Fieptöne ihrer Verunsicherung Ausdruck verlieh. Genervt von diesen hohen Tönen und auch aus Mitleid mit dem Tier, setzte sich Elisabeth schließlich zu ihr auf die Decke und kraulte ihren Kopf, den Daisy gleich auf ihrem Bein abgelegt hatte. Als nach fast einer Stunde ihr Ehemann wieder zurückkam, schmerzte ihr schon langsam der Rücken von dieser Sitzposition, aber das Tier lag friedlich neben ihr. O'Connor war sofort begeistert von dieser trauten Zweisamkeit und stellte gleich fest: »Das ist ja prima, wie gut ihr euch schon versteht. Daisy ist wirklich ein ganz tolles Tier und hat so ein Leben hier nicht verdient.«

Elisabeth, der von der unbequemen Sitzhaltung der Rücken schmerzte, stand schließlich auf und fragte fast provozierend, während sie sich reckte: »Und? Gibt es jetzt etwas zu essen? Ich bin schon ziemlich hungrig.« – »Ja, natürlich. Ich wollte euch gerade holen.«

Während sich Elisabeth zum Großvater an den Tisch setzte und etwas erstaunt auf die fünf leeren Bierflaschen vor ihm sah, ging ihr Ehemann noch einmal mit der Hündin vor die Tür. Elisabeths Stimme klang etwas gereizt, als sie bemerkte:

»John und du, ihr habt ja schon kräftig auf eurer Wiedersehen angestoßen.« Mit der Gelassenheit eines älteren Herrn antwortete der Großvater: »Wenn man so alt ist wie ich, weiß man nicht, ob es solche Treffen noch einmal geben wird. Aber keine Sorge, von den Flaschen gehören drei mir. Und danke für die Zigarren. Sie schmecken gut.« Als O'Connor mit der Hündin zurückkam, bestellten sie für jeden ein warmes Essen und für Daisy einen Napf extra.

Es war schon 21 Uhr, als sie den Großvater wieder bei der Tante ablieferten, die ihn gemeinsam mit ihrem Ehemann wortkarg in Empfang nahm. Erst die Nachricht, dass sie Daisy wieder mitnehmen würden, schien die Situation etwas zu entspannen.

Auf dem Rückweg zum Gasthof fragte O'Connor seine Ehefrau: »Und, möchtest du Daisy jetzt behalten?« Sie schwieg einen Moment, bevor sie zurückfragte: »Heißt das, du möchtest von mir wissen, ob wir uns einen Hund anschaffen sollten?« – »Nein, ich rede nicht von einem Hund. Es geht doch um Daisy«, beeilte er sich um Klarstellung. »Und? Ist Daisy kein Hund?«, wollte sie von ihm wissen. »Na ja, irgendwo schon, aber sie ist nun einmal ein ganz besonderer Hund.« – »Kann es sein, dass sie für dich so ein besonderer Hund ist, weil du sie einfach magst?«, bohrte Elisabeth nach. Dies stritt er auch keineswegs ab, als er erwiderte: »Ich würde jetzt niemals in unserer Lage auf die Idee kommen, einen Hund haben zu wollen. Meinst du denn nicht, dass du in Daisy etwas anderes sehen kannst als einfach nur einen Hund?«

Von seiner fast kindlichen Art ziemlich überrascht, überlegte sie laut: »Na ja. Man könnte in ihr ja auch eine Freundin sehen. Schließlich haben wir schon sehr vertraut einen Nachmittag miteinander verbracht.« O'Connor nahm sie ganz spontan in den Arm und sagte voller Hoffnung: »Siehst du, ich wusste, dass du sie auch mögen wirst, was umgekehrt schon ganz deutlich wird.« – »So? Woran erkennst du denn, dass sie mich mag?«, wollte Elisabeth skeptisch von ihm wissen. »Sie hat ganz schnell deine Nähe zugelassen. Das macht sie sonst nicht.«

Als sie später in ihrem Bett lagen, sprachen sie noch lange darüber, wie es mit Daisy klappen könnte, die bislang nur das Leben auf dem Lande gewohnt war und nun in einer Etagenwohnung in Oxford leben sollte. Es wurde auch darüber gesprochen, Elisabeths Eltern und die Stanleys zu fragen, ob sie die Hündin aufnehmen würden, aber letztendlich wurde immer wieder deutlich, dass O'Connor das Tier nicht weggeben wollte und sich Elisabeth zwar noch nicht vorstellen konnte, wie das alles gehen sollte, aber sich letztendlich auch nicht dagegen aussprechen wollte. Lediglich bei seinem Plan, für Daisy in ein Haus mit Garten umziehen zu wollen, protestierte sie heftig: »Nein, ich möchte jetzt nicht mehr umziehen. Ich fühle mich endlich wohl in unserer Wohnung und möchte jetzt auch nicht mehr so viel Stress haben. Für mich ist es schon spannend genug, schwanger zu sein.« Ihr Einwand fand sofort bei ihm Gehör und er beeilte sich, sie zu beruhigen: »Lizzy, natürlich ist es jetzt wichtiger, dass es dir und dem Baby gut geht. Ich werde mich auch allein um Daisy kümmern, wenn du es möchtest.« – »Nein, lass es uns gemeinsam tun. Dann können wir schon unsere pädagogischen Fähigkeiten austesten«, war ihr Vorschlag.

Am nächsten Morgen um halb sieben stupste eine kalte nasse Nase O'Connor ins Gesicht, wovon er aufwachte. Da er vermutete, dass seine vierbeinige Freundin vor die Tür musste, zog er sich rasch seine Hose und einen Pullover über den Schlafanzug und ging mit ihr auf die Straße. Elisabeth hatte sein Aufstehen zwar mitbekommen, sich dann aber auf die andere Seite gerollt, weil sie der Auffassung war, dass sie sich jetzt noch etwas schonen könne, zumal die Zeiten mit Baby schon hart genug sein würden.

Nach dem Frühstück gingen sie zum Großvater, um mit ihm das Grab der Großmutter zu besuchen. Danach wollte der alte Mann noch mit ihnen zu seinem Haus gehen, das nun unbewohnt war. Die Tante hätte es am liebsten verkauft, weil er es schon seit einem halben Jahr nicht mehr bewohnen konnte und nur die Nachbarn ab und zu nachsahen, ob noch alles in Ordnung war. Während O'Connor mit seinem Großvater das Grab der Großmutter aufsuchte, ging Elisabeth mit Daisy um das Friedhofsgrundstück herum und versuchte sich an den Gedanken zu gewöhnen, dass dieses lebhafte Wesen mit den wunderschönen braunen Augen nun ein Teil ihres Lebens werden sollte.

Von zu Hause war sie zwar von klein auf Tiere gewohnt, aber ihre Eltern hatten sich damals für Katzen als Haustiere entschieden, weil die etwas pflegeleichter als Hunde waren, zumal sie im Pfarrhaus immer kommen und gehen konnten, wann sie wollten. Daisy würde aber ihr Leben völlig verändern, und zwar sofort. Elisabeth stellte sich schon die Probleme vor, die sie auf der Heimreise haben würden, und hoffte nur, dass ihre Hauswirtin der neuen Hausbewohnerin zustimmen würde. So als hätte Daisy gespürt, dass sich Elisabeths Gedanken um sie kreisten, stupste sie ihre neue Herrin mehrfach mit der Schnauze an die Hand, so dass Elisabeth gar nicht anders konnte, als ihr den Kopf zu kraulen und dieser Hündin ihr »Ja-Wort« zu einem gemeinsamen Leben zu geben.

Als sie mit Daisy zum Friedhofstor zurückkam, wartete schon ihr Ehemann mit dem Großvater auf sie. Ihre Gesichter wirkten sehr ernst und auch auf dem Weg zum Haus des Großvaters war die Stimmung der beiden Männer eher bedrückt. Am Haus angekommen, lief Daisy gleich aufgeregt im Garten hin und her, so als wollte sie überprüfen, ob noch alles in Ordnung sei. Dem alten Mann standen Tränen in den Augen, als er mit dem Rollstuhl in sein Haus geschoben wurde, in dem er jahrzehntelang mit seiner Ehefrau gelebt hatte und wo seine beiden Kinder aufgewachsen waren. Mit brüchiger Stimme stellte er fest: »Hier wollte ich immer sterben, so wie Grandma.« O'Connor ging hinüber zu den Nachbarn und bat sie zu einem Gespräch ins Haus seines Großvaters.

Die Nachbarn, ein sympathisches älteres Ehepaar, bedauerten aufrichtig, was mit dem Großvater geschehen war. Man hatte sich all die Jahre gut verstanden und immer gegenseitig geholfen, wo man nur konnte. Gemeinsam saßen nun alle im Wohnzimmer und überlegten, ob nicht jemand mit in dieses Haus ziehen könne, um den Großvater zu versorgen, der nur ungern im Haushalt seiner Tochter lebte. Auch schon früher war der Umgang zwischen dem Großvater und Tante Linda selten konfliktfrei, weil ihm die Tante immer zu launisch und umständlich erschien. Mit seiner anderen Tochter dagegen, der Mutter von seinem Enkel, hatte der Großvater ein sehr gutes Verhältnis und viele gemeinsame Interessen gehabt.

Nach längerer Debatte schlug der Nachbar vor, einmal mit dem Pfarrer reden zu wollen, ob er jemanden wüsste, der hier mit einziehen könne. Da O'Connor diese Angelegenheit gerne noch vor seiner Abreise regeln wollte, einigte man sich darauf, gemeinsam zum Pfarrer zu gehen, während Elisabeth mit dem alten Mann und dem Hund im Haus zurückblieb.

Die anderen waren gerade eine halbe Stunde fort, als der Großvater sie verlegen bat: »Lizzy, geh doch einmal nach oben und hole den Nachttopf. Er steht unter dem Bett.« Elisabeth tat dies und fragte dann etwas ratlos: »Und was soll ich jetzt tun?« – »Dreh dich einfach um. Ich mach das schon«, gab ihr der alte Mann Anweisung, während er sich seine Hose aufknöpfte.

Elisabeth war ans Fenster getreten und blickte nach draußen. Sie hörte, wie dem alten Mann diese ganz alltäglichen Dinge schwerfielen. Um ihn nicht noch mehr zu beschämen, drehte

sie sich erst wieder zu ihm um, als er sagte: »Ich bin jetzt fertig.«
Er reichte ihr mit zittriger Hand den Nachttopf, den sie ihm
abnahm. Die trübe Flüssigkeit in ihm roch streng. Sie wollte
gerade ins Bad gehen, um den Nachttopf auszuleeren, als sie
sah, dass die Hose des alten Mannes feucht geworden war.
Ohne etwas zu sagen, ging sie nach draußen. Sie hatte Tränen
in den Augen, als sie sich anschließend die Hände wusch und
in ihr Spiegelbild über den Waschtisch blickte.

Als sie zurückkam, sah sie, dass sich der Großvater eine alte
Zeitung genommen hatte, die auf dem Sofa neben seinem
Rollstuhl gelegen hatte, und so tat, als würde er sie interessiert
lesen, obwohl in ihr Nachrichten standen, die schon ein halbes
Jahr alt waren. Daisy lag zufrieden neben dem Rollstuhl und
hob nur kurz den Kopf, als sie wieder den Raum betrat. Etwas
unbeholfen fragte Elisabeth: »Kann ich mir einmal das Haus
ansehen?« Seine Stimme klang warm, als er sagte: »Ja, Kleines,
geh nur und sieh dich um.«

Hastig verließ sie den Raum, weil sie merkte, wie ihr die Tränen in die Augen schossen. Sie lief in den ersten Raum neben
der Treppe und versuchte sich wieder etwas zu beruhigen, was
ihr aber nicht gelang, weil ihr alles um sie herum so ausweglos
erschien. Sie ließ sich Zeit mit ihrem Rundgang durch das
Haus und ging erst wieder nach unten, als die Spuren ihrer Tränen nicht mehr so deutlich sichtbar waren. Schweigend setzte
sie sich auf das Sofa, das neben dem Rollstuhl des Großvaters
stand. Der alte Mann sah sie kurz von der Seite an und sagte
dann: »Das Alter muss man erst mühsam lernen. Dazu braucht
man lange.« Elisabeth nickte nur.

Nach einer Viertelstunde des schweigsamen Beisammenseins
hörten sie Stimmen, die immer deutlicher wurden. Es war
O'Connor mit dem Nachbarn und dem Pfarrer. Sie brachten
eine gute Nachricht mit, weil der Pfarrer aus dem Nachbarort
ein älteres Ehepaar kannte, das eine neue Bleibe suchte. Ihr

bisheriger Vermieter wollte die Wohnung für seinen Sohn nutzen. Da sie nicht sehr viel Geld hatten, waren sie auch nicht abgeneigt, für mietfreies Wohnen den Großvater zu versorgen. Die Frau, die ihre eigene pflegebedürftige Mutter jahrelang versorgt hatte, wusste, worauf sie sich einließ, und traute es sich auch zu. Bereits am Nachmittag wollten sie vorbeikommen, um sich vorzustellen.

Während die Männer noch beisammensaßen, um zu besprechen, wie alles gehen könne, war Elisabeth aufgestanden und hatte ihrem Ehemann kurz zugeflüstert, dass sie wieder zum Gasthof gehen wolle, um sich ein wenig auszuruhen. Besorgt hatte O'Connor seine Ehefrau zur Tür begleitet und sie gefragt, ob alles mit ihr in Ordnung sei. Wahrheitsgemäß sagte sie: »Körperlich ja, aber in meinem Kopf herrscht nur noch Chaos.« Er nahm sie kurz in den Arm und strich ihr über die Haare, während er fragte: »Willst du allein gehen?« Sie ging noch einmal zurück zur Wohnzimmertür und rief: »Daisy, komm! Ausgehen!«, worauf die Hündin sofort aufsprang und auf sie zulief, um sich willig anleinen zu lassen. O'Connor musste lächeln, als er sagte: »Okay. Ich habe schon verstanden. Die Frauen wollen unter sich sein.«

Elisabeth ging nicht sofort zum Gasthof, sondern ein paar Straßen weiter, um sich ein wenig im Ort umzusehen. Die Menschen hier schienen Daisy zu kennen und blickten etwas misstrauisch auf die Frau, die die Hündin an der Leine führte. Sie sagten aber nichts. Nur einmal wurde sie von einem Mann angesprochen, der ihnen mit dem Fahrrad entgegenkam und auf ihrer Höhe anhielt, um zu fragen: »Ist das nicht die Daisy vom alten Burke?« – »Ja, ich bin die Ehefrau von John O'Connor, seinem Enkel«, gab Elisabeth ihm zur Antwort. Sichtlich erfreut stieg der Mann vom Fahrrad und reichte ihr seine Hand, während er sich als Dr. Dover, der Hausarzt des Großvaters, vorstellte.

Einen kurzen Moment zögerte sie, weil sie nicht wusste, wie weit sie sich in diese Familienangelegenheit ihres Ehemannes einmischen sollte, nutzte dann aber doch die günstige Gelegenheit, Dr. Dover zu berichten, was sie vorhatten, worauf dieser sehr nachdenklich erwiderte: »Ja, es wird wohl das Beste sein, wenn der alte Mann in seiner Umgebung sterben kann. Die ständigen Auseinandersetzungen mit seiner Tochter und dem Schwiegersohn reiben ihn nur unnütz auf.« Seine Worte beunruhigten Elisabeth, worauf sie fragte: »Glauben Sie nicht, dass sich sein Gesundheitszustand wieder etwas stabilisieren könnte, wenn er wieder etwas zur Ruhe gekommen ist?« – »Vielleicht. Wer weiß das schon, wie lange sein Körper dem Krebs noch standhält.«

Erstaunt erkundigte sie sich: »Was für ein Krebs? Ich dachte, er sei nur gestürzt?« Dr. Dover sah sie einen Moment musternd an, so als überlegte er, ob er mit ihr darüber sprechen sollte, und sagte dann: »Der Sturz war nur der Anfang. Im Krankenhaus wurde dann ein Nierentumor festgestellt, der schon gestreut hat. Ihm fehlt dadurch auch die Kraft, um überhaupt wieder auf die Beine zu kommen.« Obwohl diese Wahrheit ihr wehtat, wollte sie von ihm wissen: »Heißt das, dass er nicht mehr lange zu leben hat?« Seine Augen blickten sie ernst an, als er mit dem Kopf nickte und sie eindringlich bat: »Er weiß es, dass er nicht mehr viel Zeit hat, und möchte deshalb noch einiges regeln. Helfen Sie ihm dabei.« Sie musste schlucken, bevor sie ihm dies versprach.

Nach diesem Zusammentreffen beeilte sie sich, zum Gasthof zu kommen. Vom Gastwirt erhielt sie für Daisy noch Essensreste, die sie im Hof der Hündin zum Fressen gab, und für sich ein Mittagessen, welches sie dann mit nach oben nahm. Nachdem sie ihren Teller leergegessen und noch zwei Zahnputzbecher voll Wasser getrunken hatte, legte sie sich ins Bett und deckte sich mit beiden Zudecken zu, weil sie fror. Sie hatte den Eindruck, als hätte sie jemand in einen Zug gesetzt, der mit ihr immer schneller auf etwas zufuhr, vor dem sie Angst hatte. Sie dachte daran, dass ihr Leben in Oxford langsam feste Konturen erhielt und sich so entwickelt hatte, dass sie morgens wieder gerne aufstand und sich auf den Tag freute, was die Wochen davor keineswegs immer der Fall gewesen war. Nun aber schien wieder alles durcheinanderzugeraten.

Die gleichmäßigen Atemgeräusche von Daisy vor ihrem Bett hatten sie müde werden lassen. Es war schon halb sechs, als sie dadurch geweckt wurde, dass die Hündin stürmisch ihr neues Herrchen begrüßte, das gerade eingetroffen war. O'Connor sah müde und bedrückt aus, als er sich zu seiner Ehefrau an den Bettrand setzte. Er erzählte ihr, dass die Eheleute Cambell einen sehr guten Eindruck auf alle Beteiligten gemacht hätten und sie auch bereit sein würden, die Pflege vom Großvater zu übernehmen. Als Gegenleistung hierzu sollten sie kostenfrei im Haus wohnen dürfen und auch freie Kost erhalten. O'Connor zögerte einen Moment, bevor er fortfuhr: »Und nach seinem Tode dürfen sie noch ein Jahr mietfrei im Haus wohnen bleiben.«

Elisabeth sah ihn forschend an, als sie fragte: »Hat er es dir gesagt?« – »Ja, dir auch?« – »Nein, ich habe vorhin Dr. Dover getroffen. Der sagte mir das.« O'Connor schwieg einen Moment, bevor er fragte: »Ist es dir recht, wenn ich die Nacht mit dem Großvater im Haus bleibe? Ich würde dann jetzt schon einen Teil seiner Sachen von der Tante abholen.« Obwohl sie sein Anliegen verstehen konnte, zögerte sie einen Moment, bevor sie ihn bat: »Bitte lass mich hier nicht allein. Ich will euch ja diese gemeinsame Zeit lassen, aber nimm mich mit ins Haus. Ich kann dann vielleicht in der kleinen Kammer schlafen.« Sein Gesichtsausdruck wirkte etwas bestürzt, als er sagte: »Lizzy, es tut mir leid, was du hier alles mitbekommst. Ich mache mir schon unheimliche Vorwürfe, dass ich dich mitgenommen habe. Natürlich kannst du mitkommen. Ich möchte nur noch etwas Zeit mit Großvater verbringen. Damit wir morgen seine Sachen rüberbringen können, würde ich gerne Douglas anrufen, damit er uns am Abend mit dem Wagen direkt nach Dublin fährt.«

Gemeinsam packten sie ihre Sachen und bezahlten beim Gastwirt das Zimmer. Dann gingen sie zur Tante, um ihr die Entscheidung des Großvaters mitzuteilen und um auch schon eine Tasche mit seinen persönlichen Sachen abzuholen, die er für die Nacht brauchte. Wie zu erwarten war, reagierte die Tante außer sich, indem sie bissig bemerkte: »Der Alte spinnt doch. Als es ihm schlecht ging, waren wir gut genug, und jetzt stellt er uns vor allen Leuten so hin, als würden wir ihm seine letzten Tage zur Hölle machen.« Bestimmt, aber doch sehr ruhig erwiderte O'Connor: »Großvater möchte nun einmal in seinem Häuschen sterben und möchte euch auch nicht weiter zur Last fallen. Wir sollten diesen Wunsch von ihm respektieren.« Nachdem sie eine alte Reisetasche gepackt hatten, bat O'Connor seine Tante, dass sie schon für morgen die restlichen Sachen des Großvaters zusammenpacken solle, worauf diese voller Wut sagte: »Ich werde gar nichts mehr tun. Ihr könnt euch morgen seine Sachen aus dem Hof aufsammeln.« Bemüht, die ganze Situation nicht eskalieren zu lassen, mahnte sie O'Connor: »Meinst du nicht, dass dann wirklich alle im Orte meinen könnten, du wärst der Grund für Großvaters Entscheidung? Schließlich wollen die Nachbarn von Großvater dessen Sachen abholen.«

Als sie um halb acht im Häuschen vom Großvater ankamen, hatte dieser schon von der Nachbarin das Abendessen vorbereiten lassen. Auf Elisabeth wirkte er so, als wäre von seinen Schultern eine schwere Last genommen worden. Er wirkte gut gelaunt und entspannt und erzählte beim gemeinsamen Essen von Erlebnissen mit seinem Enkelsohn John. Lediglich der

Gedanke daran, dass morgen dessen Rückreise anstand, schien ihn auch ein wenig traurig zu machen.

Um den beiden Männern gemeinsame Zeit zu geben, ging Elisabeth gleich nach dem Abwasch des Geschirrs nach oben und bezog sich das Bett in der Kammer. Ihr Ehemann und der Großvater wollten im Schlafzimmer am Ende des Flures die Nacht verbringen. Elisabeth hatte sich schon hingelegt, als ihr Ehemann noch einmal zu ihr kam, um ihr eine gute Nacht zu wünschen. Er setzte sich noch einen Moment zu ihr und nahm ihre Hand. Nervös fuhr er mit dem Daumen immer wieder über ihren Handrücken, als er sagte: »Danke, dass du mir dies alles ermöglicht hast, und danke, dass du bei mir bist.« Sie hatte nichts darauf erwidert, sondern sich einfach nur in seinen Arm geschmiegt, bevor sie ihn wieder zurück zum Großvater schickte.

Es war kurz vor Mitternacht, als die beiden Männer mit großer Mühe das Schlafzimmer im ersten Stock erreichten. O'Connor hatte den Rollstuhl bis an die unterste Treppenstufe gefahren und dann seinen Großvater untergefasst, der sich mit großer Kraftanstrengung am Treppengeländer festhielt, um mit seinen kraftlosen Beinen die Treppenstufen bewältigen zu können. Oben angekommen, musste er sich erst einmal auf die kleine Holztruhe im Flur setzen, bis es von dort aus weiter zum Schlafzimmer ging. Mit Hilfe seines Enkels gelang es ihm schließlich, in das Bett zu kommen, in dem er jahrzehntelang neben seiner Ehefrau gelegen hatte. Seine Augen waren mit Tränen gefüllt, als er mit zittrigen Händen seine Zudecke hochzog und dabei sagte: »Ich dachte schon, dass ich nie mehr hierher zurückkommen würde.«

Es war schon deutlich nach Mitternacht, als Elisabeth vom Winseln der Hündin vor ihrem Bett wach wurde. Sie wusste im ersten Moment erst gar nicht, wo sie eigentlich war, bis das Licht eines Blitzes das Zimmer hell erleuchtete. Vom düsteren

Grollen des Donners erschreckt, sprang Daisy auf ihr Bett und verkroch sich ans Fußende. Von diesem Besuch wenig begeistert, knipste Elisabeth die kleine Lampe neben ihrem Bett an und blickte auf die Hündin, die ihr zitternd zu Füßen lag. Ihr Protest klang jedoch milde, als sie sagte: »Ich denke, du bist ein Jagdhund. Da muss man ein Gewitter doch wohl aushalten können.« Daisy beobachtete sie aus den Augenwinkeln, ohne den Kopf zu heben, worauf Elisabeth das Licht wieder mit der Bemerkung löschte: »Du bist wohl eher ein kleiner Angsthase.«

Sie hatte dies kaum gesagt, als der aufkommende Wind so kräftig über den Dachstuhl fegte, dass ein lautes Knacken zu hören war, begleitet von einem Gewitter, das immer näher kam. Die ganze Situation wurde ihr selbst immer unheimlicher, so dass sie überlegte, ob sie lieber aufstehen sollte, um zu den anderen zu gehen. Der nächste heftige Donnerschlag nahm ihr die Entscheidung jedoch ab. Daisy hatte sich so dermaßen erschrocken, dass sie begann, aufgeregt zu kläffen. Kurz darauf ging das Licht im Flur an und O'Connor öffnete ihre Zimmertür. Beunruhigt fragte er: »Ist alles in Ordnung mit euch?« – »Wir haben ehrlich gesagt ziemliche Angst«, musste Elisabeth etwas kleinlaut zugeben.

O'Connor schlug vor, dass sie ihre Matratze ins Schlafzimmer ziehen sollten, damit sie dort mit schlafen könne, weil er den Großvater nicht allein lassen wollte. Obwohl ihr dieser Schlafplatzwechsel ziemlich peinlich war und sie sich erst etwas zierte, stimmte sie schließlich zu. Sie legten die Matratze neben die Betthälfte, in der O'Connor gelegen hatte. Der Großvater, der auch wach geworden war, sagte leicht amüsiert: »Das Wetter kann auch kleinen Mädchen richtig Angst machen. Kommt mal zu uns, wir passen schon auf euch auf.«

Gemeinsam mit Daisy bezog Elisabeth ihr neues Nachtquartier. Ihr Ehemann hatte ihr erst seine Betthälfte angeboten, weil er nicht wollte, dass sie auf der Erde schläft, was sie dann aber mit den Worten abgelehnt hatte: »Nein, ich finde es wichtig, dass du diese Nacht noch neben deinem Großvater schläfst.« Obwohl sie sich hier etwas sicherer fühlte, hatte sie trotzdem einige Zweifel, ob der Dachstuhl auch unbeschadet diesen heftigen Gewittersturm aushalten würde. Großvater schien diese Befürchtungen keineswegs zu haben. Mit einer großen Gelassenheit berichtete er von heftigen Unwettern, die dieses Haus schon überstanden hatte, aber auch davon, dass er mit Daisy einmal von einem schweren Gewitter im Wald überrascht worden sei. Daisy sei damals noch ganz jung gewesen und habe fürchterliche Angst ausgestanden, als in unmittelbarer Nähe von ihnen ein Blitz in einen Baum einschlug. O'Connor, der ihm bislang schweigend zugehört hatte, hakte an diesem Punkt nach: »War das denn auch der Grund, warum Daisy nachts nicht allein im Zwinger sein wollte?« – »Das kann sein«, meinte der Großvater und gab dann zu, dass er die Hündin auch immer etwas verwöhnt habe und sie noch nie sehr lange allein sein musste.

Nach einer Stunde war das Unwetter vorbei. Bevor sie sich entschlossen, endlich zu schlafen, ging O'Connor noch einmal mit Daisy in den Garten. Die Hündin musste tatsächlich vor lauter Aufregung und beeilte sich dann aber, ganz schnell wieder zurück an das Fußende ihrer neuen Herrin zu gelangen. Diese war zu müde, um noch zu bemerken, wie ihr Ehemann über sie hinüberstieg, um in seine Betthälfte zu gelangen, und ihr dann noch einmal zärtlich über die Haare strich.

Am nächsten Morgen war es schon kurz nach neun, als Daisy sie weckte. Elisabeth ging diesmal mit ihr in den Garten, weil O'Connor seinen Großvater versorgen wollte. Dieser wünschte sich, den Tag im Bett verbringen zu dürfen, brauchte aber Unterstützung beim Waschen und dem Aufsuchen der Toilette. Während die beiden Männer noch mit diesen Dingen beschäftigt waren, schaute sich Elisabeth in der Küche um. In den Schränken fand sie nichts, womit sie ein Frühstück hätte bereiten können, so dass sie sich schnell anzog und mit Daisy zum nächsten Laden ging, um einzukaufen.

Im Laden sprach man sie sofort auf die Hündin an und vom Ladenbesitzer erfuhr sie, dass der Großvater immer Angst davor gehabt habe, einmal ein Pflegefall zu werden, wie es die Großmutter die letzten Monate vor ihrem Tod gewesen war. Dass der Großvater seine Ehefrau so aufopfernd bis zu ihrem Tode gepflegt hatte, fand in der Nachbarschaft große Anerkennung und es gab damals auch eine große Bereitschaft, ihn dabei zu unterstützen. Als Elisabeth erzählte, dass der Großvater nun wieder in seinem Haus leben würde und von der Familie Cambell aus dem Nachbarort versorgt werden würde, sagte der Ladenbesitzer: »Ich kenne die Cambells. Der Mann hat früher in der Schmiede gearbeitet. Das sind einfache Leute mit einem großen Herzen.«

Etwas später, als Elisabeth im Häuschen des Großvaters das Frühstück vorbereitete, überkam sie das beklemmende Gefühl, dass mit dem heutigen Tag das letzte Kapitel im Leben des alten Mannes beginnen würde. Sie zwang sich, ruhig und gelassen zu wirken, konnte aber ihrem Ehemann nichts vormachen. Als sie ihm das Tablett überreichte, auf dem das Frühstück für den Großvater stand, sagte er mahnend: »Lizzy, egal was hier passiert, denk bitte an unser Kind.« Sie nickte und bat ihn dann, oben allein mit dem Großvater zu frühstücken, weil sie lieber unten in der Küche bleiben wollte. Während sie am Küchentisch frühstückte, blickte sie in den Garten und auf den kleinen Schuppen. Aus den Erzählungen ihres Ehemannes wusste sie, dass er dort immer mit seinem Großvater gebastelt hatte, was wohl die große Leidenschaft der Männer dieser Familie zu sein schien.

Elisabeth hatte gerade das Geschirr abgeräumt, als der Nachbar mit seinem kleinen Lieferwagen vorfuhr. Gemeinsam mit den Cambells, die ebenfalls eingetroffen waren, lud er schon einen Teil des Hab und Gutes der neuen Mitbewohner aus, was aus deren alter Wohnung stammte. Danach wollten sie gleich noch einmal losfahren und dann erst die Sachen vom Großvater holen. Als sie wieder fort waren, überlegten die O'Connors gemeinsam mit dem Großvater, wie das Schlafzimmer etwas wohnlicher gestaltet werden könnte. Wegen der steilen Treppe wollte der Großvater nicht mehr den unteren Teil des Hauses aufsuchen, sondern sich lieber für seine letzten Tage im Schlafzimmer einrichten. Damit er noch in seinen Garten blicken konnte, wollte er seinen Sessel ans Fenster geschoben haben, mit einem kleinen Tisch für seine Zeitungen und Zigarren, und neben seinem Bett sollte das alte Radio aufgestellt werden.

Gemeinsam mit seinen neuen Hausbewohnern wurden seine Wünsche erfüllt, als diese mit der zweiten Wagenladung ankamen. Danach fuhr O'Connor mit dem Nachbarn zu seiner Tante, um die Sachen des Großvaters abzuholen. In Kartons und zwei Reisetaschen verpackt, standen sie schon unten im Flur. Die Tante hatte ihren Neffen und den Nachbarn nur kurz begrüßt und dann schroff gesagt: »Die Sachen stehen dort.« Nachdem die beiden Männer alle Sachen im Lieferwagen verstaut hatten, ging O'Connor noch einmal ins Haus und fragte: »Kannst du mir noch mitgeben, was Daisy gehört?« Mit einem abfälligen Blick bemerkte die Tante: »Willst du dir das wirklich antun? Die benimmt sich doch nicht wie ein Hund, sondern wie eine verwöhnte Zicke.« O'Connor wollte die gereizte Stimmung nicht noch verschärfen und sagte deshalb: »Ich möchte Daisy mitnehmen, weil ich sie damals Großvater geschenkt habe und sie auch einfach mag. Und was Großvater betrifft, bitte ich dich, nicht im Streit mit ihm auseinanderzugehen. Trotz aller Konflikte, die ihr die letzten Jahre miteinander gehabt habt, wäre so etwas für euch beide nicht gut.«

Die Tante reagierte angriffslustig, als sie von ihm wissen

wollte: »So? Wer hat denn hier mit wem gebrochen?« – »Sieh doch seinen Auszug einmal als Chance für einen entspannteren Umgang miteinander«, versuchte O'Connor zu vermitteln und fuhr dann fort: »Wenn man schon einige Probleme miteinander hat, ist ein gewisser Abstand zueinander manchmal ganz sinnvoll.« Ohne hierauf noch etwas zu erwidern, nahm die Tante die Hundedecke und rollte die Bürste und die beiden Näpfe für Fressen und Trinken in sie hinein und überreichte sie ihrem Neffen. Dann nahm sie noch die Urinflasche vom Großvater, wickelte sie in Zeitungspapier ein und übergab sie ihm ebenfalls. Während sie ihren Neffen noch bis zur Tür begleitete, stellte sie bitter fest: »Na, dann werden wir uns ja das nächste Mal zur Beerdigung wiedersehen.« O'Connor blickte sie einen Moment fassungslos an. Dann drehte er sich wortlos um und verließ das Haus.

Im Haus des Großvaters war inzwischen spürbar Leben eingekehrt. Die Cambells hatten sich ein Schlafzimmer in der Kammer des Dachgeschosses eingerichtet, wo Elisabeth eigentlich vorhatte, die letzte Nacht zu verbringen, und waren gemeinsam mit der Nachbarin damit beschäftigt, in den Schrank und in die Kommode ihre Wäsche einzuräumen. Den Großvater schien es gar nicht zu interessieren, was um ihn herum im Haus geschah. Er wollte nur sein Schlafzimmer eingerichtet wissen und nicht mehr seinen Rollstuhl, den er nie mochte, im Zimmer stehen haben. Die O'Connors versuchten noch, so viel Zeit wie möglich mit ihm zu verbringen, obwohl ihm deutlich anzumerken war, dass ihn die letzte Nacht sehr angestrengt hatte.

Gegen 18 Uhr fuhr Douglas mit seinem Wagen vor, um sie abzuholen. Elisabeth, die sich die ganze Zeit Gedanken darum gemacht hatte, wie der Abschied stattfinden könnte, war einfach nur noch panisch. Während ihr Ehemann schon zu seinem Großvater gegangen war, hatte sie Douglas ihre beiden Reisetaschen und die zusammengerollte Decke von Daisy übergeben, damit er sie schon zum Wagen bringen konnte. Dann ging sie mit der Hündin nach oben.

Der Großvater saß blass in seinem Sessel, mit einer Wolldecke über seinen Knien. Als er Elisabeth erblickte, forderte er sie auf: »Komm noch einmal her, meine Kleine«, und streckte ihr seine Hand entgegen. Elisabeth ging zwei Schritte auf ihn zu und kniete sich vor seinem Sessel nieder, während sie seine Hand umfasste. Sie konnte nichts sagen. Über ihre Wangen liefen die Tränen und ihre Kehle war wie zugeschnürt. Die Hand des Großvaters streichelte ihr über den Kopf, den sie gesenkt hielt, und ihre Tränen tropften auf seine Wolldecke. O'Connor, der hinter ihr auf der Bettkante saß, war aufgestanden und hatte sich neben sie gekniet. Mit der einen Hand strich er über ihren Rücken und mit der anderen umfasste er den Arm des Großvaters.

Jeder von ihnen hoffte dabei, die Zeit einfach anhalten zu können, diesen Moment ein Stück Ewigkeit werden zu lassen. Als Daisy immer unruhiger wurde, weil sie gar nicht mehr verstand, was da gerade geschah, unterbrach der Großvater das Schweigen und sagte: »Kleines, geh mit Daisy schon zum Wagen. Deinen Mann schicke dir gleich nach.« Elisabeth, die sich wieder etwas beruhigt hatte, sah ihn an und sagte: »Pass gut auf dich auf, und wenn du uns brauchst, lass uns Bescheid geben.« Nachdem der alte Mann ihr hierauf sein Versprechen gegeben hatte, stand sie auf und zog Daisy am Halsband zu seinem Sessel, damit er sie noch einmal streicheln konnte. Dann leinte sie die Hündin an, beugte sich noch einmal zum Großvater hinunter, um ihn auf die Wange zu küssen, und verließ dann das Schlafzimmer, ohne sich noch einmal umzusehen.

Unten verabschiedete sie sich kurz von den Cambells und stieg dann mit Daisy in den Wagen, wo sie auf der Rückbank mit ihr Platz nahm. Douglas, der sofort sah, in welcher

Verfassung sie sich befand, wagte gar nicht, sie anzusprechen, was ihr auch ganz recht war. Es dauerte noch 20 Minuten, bis O'Connor das Haus verließ und sich neben Douglas auf den Beifahrersitz setzte. Er sah sehr ernst und müde aus, als er sagte: »Wir müssen jetzt losfahren.«

Die erste halbe Stunde der Fahrt starrten die O'Connors schweigend aus dem Fenster des Fahrzeugs, ohne ihre Umgebung wirklich wahrzunehmen, während Douglas versuchte, sich auf die Fahrbahn zu konzentrieren. Danach schien sich zumindest O'Connor wieder etwas gefangen zu haben, indem er mit seinem Freund eine Unterhaltung über dessen Job begann. Elisabeth hatte schon immer an ihrem Ehemann bewundert, dass er trotz emotionaler Belastungen sehr schnell umschalten und dann andere Gesprächsthemen beginnen konnte, so als sei nichts mit ihm geschehen. Sie konnte dies nicht und wollte sich auch heute nicht von seiner Art anstecken lassen. Mit der linken Hand kraulte sie Daisy, die neben ihr ruhig auf der Rückbank lag, und ansonsten sah sie weiterhin durch das Fenster ins Leere, ohne auf die Gespräche der beiden Männer zu achten. Erst als sie in Dublin einfuhren, konzentrierte sie sich wieder auf ihre Umgebung. Douglas fuhr sie zu einem kleinen Hotel in der Nähe des Hafens, in dem die O'Connors die Nacht verbringen wollten.

Im Hotel war man von Daisy zwar nicht gerade angetan, aber man verweigerte ihnen deshalb nicht die Unterkunft. Während sich Elisabeth schon von Douglas verabschiedet hatte, um sich schnell hinzulegen, war O'Connor mit seinem Freund und Daisy noch ein wenig spazieren gegangen. Douglas reagierte sehr betreten, als er erfuhr, wie es um den Großvater stand und wie zerrissen sein Freund war. O'Connor hatte immer noch Zweifel, ob es nicht besser wäre, die letzten Tage oder Wochen bei dem alten Mann zu verbringen. Am liebsten hätte O'Connor seinen Großvater mit zu sich genommen, aber dieser wollte in seiner alten Umgebung sterben und hätte wohl auch den Transport nicht mehr überstanden. Und umgekehrt konnte es sich O'Connor beruflich nicht erlauben, wochenlang nach Irland zu kommen, wobei der Großvater ihm diesen Plan auch schon mit den Worten ausgeredet hatte: »Das sieht doch dann so aus, als warten alle auf meinen Tod. Nein, fahre du mal zurück und besuche mich bald wieder, dann haben wir wenigstens noch ein gemeinsames Ziel.«

Elisabeth schlief schon, als ihr Ehemann mit der Hündin kam, und nahm auch nicht mehr wahr, wie Daisy den ganzen Raum beschnüffelte.

Am nächsten Morgen hatten sie es sehr eilig, die erste Fähre zu bekommen, so dass Daisy nur der Weg zum Hafen als morgendlicher Auslauf diente. Am Hafen bekam das Tier Angst von dem Lärm und der Hektik, die dort herrschten. O'Connor musste sie teilweise hinter sich herziehen, damit sie widerwillig die Fähre betrat und dort dann zitternd an ihr Herrchen gedrängt mit angstvollem Blick beäugte, was nun geschehen würde. Richtig wohl fühlte sich Daisy die ganze Zeit während der Überfahrt nicht, aber sie ergab sich schließlich ihrem Schicksal. Erst als sie anlegten, wurde sie wieder munter und konnte es gar nicht erwarten, so schnell wie möglich wieder festen Boden unter die Pfoten zu bekommen. Vor lauter Aufregung pinkelte sie gleich am Anlegesteg, was einige Mitreisende mit einer abfälligen Bemerkung quittierten.

Sie hatten noch eine Stunde Zeit, bis ihr Zug fuhr, und O'Connor wollte diese Zeit nutzen, um einmal bei den Nachbarn des Großvaters anzurufen, ob alles in Ordnung sei. Während er mit den beiden Reisetaschen beladen, eine Möglichkeit zum Telefonieren suchte, ging Elisabeth mit Daisy vor dem Bahnhof auf und ab. Schon von Weitem konnte sie am Gesicht ihres Ehemannes erkennen, dass er sehr besorgt war, worauf sie ihn gleich fragte: »Und, was ist?« – »Die waren nicht da. Ich versuche es heute Abend in Oxford noch einmal.«

Sie entschlossen sich wegen ihres Gepäcks, schon in die Bahnhofshalle zu gehen. Die dort herrschende Hektik und auch die Geräusche erzeugten bei Daisy nur noch Angst. Als dann endlich der Zug auf dem Bahnsteig einfuhr, musste O'Connor das zitternde Tier in den Waggon heben, wo es sich gleich mit angstvoll vorstehenden Augen unter der Sitzbank verkroch. Während der Fahrt sprachen sie nicht viel miteinander. Elisabeth fror und hatte ihre Jacke anbehalten, in die sie sich regelrecht zurückzog, und O'Connor blickte entweder schweigend aus dem Fenster oder mit gereizter Miene zu den Reisenden, wenn es um sie herum einmal etwas lauter wurde.

Am späten Nachmittag kam ihr Zug endlich in Oxford an. Es regnete in Strömen, so dass sie durch die regennassen Scheiben nicht Prof. Stanley erkennen konnten, der sie auf dem Bahnsteig schon erwartete. In den Menschenmassen mussten sie deshalb auch erst suchen, bis sie zueinander fanden. Der Onkel reagierte erstaunt, als er Daisy sah, die hektisch an der Leine ziehend Distanz zum Zug suchte. Als O'Connor ihm knapp erklärte, warum sie das Tier mitgebracht haben, forderte Prof. Stanley sie auf: »Dann lasst uns mal schnell zum Wagen gehen, damit sie sich wieder etwas beruhigt.«

Sie hatten gerade im Fahrzeug Platz genommen, als der Onkel mit ernster Miene sagte: »Wir haben vor einer Stunde einen Anruf von einem Mr Cambell bekommen. Dein Großvater ist heute Nachmittag an Nierenversagen gestorben. Er ist ganz ruhig eingeschlafen.« O'Connor, der neben ihm auf dem Beifahrersitz saß, starrte ihn sekundenlang ungläubig an. Dann sagte er mehr zu sich selbst: »Ich habe den ganzen Tag schon so ein ungutes Gefühl gehabt.« Er blickte kurz zu Elisabeth und bat dann: »Fahrt schon allein los. Ich möchte mit Daisy noch ein Stück zu Fuß gehen.« – »John, es regnet«, versuchte ihn Elisabeth von seinem Plan abzubringen, worauf er nur sagte:

»Das Wetter passt richtig gut zu meiner Stimmung, und Daisy braucht bestimmt noch Auslauf.«

Er stieg aus und nahm die Hündin an die Leine. Dann verschwand er mit ihr zwischen den Menschen vor dem Bahnhof. Prof. Stanley fragte etwas ratlos: »Wo möchtest du jetzt hin?« – »Bring mich bitte nach Hause«, bat ihn Elisabeth, worauf er nachhakte: »Du meinst zu eurer Wohnung?« Als sie hierauf nur stumm nickte, fuhr er los. Vor dem Haus angekommen, trug er ihr die beiden Reisetaschen hoch, während sie Daisys Sachen nahm, und fragte sie dann: »Möchtest du, dass ich noch bei dir bleibe?« – »Nein, fahre lieber los. Ich glaube, wenn John kommt, will er sich nur noch verkriechen.«

Nach einer knappen Stunde klingelte es an der Tür. Von der ganzen Situation beunruhigt, öffnete sie und erblickte erstaunt Ludwig, der im Treppenhaus stand. Müde fragte sie: »Was machst du denn hier?« – »Kann ich kurz reinkommen?«, fragte er zurück und wirkte dabei fast schüchtern. Elisabeth bat ihn mit den Worten herein: »Aber nur ganz kurz. Wir sind gerade nach Hause gekommen.« Ludwig erzählte ihr, dass er schon vor zwei Tagen hier gewesen sei und ihm die Vermieterin gesagt habe, dass er einmal bei den Stanleys nachfragen solle. Dort habe er von Vivienne erfahren, dass sie heute zurückkommen würden. Erstaunt fragte Elisabeth ihn: »Und was wolltest du von uns?« – »Ich brauche noch eine Stellungnahme von dir für das Internat, warum ich nun in England bin und was mit meinen Eltern ist. Außerdem wollen sie auch einen Ansprechpartner haben, wenn einmal etwas ist.«

Etwas fahrig sagte sie: »Ja, schreib mir kurz auf, was du alles brauchst. Ich kümmere mich dann darum.« Während sie Papier und einen Bleistift holte, hörte sie, wie die Wohnungstür aufgeschlossen wurde. Noch während O'Connor die Tür wieder hinter sich schloss, bildete sich unter der nassen Hündin eine kleine Pfütze von Regenwasser. Elisabeth trat in den Flur

und forderte die beiden auf: »Geht ihr bitte gleich ins Bad?«
Dort legte sie ein großes Handtuch über das Tier und rubbelte
es, bis es nicht mehr tropfte, während ihr Ehemann seine nassen Kleidungsstücke auf den Wannenrand legte.

Er war nass bis auf die Haut geworden und hatte sich seinen
Bademantel übergezogen, bevor er Elisabeth, die dabei war,
Daisy Wasser in ihre Trinkschüssel zu füllen, am Arm fasste
und sie zu sich heranzog. Sie sah in sein Gesicht, in das aus
seinen nassen Haaren immer neue Tropfen fielen. Seine Augen
drückten seine ganze Verzweiflung aus, als er sie ganz fest an
sich zog und weinte. Obwohl sie wusste, dass sie ihn nicht
trösten konnte, sagte sie: »Ich glaube, dass alles so sein sollte
und es gut war, dass wir noch bei ihm waren.« Kaum hörbar
antwortete er: »Ja, es sollte wohl alles so sein.«

Während er sich mit einem Handtuch das Gesicht und die
Haare trocknete, warnte ihn Elisabeth vor: »Ludwig ist da.
Er wird aber gleich gehen.« Fassungslos sah er sie an, als er
fragte: »Was will der denn hier?« – »Er braucht noch etwas für
das Internat und dann geht er.« Mit den Schreibunterlagen
ging sie zurück ins Wohnzimmer, begleitet von der aufgeregten
Daisy, die ihr neues Zuhause inspizieren wollte. Ludwig reagierte sofort erfreut und wollte wissen: »Habt ihr jetzt einen
Hund?« – »Ja. Ludwig, bitte mach schnell, wir haben auch
einen Todesfall«, versuchte ihn Elisabeth zu drängen.

Verdutzt von der ganzen Situation, nahm er das Papier und
den Stift und versuchte ihr aufzuschreiben, was er für das
Internat benötigte. Während er schrieb, war O'Connor ins
Wohnzimmer gekommen und sagte kühl: »Hi, Ludwig.« Der
Junge sah ihn erstaunt an und fragte dann etwas hilflos: »Kann
ich etwas für euch tun?« Noch bevor Elisabeth dies abwehren
konnte, sagte ihr Ehemann, der beide Hände in den Taschen
seines Bademantels vergraben hatte, provozierend: »Oh ja,
Ludwig. Du kannst uns sehr gut helfen. Weißt du, wir sind

zwar keine Kriegshelden, die du ja so gerne verehrst, sondern nur ganz normale Menschen, die aber auch durchaus sinnvolle Dinge im Leben tun.« Ludwig wurde blass im Gesicht und blickte verunsichert von O'Connor zu Elisabeth und dann wieder zurück.

O'Connor hatte sich inzwischen mit dem Rücken an den Fensterrahmen gelehnt und sah ihn herausfordernd an, als er fragte: »Na, willst du uns wirklich helfen oder willst du weiter in deinen Wunden bohren, bis die letzte Lebenskraft aus dir geflossen ist?« Kleinlaut sagte Ludwig: »Ja, ich will euch helfen. Was soll ich tun?« – »Ich möchte morgen wieder zurück nach Irland fahren, damit ich meinen Großvater beerdigen kann.« Mit dem Blick auf Elisabeth gerichtet, fuhr er fort: »Lizzy, ich glaube nicht, dass es für dich gut ist, wenn du mich begleitest. Dies alles war schon anstrengend genug für dich, und meine Cousins werden die Zeit bei mir sein.« Als Elisabeth nichts sagte, wandte er sich an Ludwig: »Ich möchte, dass du dich die vier Tage, die ich nicht hier sein werde, um Lizzy und Daisy kümmerst.« Ludwigs Gesichtsausdruck wirkte plötzlich so, als hätte er in diesem Moment alle kindlichen Züge von sich geworfen. Mit ernster Stimme sagte er: »Ja. Wann soll ich kommen?« – »Morgen, so schnell du kannst«, forderte ihn O'Connor auf.

Wortlos stand Elisabeth auf und ging ins Schlafzimmer, wo sie sich im Dunkeln auf die Bettkante setzte. Es war gar nicht einmal der Plan ihres Ehemannes, der sie so betroffen machte, sondern der Umstand, dass sie ihn auf diesem schweren Weg nicht begleiten konnte. Es dauerte keine fünf Minuten, bis sie hörte, wie Ludwig die Wohnung verließ und Daisy vor der verschlossenen Schlafzimmertür zu jaulen begann, weil sie zu ihr wollte. O'Connor ließ die Hündin herein und setzte sich dann zu Elisabeth auf die Bettkante. Zweifelnd fragte sie: »Kann ich dich wirklich alleine fahren lassen?« – »Ja. Das, was wir die letzten Tage zusammen erlebt haben, war schwieriger als das, was jetzt noch kommt. Ruhe dich jetzt einfach aus und denke an unser Kind. Großvater hat sich so darüber gefreut und wird es verstehen, dass du dich nun schonst.«

O'Connor verließ an diesem Abend noch einmal die Wohnung, um mit Prof. Stanley dienstliche Dinge für die Zeit seiner Abwesenheit zu regeln. Auf Elisabeths Wunsch hin telefonierte er auch mit seiner Schwiegermutter und bat sie, am nächsten Tag zu kommen. Es war schon 22 Uhr, als er wieder zurück in seine Wohnung kam. Nachdem er mit Daisy noch kurz auf die Straße gegangen war, zog er sich aus und legte sich zu Elisabeth ins Bett, die vor lauter Grübeln nicht einschlafen konnte. Sie wirkte erleichtert, als O'Connor ihr mitteilte, dass ihre Mutter am nächsten Vormittag mit dem Zug eintreffen würde.

# XIV. Die Erbschaft

Am nächsten Morgen ging O'Connor noch einmal mit Daisy um den Häuserblock und verließ dann gleich nach dem Frühstück das Haus, um zum Bahnhof zu gehen. Er sah unheimlich blass, aber auch sehr entschlossen aus, als er den Zug bestieg, um für seinen Großvater die letzten Dinge zu erledigen, die dieser sich für das Ende seines Lebens gewünscht hatte. Elisabeth hatte sich wieder zurück ins Bett gelegt, als er gegangen war, und versuchte zur Ruhe zu kommen. Um sich etwas abzulenken, holte sie sich die Projektunterlagen und begann, für die vier Tage einen Arbeitsplan zu erstellen. Dann stand sie auf, packte ihre Reisetasche aus und wusch die schmutzige Wäsche von der Reise am Waschtisch im Badezimmer.

Gegen elf Uhr klingelte ihre Mutter an der Wohnungstür. Daisy, die den ganzen Vormittag schon eine ständige Unruhe verbreitet hatte, beschnupperte neugierig die Besucherin, um sich dann aber wieder mit aufgestellten Ohren auf ihre Decke im Wohnzimmer zu legen. Elisabeth wollte die Ankunft ihrer Mutter gleich nutzen, um bei der Hauswirtin nachzufragen, ob sie Daisy bei sich in der Wohnung behalten dürften. Sie entschloss sich, die Hündin hierfür gleich mit zur Hauswirtin zu nehmen.

Die ältere Dame war zwar erst etwas skeptisch, als sie hörte, dass die Hündin bislang auf dem Lande gelebt hat, ließ sich dann aber darauf ein, es einfach mal miteinander zu versuchen, weil sie das Tier auf Anhieb mochte. Als Elisabeth wieder mit Daisy nach oben gehen wollte, kam ihr Ludwig im Treppenhaus entgegen. Er wollte die Mittagspause im Internat nutzen, um Daisy auszuführen.

Während Mrs Dawson schon das Mittagessen vorbereitete, führte ihre Tochter gemeinsam mit dem Jungen Daisy aus.

Elisabeth zeigte Ludwig auch die Orte, wo er zukünftig allein mit ihr hingehen könne, da er sich in Oxford noch nicht so gut auskannte. Als sie nach einer halben Stunde wieder zurückkamen, war das Essen schon fast fertig. Mrs Dawson trug Ludwig gleich auf, den Tisch zu decken und die Gläser zu füllen, während sie den Eintopf, den sie gekocht hatte, auf die Teller füllte. Für Daisy hatte sie schon eine große Portion in deren Futterschüssel gefüllt, die nun zum Abdampfen am offenen Fenster stand.

Als sie kurz darauf alle gemeinsam am Tisch saßen und aßen, wirkte die Situation so selbstverständlich; die Gespräche, die sie miteinander führten und auch der Umgang miteinander war so, als würden sie einer Familie angehören. Nach dem Essen musste Ludwig wieder zurück ins Internat. Er versprach aber, am nächsten Mittag wiederzukommen, um dann allein mit Daisy auszugehen, die ihn offenbar sehr mochte, wie auch umgekehrt. Nachdem Elisabeth mit ihrer Mutter allein war, hatte sie endlich einmal die Gelegenheit, ihr in aller Ruhe zu berichten, was geschehen war. Mrs Dawson blickte sehr betreten, als sie erfuhr, was sich in Irland alles abgespielt hatte, und mahnte dann: »Lizzy, jetzt müsst ihr eurer Leben aber endlich einmal ruhiger angehen, sonst geht hier noch etwas schief.«

Am Nachmittag schaffte es Elisabeth, noch drei Stunden am Projekt zu arbeiten, und ging danach mit ihrer Mutter und der Hündin zu den Stanleys. Sie wollte dort auf den Anruf von ihrem Ehemann warten. Während Daisy von den beiden Kindern voller Begeisterung mit einem alten Ball im Garten zum Spielen animiert wurde, wirkte Elisabeth etwas angespannt. Ihre Stimmung änderte sich jedoch schlagartig, als endlich das Telefon klingelte und O'Connor ihr berichten konnte, dass er die erste Etappe seiner Reise gut überstanden habe.

Diese Nacht schlief Elisabeth ganz fest und tief. Sie hatte am Abend noch lange mit ihrer Mutter geredet, die neben ihr im

Bett lag, und empfand langsam wieder Zuversicht und Ruhe in ihrem Leben. Ihr tiefer Schlaf führte dann auch dazu, dass sie am nächsten Morgen gar nicht merkte, dass Daisy winselte. Um ihre Tochter nicht zu wecken, zog sich Mrs Dawson schnell an und verließ mit der Hündin das Haus. Elisabeth wurde erst wach, als Daisy nach ihrer Rückkehr sie mit ihrer feuchten Nase anstupste, um sie zum Aufstehen zu bewegen.

Beim gemeinsamen Frühstück bemerkte Mrs Dawson: »Ein Häuschen mit Garten wäre für das Kind und den Hund bestimmt besser als diese Wohnung«, worauf ihre Tochter sofort voller Abwehr reagierte, indem sie empört sagte: »Ma, wir sind hier gerade erst eingezogen. Hast du vergessen, dass ich in den letzten Monaten ständig am Umziehen war?« Mrs Dawson blieb von ihrem Protest unbeeindruckt und erwiderte nur: »Wie man sieht, habt ihr wohl immer noch nicht die richtige Bleibe für euer Leben gefunden.« Elisabeth blickte mürrisch, als sie ihrer Mutter erklärte: »Ich möchte endlich einmal das Gefühl haben, dass ich ein festes Zuhause habe. Seit ich von euch weg bin, hatte ich das nicht mehr. So kann es doch nicht weitergehen.«

Mrs Dawson erzählte ihrer Tochter, dass ihr Ehemann und sie auch schon Ausschau nach einem Altersruhesitz halten würden, weil sie in ein paar Jahren das Pfarrhaus für einen jüngeren Pfarrer räumen müssten. Sie wollten aber in dem Ort bleiben und überlegten nun, mit dem Sohn und dessen Familie einen alten Bauernhof zu kaufen. Elisabeth fand diese Idee gut, auch wenn sie ein wenig wehleidig daran dachte, dass sie auch gerne mit ihren Eltern so zusammengelebt hätte, aber der Job ihres Ehemannes und auch ihrer ließen so ein Leben auf dem Lande einfach nicht zu. Ihren inneren Zwiespalt brachte sie schließlich dadurch zum Ausdruck, dass sie sagte: »Als ich noch bei euch wohnte, war alles noch so einfach. Alle Menschen, die mir wichtig waren, wohnten unter einem Dach. Jetzt habe ich immer den Eindruck, ich muss mich entscheiden, und das teilweise auch gegen ein Zusammenleben mit Menschen, die mir nahe sind. Ich fühle mich manchmal so zerrissen. Weißt du, in Nürnberg, in unserem ersten Quartier, herrschte trotz der Enge anfangs auch ein ganz tolles Zusammengehörigkeitsgefühl, fast so wie in einer Großfamilie.«

Nachdenklich hatte Mrs Dawson ihrer Tochter zugehört. Nach einem kurzen Schweigen fragte sie schließlich: »Und warum zieht ihr nicht mit Brad und Viktoria zusammen? Die wollen sich doch ein Haus kaufen.« Elisabeth wusste von den Plänen der Stanleys, hatte aber in finanzieller Hinsicht Bedenken: »Ich glaube nicht, dass wir ein größeres Haus mitfinanzieren könnten, und umgekehrt können die beiden mit Sicherheit nicht ein großes Haus für zwei Familien kaufen, worin wir dann zur Miete wohnen können.«

Nach dem Frühstück fuhr Elisabeth gemeinsam mit ihrem Onkel in die Universität, um weiter an dem Projekt zu arbeiten und auch um der Sekretärin Unterlagen zu bringen, die sie schon abtippen sollte. Sie kam erst am Nachmittag wieder zurück in ihre Wohnung, nachdem sie zuvor mit ihrem Ehemann telefoniert hatte, der gut angekommen war und nun gemeinsam mit den Cousins die letzten Vorbereitungen für die Beerdigung treffen wollte, die morgen stattfinden sollte. O'Connor erzählte seiner Ehefrau auch, dass es mit Tante Linda schon heftige Auseinandersetzungen gegeben habe, als bekannt wurde, dass am letzten Abend vor seinem Tode der Großvater noch sein Testament geändert hätte.

Während der Abwesenheit ihrer Tochter hatte Mrs Dawson Einkäufe erledigt und Ludwig war, wie verabredet, mit Daisy spazieren gegangen. Gegen Abend kamen die vier Stanleys zu Besuch. Beim gemeinsamen Essen berichtete Vivienne, dass sie Ludwig kennengelernt habe und sie ihn sehr nett finden würde. Misstrauisch wollte Elisabeth gleich wissen: »Wo hast du Ludwig denn kennengelernt?« – »Als ihr noch in Irland ward, da wollte er euch doch besuchen, und weil ihr nicht da ward, hat eure Hauswirtin ihn zu uns geschickt.« Elisabeth hätte am liebsten das Thema gewechselt, aber ihre Nichte fuhr fort: »Ludwig hat mir erzählt, dass er oft traurig ist, weil er keine Familie mehr hat.« – »Dann hast du dich ja schon richtig gut mit Ludwig unterhalten«, bemerkte Elisabeth mit einem deutlich spitzen Unterton in ihrer Stimme, was Vivienne aber keineswegs davon abhielt, weiter zu erzählen, wie sie Ludwig hereingebeten habe, weil er so nassgeregnet gewesen sei, und sie sich dann fast zwei Stunden unterhalten hätten.

»Und wo waren deine Eltern«, fragte Elisabeth lauernd. »Die waren mit Tom in der Stadt«, antwortete Vivienne in ihrer lebhaften Art. Während Mrs Dawson gemeinsam mit ihrer Tochter den Tisch abräumte und die Süßspeise servierte, fragte Vivienne ihre Eltern, ob Ludwig denn nicht öfter zu ihnen kommen könne, damit er nicht mehr so einsam sei. Noch bevor die Stanleys darauf antworten konnten, mischte sich Elisabeth energisch ein: »Weißt du eigentlich, dass Ludwig eine sehr nette Pflegefamilie hatte, die er aber nicht wollte?« – »Vielleicht waren die ihm ja zu spießig«, spekulierte ihre Nichte voller Mitgefühl, wodurch sie aber nur die Angriffslust ihrer Tante provozierte: »Ach ja, zu spießig nennt ihr das, wenn man sich um euch kümmert. Was glaubst du denn, ist die richtige Familie für deinen neuen Freund?«

»Vielleicht könnte er ja bei uns im Gästezimmer wohnen«, schlug Vivienne, ohne lange zu überlegen, vor, worauf aber Mrs Stanley gleich ihre Einwände äußerte: »Wie du sehr gut weißt, will ich wieder für ein paar Stunden als Lehrerin arbeiten, und da möchte ich nicht noch Ludwig zu versorgen haben.« Vivienne maulte: »Ludwig und ich sind schließlich schon groß genug. Uns muss man nicht immer bemuttern.« – »Eben, meine liebe Vivienne. Gerade weil ihr schon etwas älter seid, kann man euch nicht einfach so allein lassen«, warf Elisabeth mit gereizter Stimme ein, worauf sie von ihrer Nichte nur einen bissigen Blick erntete.

Als die Stanleys wieder gegangen waren, konnte sich Elisabeth noch immer nicht beruhigen. Während sie mit ihrer Mutter in der Küche aufräumte und das Geschirr abwusch, schimpfte sie: »Was will der Kerl eigentlich? Will der sich bei uns einnisten?« Mrs Dawson sah das etwas gelassener: »Der sucht sich nur selbst eine Familie. Das machen Katzen auch so.« Elisabeth blickte ihre Mutter einen Moment lang ungläubig an und sagte dann: »Ma, das möchte ich aber nicht. Gestern das war okay mit ihm, aber ansonsten führt der sich auf wie ein Stachel in meinem Fleisch. Mit Ludwig in meiner Nähe werde ich nie zur Ruhe kommen.« Mrs Dawson nahm ihre Tochter in den Arm und versuchte sie zu beruhigen: »Du, ich glaube, er hat begriffen, dass er zu weit gegangen ist. Ich habe mich heute, als er mit Daisy zurück- kam, noch mit ihm unterhalten. Es tut ihm leid, was er mit dir gemacht hat.« – »Und? Warum geht er dann nicht zurück zu den Newtons, wenn er schon so einsichtig ist?«, wollte Elisabeth wissen. »Vielleicht weil er nicht auf dem Lande wohnen möchte, schließlich kommt er aus einer Stadt, oder weil er nicht Einzel- kind sein will«, spekulierte Mrs Dawson.

Am nächsten Vormittag brachte Elisabeth mit Daisy ihre Mutter zum Bahnhof. Um die Hündin nicht unnütz zu be- unruhigen, verabschiedeten sich die beiden Frauen schon vor dem Bahnhofsgebäude voneinander. Danach ging Elisabeth noch mit Daisy spazieren, weil das Wetter an diesem Tag so schön war. Während sie durch die Straßen ging, versuchte sie sich ihr neues Leben vorzustellen und ertappte sich dabei, dass sie sehr genau hinschaute, wenn ihr jemand mit einem Hund oder einem Kind entgegenkam. Es war schon Mittag, als sie wieder zurück zu ihrer Wohnung kam. Ludwig wartete bereits im Treppenhaus auf sie.

Ihre Abwesenheit und auch der Umstand, dass sie schon mit Daisy spazieren war, hatten ihn mürrisch gemacht, so dass er gleich trotzig sagte: »Dann brauche ich ja gar nicht mehr zu kommen.« Elisabeth schloss die Wohnungstür auf und forderte ihn auf: »Wenn du Lust hast, kannst du ja noch einen Moment mit hereinkommen und wir können miteinander reden.« Er sah sie erstaunt an und folgte ihr dann ins Wohnzimmer, wo sie ihm einen Platz anbot. Während er sich in einen Sessel setzte, füllte sie Daisy noch etwas Wasser in ihre Schale und setzte sich dann ihm gegenüber auf das Sofa.

Ohne große Umschweife begann sie das Gespräch: »Vivienne hat mir erzählt, dass du darunter leidest, keine Familie zu haben.« Ludwigs Miene verfinsterte sich wieder, als er widerwillig gestand: »Es ist eben blöd, dass die anderen Jungs nach Hause fahren können und auch erzählen, was da so gelaufen ist, und ich habe nichts.« – »Wieso hast du nichts? Du hast doch die Newtons«, versuchte ihn Elisabeth daran zu erinnern. Sein Blick wirkte verächtlich, als er hervorstieß: »Weißt du eigentlich, wie das ist, wenn da immer so eine Glucke um dich herum ist? Im Krankenhaus saß sie stundenlang an meinem Bett und fragte ständig: ›Liebling, hast du noch Schmerzen?‹« Elisabeth musste grinsen, als er seine Pflegemutter mit hoher Stimme nachäffte, und stellte dann fest: »Du suchst also eine Familie, die dich nicht mehr wie einen kleinen Jungen behandelt«, worauf ihr Ludwig ihre Vermutung bestätigte.

Den Nachmittag und den nächsten Tag verbrachte Elisabeth mit ihrem Onkel in der Universität, wobei sie Daisy mitnahm, damit die Hündin nicht stundenlang allein in der Wohnung sein musste, was sie anscheinend überhaupt nicht ertragen konnte. Zum Glück hatte sich die Sekretärin Mrs Brown, eine ältere, sehr liebenswürdige Dame, schnell mit der Hündin angefreundet, so dass es hier keine größeren Probleme gab. Scherzhaft hatte Mrs Brown nach dem ersten Tag gesagt:

»Na, wenn das Baby erst da ist, brauche ich aber ein größeres Zimmer, damit ich dann alle meine Zöglinge gut unterbringen kann.«

Gegen Abend des zweiten Tages fuhr Elisabeth mit Daisy und ihrem Onkel zum Bahnhof. Der Zug, den sie aufgeregt erwartete, hatte eine Viertelstunde Verspätung, was ihr wie eine Ewigkeit vorkam. Sie war ausgestiegen, um auf den Bahnsteig zu gehen, während ihr Onkel mit Daisy im Wagen geblieben war, und ging nun nervös auf dem Bahnsteig auf und ab. Als endlich die fauchende schwarze Lok in den Bahnhof einfuhr, versuchte sie hinter den Glasscheiben der Waggontüren ihren Ehemann zu erkennen, was ihr aber wegen der sich widerspiegelnden Bahnsteigbeleuchtung nicht gelang.

Es dauerte einen Moment, bis sie ihn unter den Reisenden, die den Zug verlassen hatten, erkennen konnte, und ging dann rasch in seine Richtung. O'Connor, der nicht damit gerechnet hatte, dass er vom Bahnhof abgeholt werden würde, ging direkt mit seiner Reisetasche zum Ausgang, während sie sich mühevoll einen Weg zwischen den Reisenden bahnte, um ihn einzuholen. Etwas atemlos rief sie ein paar Meter hinter ihm her seinen Vornamen, worauf er sich erstaunt zu ihr umdrehte. Als er sie erkannte, blieb er stehen und lächelte. Er stellte schnell seine Reisetasche ab und zog sie fest in seinen Arm, während er gerührt sagte: »Da bist du ja, mein Liebling. Ist alles in Ordnung bei euch?« – »Ja, wir haben uns ganz gut durchgeschlagen«, antwortete Elisabeth nicht ohne einen gewissen Stolz.

Prof. Stanley fuhr die O'Connors noch nach Hause und verabredete sich mit ihnen für den nächsten Vormittag, weil sie dann zusammen in der Universität den bevorstehenden Kongress in New York vorbereiten wollten. Oben in der Wohnung hatte O'Connor alle Hände voll zu tun, seine Liebe zwischen seiner Ehefrau und Daisy gerecht aufzuteilen. Man sah ihm deutlich die Strapazen der letzten Tage an, aber auch, dass er erleichtert und glücklich zu sein schien, wieder zurück zu sein. Als jede seiner Damen ihre Streicheleinheiten bekommen hatte, erzählte er beim anschließenden Abendessen, warum es nach der Beerdigung noch zu einem Eklat gekommen war. Er berichtete, dass, nachdem die Trauergäste gegangen waren, das Testament verlesen worden sei. Hierbei wäre herausgekommen, dass sein Großvater ihn als Haupterben eingesetzt und der Tante lediglich sein Bankguthaben vermacht habe. Obwohl dieses Bankguthaben recht beachtlich sei, habe ihn die Tante aus Wut und Enttäuschung beschuldigt, sie um ihr Erbe gebracht zu haben, zumal sie ihn in der letzten Zeit auch versorgt habe.

Erstaunt fragte ihn Elisabeth: »Wann hat denn Großvater sein Testament geändert?« – »Zwei Stunden nach unserer Abreise. Die Cambells haben mir erzählt, dass er sich nach unserer Abreise in sein Bett legen wollte und dieses dann auch nicht mehr verlassen hätte. Nachdem er im Beisein des Pfarrers sein Testament geändert habe, soll er sehr müde und angeschlagen gewesen sein. Am nächsten Tag, dem Tag seines Todes, sei er schon gar nicht mehr ansprechbar gewesen.«

Während Elisabeth noch sprachlos am Tisch saß und versuchte, das nachzuvollziehen, was sie gerade eben gehört hatte, war ihr Ehemann aufgestanden und ins Schlafzimmer gegangen, wo er seine Reisetasche abgestellt hatte. Nach ein paar Minuten kam er mit einer kunstvoll bemalten Holzkiste zurück und übergab sie ihr. Erstaunt betrachtete Elisabeth die Holzkiste und fragte ihn dann: »Was ist das?« – »Großvater hat sie für dich am Tag unserer Abreise gepackt.« Die Erinnerung an die letzten Momente vor ihrer Abfahrt machten sie traurig, so dass sie wegen ihrer aufsteigenden Tränen Mühe hatte, den Brief zu lesen, der sich ganz oben in dem Kästchen befand.

Großvater hatte ihn für sie mit krakeliger Schrift geschrieben; in ihm stand: »Meine kleine Lizzy, ich möchte dir etwas schenken, was ich einmal Johns Großmutter geschenkt habe.

Du hast mich die gemeinsamen Stunden so glücklich gemacht und machst auch John und Daisy sehr glücklich. Pass gut auf alle auf, auch auf euer Baby, was ich leider nicht mehr kennenlernen konnte. Großvater«

Während sich Elisabeth die Tränen aus dem Gesicht wischte, gab sie O'Connor den Brief zum Lesen. Nachdem auch er ihn gelesen hatte, was ihm ebenfalls sichtbar schwerfiel, forderte er sie auf: »Schau dir doch einmal an, was er dir geschenkt hat.« Fast etwas widerwillig entnahm sie dem Kästchen eine Kette, ein Armband und einen Ring sowie ein Paar hierzu passende Ohrringe, die in bestickten Damentaschentüchern eingewickelt waren. Obwohl ihr der Schmuck gefiel, sagte sie: »John, ich weiß nicht, ob deine Großmutter es gewollt hätte, wenn ich nun diesen Schmuck bekomme anstatt ihre Tochter.« John sah dies anders: »Damals, als Großmutter gestorben ist, hat sich meine Tante sehr viel von ihrem Schmuck geholt. Nur diese Teile wollte Großvater nicht hergeben, weil es die ersten Schmuckstücke waren, die er ihr am Anfang ihrer Ehe geschenkt hatte. Zu jedem Geburtstag hatte der Juwelier ein neues Teil hierzu anfertigen müssen. Ich bin mir sicher, dass meine Großmutter das Verhalten meiner Tante auch nicht in Ordnung gefunden hätte, und glaube auch, dass sie dich genauso gerne gehabt hätte, wie es der Großvater getan hat. Wenn jetzt beide vom Himmel auf dich herabblicken, werden sie glücklich sein, wenn du dich über dieses Geschenk freuen kannst.«

Irgendwie hatte Elisabeth den Eindruck, als würde ihr die Luft zum Atmen knapp werden. Obwohl sie noch nicht fertig zu Abend gegessen hatten, bat sie ihn: »Bitte lass uns mit Daisy noch einmal um den Block gehen. Ich brauche frische Luft.«

Am Anfang gingen sie erst schweigend nebeneinander her und O'Connor hoffte, dass seine Ehefrau wieder das Gespräch aufnehmen würde. Als von ihr aber hierzu keinerlei Anzeichen kamen, sagte er ziemlich unvermittelt: »Wenn du damit einverstanden bist, würde ich gerne mein Elternhaus an Douglas verkaufen.« Abrupt blieb Elisabeth stehen und blickte ihn fassungslos an: »Wieso denn das? Ich dachte, wir hätten uns gerade dazu durchgerungen, es jetzt noch nicht zu verkaufen«, erinnerte sie ihn an ihre Absprache.

Recht gelassen umfasste er ihre Schultern und ging mit ihr weiter, während er ihr erklärte: »Ich denke, dass zwei Häuser in Irland nicht sein müssen. Außerdem bin ich damals im Haus meiner Großeltern zur Welt gekommen und habe dort mit meiner Mutter auch bis zu meinem sechsten Lebensjahr gelebt, während mein Vater in Dublin gearbeitet hatte. Erst dann sind wir in unser eigenes Haus gezogen. Ich glaube, dass das Haus von Großvater einfach mehr positive Erinnerungen hat, und würde gerne dieses Haus behalten.« – »Hast du deinen Gesinnungswandel schon Douglas erzählt?«, fragte sie nach. »Nein, ich wollte erst mit dir darüber sprechen.« Elisabeth ging das hier alles ein wenig zu schnell, so dass sie vorschlug: »Meinst du nicht, dass wir noch einmal in aller Ruhe über alles reden sollten, in ein paar Tagen, wenn wir wieder einen klaren Kopf haben?«

»Lizzy, ich will dich ja nicht drängen, aber ich habe die ganzen Stunden auf der Rückfahrt darüber nachgegrübelt. Ich möchte gerne für uns ein schönes Zuhause haben und mit dem Geld könnten wir uns eines kaufen.« – »Passt ja gut. Ma war nämlich auch schon der Meinung, dass unsere Etagenwohnung nicht die richtige Bleibe für Hund und Kind wäre«, erwiderte sie und ihre Stimme klang seltsam müde. Er zog sie fester an sich heran und versuchte sie aufzumuntern: »Hey, ich weiß, dass du so schnell nicht mehr umziehen wolltest, aber wir finden bestimmt etwas Tolles für uns.«

»Meine Eltern wollen sich zusammen mit meinem Bruder und seiner Familie einen Bauernhof kaufen. Ma machte für uns den Vorschlag, dass wir uns doch mit meinem Onkel zusammentun könnten.« O'Connor schwieg einen Moment und sagte dann aus ehrlicher Überzeugung: »Hört sich gut an. Und was sagt dein Onkel dazu?« – »Gar nichts. Weil wir bis eben noch gar kein Geld hatten, um ihm so einen Vorschlag zu unterbreiten«, antwortete sie etwas säuerlich. Unbeeindruckt von ihrer Stimmlage schlug er vor: »Dann sollten wir morgen gleich einmal mit ihm reden.« – »Und danach sollten wir gleich mit Ludwig reden, weil der dann bestimmt auch gerne bei uns einziehen möchte«, pflichtete sie ihm frustriert bei.

»Wieso denn Ludwig? Habe ich etwa verpasst, dass er inzwischen zur Familie gehört, und nur ich weiß noch nichts davon?«, hakte er misstrauisch nach. »Vivienne hat ihn inzwischen kennengelernt und er hat ihr sein Leid geklagt, dass er keine Familie hat und so. Vivienne würde ihn gerne bei sich aufnehmen. Ma findet es übrigens ganz normal, dass sich Ludwig, so wie eine Katze, selbst eine Familie sucht, und das scheinen offenbar wir zu sein.« Seltsam gelassen schlug O'Connor vor: »Wenn das Haus groß genug ist, kann er von mir aus an den Tagen, an denen die anderen Jungs aus dem Internat ihre Familien besuchen, zu uns kommen.«

Sie waren nun an ihrem Wohnhaus angekommen. Schweigend gingen sie die Treppen nach oben, wo ihm Elisabeth in der Wohnung mitteilte, dass sie sich gleich hinlegen wolle. Erstaunt musterte er sie und fragte dann besorgt: »Geht es dir nicht gut?« – »Nein, es geht mir nicht gut«, war ihre knappe Antwort, worauf sie, ohne eine Reaktion von ihm abzuwarten, ins Bad ging und sich dort einschloss. Obwohl er ihr Verhalten sehr merkwürdig fand, wollte er ihr etwas Zeit lassen und ging erst zu ihr, als sie das Schlafzimmer aufgesucht hatte.

Elisabeth lag schon im Bett. Im Licht der kleinen Lampe, die auf dem Nachttisch stand, konnte er ihr Gesicht sehen. Es wirkte blass und müde; nur die vom Weinen geröteten Augen und die Nase brachten etwas Farbe in ihr Antlitz. O'Connor setzte sich zu ihr an den Bettrand und nahm ihre Hand. Dann fragte er fast behutsam: »Hey, Kleines, was ist los mit dir?« Er hatte nicht damit gerechnet, dass sie ihm nun mit vor Wut mühsam beherrschter Stimme vorwarf: »Es ist wirklich toll, wie ihr alle so wundervolle Ideen habt, wie man leben kann und leben sollte, aber keiner von euch kommt überhaupt einmal auf die Idee zu fragen, was ich will.«

Sichtlich beeindruckt von ihrem Gefühlsausbruch, hielt er einen Moment inne und fragte dann betont ruhig: »Und was möchtest du?« Ihr rannen wieder die Tränen übers Gesicht, als sie fast trotzig sagte: »Ich will endlich meine Ruhe haben. Ich möchte mein eigenes Zimmer, wo ich mich zurückziehen kann, vielleicht gerade noch mit Daisys Schlafplatz darin.« Ihre Worte taten ihm weh. Dennoch versuchte er ruhig zu bleiben, als er nachfragte: »Hast du den Eindruck, dass ich dich zu sehr einenge?« – »Nein, aber du rumpelst mir zu viel herum. Seit ich mit dir zusammen bin, komme ich mir vor wie eine Zigeunerbraut. John, das ist nicht meine Welt. Ich brauche Gewohnheiten und eine feste Bleibe«, versuchte sie ihm verzweifelt klarzumachen.

Er blickte sekundenlang sehr betroffen auf Daisy, die zu seinen Füßen lag, und sagte dann: »Ja, du hast Recht. Im Laufe der letzten Jahre ist mir wohl mein sicherer Hafen abhandengekommen. Was die anstehende Amerikareise betrifft, würde ich auch nicht mehr unbedingt daran teilnehmen wollen.« Seine Ehefrau wurde hellhörig und fragte deshalb gleich nach: »Wieso nicht? Ich dachte immer, dass du unbedingt nach New York fliegen musst, um das Projekt höchstpersönlich vorzustellen?« – »Gestern Abend habe ich noch bei Harris angerufen, um von ihm Details zu erfragen, und da gab er mir recht ausweichende Antworten. Das hat mich ziemlich misstrauisch gemacht.« Elisabeth wurde unruhig: »Misstrauisch? Wie meinst du das?«

Er blickte sie sehr ernst an, als er sagte: »Harris ist kein Typ, der sich gerne seine Pläne durcheinanderbringen lässt. Und wenn es doch jemand wagen sollte, hat er so seine Methoden, dies zu verhindern.« Ungläubig schüttelte Elisabeth den Kopf, als sie fragte: »Was meinst du mit ›Methoden‹? Hast du Angst, dass er dich einsperren lassen könnte, oder was befürchtest du?« – »Er braucht mich doch gar nicht einsperren lassen, er muss doch nur dafür sorgen, dass ich nicht mehr ausreisen darf, weil ich amerikanischer Staatsbürger bin und ein Geheimnisträger.«

In ihre anfänglich ungläubigen Gesichtszüge mischte sich deutlich Angst. »Und was willst du jetzt tun?« – »Ich lasse ihn vorerst noch in dem Glauben, dass ich in vier Wochen anreisen werde. In der Zwischenzeit versuche ich meine persönlichen Sachen aus New York schicken zu lassen, die ich dort untergestellt habe. Dann teile ich ihm mit, dass ich wegen deiner Schwangerschaft nicht kommen kann, wir ihm aber die Unterlagen rechtzeitig zur Verfügung stellen werden.« Noch etwas skeptisch fragte sie: »Und du meinst, er lässt dich damit durchkommen? Dann hättest du ihm doch schon wieder seinen Plan zunichtegemacht.« – »Das ist zwar richtig, aber er wird für seine Pläne nicht zu viel riskieren, das würde nur seiner Karriere schaden. Außerdem darf auch nicht bekannt werden, dass er seine Leute nicht mehr im Griff hat«, versuchte er sie zu beruhigen.

In dieser Nacht sprachen sie noch lange darüber, was ihnen in der Vorbereitungsphase zu diesem Projekt alles zu Ohren gekommen war, über welches Wissen die einzelnen alliierten Länder im Hinblick auf die jahrelangen Gräueltaten der Nazis verfügt haben und wie letztendlich dann mit diesem Wissen umgegangen wurde. Ihnen war beiden sehr genau bewusst, dass der rein humanitäre Aspekt oftmals den anderen Interessen eines Landes untergeordnet worden war und dass hierdurch die furchtbare Situation der Notleidenden viel zu lange andauern konnte.

Am nächsten Tag entschied sich Elisabeth, zu Hause zu bleiben. Sie wollte zwar auch am Projekt weiterarbeiten, indem sie schon Teile des Berichtes Korrektur lesen wollte, aber hierfür musste sie nicht mit in die Universität fahren. Ihr Ehemann war vor dem Frühstück noch mit Daisy spazieren gegangen und kam gerade zurück, als ihm Elisabeth freudestrahlend berichtete: »Du, ich glaube, es hat sich bewegt. Es hat sich ganz zart angefühlt; man muss ganz genau darauf achten.« Als er ihr vorsichtig die Hand auf den schon etwas gerundeten Bauch legte, wurden seine Erwartungen jedoch nicht erfüllt. Enttäuscht stellte er fest: »Mit seinem Vater möchte es wohl noch nichts zu tun haben.« – »Sei doch nicht gleich so beleidigt. Du wirst dich schon früh genug mit deinem Kind beschäftigen können«, versuchte sie ihn zu trösten.

Sie waren gerade mit dem Frühstück fertig, als Prof. Stanley unten vor dem Haus kurz hupte. Hastig nahm O'Connor seine Aktentasche, seinen Hut und Mantel und küsste noch schnell seine Ehefrau, bevor er zum Fahrzeug von Prof. Stanley lief. Gut gelaunt ließ er sich auf den Beifahrersitz fallen, worauf ihn Prof. Stanley erstaunt fragte: »Gibt es bei euch gute Nachrichten?« – »Ja, Klopfzeichen vom Baby«, klärte ihn O'Connor mit einem glücklichen Lächeln auf.

Diesen Vormittag fanden die beiden Männer genügend Zeit, um über den Abschluss des Projektes zu beraten und auch darüber, ob es sinnvoll ist, wenn O'Connor nun doch nicht mehr nach Amerika fliegen würde. Mr Harris war Prof. Stanley schon immer sehr unsympathisch gewesen, so dass er nachvollziehen konnte, was O'Connor für Bedenken hatte. In der Mittagspause gingen sie zusammen essen und besprachen dabei, wie sie den Transport von O'Connors Sachen in Auftrag geben könnten, aber auch, ob es Sinn ergeben würde, gemeinsam ein geräumiges Haus zu kaufen.

Die Stanleys hatten sich in den letzten Wochen schon mehrere Häuser angesehen, aber ihr Traumhaus bislang noch nicht gefunden. Prof. Stanley berichtete, dass sie sich auf der anderen Seite von der Universität ein altes Haus angesehen hätten, was sie ein wenig an ihre erste Bleibe in Nürnberg erinnert habe, mit Kamin und schönem Garten, aber hier habe der Preis nicht gestimmt und man müsse auch zu viel renovieren. O'Connor blickte gleich sehr interessiert und schlug dann vor: »Kannst du mir das Haus nicht nach dem Essen einmal zeigen?« – »Ja. Die Kinder waren sofort begeistert von dem Haus, weil sie unser Zusammenleben in Nürnberg trotz der negativen Begleitumstände auch irgendwie schön fanden. Auf jeden Fall nicht so langweilig, wie das Zusammenleben zwischen Mutter, Vater und zwei Kindern«, spielte Prof. Stanley amüsiert den verständnisvollen Vater.

Auf der Rückfahrt zur Universität machten sie einen Abstecher zu dem leerstehenden Haus, das hinter einer dichtbewachsenen Hecke in einer ruhigen Seitenstraße lag. Prof. Stanley parkte seinen Wagen direkt vor der Toreinfahrt. Dann stiegen die beiden Männer aus und gingen zur schmiedeeisernen Pforte, die sich mit einem quietschenden Geräusch öffnen ließ. O'Connor merkte, wie er immer aufgeregter wurde. Nachdem er um das Haus gegangen war und sich den Garten angesehen hatte, versuchte er durch die Terrassentür Teile des Wohnraumes zu erblicken, in dem der Kamin stand. Begeistert fragte er: »Und was soll dieses Schmuckstück kosten?« Prof. Stanley reagierte ausgesprochen nüchtern: »John, das Schmuckstück selbst kostet nicht so sehr viel, aber der notwendige Umbau.«

O'Connor verspürte eine kindliche Ungeduld in sich, die ihn dazu drängte, sofort mit dem Hauseigentümer sprechen zu wollen. Weil Prof. Stanley am Nachmittag noch an einer Sitzung teilnehmen musste, nannte er ihm die Anschrift des Eigentümers und fuhr dann allein zurück zur Universität.

Der Eigentümer des Hauses war ein schmächtiger, blasser

Mann mittleren Alters, der zwei Straßen weiter in einem Mehr-familienhaus wohnte, was ihm ebenfalls gehörte. Er wirkte misstrauisch, als O'Connor sein Anliegen vortrug, und zögerte erst, seinen Besucher ins Wohnzimmer zu bitten.

Die ganze Wohnung roch stark nach Tabakrauch und das Wohnzimmer wirkte ungepflegt, wie auch dessen Bewohner. O'Connors gute Laune löste sich schon langsam in Enttäu-schung auf, als er versuchte, mit diesem Mann ins Gespräch zu kommen, dem es offenbar nur darum ging, für das leerstehende Haus einen üppigen Preis auszuhandeln. Obwohl ihm dieser Mann, dessen Finger unentwegt nervös an der Stuhllehne fin-gerten, unsympathisch war, bat er ihn, mit ihm zusammen zum Haus zu gehen, um es besichtigen zu können. Fast wider-willig stimmte der Eigentümer zu.

Auf dem Weg dorthin erkundigte sich O'Connor, warum das Haus denn leer stehen würde, worauf ihm der Mann sagte, dass dort sein Vater bis vor einem Jahr gelebt habe und das Haus nun sein Erbe sei. Im Laufe des weiteren Gesprächs stellte sich heraus, dass er der uneheliche Sohn war und er seinen Vater niemals kennengelernt habe. Für den Mann ziemlich über-raschend direkt, fragte ihn O'Connor: »Und wie ist das nun für Sie, jetzt erleben zu müssen, wie offenbar gutsituiert Ihr Vater all die Jahre gelebt hat?« Der Blick des Mannes wirkte etwas nervös, als er mit gespielter Gelassenheit antwortete: »Der Reichtum kommt zwar für mich spät, aber er kommt doch, oder?«

O'Connor sah ihn ernst an, als er erwiderte: »Ich habe in letzter Zeit auch Familienbesitz geerbt und weiß, wie schwer es ist, eine für alle Seiten vernünftige Lösung zu finden, und die findet man wohl kaum, wenn man immer nur ans Geld denkt.« Der blasse Mann blickte ihn verständnislos an, sagte aber nichts, sondern schloss die schwere Holztür des Hauses auf. Das Haus roch muffig, hatte aber eine gute Zimmeraufteilung und war in seiner Bausubstanz auf den ersten Blick in Ordnung, auch wenn nicht zu übersehen war, dass alle Räume dringend renovierungsbedürftig waren.

Als sie das Haus fertig besichtigt hatten, fragte O'Connor nach dem Kaufpreis, obwohl er diesen schon von Prof. Stanley beim Mittagessen gehört hatte. Der Preis, den ihm der Mann nun nannte, lag sogar noch etwas darüber. Sehr selbstbewusst nannte ihm O'Connor seine Preisvorstellungen und begründete sie mit den zu erwartenden hohen Renovierungskosten. Als der Mann sich hierauf nicht einlassen wollte, sagte O'Connor: »Schade, ich denke, wir hätten ins Geschäft kommen können. Ich hoffe nur für Sie, dass Sie überhaupt noch einen angemessenen Preis für dieses Haus bekommen, wenn es noch weiter so lange leer steht und verkommt.« Bevor er sich von dem Mann verabschiedete, nannte er ihm noch die Telefonnummer von den Stanleys, wo er anrufen könne, falls er es sich bis übermorgen anders überlegen sollte.

Von der Universität aus telefonierte O'Connor mit seinem Bekannten in New York, bei dem er seine Sachen untergestellt hatte. Er erzählte ihm, dass er geheiratet habe und nun für die neue Wohnung auch seine privaten Gegenstände benötigen würde. Der Bekannte sagte ihm zu, diese nächste Woche mit einem Frachtschiff loszuschicken. Nachdem dies geklärt war, rief er bei Douglas an und fragte nach, welchen Kaufpreis er für das Haus zahlen wolle. Douglas reagierte erst etwas ungläubig, war dann aber sehr erfreut und wollte dies noch mit Mary am Abend besprechen.

O'Connor saß an seinem Schreibtisch und hatte gerade den Hörer aufgelegt, als Prof. Stanley von der Sitzung zurückkam. Neugierig fragte er: »Na, hast du das Haus gekauft?« – »Nein, nicht ganz. Aber würdet ihr mitmachen wollen, wenn sich dieser Kerl noch bewegt?« – »Wir schon, aber was sagt Lizzy dazu?« O'Connor stützte seinen Kopf nachdenklich in seine Hand, als er gestand: »Das weiß ich nicht. Auf der einen Seite würde ich sie gerne damit überraschen, weiß aber auf der anderen Seite genau, dass ich furchtbar Ärger bekommen werde, nur weil ich sie nicht gefragt habe.« Prof. Stanley gab sich verständnisvoll, indem er schmunzelnd sagte: »Das kenne ich. Die Frauen machen es einem manchmal ganz schön schwer.«

Als O'Connor an diesem Abend nach Hause kam, lag seine Ehefrau gemütlich auf dem Sofa und korrigierte den Projektbericht, während Daisy dösend auf ihrer Decke lag. Amüsiert stellte er fest: »Ich glaube, ich sollte auch wieder zu Hause arbeiten«, worauf Elisabeth gleich nachfragte: »Wieso? War dein Tag heute nicht so gut?« Nachdem er sie zur Begrüßung geküsst hatte, setzte er sich ihr gegenüber in den Sessel und kraulte Daisy hinter den Ohren. Dann sagte er: »Ich habe mir heute ein tolles Haus angesehen. Wenn alles gut geht, könnte es mit dem Kauf klappen.« Elisabeth blickte ihn ungläubig an und fragte dann: »Was hast du gemacht?«, während sie sich abrupt auf dem Sofa aufsetzte.

Er sah sie provozierend an, als er wiederholte: »Ich habe mir heute ein Haus angesehen.« Nach einer kurzen Pause fuhr er fort: »Wenn sich der Eigentümer noch ein wenig bewegt, wäre der Preis in Ordnung, und Douglas will heute Abend mit Mary über den Kaufpreis für unser Haus sprechen.« Elisabeth legte die Unterlagen beiseite und sagte dann mit fester Überzeugung: »Das glaube ich nicht, dass du so etwas gemacht hast.« – »Und warum nicht?«, wollte er von ihr wissen. »Weil du mir so etwas niemals antun würdest.« – »Was meinst du mit ›antun‹?«, fragte er scheinbar ahnungslos. Nun wurde sie doch etwas unruhig, als sie ihm erklärte: »Dass du solche Entscheidungen ohne mich triffst.« O'Connor spielte eine chauvinistische Gelassenheit, indem er erwiderte: »Wieso? Als ich dich zur Frau genommen habe, habe ich dich doch auch nicht wirklich gefragt.«

Elisabeth war gar nicht mehr zum Scherzen zumute. Mit

durchgedrücktem Rücken saß sie ihm gegenüber und forderte ihn gereizt auf: »John, sag einmal, was läuft hier eigentlich?« Er wich ihrem forschenden Blick nicht aus, als er fragte: »Willst du immer noch mit Daisy dein eigenes Zimmer haben oder lässt du mich wieder bei euch einziehen?« – »Was soll denn diese Frage wieder?«, reagierte seine Ehefrau mehr als nur ungeduldig. »Ich möchte nur wissen, worauf ich mich zukünftig einstellen muss«, konterte er gelassen. Verärgert über seine Reaktion, stand sie mit den Worten auf: »Komm, John, ich habe zu so etwas keine Lust«, und verließ das Wohnzimmer, um in der Küche das Abendessen vorzubereiten.

O'Connor war mit Daisy währenddessen noch um den Block gegangen. Als er zurückkam, setzte er sich ihr gegenüber an den Esstisch und fragte: »Können wir noch einmal über den Verkauf meines Elternhauses sprechen?« Sie war damit einverstanden und es gelang ihnen, nach Abwägung von Für und Wider die Entscheidung zu fällen, das Haus zu verkaufen, wenn sie mit Douglas und Mary einen vertretbaren Preis aushandeln könnten, woran O'Connor aber keinen Zweifel hatte.

Erst abends im Bett gestand er ihr: »Lizzy, ich habe mir heute wirklich mit deinem Onkel ein Haus angesehen. Es liegt hinter der Universität in einer ganz ruhigen Seitenstraße.« Da das Licht schon gelöscht war, konnte er nicht sehen, wie sie auf seine Worte reagierte. An ihrem Schweigen erahnte er aber, dass sie mit sich kämpfte. Um sie zu besänftigen, schob er gleich nach: »Das sollte aber kein Alleingang sein, sondern nur ein Abklären, ob es überhaupt in Betracht käme.« Als sie noch immer nichts sagte, erzählte er ihr, wie es beim gemeinsamen Mittagessen mit ihrem Onkel zu dieser spontanen Idee gekommen war, und versuchte ihre Begeisterung für dieses Haus zu wecken, aber von ihr kam noch immer keine Reaktion. Kurz entschlossen drückte er den Schalter von der kleinen Lampe neben dem Bett und blickte sie erwartungsvoll an. Aber Elisabeth betrachtete nur mit sehr ernstem Gesicht die Zimmerdecke. Etwas ratlos forderte er sie auf: »Nun sag doch einmal etwas«, worauf sie sich mit den Worten auf die von ihm abgewandte Seite rollte und dabei vorschlug: »Daisy und ich können uns das Haus ja morgen einmal ansehen, ob es uns gefällt.«

So viel divenhaftes Verhalten machte ihn für einen Moment sprachlos. Nachdem er noch etwas irritiert auf ihren Rücken gestarrt hatte, löschte er wieder das Licht, während er mit verstellter Stimme nachäffte, was sie gerade gesagt hatte. Es herrschte nahezu zehn Minuten Schweigen zwischen ihnen, als er sich schließlich entschloss, zu ihr hinüberzurutschen und sie in den Arm zu nehmen. Während er sie streichelte, sagte er: »Hey, ich mache nichts ohne dich. Das verspreche ich dir, auch wenn ich dich so gerne mit so etwas überraschen würde.« – »Ich würde mich aber eher über kleinere Überraschungen freuen«, war hierauf ihr Einwand. »Aha«, sagte er und seine Zärtlichkeiten wurden deutlich zielgerichteter: »Dann lass uns doch einmal sehen, ob ich nicht noch eine kleine Überraschung für dich habe.«

Am nächsten Vormittag fuhr O'Connor nach dem Frühstück wieder gemeinsam mit Prof. Stanley zur Universität. Mit Elisabeth hatten sie vereinbart, dass sie am Nachmittag die von ihr schon korrigierten Projektseiten bei der Sekretärin vorbeibringen würde. Als Elisabeth gegen Mittag mit Daisy auf die Straße gehen wollte, kam ihr Ludwig entgegen. Erstaunt fragte sie ihn: »Willst du zu mir oder bist du rein zufällig hier?« – »Ich wollte nur wissen, ob John wieder heil zurück ist«, gab er ihr Auskunft, während er Daisy zärtlich kraulte. Elisabeth erzählte ihm, dass ihr Ehemann wie verabredet wieder zurückgekommen sei und alles recht gut überstanden habe. Etwas unbeholfen fragte Ludwig sie, ob er sie noch ein Stück begleiten könne, weil er so gerne mit Daisy spazieren gehen würde. Mit einem amüsierten Lächeln übergab ihm Elisabeth die Hundeleine und forderte ihn auf: »Dann komm mit. Ich wollte mir gerade mit Daisy ein Haus ansehen.«

Der Junge blickte sie erstaunt an und wollte von ihr wissen, um was für ein Haus es sich denn dabei handeln würde. Sie wollte ihn richtig neugierig machen und antwortete deshalb geheimnisvoll: »Ludwig, hier handelt es sich um ein verwunschenes Schloss. Mehr kann ich dir nicht verraten, und auch schon dies darfst du keinem weitersagen.«

Auf dem Weg zum Haus redeten sie kaum miteinander. Daisy zog so energisch an der Leine, dass Ludwig in erster Linie damit beschäftigt war, sich auf die Hündin einzustellen, und Elisabeth war zu aufgeregt, um noch eine Unterhaltung über andere Dinge, die sie jetzt weitaus weniger interessierten, führen zu wollen.

Als sie am Haus ankamen, stand die Gartenpforte offen, so dass sie sich kurzerhand entschlossen, das Grundstück zu betreten. Sie waren gerade ein paar Meter auf das Haus zugegangen, als Daisy plötzlich aufgeregt bellte. Sie hatte in den Büschen einen Mann entdeckt, der sich dort zu schaffen machte. Von dem Gebell der Hündin aufmerksam geworden, trat der Mann einen Schritt heraus und fragte barsch: »Was wollen Sie hier?« Nach der Beschreibung ihres Ehemannes glaubte Elisabeth, den Eigentümer dieses Hauses vor sich zu haben. Betont freundlich antwortete sie: »Da vorne hängt doch ein Schild, dass das Haus zu verkaufen ist. Und da die Pforte offen stand, sind wir hereingegangen.«

Als der Mann sah, dass Daisy aufgehört hatte zu bellen und offenbar auch nichts gegen ihn hatte, kam er auf die Besucher zu und wischte sich seine erdigen Finger an der Hose ab. Während ihm Elisabeth zur Begrüßung ihre Hand entgegenstreckte, zögerte er erst und sagte entschuldigend: »Meine Hände sind nicht sauber.« – »Macht nichts, meine sind es auch nicht mehr, nachdem ich vorhin mit der Hündin gespielt habe«, versuchte

Elisabeth mit ihm ins Gespräch zu kommen, zumal sie auch spürte, dass sie sein Interesse geweckt hatte. Während sie zur Haustür gingen, schwärmte Elisabeth vom schönen großen Garten und dass sie dieses Haus an das Haus erinnern würde, in dem sie in Nürnberg gewohnt habe, worauf der Mann sie erstaunt fragte: »Sie kommen aus Deutschland?« – »Ich habe nach dem Krieg dort eine Zeit lang gelebt, um dort zu arbeiten.« – »Was kann man denn da noch arbeiten? Ich denke, da ist alles Schutt und Asche«, forschte der Mann weiter nach. »Naziopfern helfen«, gab Elisabeth ihm die knappe Auskunft und spürte, dass sie ihn mit ihren Worten noch neugieriger auf ihre Person gemacht hatte.

Als sie durch das Haus gingen, sparte Elisabeth nicht mit Bemerkungen, wie schön sie das Haus finden würde und dass es hier ja hinreichend Platz für viele Kinder gäbe. Auch Ludwig schien sehr angetan zu sein, worauf der Mann, der bemerkt hatte, dass das Englisch des Jungen nicht flüssig war, nachfragte: »Kommst du aus Deutschland und hast da so etwas erlebt?« Ludwig blickte verunsichert von Elisabeth zu dem Mann und wusste nicht, was er darauf antworten sollte, so dass Elisabeth ihm die Antwort abnahm, indem sie nur knapp sagte: »Ja.« Nachdem dies gesagt war, kippte die unbeschwerte Stimmung, die bislang während der Hausbesichtigung geherrscht hatte, und es folgte ein fast betretenes Schweigen, so als hätte man etwas Unberührbares angetastet.

Der Mann hatte spürbar Probleme, mit dieser neuen Situation umzugehen, und machte nur noch den Mund auf, wenn er von Elisabeth direkt nach Einzelheiten des Hauses gefragt wurde. Als sie wieder unten im Wohnraum angekommen waren, fragte ihn Elisabeth: »Und wie viel wollen Sie für das Haus haben?« Der Mann antwortete nicht sofort auf ihre Frage, sondern sagte stattdessen fast ausweichend: »Es muss ja noch sehr viel am Haus gemacht werden.« – »Ja«, pflichtete ihm Elisabeth bei. »Was glauben Sie denn, was das noch kosten wird?« – »Ich kenne mich da nicht so aus, aber ganz billig wird das nicht sein«, gab der Mann zu bedenken. »Könnten Sie mir denn trotzdem den Preis nennen, den Sie haben möchten?«, bat ihn Elisabeth mit ruhiger Stimme und ergänzte ihre Frage mit der Bemerkung: »Mir gefällt das Haus wirklich gut.« Der Mann nannte ihr einen Preis, der nur gering über dem lag, was ihm gestern O'Connor als sein Limit genannt hatte, worauf Elisabeth beruhigt sagte: »Ich muss noch einige Sachen zur Finanzierung klären. Bis wann wollen Sie eine verbindliche Nachricht von mir?«

Nachdem sie sich auf den kommenden Sonntag geeinigt hatten und er ihr seinen Namen und seine Anschrift auf den Rand einer alten Zeitung aufgeschrieben hatte, die in der Küche des Hauses auf dem Fensterbrett lag, verabschiedeten sie sich voneinander. Auf der Straße fragte Elisabeth den Jungen: »Und, was hältst du von der ganzen Sache?« Ludwig wirkte insgesamt etwas durcheinander und murmelte deshalb nur: »Weiß nicht.« – »Gut, wenn du mir schon keinen Rat geben kannst, gehe ich jetzt zur Universität, um mich mit John zu beraten. Und denke daran, dies war eine sehr geheime Sache.«

O'Connor war erstaunt, dass sie zwei Stunden früher als erwartet im Büro auftauchte. Neugierig fragte er: »Na, habt ihr beide doch so große Sehnsucht nach mir, dass ihr nicht mehr die Zeit abwarten konntet, oder hat euer Kommen ganz andere Gründe?« Mit geheimnisvollem Blick wartete Elisabeth erst, bis die Sekretärin, die noch Unterlagen vorbeibrachte, wieder den Raum verlassen hatte, und sagte dann: »Ich habe ein neues Angebot für das Haus.« – »Für welches Haus?«, fragte ihr Ehemann irritiert. »Ich habe mir eben mit Daisy und Ludwig das Haus angesehen. Es gefiel uns so gut, dass wir gleich nach dem Preis gefragt haben«, klärte sie ihn nicht ohne gewisse Genugtuung auf.

Für einen kurzen Moment starrte er sie an, so als wüsste er nicht, wie er die ganze Situation einschätzen sollte. Dann ging er scheinbar auf ihr Spielchen ein und ließ sich alles ganz genau von ihr erzählen, bis hin zu dem Kaufpreis und der Verabredung für Sonntag. Als sie geendet hatte, schüttelte er mit einem merkwürdigen Lächeln den Kopf und fragte: »Heißt das jetzt, dass du das Haus kaufen willst, oder wie soll ich die ganze Sache verstehen?« – »Bist du jetzt beleidigt, nur weil es mir gelungen ist, den Preis ein wenig herunterzuhandeln?«, fragte sie zurück. »Okay. Zwar hatte ich vor, diesen Triumph für mich zu verbuchen, aber ich muss zugeben, dass du wohl etwas besser warst«, gab er zu und fuhr dann fort: »Trotzdem weiß ich nicht, wie das gehen soll. Wenn wir das Haus wirklich kaufen wollen, müssen wir alle als Kaufinteressenten auftreten.« Elisabeth sah dies gelassener und schlug vor, am Abend gemeinsam mit ihrem Onkel und seiner Familie die ganze Sache zu besprechen.

Wie zu erwarten war, reagierten die Kinder der Stanleys voller Begeisterung auf diese Umzugspläne, während die Erwachsenen noch mit spitzem Stift alle Kosten kalkulierten. O'Connor hatte zuvor noch mit Douglas telefoniert und mit ihm einen recht akzeptablen Preis für sein Elternhaus vereinbart, aber dennoch war ihnen allen klar, dass die Renovierungsarbeiten teilweise selbst übernommen werden müssten, um Kosten zu sparen. Auch der weitere Umgang mit Ludwig war an diesem Abend Thema. Während Vivienne den Jungen sofort als ihren Adoptivbruder akzeptiert hätte, waren die vier Erwachsenen etwas zurückhaltender. Man einigte sich schließlich darauf, dass Ludwig dieses Jahr noch im Internat bleiben sollte und schon an den Wochenenden und in den Ferien zu ihnen kommen könnte, dies aber nur so lange, wie es für alle Seiten akzeptabel sei.

Voller Ungeduld erwarteten sie alle den kommenden Sonntag. Es wurde verabredet, dass Elisabeth mit ihrem Ehemann den Termin beim Hauseigentümer wahrnehmen solle. Pünktlich erschienen sie bei ihm vor der Wohnungstür und blickten sich noch einmal aufmunternd an, bevor Elisabeth klingelte. Es dauerte nur einen kurzen Moment, bis die Tür geöffnet wurde. Der Mann registrierte erstaunt, dass Elisabeth sich in der Begleitung des Mannes befand, der ihm vor ein paar Tagen noch so forsch den Kaufpreis des Hauses vorgeben wollte. Um sich zu vergewissern, dass hier kein Irrtum vorlag, fragte er: »Gehören Sie zusammen?« – »Ja, darf ich vorstellen, das ist mein Ehemann«, versuchte Elisabeth, erst gar keine Missstimmung aufkommen zu lassen.

Im Wohnzimmer, in dem wieder der dichte Tabakrauch stand, bat Elisabeth ihn: »Darf ich das Fenster öffnen? Seitdem ich ein Baby bekomme, kriege ich manchmal so schlecht Luft.« Mit einer kurzen Handbewegung bot der Mann ihnen den Platz auf dem Sofa an und öffnete dann ein Fenster. Danach zog er sich einen Stuhl an den Tisch und setzte sich ihnen gegenüber. Erwartungsvoll sah ihn Elisabeth an und fragte: »Und? Bleibt es dabei, was wir besprochen haben?«, worauf er etwas mürrisch zurückfragte: »Kriegen Sie denn den Betrag zusammen?« – »Ja. Aber die Renovierung müssen wir dann selbst übernehmen, sonst wird es ziemlich eng.«

In der folgenden halben Stunde konnte man sich darauf einigen, wann und wie der Verkauf des Hauses vonstattengehen sollte. Es zeigte sich hierbei, dass die beiden Männer nun etwas entspannter miteinander umgehen konnten, ohne dass gleich eine beiderseitige Sympathie füreinander entstand. Sie vereinbarten, dass der Mann noch einige Arbeiten im völlig verwilderten Garten erledigen wollte und dann in zwei Monaten das Haus seinen Eigentümer wechseln sollte. Bevor sich die O'Connors verabschiedeten, wollte der Mann noch wissen: »Zieht auch der Junge aus Deutschland in das Haus?« – »Er wird sich sicherlich freuen, wenn wir ihm erzählen, dass wir das Haus kaufen, denn er fand es auch sehr schön und es hat auch genügend Platz für alle«, wich Elisabeth seiner Frage aus.

Überglücklich gingen sie nach diesem Gespräch zu den Stanleys und verkündigten ihnen die getroffenen Absprachen mit dem Hausverkäufer. Nachdem die erste Phase des übermütigen Phantasierens, was sich nun alles in ihrem Leben verbessern würde, abgeschlossen war, holte Viktoria einen großen Zettel und einen Stift und notierte darauf, welche Dinge in welcher Reihenfolge zu erledigen seien. Da sie im nächsten Monat für 15 Stunden pro Woche wieder als Lehrerin arbeiten wollte, wurde auch für die Stanleys die Zeit knapper als bisher. Für die zahlreichen Renovierungsarbeiten wollte man ein paar kräftige Studenten ansprechen, die sich so nebenbei Geld verdienen könnten. Noch bevor die O'Connors nach Hause gingen, rief Elisabeth bei ihren Eltern an und erzählte ihnen von ihren Plänen. Mrs Dawson war begeistert, als sie dies hörte, und bot sich sofort an, den Umzug mit vorzubereiten, damit sich ihre Tochter etwas mehr schonen könne.

# XV. Der Kongress

Zwei Wochen später hatten sie den Kaufvertrag unterschrieben und ihre Finanzen geregelt. Als danach wieder etwas Ruhe in ihr Leben eingekehrt war, rief O'Connor bei Mr Harris in New York an, um ihm mitzuteilen, dass er nicht nach Amerika kommen würde. Wie zu erwarten, reagierte dieser sehr verärgert: »John, ich weiß gar nicht, was in Sie gefahren ist. Seitdem Sie mit dieser Frau zusammen sind, ändern Sie ständig Ihre Meinung. Früher konnte man sich immer auf Sie verlassen und jetzt weiß man nie, was Sie sich als Nächstes ausdenken.« – »So?«, tat O'Connor arglos und fuhr fort: »Und ich habe gerade den Eindruck, als hätte mein Leben heute endlich feste Strukturen und Verbindlichkeiten.«

Als seine väterliche Art offenbar nichts bewirkte, wurde Mr Harris deutlicher: »Ich glaube aber dennoch, dass Sie nach alter Gepflogenheit Ihre Arbeit hier ordentlich abgeben und sich von Ihren Kollegen verabschieden sollten«, sagte er streng. Als sein Gesprächspartner schwieg, hakte Mr Harris nach: »Soweit ich weiß, müssen Sie ja auch noch Ihre alte Wohnung auflösen, oder wollen Sie sich für alle Fälle hier doch noch eine Unterkunft belassen?« – »Von welcher Wohnung sprechen Sie eigentlich?«, wollte O'Connor von ihm wissen. »Na, Sie haben doch immer gesagt, dass Sie hier noch Ihre Sachen stehen haben.« – »Mr Harris, meine Sachen sind schon längst hier in Oxford. Da ist nichts mehr zu holen. Ich habe alle meine Zelte in Amerika abgebrochen«, klärte O'Connor ihn mit ruhiger Stimme auf.

Hiermit hatte Mr Harris nicht gerechnet. Nachdem er einsehen musste, dass es kein Wiedersehen in New York geben würde, änderte er seine Strategie und kündigte an, dass er in drei Wochen einen Abstecher nach London machen wolle und er dann die Übergabe der Berichte erwarten würde. Obwohl

O'Connor von diesem Plan wenig begeistert war, stimmte er erst einmal zu, um Zeit zu gewinnen. Als er kurz darauf Elisabeth von dem Telefonat erzählte, zeigte sich diese wenig beeindruckt und erwiderte nur: »Das passt gut. Ich wollte diesem Herrn schon immer einmal beweisen, dass ich mehr bin als nur eine Nottrauung.«

Mit den Stanleys besprachen sie am Abend, als die Kinder schon im Bett lagen, wie es im Umgang mit Mr Harris weitergehen sollte. O'Connor ließ der Gedanke nicht los, dass sein ehemaliger Chef ihn offensichtlich nicht freigeben wollte, weil er vielleicht zu viele Dinge in Erfahrung gebracht hat, oder aber Mr Harris dies vermuten würde. Obwohl keiner von ihnen wirklich damit rechnete, dass Harris' Leute O'Connor verschleppen könnten, waren sie durch dessen hartnäckige Art, auf ein Zusammentreffen mit seinem ehemaligen Mitarbeiter zu bestehen, doch so verunsichert, dass sie auf keinen Fall ein Risiko eingehen wollten.

In Elisabeth kroch langsam die Angst hoch, als sie noch einmal eindringlich nachfragte: »Wie bist du denn damals eingestuft worden? Gab es vor deiner Abreise die Anordnung, dass du nach deinem Deutschlandaufenthalt sofort wieder nach Amerika zurückkehren solltest?« O'Connor dachte kurz nach und schüttelte dann energisch den Kopf: »Nein, es gab keine Anordnungen, sonst hätte ich ja auch gar nicht zur Fertigstellung des Projektes mit nach England kommen können. Auf solche Bedingungen hätte ich mich auch gar nicht eingelassen, weil ich zu diesem Zeitpunkt ja gerade aus Amerika wegwollte.«

Sie schauten sich alle etwas ratlos an, bis Viktoria schließlich nachhakte: »Aber John, überleg doch einmal, was es sein kann, warum dich dieser Mr Harris unbedingt in New York haben möchte und nun darauf dringt, mit dir in London zusammenzutreffen. Vielleicht hast du ja irgendeine Kleinigkeit übersehen.« – »Ich weiß es nicht. Ich denke schon seit dem Telefonat mit Harris in Irland immer darüber nach.« Plötzlich hatte Prof. Stanley einen Verdacht. Für ihn konnte es für das Verhalten von Harris nur zwei Gründe geben. Entweder wurde O'Connor als Militärangehöriger geführt, dann würde sein Absetzen ins Ausland natürlich einem Desertieren gleichkommen, oder aber in Amerika lief gegen ihn ein Strafverfahren.

Als ihr Onkel diese Gedanken aussprach, glaubte Elisabeth, ihren Ohren nicht zu trauen. Sie schaute entgeistert von ihrem Onkel zu ihrem Ehemann und dann wieder zurück. Dann fragte sie mühsam beherrscht: »Und welcher Grund ist es jetzt?« O'Connor wirkte sehr gefasst, als er feststellte: »Ich bin damals nicht dem Militär unterstellt worden, auch wenn wir in der amerikanischen Kaserne untergebracht worden sind. Und als ich Amerika verlassen habe, war ich ein unbescholtener Mann, sonst hätte ich doch gar nicht den Job bekommen. Das Einzige, was dort noch lief, war meine Scheidung und sonst nichts.«

Es herrschte sekundenlanges Schweigen, bis Elisabeth schließlich fragte: »Und? Kann es sein, dass dir deine geschiedene Frau noch schaden will und dich vielleicht angezeigt hat?« O'Connor sah sie fassungslos an und dachte einen Moment nach, bevor er in seiner Ratlosigkeit erwiderte: »Ich kann das natürlich nicht ausschließen, aber ich weiß nicht, was sie mir vorzuwerfen hat.« Prof. Stanley, der sich sichtbar Sorgen machte, schlug schließlich vor: »John, du hattest doch einen Scheidungsanwalt. Rufe ihn doch einfach einmal an und frage, ob er etwas weiß.«

O'Connor, der die Ungewissheit nicht länger aushielt, rief sogleich bei seinem Anwalt in New York an und erfuhr von ihm, dass seine geschiedene Ehefrau ihn tatsächlich angezeigt hat, weil er die wertvollen Geschenke, die er von ihren Eltern während der Ehezeit erhalten hatte, nach der Scheidung nicht wieder herausgegeben habe. Es handelte sich hier um eine goldene

Herrenuhr, eine Krawattennadel und Manschettenknöpfe, die einigen Wert aufwiesen. Als O'Connor entgeistert sagte: »Aber warum habe ich hiervon denn gar nichts erfahren? Ich hänge nicht an diesen Sachen und hätte sie sofort hergegeben«, erwiderte sein Anwalt: »Wir haben das letzte Mal miteinander telefoniert, als Sie in Nürnberg waren. Kurz nach Ihrer Scheidung. Die Anzeige ist aber erst Anfang März gestellt worden, weil die schriftlichen Aufforderungen, die Gegenstände wieder zurückzugeben, wohl nicht zugestellt werden konnten.«

O'Connor brauchte einen Moment, bevor er nachfragen konnte: »Aber mein Chef, Mr Harris, wusste doch die ganze Zeit, wo ich zu erreichen war. Den kennt auch meine geschiedene Frau und Sie kennen ihn doch auch. Warum hat denn keiner meine neue Anschrift erfragt?« – »Mr Harris hat sich sehr bedeckt gehalten und nur immer geäußert, dass Sie diesen Sommer wieder nach New York kommen würden.« O'Connor, der sofort erahnte, was sein ehemaliger Chef offenbar mit ihm vorgehabt hatte, vereinbarte mit seinem Anwalt, dass er den zurückgeforderten Herrenschmuck sofort losschicken wolle. Sein Anwalt würde dann diese Gegenstände seinen ehemaligen Schwiegereltern übergeben und versuchen, das Verhalten seines Mandanten zu erklären, damit das Strafverfahren eingestellt werden könne.

Als O'Connor nach dem Telefonat wieder ins Wohnzimmer kam, sahen Elisabeth und die Stanleys ihm sofort an, dass er keineswegs erleichtert war. Als er ihnen dann berichtete, was in New York vorgefallen war, versuchten sie ihm Mut zu machen, dass sich die ganze Angelegenheit doch schnell aufklären ließe. Für O'Connor dagegen war es nicht damit getan, dass er die Geschenke seiner Schwiegereltern zurückschickte, sondern ihn verletzten die Feindseligkeiten gegen seine Person, die hierdurch für ihn offenbar wurden.

Gemeinsam mit Elisabeth und Daisy ging er nach Hause

und zog sich dort gleich ins Wohnzimmer zurück. Im Dunkeln setzte er sich in einen Sessel und wollte einfach nur allein sein. Er hatte in den letzten Monaten recht wenig über seine Zeit in Amerika nachgedacht, aber jetzt war es ihm wichtig, zumal die alten Kontakte dorthin so unbedeutend oder teilweise auch bedrohlich zu werden schienen. Für ihn war es schwierig, nachvollziehen zu können, warum Menschen, denen er nie etwas getan hatte, ihm offenbar sein neues Glück nicht gönnten und mit allen Mitteln bereit waren, es zu zerstören.

Es war schon nach Mitternacht, als er schließlich zu seiner Ehefrau ins Bett kam, die sich früh schlafen gelegt hatte, nachdem er sie am Abend gebeten hatte, in Ruhe noch einmal über alles nachdenken zu können.

Am nächsten Morgen wollte Daisy erst ihr Herrchen wecken und als ihr dies durch Anstupsen nicht gelang, versuchte sie es bei ihrem Frauchen, die sich dann schnell anzog und mit ihr nach unten ging.

Als sie wieder zurück in die Wohnung kamen, schlief O'Connor noch immer tief und fest. Leise ging Elisabeth ins Bad, um sich zu waschen und anzukleiden. Danach bereitete sie das gemeinsame Frühstück in der Küche vor. Sie war gerade dabei, den Kaffee für ihren Ehemann aufzubrühen, als dieser plötzlich verschlafen in der Tür stand. Gut gelaunt fragte sie ihn: »Na, hast du gestern so lange gegrübelt, dass du heute den Morgenspaziergang mit Daisy verschlafen hast?« Er kam zu ihr und nahm sie fest in den Arm. »Ich habe letzte Nacht das Kapitel Amerika endgültig abgeschlossen«, sagte er, während er ihr über die Haare strich.

Anfangs schien es wirklich so, als habe O'Connor sein Leben wieder gut im Griff. Tagsüber fuhr er mit Prof. Stanley in die Universität und in jeder freien Minute renovierte er mit drei Studenten und Ludwig das Haus. An den Wochenenden bekam er noch Unterstützung von seinem Schwiegervater, seinem

Schwager und von Prof. Stanley, so dass sie gut vorankamen. Gar kein Interesse zeigte er dagegen am Abschluss des Projektes und dem bevorstehenden Treffen mit Mr Harris.

Um ja kein Risiko einzugehen, hatte Prof. Stanley erreichen können, dass an der Universität vor Ort eine Kongresstagung stattfindet, auf der die Ergebnisse des Projektes vorgestellt werden sollten und Mr Harris dann auch der Abschlussbericht ausgehändigt werden würde. Nach anfänglichem Zögern hatte Mr Harris dem sogar zugestimmt, obwohl sich die Übergabe des Berichtes deshalb noch einmal um eine Woche verzögerte.

Obwohl sich Elisabeth über das Verhalten ihres Ehemannes wunderte, bereitete sie gemeinsam mit ihrem Onkel den Kongress vor und brachte den Bericht zum Abschluss. Ihr kam es eigentlich auch ganz gelegen, dass sich O'Connor so intensiv um die Renovierungsarbeiten kümmerte, weil es ihr Wunsch war, dass dieses Haus das Geburtshaus ihres Kindes werden würde.

Erst am Tag vor dem Kongress schien O'Connors Desinteresse plötzlich in Unruhe umzuschlagen. Er wirkte den ganzen Tag über unkonzentriert und gereizt. Elisabeth, die selbst nervös war, weil noch viele Dinge erledigt werden mussten, versuchte ihm gegenüber gelassen zu bleiben, obwohl es sie schon ärgerte, dass er erst am Nachmittag seinen eigenen Vortrag zum Abschluss brachte, den er auf dem Kongress halten wollte, während Prof. Stanley und auch sie ihre Vorträge schon längst ausgearbeitet hatten.

Es war schon nach 22 Uhr, als sie endlich nach Hause fuhren. Müde hatte sich Elisabeth sofort in ihr Bett gelegt, als O'Connor zu ihr ins Schlafzimmer kam und sich an ihren Bettrand setzte. Er blickte sie für einen kurzen Moment ernst an und sagte dann eindringlich: »Lizzy, auch wenn jetzt mit dem Schmuck und der Anzeige alles geklärt ist, wir müssen trotzdem morgen sehr vorsichtig sein.« – »Glaubst du, dass sich Harris noch eine neue Fiesheit ausgedacht hat?«, fragte sie müde. »Ich weiß es nicht, aber ich schließe es auch nicht aus. Ich bin erst froh, wenn dieser ganze Wahnsinn endlich vorbei ist.«

Wie verabredet, war Prof. Stanley am nächsten Tag mit seiner Sekretärin um zehn Uhr zum Bahnhof gefahren, um Mr Harris vom Zug abzuholen. Dieser befand sich in Begleitung von zwei weiteren Herren, die er als seine Mitarbeiter vorstellte. Währenddessen hatten die O'Connors Daisy bei Mrs Stanley abgegeben und waren danach zur Universität gegangen.

O'Connors Stimmung schien an diesem Tag noch gereizter zu sein als den Tag zuvor. Missmutig hatte er am frühen Morgen seine Ehefrau beim Ankleiden beobachtet und dann bissig bemerkt: »Was machst du dich eigentlich für diesen Kerl so zurecht? Willst du ihm gefallen oder was willst du damit erreichen?« Durch seine Heftigkeit verletzt, antwortete sie: »Ich dachte nur, ich ziehe etwas an, worin ich mich wohlfühle. Natürlich habe ich auch gehofft, dass du auf deine Ehefrau stolz sein würdest.« – »Ich muss nicht auf dein hübsches Gesicht oder dein Dekolletee stolz sein. Ein guter Vortrag hätte auch gereicht«, entgegnete er fast trotzig. Elisabeth sah ihn herausfordernd an, als sie feststellte: »Das stimmt doch gar nicht, was du da gerade sagst. Hast du mir nicht selbst immer Komplimente gemacht, weil bei mir die Mischung so gut stimmen würde zwischen der äußeren Erscheinung und meinem Wesen? Glaubst du etwa, Harris würde mich entführen, wenn ich ihm gefalle?« Er wirkte kampfeslustig, als er entgegnete: »Vielleicht. An diese Möglichkeit habe ich zwar noch gar nicht gedacht, aber man kann ja nie wissen, was heute noch so alles passiert.« Elisabeth hatte daraufhin den Kopf geschüttelt und ihn umarmt, während sie versuchte, seine finsteren Gedanken zu vertreiben: »Hey, mein großer Beschützer. Wir haben keine Angst vor diesem Harris. Er kann uns nichts anhaben und nach dem Vortrag sagen wir ihm auf Nimmerwiedersehen.«

Gegen zehn Uhr 45 traf Prof. Stanley in dem großen Hörsaal der Universität ein, in dem der Kongress in einer Dreiviertelstunde beginnen sollte. Die O'Connors waren gerade dabei, ihren Assistenten die letzten Anweisungen zu geben, weil sie Filmausschnitte über die Konzentrationslager in Deutschland zeigen wollten, um so die Kongressbesucher eindringlich auf das Thema ihrer Projektarbeit einzustimmen. Sie bemerkten nicht sofort, dass Mr Harris eingetreten war und sie aus einer Entfernung von sechs Metern interessiert musterte. Dann machte er auf sich aufmerksam, indem er ihnen, wie es nun einmal seine Art war, laut zurief: »Wie ich sehe, wird hier schon richtig gearbeitet. Ich bin einmal gespannt, wofür ich so viel Geld bezahlt habe.«

O'Connor drehte sich zu Mr Harris um und fragte gereizt: »Haben Sie bislang Gründe dafür gehabt, daran zu zweifeln, dass wir eine vernünftige Arbeit abliefern?« Mr Harris war in den letzten Monaten noch fülliger geworden. Sein breites Gesicht verzog sich zu einem Grinsen, als sein Blick von O'Connor zu Elisabeth wanderte und dort sekundenlang auf ihrem gewölbten Leib verharrte, bevor er stichelte: »Na ja, wie man sieht, waren ja andere Dinge auch in Arbeit, die so gar nichts mit diesem Projekt zu tun haben.«

Elisabeth war, unbeeindruckt von seiner Bemerkung, auf ihn zugegangen, um ihn zu begrüßen. Sie reichte ihm die Hand und fragte freundlich reserviert: »Hatten Sie eine gute Anreise?« Für einen kurzen Moment verweilte der Blick des Angesprochenen auf ihrem Dekolletee, dass im Laufe der Schwangerschaft deutlich fraulicher geworden war. Dann antwortete Mr Harris: »Oh ja. Ich bin immer wieder gerne in England, wo alles so überschaubar ist. Schade nur, dass der Aufenthalt diesmal so kurz ist. Ich würde mir gerne einmal ansehen, wo John sein aktuelles Zelt aufgebaut hat.«

Um dieses Gespräch so schnell wie möglich zu beenden, bat ihn O'Connor, schon mal in der vordersten Zuschauerreihe Platz zu nehmen, da noch einiges zu erledigen sei und die ersten Besucher auch bereits eintrafen. Auf die Minute genau trat Prof. Stanley ans Rednerpult und begrüßte die Besucher, die trotz der Kurzfristigkeit dieser Veranstaltung zahlreich gekommen waren. Dann wurden die Filmausschnitte gezeigt, die die beabsichtigte Wirkung bei den Zuschauern keineswegs verfehlten. Als Elisabeth gleich danach mit ihrem Vortrag beginnen wollte, konnte sie den sehr ernsten Mienen ihrer Zuhörer entnehmen, wie betroffen sie waren. Kurz entschlossen leitete sie ihn deshalb mit den Worten ein: »Meine Damen und Herren, das, was Sie eben gesehen haben, sollte jeden von uns berühren. Es darf einfach nicht sein, dass derartige Gräueltaten akzeptiert oder gar verschwiegen werden. Damit dies nicht geschieht, hat unsere Projektgruppe sich nicht so sehr mit der statistischen Erfassung von Opfern beschäftigt, die auf lange Sicht gesehen lediglich für einen Eintrag in Geschichtsbüchern taugt, sondern mit Einzelschicksalen. Ich glaube, dass das Ausmaß eines Verbrechens erst so richtig deutlich wird, wenn aufgezeigt wird, was es wirklich an den Opfern angerichtet hat, und zwar sowohl körperlich als auch seelisch. Und gerade die seelischen Verletzungen werden häufig übersehen, weil man sie nicht sieht. Da diese Verletzungen aber oft ein Leben lang nachwirken und nur schwer zu behandeln sind, dürfen sie keineswegs unbeachtet bleiben.«

In der kurzen Pause nach Elisabeths Vortrag zeigten sich die Besucher sehr beeindruckt von der bisherigen Veranstaltung, was auch Mr Harris nicht verborgen blieb. Trotz dieser positiven Resonanz hielt er sich mit wohlwollenden Worten aber sehr zurück.

O'Connor war mit Elisabeth in sein Büro gegangen. Während er ihr etwas zu trinken eingoss, fragte er: »Weißt du eigentlich, was mir durch den Kopf ging, als ich dir eben zugehört habe?« – »Nein, was denn?« – »Dass da oben eine hübsche, kluge Frau steht, die voller Leidenschaft von ihrer Arbeit erzählt, und man einfach berührt sein muss.« Elisabeth nahm ihm das Glas ab, trank einige Schlucke daraus und stellte dann fest: »Danke, aber mir würde schon reichen, wenn du einfach nur glücklich bist, dass ich deine Ehefrau bin und ich dich liebe.« – »Lizzy, das tue ich auch. Jeden Abend, bevor ich einschlafe, sind das meine letzten Gedanken«, sagte er und zog sie zu sich in den Arm. Er wollte sie gerade küssen, als ein Assistent an die Tür klopfte und sie gleich darauf öffnete, um ihnen mitzuteilen, dass Mr Harris sie noch sprechen wolle. O'Connor reagierte hierüber verärgert und sagte deshalb barsch: »Richten Sie bitte Mr Harris aus, dass er uns erst nach der Veranstaltung sprechen kann.«

Nach der Pause referierte erst O'Connor und zum Abschluss Prof. Stanley. Beide verhehlten in ihren Vorträgen nicht, unter welch schwierigen Bedingungen diese Projektarbeit nur möglich war und wie weit die deutsche Bevölkerung noch von einer Normalität entfernt sei. Etliche der Besucher hatten danach noch Fragen, so dass sich die Veranstaltung zum Unmut von Mr Harris noch in die Länge zog. Sichtlich verärgert hierüber, stellte er im Anschluss mit Blick auf seine Uhr fest: »Das hast du ja gut hingekriegt, John. Jetzt fehlt uns auch noch die Zeit, um über den Abschlussbericht zu sprechen.« Prof. Stanley griff sofort ein, indem er vorschlug: »Ach was. Wir gehen jetzt alle in mein Büro und besprechen dort alle noch offenen Fragen. Es war doch schön, dass eben die Besucher so ein großes Interesse an unserer Arbeit gezeigt haben.«

Nachdem die Sekretärin Tee und Gebäck serviert hatte, besprachen sie den Bericht. Auch hier ließ es Mr Harris nicht aus, zu provozieren. Er tat es immer wieder, indem er Dinge anzweifelte oder aber das gesamte Projektteam als Katastrophenteam bezeichnete und behauptete, so etwas noch nicht erlebt zu haben. Während O'Connor konterte, dass es ja nun für alle Seiten nur gut sei, dass es abgeschlossen werden konnte, legte Prof. Stanley Wert auf die Feststellung: »Ich denke, dass wir unter den schlechten Bedingungen eine gute Arbeit abgeliefert haben, und dass es viele Besucher ebenso bewerten, konnten sie ja eben sehen.«

Elisabeth hielt sich während dieser Besprechung sehr zurück und sagte nur etwas, wenn sie direkt angesprochen wurde. Mr Harris, der sich von ihr beobachtet fühlte, wollte deshalb von ihr wissen: »Und, wie schätzen Sie das alles ein? Fanden Sie es in Ordnung, wie alles gelaufen ist?« Elisabeth wich seinem Blick nicht aus. Während sie sich in ihrem Sessel ein wenig zurücklehnte, sagte sie mit ruhiger Stimme: »Nein, ich fand es nicht in Ordnung, wie wenig Unterstützung wir bekommen haben. Mit finanziellen Mitteln allein lässt sich in so einem zerstörten Land nun einmal nicht viel regeln, weil Geld nur da angemessene Wirkung zeigt, wo es auch einen intakten Markt gibt.«

»Miss Dawson, Sie erstaunen mich immer wieder«, stellte Mr Harris leicht belustigend fest und fuhr dann fort: »Kein Wunder, dass John Sie gleich geschwängert hat, sonst würden Sie ihn beruflich noch in den Schatten stellen.« O'Connor schob seine Unterlagen, die vor ihm auf dem Tisch lagen, zusammen und stand mit den Worten auf: »Ich denke, wir haben jetzt alles Sachdienliche zum Projekt ausgetauscht. Meine Ehefrau, die übrigens meinen Namen trägt, und ich haben noch einen Termin.« Elisabeth packte ebenfalls ihre Papiere zusammen, woraufhin Mr Harris mit scharfer Stimme feststellte: »Was heißt hier einen anderen Termin? Das hier ist Ihr Termin.«

Ungerührt von seinen Worten war Elisabeth ebenfalls aufgestanden. Um die Situation nicht eskalieren zu lassen, ergriff Prof. Stanley das Wort, indem er mit Blick auf die Uhr vorschlug: »In anderthalb Stunden fährt Ihr Zug. Was halten Sie davon, wenn ich mit Ihnen und Ihren Begleitern noch essen gehe und Sie mich währenddessen noch fragen können, was Ihnen wichtig erscheint?« Es war wohl eher der aufkommende Hunger, der Mr Harris letztendlich dazu brachte, den Vorschlag von Prof. Stanley anzunehmen. Er war gerade dabei, seinen Mantel anzuziehen und seinen Hut aufzusetzen, als O'Connor zu ihm sagte: »Dann verabschiede ich mich hiermit.«

Mit kaltem Blick sah Mr Harris erst zu O'Connor und dann zu Elisabeth, die neben ihrem Ehemann stand. Er hatte nicht vor, sich von ihnen zu verabschieden, sondern bemerkte nur: »Eines muss ich John wirklich lassen. Er angelt sich immer die hübschesten Frauen, aber glücklich wird er mit ihnen nie.«

Hastig griff O'Connor nach dem Arm von Elisabeth und zog sie aus dem Büro. Im Flur ging er schnellen Schrittes mit ihr zur Universitätsbibliothek und zeigte dort Interesse an den Bücherreihen, die nahe dem Fenster standen, von dem aus man den Eingangsbereich der Universität beobachten konnte. Immer wieder wanderte sein Blick zum Fenster. Nach zehn Minuten konnte er endlich beobachten, wie Mr Harris mit seinen Begleitern und Prof. Stanley zum Auto gingen und davonfuhren. Erleichtert sagte er: »Komm, lass uns schnell gehen.«

Sie fuhren direkt mit dem Taxi zu Mrs Stanley und erzählten ihr, was auf der Veranstaltung und danach geschehen war. Obwohl es die Tante beunruhigte, dass ihr Ehemann noch mit Harris zum Essen gefahren ist, nahm sie das Angebot ihrer Nichte nicht an, noch bis zur Rückkehr von Prof. Stanley bei ihr zu bleiben, anstatt gleich nach dem gemeinsamen Essen zum neuen Haus zu gehen und dort den bevorstehenden Umzug vorzubereiten.

Daisy zog ungeduldig an der Leine, als die O'Connors die Straße betraten. Die Hündin kannte den Weg schon sehr genau, der zu ihrem neuen Heim führte, und sie fühlte sich dort im großen Garten schon richtig heimisch. Während Daisy sofort den Garten nach neuen Geruchsspuren untersuchte, gingen die O'Connors durchs Haus und begutachteten, ob die drei Studenten in den letzten beiden Tagen gut vorangekommen waren.

Elisabeth, die in der letzten Woche wegen der Kongressvorbereitung nicht wie sonst ab und zu einmal im Haus vorbeigeschaut hatte, war begeistert, wie viel inzwischen schon fertig war. Nachdem sie einige Fenster geöffnet hatte, weil es im Haus intensiv nach frischer Farbe roch, setzte sie sich auf die Verandastufen und schaute Daisy zu, die gerade ihren alten Knochen ausgrub, um ihn dann auf dem Rasen mit ihren Zähnen zu bearbeiten. Elisabeth tat der Rücken weh und sie war müde von dem Kongress. Als O'Connor sie dort sitzen sah, setzte er sich zu ihr und zog sie zu sich heran. Dann sagte er: »Ich war heute früh eklig zu dir. Es tut mir leid.«

Sie schwieg einen Moment, bevor sie fragte: »Was hat Harris mit seinen letzten Worten gemeint?« Seine Hand, die bislang ihre Schulter gestreichelt hatte, verharrte dort plötzlich. Ihre Frage hatte ihn verletzt. »Dass ich ein Versager bin und keine Beziehungen hinbekomme, hat Harris gemeint. Er muss es ja wissen; er kennt mich lange genug«, sagte er mühsam beherrscht. O'Connor war aufgestanden und hatte sich mit dem Rücken an die Verandabrüstung gelehnt. Als sie nicht reagierte, fuhr er fort: »Offenbar hat er mit seinen Worten die Wirkung bei dir ja nicht verfehlt.« Elisabeth fühlte sich unwohl, als sie nachfragte: »Welche Wirkung meinst du?« – »Dass du misstrauisch wirst.«

Sie war enttäuscht, wie gereizt er wieder reagierte, und sagte deshalb sehr bestimmt: »John, du vergisst manchmal, wie leicht du es gehabt hast, mich in dieser kurzen Zeit kennenzulernen. Du weißt, wer zu meiner Familie gehört und bist hier in England in meine Welt eingestiegen. Wenn ich nachfrage, möchte ich einfach mehr über dich und dein früheres Leben erfahren, zumal du gerade von deiner Zeit in Amerika kaum etwas erzählst. Was ist denn daran so verkehrt?« Er musterte sie einen Moment, bevor er nachfragte: »Was willst du wissen, damit du beruhigt bist?«

Es fiel ihr schwer zu fragen: »Warum ist Harris von Anfang an gegen unsere Beziehung?« – »Ist ein eingefleischter Junggeselle nicht immer gegen Beziehungen? Für ihn war es damals ideal, dass ich nicht mehr gebunden war und praktisch nur noch für meine Arbeit gelebt habe«, antwortete er und sein Gesicht wirkte in der Nachmittagssonne blass und müde. Sie konnte seiner Logik nicht ganz folgen und wollte deshalb wissen: »Und warum stellt er dich immer als Frauenheld dar?« – »Ich war nie ein Draufgänger. Ganz im Gegenteil. Ich hatte jahrelang Angst, dass die Mädchen meine Behinderung und die vielen Narben abstoßend finden würden. Erst in Amerika hatte ich meine erste Freundin. Ich habe sie damals über meinen Studienkollegen George kennengelernt, mit dem ich gut befreundet war. Sie war die Sekretärin seines Vaters und hieß Susan. Wir waren zwei Jahre zusammen und dann zog sie fort, weil ihr Vater schwer erkrankte. Nachdem sie sechs Monate fort war, haben wir gemerkt, dass unsere Welten nicht mehr zusammenpassten. Das war alles so normal, so wie jeder von uns in seinem Zimmer zur Untermiete gewohnt hat und wir manchmal unsere Freizeit miteinander verbracht haben. Genauso haben wir uns damals getrennt, ohne große Szenen.«

»Kannte denn Harris diese Susan?«, hakte Elisabeth nach. »Nein, überhaupt nicht. Aber er kannte Leslie, die Schwester von George, gut. Nach dem Studium hatten George und ich über die Beziehungen seines Vaters unseren ersten Job bekommen. Harris war zwar nicht unser direkter Vorgesetzter, aber schon sehr einflussreich und kannte fast alle Mitarbeiter im

Hause recht gut. Als dann George an Blutkrebs erkrankte, lernte ich seine Schwester etwas näher kennen, die ich sonst auf den Geburtstagsfeiern ihres Bruders eher oberflächlich und zickig fand. Halt der Typ eines verwöhnten Partygirls. Doch der Tod von George war ihr sehr nahegegangen und ich glaubte, dass sie sich hierdurch geändert hätte, was aber nur kurze Zeit der Fall war. Nach unserer Eheschließung und den beiden Fehlgeburten hat sie sehr schnell wieder ihr altes Leben aufgenommen.«

»Aber warum versucht Harris, das jetzt mit seinen Bemerkungen ganz anders darzustellen?«, wunderte sich Elisabeth. Sein Gesichtsausdruck wirkte sehr ernst und verletzt, als er nach einem kurzen Schweigen schließlich antwortete: »Weißt du, mir ging es jahrelang nach dem Sprengstoffanschlag unendlich schlecht. Es gab einige wenige Menschen, die mir in dieser Zeit geholfen haben, aber viele haben auch einfach weggesehen oder sich von mir ferngehalten. Aber dann, als ich glaubte, mein Leben endlich wieder in den Griff zu bekommen, wie damals nach meiner ersten Eheschließung oder auch jetzt, gibt es sofort Menschen, die mir dieses Glück missgönnen und auch versuchen, es zu zerstören. Du hast es doch selbst bei der Mutter von Phil erlebt. Wenn ich wirklich etwas im zwischenmenschlichen Bereich unerträglich finde, ist es der Neid und die Missgunst von bestimmten Leuten, die ihr Leben selbst nicht hinbekommen.«

Daisy hatte inzwischen das Interesse an ihrem erdigen Knochen verloren und kam nun auf die Veranda gelaufen, um aus einer alten Schale Wasser zu schlabbern. Nachdem O'Connor sie einen Moment dabei beobachtet hatte, zog er die Taschenuhr seines Großvaters aus seiner Westentasche und mahnte: »Wir sollten jetzt zurückgehen und nachschauen, ob dein Onkel wieder heil zu Hause angekommen ist.« Elisabeth nickte nur und stand auf, um mit ihm die Fenster wieder zu verschließen.

Als sie kurz darauf bei der Tante ankamen, teilte ihnen diese gleich sehr besorgt mit: »Er ist immer noch nicht zurück«, worauf O'Connor vorschlug, einmal in der Universität anzurufen. Dort konnte er jedoch nur einen der Assistenten erreichen, der aber auch nicht wusste, wo sich Prof. Stanley gerade aufhielt.

Elisabeth hatte sich mit ihrer Tante an das Fenster gestellt, von dem aus man auf die Straße blicken konnte. Es dauerte noch fast eine halbe Stunde, bis sie endlich den Wagen von Prof. Stanley erblickten, der gerade in die Straße einbog. Erleichtert, aber auch voller Ungeduld warteten sie, dass er zur Tür hereinkam, um ihn dann gleich zu fragen, weshalb er denn so spät kommen würde.

Prof. Stanley wirkte ausgesprochen gut gelaunt. Nachdem er seinen Mantel und den Hut an der Garderobe aufgehängt hatte, erzählte er, dass er Harris noch zum Bahnhof begleitet habe, weil er ganz sicher sein wollte, dass er auch tatsächlich abfährt. Nur leider habe der Zug über eine halbe Stunde Verspätung gehabt. Ungeduldig fragte Elisabeth: »Und? Hat er noch etwas gesagt?« – »Ja, wir haben uns beim Essen und dann auf dem Bahnsteig lange unterhalten. Er ist schon ein merkwürdiger Kauz, aber ich glaube, dass er euch zukünftig in Ruhe lässt.« – »Wieso bist du dir da so sicher?«, wollte O'Connor mit einer gewissen Skepsis wissen. »Weil er mir gesagt hat, dass du einer seiner besten Mitarbeiter warst, er aber nun einmal nicht mit deiner Gattin konkurrieren könne«, versuchte Prof. Stanley ihn zu beruhigen und fuhr dann fort: »Auf der Fahrt zum Bahnhof habe ich ihn auch noch auf die Anzeige angesprochen, worauf er nur sagte, dass dies eine ziemlich dumme Sache gewesen sei und du beinahe in große Schwierigkeiten gekommen wärst.«

O'Connor war von seinem Sessel aufgestanden und bemerkte: »Die Schwierigkeiten hat doch dieser Kerl erst provoziert, indem er meine neue Adresse geheim hielt.« Dann wandte er sich an Elisabeth und fragte sie, ob sie mit nach Hause kommen würde. Erstaunt wollte Prof. Stanley wissen, ob sie denn nicht noch den Projektabschluss zusammen feiern würden, worauf ihn O'Connor auf das kommende Wochenende vertröstete. Während Prof. Stanley sie in den Flur begleitete, fragte O'Connor ihn: »George, kann ich bis morgen Vormittag dein Auto bekommen? Ich hole dich dann auch von zu Hause ab.«

Obwohl Elisabeth neugierig war, was nun kommen würde, hatte sie während der Fahrt nicht weiter nachgefragt. Vor ihrer Wohnung parkte O'Connor den Wagen und bat sie mit nach oben zu kommen, wo er in der Küche begann, Geschirr und Essenssachen in zwei Körben zu verstauen. »Wollen wir heute noch ein Picknick machen?«, fragte Elisabeth nun doch etwas verblüfft nach. »Ja, so etwas Ähnliches. Kannst du schon zusammenpacken, was du für die Nacht alles brauchst?« Während sie ihren Kulturbeutel packte, trug er die beiden Körbe zum Auto. Dann ging er ins Schlafzimmer und rollte die Kopfkissen in die Zudecken und trug sie ebenfalls nach unten. Elisabeth, die sich schon den ganzen Tag über auf ihr Bett gefreut hatte, hätte ihn am liebsten davon abgehalten, weil sie müde war und ihr der Rücken schmerzte, aber sie wollte ihm seine Überraschung dann doch nicht verderben.

Nachdem sie alles im Wagen verstaut hatten, fuhren sie mit Daisy zum neuen Haus. Im Obergeschoss, wo sie in ein paar Tagen einziehen wollten, lagen drei alte Matratzen, auf denen O'Connor mit seinem Schwager und Ludwig an den letzten beiden Wochenenden geschlafen hatte, als sie bis spät in die Nacht renoviert hatten. O'Connor fegte noch den Fußboden und zog dann die Matratzen in den Raum, der ihr neues Schlafzimmer werden sollte. Dann breitete er die Laken und das Bettzeug darauf aus und forderte Elisabeth, die ihm etwas unschlüssig dabei zugesehen hatte, auf, sich auf den Matratzen ein wenig auszuruhen, während er noch die anderen Sachen ausladen würde.

Mit ihrem Kulturbeutel und den Handtüchern ging Elisabeth ins Badezimmer und musste dort erst einmal mit einem Lappen über das Fensterbrett wischen, damit sie ihre Sachen dort abstellen konnte. Dann säuberte sie den Waschtisch und die Toilette von Farbresten und Renovierungsstaub. Als O'Connor sah, dass sie im Badezimmer putzte, nahm er sie in den Arm und mahnte: »Lizzy, leg dich bitte einfach hin. Das mache ich schon.«

Sie war zu müde, um sich noch weiter von ihm drängen zu lassen. Nachdem sie ihre Schuhe und das Kleid ausgezogen hatte, rollte sie sich in ihre Decke auf einer der Matratzen ein und beobachtete, wie sich die Hündin nach zweimaligem Drehen neben ihr auf ihrer Decke niederließ. Dann schlief sie ein, ohne zu bemerken, dass O'Connor einen kleinen Tisch und einen Kerzenständer neben ihr Nachtlager stellte, alles Dinge, die mit dem Container aus New York gekommen waren.

Es wurde draußen schon dunkel, als sie wieder aufwachte. Sie hatte ein schepperndes Geräusch gehört und konnte erst gar nicht einordnen, wo sie gerade war. Dann sah sie aber durch den Türspalt Licht und hatte den Eindruck, als würde es nach Essen riechen. Gespannt wartete sie, was nun geschehen würde, zumal Daisy auch schon von ihrem Lager verschwunden war. Es dauerte noch einen Moment, bis O'Connor hereinkam und die Kerzen auf dem kleinen Tisch anzündete. Als er sich zu ihr umsah, bemerkte er erst, dass sie schon wach war. Er setzte sich zu ihr auf die Matratze und strich ihr über die Haare. Dann sagte er feierlich: »Ich möchte, dass wir heute unser neues Leben beginnen.«

Sie schwieg, weil sie einen kräftigen Tritt ins Zwerchfell verspürte. Sie nahm seine Hand und legte sie sich auf den Bauch. Als auch er die Bewegungen fühlte, sagte er fast beschwörend:

»Lizzy, das ist jetzt unser Leben und nicht mehr die dunklen Schatten unserer Vergangenheit.« – »Ich will ja auch dieses Leben. Nur irgendwie geht bei uns jetzt wieder alles so plötzlich, fast so wie bei unserer Eheschließung«, stellte sie noch immer etwas skeptisch fest. Er sah sie einen Moment verständnislos an, beeilte sich dann aber zu sagen: »Hey, das ist doch nur diese besondere Nacht. Unsere erste Nacht in Freiheit, ohne Harris. Danach ziehen wir wie geplant um.«

Er war aufgestanden und hatte die Essenssachen aus der Küche geholt. Während er die Gläser füllte, erzählte er, was er in den zwei Stunden, in denen sie geschlafen hatte, schon alles für den Umzug vorbereitet habe, der nächste Woche stattfinden sollte. Die O'Connors hatten sich nach dem Verkauf seines Elternhauses auch dazu entschlossen, die Möbel aus Irland kommen zu lassen, die noch bei Douglas im Keller standen, und einige Möbelstücke vom Großvater. Sie wollten einfach ausprobieren, was sie hiervon alles gebrauchen könnten, und einige Teile notfalls an Bedürftige verschenken.

Der Himmel war draußen schon dunkel, als O'Connor die Hündin nach dem Essen noch einmal in den Garten ließ. Von Weitem hörte er die Geräusche aus der Innenstadt, in der gerade das Nachtleben begann. Es war hier nicht so ruhig, wie er es aus Irland kannte; eine nächtliche Stille, die er zum Schluss nicht mehr ertragen konnte, weil sie ihn mehr an den Tod als an das Leben erinnerte. Es war aber längst nicht so laut wie in New York, wo Ruhe nahezu ein Fremdwort war. O'Connor hatte plötzlich das Gefühl, als könnte sich endlich aus den Gegensätzen in seinem Leben etwas entwickeln, was wirklich zu ihm passte.

Nachdem er mit Daisy wieder das Haus betreten hatte, verschloss er sorgfältig die unteren Fensterläden und die Türen. Dann ging er ins Bad, wo sich Elisabeth gerade ihre Zähne putzte. Während er sich auszog, um sich noch zu waschen, fragte er sie: »Was wünschst du dir für die erste Nacht in unserem Haus?« Elisabeth dachte einen Moment nach und wünschte sich dann: »Einen liebevollen Ehemann, ein Kind, was nachts einmal schläft, und einen wundervollen Traum. Du, ich glaube, dass es ein gutes Zeichen ist, wenn unsere Träume diese Nacht gut werden.«

O'Connor gab sich große Mühe, ihren ersten Wunsch zu erfüllen, und versuchte auch noch einmal, ein gutes Wort bei dem Baby einzulegen.

Als sie am nächsten Morgen um sechs Uhr wach wurden, weil die Sonne ihr Zimmer bereits hell erleuchtet hatte, fragte O'Connor noch etwas schlaftrunken: »Und? Hast du etwas Schönes geträumt?« – »Das war ganz schön anstrengend. Ich bin eigentlich immer noch fertig«, antwortete Elisabeth, so als sei sie noch sehr mit ihrem Traum beschäftigt. »Was war anstrengend?«, wollte er von ihr wissen. »Ich habe Zwillinge bekommen. Und was hast du geträumt?« O'Connor musste schmunzeln, als er ihr erzählte, dass er geträumt habe, dass Harris bei ihm angefragt hätte, ob er einen Job für ihn wüsste. Erstaunt fragte Elisabeth: »Hast du ihm einen gegeben?« – »Ich habe ihm geraten, bei General Cooper nachzufragen.« – »Ist der Traum nun gut oder schlecht?«, fragte sie zweifelnd. Er nahm sie in den Arm und sagte: »Es war ein guter Traum, wie auch deiner von den Zwillingen. Du wirst sehen, dies ist unser Haus und endlich auch unser Leben.«

CPSIA information can be obtained
at www.ICGtesting.com
Printed in the USA
BVHW031334310519
549793BV00001B/136/P